誓言

성언

서언

초판 1쇄 찍은 날 § 2007년 5월 14일
초판 1쇄 펴낸 날 § 2007년 5월 24일

지은이 § 이승연
펴낸이 § 서경석

편집장 § 문혜영
편집책임 § 이종민
편집 § 한지윤

펴낸곳 § 도서출판 청어람
등록번호 § 제1081-1-89호
등록일자 § 1999. 5. 31
어람번호 § 제5-0143호

주소 § 경기도 부천시 원미구 심곡1동 350-1 남성B/D 3F (우) 420-011
전화 § 032-656-4452 팩스 § 032-656-4453
http://www.chungeoram.com
E-mail § eoram99@chollian.net

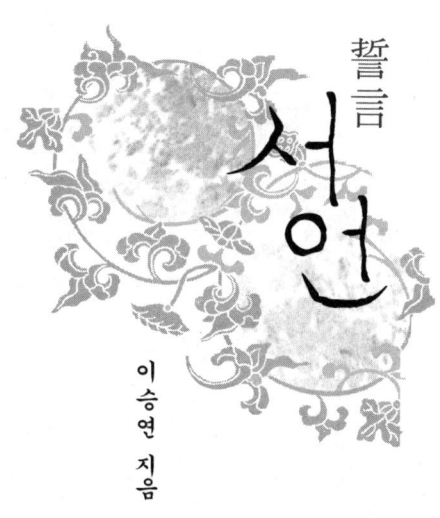

誓言

서언

이승연 지음

도서출판
청람

목차

서장 / 7

제1장 / 17

제2장 / 58

제3장 / 87

제4장 / 152

제5장 / 178

제6장 / 195

제7장 / 251

제8장 / 286

제9장 / 304

제10장 / 352

제11장 / 370

제12장 / 400

종장 / 413

작가후기 / 422

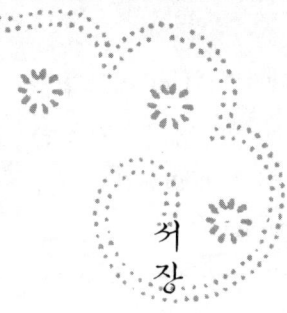

서
장

구국의 초여름은 어느 때보다 더운 초여름 날씨에 빠른 모내기의 시작을 알리고 있었다. 정갈하게 갈아놓은 밭은 초록 모들이 빼곡히 자리를 채우기 바빴고, 간간이 그 틈새로 남정네들의 노랫소리가 들려오고 있었다. 아낙들도 새참이며 허드렛일을 돕기 위해 문턱을 드나드는 발걸음이 분주해 보였다.

안씨 집안 또한 예외일 수 없었다. 곡간 및 창고에 쌓여 있는 묵은 쟁기들을 손질하기 위해 하인들이 마당을 부지런히 오갔다. 특히 씨뿌리기와 모심기는 일 년 중 농사의 시작을 알리는 가장 중요한 일이므로 집안의 아이 어른 할 것 없이 어느 때보다 일손이 바쁜 때였다.

화련은 하늘이 주신 이 기회를 놓칠세라 다시 한 번 주위를 조심스럽게 살폈다. 일하느라 바빠 아무도 그녀에게 신경을 쓸 여유가 없어 보였다. 유모도 산에서 옻이 올라 당분간 그녀를 돌볼 수 없으니 이보다 더 좋은 기회는 없었다.

화련은 기대감에 눈을 반짝거리며 살금살금 방을 빠져나왔다. 그리고는 심호흡을 한 후 고사리 같은 손으로 치마를 살짝 움켜쥐며 뛸 준비를 했다. 치마를 날리며 단숨에 뒷마당까지 달리자 넘어야 할 목표물이 보였다. 지금부터가 중요했다.

그녀는 결심을 한 듯 입을 꼭 다물었다. 위태위태하게 장독대 위를 디딤돌을 삼아 하나씩 올라갔다. 마지막 장독대 위에서 깨금발을 들자 담장 밖을 볼 수가 있었다.

오늘도 역시 동네 아이들이 패를 가르며 노는 모습이 보였다. 키가 작은 아이가 실수로 나무에 머리를 들이받자 그를 둘러싼 아이들이 웃으며 돌아가면서 작은 아이를 놀려대는 모습이 보였다. 화련 또한 웃음이 터져 나왔다.

그녀는 목을 쭉 빼며 그들이 노는 모습이 마냥 부러운 듯 쳐다보았다. 한편으로는 심통이 나기도 했다. 지난 겨울 내내 집 밖을 나가본 적이 없는 그녀는 봄이 오기를 손꼽아 기다렸다. 평년보다 혹독한 겨울나기로 인해 여섯 살인 그녀가 고뿔이라도 걸릴까 바깥출입은 단 한 번도 허락된 적이 없었다. 이제 밖에 나가도 고뿔에 걸리지 않는 봄이 왔기에 그녀의 가슴은 두근두근거렸다. 하지만 바깥 구경은 그녀에게 호락호락한 게 아니었다. 오라버니 따라 서관에 몇 번 나가본 것을 빼고는 대문 밖을 나간 적이 없는 그녀였다. 밖에 나가 놀고 싶다 부모님께 떼를 써도 꾹꾹 쥐어짠 눈물도 먹히지 않았다. 그녀 말이라면 모든지 들어주는 오라버니도 단호히 고개를 저을 뿐이었다. 그렇다면 그녀 스스로 기필코 자신의 키보다 높은 담장을 넘어 나가는 수밖에 없다고 생각했다. 한 번만 성공하면 그녀가 나가고 싶을 때 누구의 허락도 없이 언제든지 밖으로 나갈 수 있을 생각을 하니 떨어질지도 모른다는 무서움쯤이야 감내할 수 있었다. 오라버니가 무예를 매일 익혀 대련에서 상급자를 이겼듯이 그녀도 매일 시도하다 보면 언젠가는 담장을 넘을 수 있을 날이 올 거라 믿었다.

화련은 오른쪽 발을 들어 담장에 걸쳤다. 여기까지는 언제나 쉬웠다. 하지만 나머지 발을 떼기가 어려웠다. 떨어지면 어쩌나 하는 긴장감과 몇 번의 실패로 그녀의 조그마한 얼굴은 오늘도 이마에 온통 구슬땀이 맺혀 있었다. 손은 담장의 거친 면으로 생채기가 나 있었고, 떨어지지 않으려고 힘준 팔은 서서히 아파 왔다. 자신의 생각대로 되지 않자 화련은 화가 나기 시작했다. 거기다 언제 왔는지 아래에서 세향이가 자지러지듯 소리치고 있었다.

"아가씨, 얼른 내려오세요! 그러다 다치면 어쩌려고요!"

그러나 화련은 세향을 심드렁히 쳐다볼 뿐 다시 담장 밖으로 시선을 향했다.

"아가씨가 이러시면 저는 마님께 고할 수밖에 없어요. 그러니 어서 내려오시라니까요!"

"버찌 따줄까? 여물어 꽤 달 거야. 대신 넌 나를 못 본 거야."

"아가씨!"

화련은 버찌 몇 개를 따면서 자신의 입으로도 하나 집어넣었다. 세향을 놀려먹으려고 일부러 담장 밖에 시선을 둔 그녀였다. 그러나 곧 뭔가를 발견한 화련은 미간을 찡그려졌다.

세향을 놀려먹겠다는 생각은 어디만치 던져 두고 다시 한 번 폴짝 뛰어 한 번에 담장 위에 매달리는 데 성공하였다. 담을 넘는 것을 간신히 성공한 그녀는 그 기쁨을 미룬 채 재빨리 떡갈나무 쪽으로 달려갔다. 담장 뒤에서는 세향의 오두방정 소리가 우렁차게도 들려왔다.

"지금 뭐 하는 짓이야? 왜 돌팔매질을 하는 거야? 니들도 맞으면 좋아!"

숨 고르기 무섭게 화련이 빽 하고 소리를 질렀다. 그러면서 화가 풀리지 않았는지 돌멩이 하나를 집어 동네 아이들 쪽으로 던졌다.

이 아이들이 싸움을 걸어온다면 체격적으로 월등이 불리한 그녀는 치사하지만 소리를 질러 집에 있는 오라버니에게 구조 요청을 할 생각이었다. 무예도 잘하는 오라버니라면 이런 아이쯤이야 한주먹 감도 되지 않을 테니까. 화련은 든든한 오라버니를 뒷배경 삼아 작은 턱을 치켜들어 아이들을 째려보았다.

동네 아이들은 갑자기 나타난 꼬마 계집을 혼낼까도 생각을 해봤으나 입은 옷차림이 귀족 집 딸 같아 섣불리 대들지는 못하고 서로 눈치만 보고 있었다. 귀족 집 딸도 딸이지만 처음에는 죽일 듯이 덤벼들던 가진 놈이 요즘은 돌멩이를 던져도 반응이 없어 재미도 없어진 터라 아이들은 서서히 흩어졌다.

화련은 뒤돌아 앉아 있는 남자를 쳐다보았다.

"부끄럽지도 않아? 저 아이들보다 덩치도 큰데 맞고만 있어? 벙어리야?"

화련은 그 옆에 쪼그리고 앉아 상처 난 그의 이마를 뚫어지게 바라보았다. 그녀가 손으로 가진의 얼굴을 만지려 하자 가진은 신경질적으로 그 손을 쳐냈다.

그의 행동에 별로 놀라지 않은 듯 화련은 그 옆에 주저앉았다.

"원래 아프면 짜증이 난다고 했어. 이해할 수 있어. 나도 겨울에 볼거리에 걸려서 유모에게 짜증냈거든. 빨리 나아라, 나아라. 우리 강아지 아픈 곳 나아라."

다친 곳은 이마인데 이 꼬마 계집은 자신의 배를 살살 문지르고 있자 가진은 어이가 없었다.

"아직도 아파? 난 금방 안 아파지던데?"

화련은 기대에 찬 눈빛으로 가진을 올려다보았다. 그가 째려보자 화련은 금세 시무룩해져 손으로 턱을 괴었다. 그러다 얼굴에 뭐가 묻는 느낌이 들자 화련은 잠시 멈칫했다. 아까 손에 쥔 버찌가 터져 손과 옷 여기저기 묻어 있었다. 거기다 앞의 남자의 옷에도 그녀가 버찌 물을 잔뜩 묻혀놓았다. 장독대에 올라간 증거물이 자신의 옷에 버젓이 있으니 빼도 박도 못하게 되었다. 다시는 장독대에 올라가지 않겠다는 말도 어겼으니 이제는 대문 밖이 아니라 문지방 자체를 넘지 못하게 할지도 몰랐다. 그 생각을 하자 화련은 곧바로 울상이 되었다.

"너 때문이야. 너 때문에 옷이 더럽혀졌잖아!"

미안한 마음을 숨기기라도 한 듯 되레 화련이 큰 소리를 쳤다.

참다못해 짜증이 난 가진은 벌떡 일어났다. 갑자기 나타나 동네 아이들에게 시비를 걸더니 자신의 옷에 이상한 것을 묻히질 않나 이제는 징징대며 울고 있었다.

화련은 손등으로 눈물을 닦으면서도 그의 모포 자락을 움켜잡았다.

"좋아, 내가 용서해 줄게. 대신 너 물고기 잡을 줄 알아? 구울 줄도 알아? 우리 오라버니는 할 줄 아는데. 내가 구해줬으니 보답을 해야지. 그러니까 내 첫 번째 부하가 되는 거야. 어때? 좋지? 혹시 귀머거리야? 그래서 애들이 놀리는 거야?"

화련은 그가 알아듣기 쉽게 천천히 발음하며 그의 반응을 살폈다.

가진은 아까 그 동네 아이들보다 이 거머리 같은 꼬마 계집이 오히려 더 귀찮았다. 꼬마 계집을 무시하고 집으로 가려고 해도 자신의 옷자락을 놓지 않는 꼬마를 보자 한숨밖에 나오지 않았다. 호기심 어린 까만 눈을 본 순간 그는 이 꼬마 계집의 집을 찾아주어야 할지 잠시 고민을 해야 했다.

"집이 어디야? 집을 모른다면 아버지 존함은 알고 있겠지?"

그러나 그럴 필요도 없이 뒤에서 이 꼬마를 부르는 소리가 들렸다.

"안화련! 너 도대체 어떻게 나온 거야?"

꼬마 계집의 동그란 눈이 더욱 동그래졌다. 가진은 도망가려던 그녀의 팔목을 낚아챘다.

도망치지 못하자 화련은 최대한 가진의 뒤에 숨으려 노력했다.

"네 동생이었군."

"아, 이리 봐도 저리 봐도 하나밖에 없는 내 말썽쟁이 동생이지. 계집종 하나가 내 동생이 혼자 밖으로 나갔다고 하기에 나와봤지."

가진은 화련을 억지로 철현의 앞으로 내세웠다.

철현은 그런 동생의 모습을 보자 입이 쩍 벌어졌다. 옷과 입에는 검은 물이 여기저기 묻어 있었고, 혼날 것을 예상했는지 얼굴은 벌써 우거지상이었다. 누가 따주지 않는 이상 담벼락 끝에 매달려 있는 버찌를 먹었다는 건 동생이 또다시 장독대 위로 올라갔다는 얘기였다. 그러나 그보다 동생의 뺨에 여기저기 생채기가 난 것에 철현은 놀라고 있었다.

"넘어진 거야? 설마 담을 넘어 밖으로 나온 건 아니겠지?"

화련은 오라버니와 눈을 마주치지 못한 채 땅바닥으로 고개를 떨어뜨렸다.

"하지만 아무도 밖으로……."

화련은 울먹거리다 결국 울음을 터뜨렸다. 오라버니가 혼을 내서 그러는 것이 아니라 자신의 계획이 실패로 돌아가자 그 설움에 복받쳐 울음을 터뜨린 것이었다.

물고기 잡는 것도, 아이들이랑 노는 것도, 아직 아무것도 못 해봤는데…….

철현은 화를 내야 할지 동생을 먼저 달래야 할지 갈피를 잡지 못하고 있었다. 아무리 병법 병술을 많이 읽은 그라도 아직 어린 동생의 울음은 곤란스러웠다. 특히 서럽게 눈물 뚝뚝 흘리는 모습을 보면 그는 아무것도 하지 못하고 공황상태에 빠져 버리기 일쑤였다.

"나중에 유모랑 같이 나가도록 하자."

결국 혼내는 것은 나중으로 미루고 동생을 살살 달래는 것으로 가닥을 잡았다.

"그게 언제인데?"

화련은 닭똥 같은 눈물을 훔치면서 오라버니를 올려다보았다.

가진은 저 꼬맹이의 앙큼한 눈물이 너무 쉽게 그치자 피식 웃음이 나왔다.

"네가 열 밤에 열 밤을 자면 가자꾸나."

동생의 눈을 마주치지 못한 채 얼버무리는 오라버니를 보자 화련은 온몸으로 저항하며 집에 들어가기를 거부했다. 분명 저 말도 거짓말이었다. 겨울부터 열 밤의 열 밤을 자고 난 뒤 가자고 한 오라버니였다.

자신의 의지를 관찰하겠다며 자신을 째려보는 동생을 보자 철현은 한숨만 나왔다. 동생을 들어 어깨에 메자 역시 화련은 서럽다는 듯 큰 울음을 터뜨렸다.

"그건 그렇고 경당에는 안 나올 거야?"

며칠 전부터 가진이 경당에 빠져서 오늘쯤 그의 집을 방문해 보려던 참이었다.

"가서 싸움판만 벌일 뿐이라면 안 가는 게 낫지."

"오늘도 그놈들이야? 그러니까 나와 무예를 익히자니까. 그럼 그런 놈들은 단 한 방에 해치울 수 있어."

가진 이마에 피딱지가 생긴 것을 보자 철현은 저절로 인상이 찡그러졌다. 한 번은 그와 함께 시비를 건 질 나쁜 귀족 자제들을 패주었더니 그 다음날 바로 가진의 부친이 그 귀족 집을 찾아가 머리를 조아리며 무릎 꿇어야 했다. 그 모습을 본 이후 그는 맞을지언정 절대 주먹을 쓰지 않았다.

"본질은 그게 아니라는 걸 너도 잘 알 텐데. 무예를 해봤자 어차피 그들을 굽히기 만들 수는 없을 테니까."

화련이 오빠 어깨에 거꾸로 매달린 채 발버둥을 치자 철현이 잠시 비틀거렸다.

"아무래도 동생을 집에 데려다 놓고 와야겠다. 아무튼 일단 경당에는 나와. 그런 식으로 피하는 건 너답지 않아. 내일도 안 나오면 너희 집으로 찾아갈 거니까 알아서 해."

쩔쩔매며 동생을 들쳐 업고 가는 친구의 모습에 피식 웃자 화가 난 꼬마의 발버둥이 더욱 격해졌다.

"치사해, 치사해, 부하는 대장을 지켜야 하는 거야!"

가진은 친구가 사라지는 모습을 지켜보다 고개를 든 꼬맹이와 눈이 마주쳤다.

'맹랑한 꼬마.'

'치사한 부하.'

그것이 그들의 첫만남이었다.

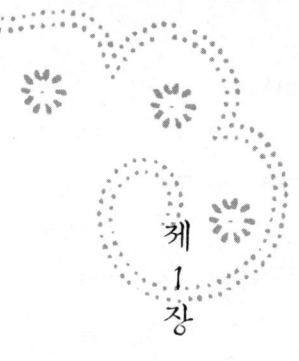

*7*32년 발해 구국 여름.

나무 옷깃이 사그락거리고 바람은 우물을 맴돌다 잠이 든다. 유난히 부끄럼을 많이 탄 달도 구름 뒤로 숨어버려 천지 구분이 어려운 밤이다. 찬 기운 가득 먹은 밤은 어두운 장막을 덮어놓은 듯 고요했으며 골짜기 물 흐르는 소리도 숨을 죽여 침묵에 묻어간다. 자고새가 아직 먹이를 찾으러 떠난 짝이 돌아오지 않았는지 어둠 속에서 간간이 들리는 울음이 멀리 퍼져 나갔다.

한 점 달빛 없는 어둠도 잠시, 구국 그 중심인 황도가 그 위세를 자랑하려는 듯 횃불을 점점이 수놓듯 곳곳을 밝히고 섰다.

그 위엄을 자랑하는 수도가 바로 구국이라 각 문과 담벼락을 주위로 경계를 서고 있는 창칼 병들이 띠를 두르고 철통같은 경계를 서고 있었다. 허나 천하장사도 제 눈꺼풀을 들어 올리기 어려운지 해시(21—23시)가 되자 아예 담벼락에 몸을 기대 선잠을 자는 병사가 간간이 눈에 띈다. 그 틈을 타 두동석 언덕 검은 인영 두 개가 어둠을 휘저으며 길을 재촉하는 모습이 보이고 있었다. 한 발 앞장선 사람은 길을 헤치며 계속 주위를 살피고 있었고 그 뒤를 따르는 사람은 긴장을 채 다 감추지 못한 채 묵묵히 그 뒤를 따르고 있었다.

필시 이 밤, 도둑도 아니면서 남의 눈을 피해 어디를 향한다는 것은 드러내 놓고 행할 수 없는 이유가 있음이었다. 그렇다면 무엇보다 신분을 속이는 것은 기본 중에 기본일 터인데 가복도 아닌 예복을 차린 모습으로 이 밤길을 나섰다는 것이 참으로 수상한 밤이었다. 결국 호기심을 못 이긴 달이 그 연내가 궁금했는지 구름 속 빗장을 열고 황궁 옥 빛깔 기와에 내려앉았다.

밤은 깊어가는데 아직 황궁전의 불이 꺼지지 않고 있었다. 그렇다면 내관들도 황제의 옆을 지키고 서야 하건만 항상 황제의 그림자처럼 따라다니던 곽 내관이 어쩐 일로 대전 밖 지게문 근처를 서성이며 주위를 조심히 살피고만 있었다.

찬 기운에 몸을 부르르 떨며 곽 내관은 환한 달빛이 마음이 들지 않은지 조심스럽게 기둥 쪽으로 몸을 밀착시켰다. 뜬금없이 황제께서 근처의 모든 나인을 물리라 명하시기에 밖으로 나오긴 했지만 궁금함을 참지 못한 그는 위험을 무릅쓰고 이렇게 지게문 밖에서 강아지처럼 귀를 쫑긋 세우고 있는 중이었다. 그러나 거리가 거리인지라 말소리가 뭉쳐 도통 무슨 말인지 잘 들리지가 않았다. 주위를 한번 둘러본 그는 아예 게처럼 납작 바닥에 엎드려 지게문 바닥에 귀를 가져다 댔다. 들키기라도 한다면 목숨 부지하기 어려운 것은 알지만 세상사 위험없이 얻어지던 것이 있던가. 뭔가 큰 것을 캐내기라도 하려는 듯 그의 눈빛은 평상시와 다르게 날카롭기까지 했다. 그도 그런 것이 나인을 물리치면서까지 [1]기하(基下)가 불러들인 밤손님이니 근처의 내관들의 궁금증을 한껏 달아오르게 만들기 충분했다. 아무리 보아도 조용한 궐내가 심상치 않을 일이 생길 게 분명해 보이는데 그게 뭔지는 그의 노련함으로도 잡히지가 않았다.

곽 내관은 자신의 머릿속에 있는 비중있는 이십대 중반 귀족 자제들의 얼굴을 하나씩 꺼내보았다. 어두워 자세히 보지는 못하였으나 입궐할 당시 곧은 걸음걸이와 얼굴 생김새로는 어느 귀족 집 자제인 것 같기도 하나 관모를 보면 꼭 그렇지만도 아닌 것이 생각할수록 고개만 갸우뚱해질 뿐이었다.

그는 아예 귀를 지게문에 갖다 붙였다. 원래 생각을 입 밖으로 내어서도 들은 말을 가슴에 새겨서도 안 되는 것이 내관의 자리이긴 하지만 내관이 된 지 사십 년이 지난 지금에도 가슴 한구석에서 솟아오르는 호기심을 누를 수 없었다. 물론 이런 위험한 호기심이 내관임에도 불과하고 그가 갖은 호사를 누릴 수

---

1)기하: 발해에서 신하가 황제를 높여 부르는 말

있는 이유이기도 했지만 그건 어디까지나 그의 노력이었다. 이런 맛이라도 없었다면 그는 이 심심한 궁궐에 벌써 지루해 죽었을지 모른다.

아무튼 기하의 결기로 일어난 즉흥적인 일이라 해도 어찌 되었든 낯선 사내의 입궐은 내관들의 입에서 입으로 구중궁궐 마른 볏짚 불 붙듯 빠르게 퍼져 나갈 것이 뻔했다. 그 소문에 불을 붙이기 위해 곽 내관 또한 귀를 쫑긋 세우고 있었다.

각양각색의 홍련화 무늬를 띤 금 비단 휘장이 내외 방을 물결치듯 둘러싸여 있고 나라에 단 한 분만을 위해 만들어진다는 열두 자 병풍에는 나라의 풍요와 성망을 기리는 동식물들이 나란히 수놓아져 있었다. 침대 위의 금침은 오색실의 화려함으로 덮고 있으니 무식한 고리백정이 보아도 이 방이 누구를 위한 방인지는 쉬이 짐작하고도 남음이었다.

"문창을 환히 비추는 달그림자, 문은 닫혔는데 달빛 새는 소리에 한잠을 깨었던가?"

무 황제는 지게문 밖을 한번 보더니 의미심장한 말 한마디를 던졌다.

늦은 밤임에도 불구하고 하루의 직무가 끝나지 않았는지 그는 아직 황룡포를 벗지 않고 있었다. 간소한 술상이 차려져 있는 것을 보면 적적한 밤에 아끼는 삼공(三公) 중 하나를 불러 술 벗이라도 하고 있는지 송엽주를 따르는 소리가 맑게 들렸다. 그러나 술이 어느 정도 들어간 무 황제와는 달리 앞의 사내는 고개도 들지 못할 정도로 안색이 굳어져 있으니 아무리 봐도 흥을 돋우기 위한 술상이 아닌 게 분명했다. 그 분위기가 얼마나 무거웠으면 밖에 요란스럽게 우는 풀벌레 울음소리만 고요한 방 안을 가득 채울 뿐이었다.

어느 정도 몸이 따뜻한 기운이 감돌자 무 황제는 술잔을 두 손가락에 걸친 채 앞의 사내를 평가하듯 훑어 내렸다.

"네가 돈화부의 가진이냐?"

"그렇습니다."

"네가 이 일을 성사시킨다면 원하는 하나를 주마. 허나, 만에 하나 네가 이 일을 성사시키지 못한다면 내 그 이유를 단단히 물을 것이다."

그렇잖아도 긴장하고 있던 가진의 어깨가 더욱 굳어졌다. 평생 입궐할 일 없는 그가 그것도 비밀리에 황제를 대면한다는 것은 상상조차 못해본 일이었다. 지금도 몽환 속을 거닐고 있는 것 같아 꿈인지 생시인지 자신의 살을 꼬집어보고 싶은 심정이었다.

한밤중 다급한 내관의 방문에 부랴부랴 옷을 갖춰 입고 정신을 가다듬은 것이 채 일각도 되지 않았는데 다짜고짜 그 명이라는 게 뭔지는 몰라도 그의 능력 밖의 일이라도 해내야 하는 몫으로 떨어진 것이리라.

가진은 애써 가중된 불안을 눌렀다. 차라리 대역죄를 지어 추국을 당하기 위해 황궁으로 끌려왔다면 그나마 속이라도 편했을 터였다. 도대체 무슨 이유로 황제가 자신을 불러들였는지 감조차 잡을 수 없었다. 황제의 성정이 급해 이 밤 당장 서국의 희귀한 물건 하나 내보이라 함도 아닐진대 이리저리 생각을 뻗어 보아도 딱하니 떨어지는 답이 없었다. 그것도 반 말갈족인 그는 아버지가 발해 상단 사람이라는 이유로 사람 구실을 하고 있는 것이지 대부분 말갈족 혼혈이라면 관에 관리를 받으며 노예로 생활을 해야 되는 미천한 신분을 가진 그들이었다. 그런 자신을 황제가 직접 부른 것이다.

"그리 긴장할 것 없느니. 올해로 스물아홉에 상단의 대방이라. 이름이 겨를 가(暇)에 다할 진(盡). 좋은 이름이다. 있는 힘을 다한다는 것은 꼭 무장에게만 해당되는 말은 아니지."

종이에 적힌 가진의 이름이 마음에 든다는 듯 무 황제는 고개를 끄떡거렸다. 남들의 눈을 피해 몰래 사람을 들이는 무모함을 모르는 바 아니나 그는 자신의 눈으로 확인하고 싶은 것이 있었다. 이름이 있는 장사치에는 본디 두 가지로 나눠진다 했다. 이익을 위해서 무엇이든지 긁어모으는 야욕이 가득한 놈이 있는가 하면, 상도를 알며 행하는 장사치가 있다. 무 황제는 이 사내에게 이 일을 맡겨도 되는지 확신이 필요했다. 그것은 어느 누가 판단해 줄 수 있는 문제가 아니었다. 다행히 아직 젊어서인지 야욕은 눈에 서려 보이지 않았다.

"그리 긴장할 것 없다."

평가하듯 훑어본 무 황제의 입가에 묘한 미소가 자리 잡았다.

사람을 많이 대하다 보면 그 사람의 그릇 정도는 쉽게 볼 수 있는 자리가 바로 이 자리라, 그런데 아무리 봐도 이자의 상이 실로 재미있지 않은가. 땅 위에 굴러다니는 하찮은 돌멩이라 이리저리 지나가는 이의 발에 채여도 억울해 말 못할 상이다. 허나, 그 돌멩이, 고요한 호수에 던져 넣으면 그 파장이 만만치 않을 상이니 참으로 흥미로운 상이 아닐 수 없었다.

"안서(지금의 신장성)로 건너가라."

"당나라 말씀입니까?"

"그래, 두루두루 형세를 살펴오라 이 말이다. 다시 받아야 할 게 있지 않느냐?"

주저하던 가진의 눈빛에 한줄기의 감이 스쳐 지나갔다. 형세를 살펴오라 함은 곧 적을 알아오라는 소리였다. 그렇다면 다시 받아야 하는 것은 옛 고구려의 땅인가? 확인을 위해 가진은 무 황제의 용안이라도 마주치고 싶었지만 그는 지금 황제의 의도를 알아내는 것만으로도 벅찼다.

자신의 황제가 누구던가? 보위 십삼 년 만에 옛 고구려 영토의 기본 틀을 다시 마련해 그 자질을 여실히 보여주고 있는 분이다. 언행에서 또한 간결하고 도전적이어서 장수의 기질이 온몸에 배이신 분이다. 그런 분이 상명 하달도 아니고 남의 이목을 피해 자신을 황궁으로 부른 까닭치고는 그 무게가 상상도 못할 만큼 컸다. 지기 싫어하고 욕심이 많은 황제이나 어리석은 황제는 아니었다. 그런데 자신의 황제가 전쟁이 무슨 동네 땅따

먹기 놀이라도 되는 듯 쉬이 명을 내리고 있는 것이었다.

아무리 곱씹어 생각해도 입이 바짝 마를 지경이었다. 식은땀이 등 뒤를 훑고 지나간 듯했다. 그가 잘못 이해하지 않았다면 황제가 원하는 것은 옛 고구려의 땅. 광활한 토지 위에 다시 한번 우리의 성터를 쌓는 일. 지금 그 일을 일개 소인에게 터놓고 명하고 있는 것이다. 자신은 장수도 그렇다고 왕이 친애하는 공신도, 권력을 움켜진 귀족도 아니었다. 아무리 수완이 뛰어나 비밀리에 몇몇 장승들의 자문이 되어주기도 한 그이지만 그는 한낱 상것이었다.

"또한 당에 머무는 문예를 환국케 하라."

문예 전하의 환국이라. 무엇을 뜻하는 것이지?

가진은 하명을 받든다는 대답조차 하지 못했다. 아니, 도대체 황제가 자신에게 무슨 말을 하고 있는지도 몰라 머리가 멍할 지경이었다. 문예 전하의 건으로 황제의 분노가 쉽사리 가라앉지 않았다고 하던데 갑작스러운 문예 전하의 환국이 떨어지다니 알 수 없는 일이었다.

"짐에게 영남에 유배시켜 놓았다 거짓을 말하고 문예를 안서에 머무르게 해? 당 고것들이 감이 짐을 속이려 들어?"

감정이 실린 듯 무 황제의 목소리가 낮게 깔려 있었다.

"너도 알다시피 문예가 당으로 도망을 갔다. 만에 하나 요동에서 충돌되었을 시 그들이 내 동생을 내세운다면 그것도 골치 아픈 일. 그 아이를 환국시켜라. 반항하면 죽여도 좋다."

죽여도 좋다는 무 황제의 말에는 한 치의 흐트러짐이 없었다.

"아직도 기억하고 있다. 고황이 발해에 대한 책봉서를 받을 당시 문예는 그 먼 당나라까지 자신이 왜 가야 하는지도 모른 채 떠나야 했다. 허울이 좋아 사자로 파견된 거지 그 어린 나이에 무섭고 외로웠겠지. 정에 굶주려 잠도 못 잤을 테지. 허나, 지금 당나라와 신경전을 하고 있는 조정을 뒤로한 채 그는 당으로 몸을 숨겼다. 더 이상 참아줄 수 없음이다. 이번이 마지막이다. 그를 데려와라. 더 이상 당나라의 구차한 변명은 듣지 않겠다."

처음부터 무 황제의 관심사는 눈앞에 펼쳐진 광활한 땅이었다. 그리고 불행히도 그 걸림돌에 그의 동생이 있었다. 그 걸림돌이 조정을 흔들 수 있기에 무 황제는 어떻게든 문예를 처리해야만 했다. 즉, 그는 하나뿐인 동생에게 마지막 인정을 베푼 동시에 날카로운 칼날을 들이밀고 있는 것이다.

"말해보라. 요동은 오래전부터 우리 땅이었느니. 내 것이었으니 돌려받아야 마땅치 않느냐? 내 것이라 해도 남의 손을 오래 타면 탈 잡히기 마련이다. 짐은 그리 두고 볼 생각은 없다. 그러기 위해서는 요동을 먼저 쳐야 함이다. 내 말이 틀렸느냐?"

황제가 답을 기다리고 있는 것을 알자 가진은 그때서야 조심스럽게 입을 열었다.

"요동 지방을 확보하기 위해서는 서남쪽 압록강 수로를 확보해야 하는데 그러기 위해서는 당의 견제도 중요하지만 이민족의 힘도 무시하지 못할 것입니다. 힘을 한쪽으로 싣는다는 것은 위험한 일이 될 수도 있습니다."

가진의 조심스러운 답에 무 황제가 피식 웃으며 술잔을 내려놓았다. 귀동냥으로 주워들은 것치고는 썩 제법이지 않은가.

"다음 달쯤 대외적으로 정진초 문사가 당으로 갈 것이다. 얼추 그와 빌밋하게 날짜를 맞추어 길을 꾸려라. 그는 장안으로 가 당나라 황제에게 청을 하겠지. 당나라 황제는 당연히 문예를 내어줄 수 없다 하겠지. 뭐, 정진초 문사는 대충 놀고먹다 돌아올 테니 그리 네가 신경 쓸 일이 아니다. 너는 직접 문예를 만나 그 아이를 환국시키면 되는 것이다."

아무리 생각해도 화가 나는지 무 황제는 다시 술을 들이켰다.

가진은 잠시 생각을 정리해 보았다. 짜증스러운 무 황제의 말투에도 불구하고 다 큰 성인인 동생을 아직 아이라 칭한다는 것은 일말의 애착이 남아 있음을 의미했다. 한때 죽이려고까지 한 동생임에도 불구하고 아직 무 황제의 가슴 언저리에 동생이라는 자리가 있다는 소리였다. 어린 문예 전하가 당에 끌려간 후 십여 년이 넘어서야 환국할 수 있었다. 그러나 환국의 기쁨도 잠시, 문예 전하는 흑주전과의 전쟁에서 전쟁을 반대하는 상소를 올리다 황제의 분노를 피해 당나라로 도망가야 했다. 그렇게 그리워하던 내 나라 땅을 밟은 지 얼마 되지 않아서 또다시 당으로 건너가야만 한 어찌 보면 비운의 전하였다.

"몇 번을 죽일 생각도 했다. 그 이름을 더럽혔으니 죽어도 마땅하지. 짐이 분명 임야와 함께 당의 흑수주를 치라 병사를 내주었다. 그런데 그놈이 한 짓이라고는 당나라가 무서워 벌벌 떨며 흑수주 코앞에서도 칼 한번 휘두르지 못한 놈이다. 그것도 모자라 짐의 노여움을 핑계로 당으로 몸을 숨겼다. 당으로 말이다!"

기억이 아직도 생생한지 무 황제의 목소리가 노기로 떨려 있었다.

"너를 부른 이유를 아느냐."

"모르옵니다."

가진의 짤막한 대답에 무 황제의 눈빛이 흥미로운 듯 잠시 반짝거렸다.

"모른다. 솔직해서 좋군. 내 나라를 세움에 있어 당의 책봉서를 받는 능욕은 한 번으로 족하다. 더 이상 당나라로 인해 능욕을 당할 순 없다. 그것이 아무 쓸모 없는 내 동생이라도 그렇게 내버려 둘 수 없음이다. 또한 너라면 능히 과인의 뜻을 읽어주리라 생각하기 때문이다."

가진은 황제의 속뜻이 이율배반적이라 당황스러웠다. 문예 전하의 환국을 바라면서도 아니면 죽이라는 말을 어떻게 받아들여야 할지 막막했다. 이건 꼭 길을 모르면서 길을 나서는 행상과 다를 바가 없었다. 정말 일이 틀어질 경우 내 나라의 땅을 밟는 것은 고사하고 삼족이 살아남을지도 의문이었다.

"그르침이 없어야 할 것이다."

가진의 두 눈에 혼란스러움이 가득하자 무 황제가 웃음을 터 뜨렸다.

지금 무슨 말을 해도 너에게는 까마득히 느껴질 터이다. 왜, 무엇 때문에 내가 너를 불렀는지 하얀 밤을 지세며 고민도 될 것이다. 하지만 그건 네가 문예를 만나고 나서 풀어야 할 숙제 이니라. 풀 수 있다 여겨 불러들인 것이다.

"나가보라."

가진이 물러가자 무 황제는 한 번에 술잔을 입에 털어 넣었 다. 목으로 넘어간 송엽주가 유독 그의 속을 싸하게 긁어내렸 다. 술잔이 비길 여러 차례. 무 황제의 눈이 번뜩거리며 빈 술잔 을 부서지듯 움켜졌다.

"이번이 마지막이 될 것이다."

집으로 돌아온 가진은 뒷마당에 자리 잡은 느티나무 아래에 몸을 기대었다. 뒤엉킨 실타래처럼 명확한 답이 손에 떨어지지 않자 답답함이 차 오르고 있었다. 지나가는 객이 남의 집에 가 서 물 한 대접 얻어 마시는 것처럼 쉽게 명을 내리는 것 자체가 이해가 되지 않았다. 확실한 마무리를 원한다면 그보다는 살수 를 보내야 옳았다. 소리 소문 없이 없애라 함이 더 쉬운 방법이 아닌가. 뛰어난 대신 또한 얼마든지 있었다.

문예 전하를 고국으로 데려오라? 그렇지 않으면 죽이라? 어 차피 문예 전하는 여기 와도 죽는다. 대신들에 의하든 황제의 노여움에 의하든 확실히 죽는다. 그것을 누구보다 모를 리 없는 무 황제였다. 그런데 환국시키라 함은 적어도 목숨만큼은 살려 두겠다는 말인가? 아님 피바람의 예고인가?

또다시 되풀이되고 있는 질문에 가진은 한숨을 내쉬었다. 애초에 없는 답이나 마찬가지였다. 질문 자체도 헤아리지 못하는데 답이 나올 리 만무했다.

그는 가늘게 뻗은 나뭇가지 하나를 꺾어 입에 물었다.

왜 자신일까? 그가 가지 않으면 안 되는 이유라도 있는 것일까? 단지 당을 몇 번 왕래했던 이유라기에는 개운치 않는 납득이었다. 필시 다른 이유가 있을 것이다. 그렇지 않고 이 밤에 궁궐로 사람을 부를 까닭이 없겠지.

"무슨 생각을 그리 골똘히 하느냐?"

너무 골똘한 나머지 지척의 소리도 듣지 못한 가진은 뒤의 작은 인영을 확인하자 고개를 숙였다.

서유 부인은 아들을 근심스레 올려다보았다. 반듯한 이마에 길게 찢어져 서늘할 것 같은 눈매, 특히 큰 키와 날카롭게 곧은 코는 자신을 닮아 입을 다물고 있으면 대체적으로 차가운 인상이었다. 성격 또한 그와 다를 바 없었다. 그런 아들이 밤을 새면서까지 자신의 걱정을 드러내 놓고 있으니 그녀는 걱정이 안 될 수가 없었다.

"아직 동도 트지 않았는데 여기서 밤을 샌 것이냐?"

"오랜만에 생각할 것이 있었습니다."

서유 부인은 아들이 하는 일을 한 번도 입에 올린 적이 없었다. 그러나 이렇게 뒤뜰에 밤을 지새우면서 어미가 옆에서 몇 번을 불렀는데 못 들을 정도로 깊이 빠져 있는 모습을 보면 그 일이 무엇인지 걱정스럽기도 하고 한편 궁금하기도 했다. 더욱이 아직 날을 맞이하기에는 세상은 온통 검보랏빛 물로 가라앉아 아들의 얼굴이 더욱 어둡게만 느껴졌다.

그녀는 주저하며 아들 옆으로 가까이 다가섰다. 초여름이지만 아직은 차가운 밤기운이 땅을 덮고 있자 싸늘함을 떨치려는 듯 팔로 몸을 감싸 안았다.

"힘든 일이 있는 것이냐?"

"아닙니다."

아들이 예의 미소를 보이자 서유 부인의 낯빛이 잠시 흐려졌다. 그런 아들의 모습이 그녀에게는 손님 대하는 행동과 다를 바 없어 보였다. 장사를 하다 보면 웃고 싶지 않아도 웃어야 할 때도 있다는 것을 모르는 건 아니나 이 아이는 그 허식이 너무 익숙한 듯해 마음이 편치 않았다.

서유 부인은 아들 옆에 서 아직 떠오르지도 않는 동쪽 하늘에 시선을 두었다.

"넌 싫고 좋음이 분명한 아이였다. 그래서 욕심도 많았지. 그런 아이가 언제부터인지 말이 없어지고 조용해지더구나. 아니, 남들에게 스스러웠다가 옳았겠지. 안다, 네가 왜 그랬는지 어렴풋이 알아. 어린 나이에 불구덩이 하나 가슴에 삼켰구나, 너무 어려 미처 삼키지 못해 그 연기가 네 가슴을 막았구나, 라는 생각도 든다. 오늘같이 네가 이렇게 홀로 생각에 잠겨 있으면 더욱 그래. 허나 가진아, 자신을 얽매이려 하지 마라. 너무 네 자신을 얽매이다 보면 숨 쉬는 것도 힘들어질지 모른다. 난 네가 그러지 않았으면 한다."

그녀의 음성은 평소와 같이 부드러웠으나 쓸쓸함을 감출 수는 없었다. 항상 마음에 담아두던 말이었다. 한 번쯤은 아들을 위해 해주고 싶은 말이기도 했다. 그러나 그 삭아빠진 말을 밖으로 뱉어내도 어째 삭힌 속은 시원하지가 않았다. 지금도 묵묵히 듣고만 있는 아들의 표정은 변화가 없었다. 서유 부인은 아들이 마음의 겹을 쓰고 살지 않았으면 했다.

"내가 괜히 너의 마음을 어지럽히게 한 것 같구나. 그러나 이 어미는 진심이다."

"다음 달 중순경에 당나라로 가야 할 것 같습니다. 그 일로 잠시 생각을 했을 뿐입니다."

"당나라로? 네가 직접 가려고?"

"네. 귀한 물건이 들어올 예정인데 진품인지 감별이 필요할 것 같아 가봐야 할 것 같습니다."

"걱정이로구나. 그 먼 곳까지 길도 험난할 터인데."

벌써부터 서유 부인의 얼굴에는 막연한 걱정이 앞섰다.

그러나 그는 오히려 남겨진 부모님이 걱정이었다. 황제가 말한 그대로의 뜻이라면 그가 이렇게 걱정할 필요가 없었다. 그러나 들리는 말에 의하면 황제는 몇 번 당으로 자객을 보낸 적이 있다고 한다. 그게 사실이라면 그를 당으로 보내는 의미가 무엇인지 알아야 했다. 만약 일이 어그러져 그가 황제의 명을 받들지 못하게 된다면 생각만 해도 마음은 거센 풍랑만 일었다.

오늘따라 작아 보이는 어머니 모습에 가진의 시선이 잠시 머물렀다. 그가 봐온 여성 중에 누구보다 강하고 현명한 어머니였다. 하지만 어느 어미와 같이 자식 걱정에 밤을 새는 분이기도 했다.

혹여 일이 잘못되면 부모님은 어떻게 되는 것인가? 적어도 아버지께 상의라도 드리고 싶지만 현재 구왁 쪽 사람과 담비와 버섯 거래 물고를 트기 위해 훈춘(현 중국 지린성)으로 가셨으니 적어도 한 달 정도는 있어야 오실 수 있을 것이다. 인편으로는 알릴 수 없는 일이다.

"아직 바람이 차니 들어가십시오."

두 손을 꽉 움켜쥐고 서 있는 어머니를 본 가진은 먼저 발걸음을 떼어 옆으로 비켜섰다.

어머니가 내실로 들어가는 것을 확인한 후 자신의 방으로 들어온 그는 안석(기대는 방석)에 기대어 눈을 감았다. 잠을 청하려 해도 엉킨 머릿속에는 아까부터 무 황제의 마지막 말이 계속해서 귓가에 맴돌고 있었다.

"너라면 짐의 뜻을 읽어주리라 생각했기 때문이다."

그는 당나라로 출발하기 전에 이 말뜻을 먼저 풀어야 했다.

화련이 작은아버지가 머무는 거처로 걸음을 옮길 때마다 진 녹색의 주름진 치마가 조용히 흩어졌다. 연풀잎 색깔로 수놓인 마름꼴 모양인 자줏빛 허리띠가 그녀의 화난 발걸음과 함께 가는 물결로 흔들리고 있었다.

아버지의 병세가 많이 악화된 후 작은아버지가 집안의 대소사를 모두 결정을 하고 있었다. 한 달 새에 너무 급격히 쇠하신 아버지 문제로 사모부에 있는 오라버니에게 연통을 해도 소식이 없자 애가 탈 지경이었다. 그것을 잘 알고 있는 작은아버지가 감히 내게 이런 짓을……

"저와 얘기 좀 하셔야겠습니다, 작은아버지."

화련은 손에 구겨진 서신을 탁자에 던지며 작은아버지를 째려보았다.

"이게 무슨 버릇없는 짓이냐?"

"제가 오라버니에게 보낸 서찰입니다. 어찌 이 서찰을 초식이 놈이 다 가지고 있는 건가요?"

"내 어찌 알겠느냐. 내 그놈을 당장 족쳐서 죄를 묻도록 하마."

뻔뻔한 작은아버지의 대답에 화련의 눈매가 단박에 차가워졌다.

"죄를 묻는 게 아니라 발각이 된 잘못으로 사지를 묻으려는 거겠지요. 사람은 말입니다. 한 번 권력 맛을 들이면 자기 발을 도끼로 찍어도 모르는 법이라고들 합니다. 지금 앉아 계시는 그 자리, 작은아버지의 자리가 아니라는 것도 잘 아실 것입니다."

"뭐야? 내 듣자듣자 하니 못하는 소리가 없구나. 형님이 병세가 악화되어 내 밤낮으로 가문을 이끌고 위로 조상님들을 위호(衛護)하며 돌보고 있건만, 지금 이만한 장졸들을 거느리는 게 다 누구 덕분이라고 생각하느냐?"

"작은아버지 덕분이지요. 감사하고 감사할 일입니다. 하지만 대소사를 집안의 장손이 몰라서는 안 되겠지요?"

"그만한 혼처가 쉽게 나는 줄 아느냐?"

어차피 작은아버지의 잇속을 챙기기 위한 허울 좋은 자리였다.

이 년 전에 할아버지의 상을 치러 그 해는 혼담을 일절 받지 않았고, 그 두 해에 아버지가 쓰러지고 나니 그녀 나이 열아홉 살이었다. 작은아버지가 안씨 집안의 권세를 등에 입고 이곳저곳에서 뇌물을 받으며 뒷주머니로 빼돌린 땅과 재산도 적지 않을 것이다. 하지만 지금 작은아버지가 누리는 권세는 그의 것이 아니었다. 오라버니가 북방 경계의 임기를 마치고 오면 장손에게 돌아가야 할 자리였다. 지금은 사모부에서 북방을 지키고 있지만 언젠가는 가주로서 집안을 이끌어갈 것이다. 고작 서찰 하나로 작은아버지와 싸우는 것이 아니었다. 꼭 오라버니와 상의

해야만 하는 일이 있었다. 어머니마저 모든 일을 작은아버지와 의논하는 지금, 집안에는 그녀의 편이 없었기에 더욱 절실했다.

"하나만 묻지요. 만약 집안에 삼대를 멸할 대역죄가 나온다면 작은아버지께서는 어찌하겠습니까? 현재 작은아버지가 가주 대행을 하고 있으니 작은아버지 목숨을 내놓고 가문을 살리겠습니까, 아니면 어디 멀리 도망이라도 가시렵니까?"

"그게 무슨?"

의심스러운 듯 안두현의 눈이 메기처럼 가늘어졌다. 혹 우익파에서 나온 소문을 이 아이가 아는 건가? 우리 가문을 모함하려고 별의별 수를 다 쓰고 있는 그런 수법은 선대부터 신물 나게 겪어오고 있었다. 이 집안의 장자가 미치지 않고서야 문예 전하가 당으로 빠져나가는 것을 도울 리가 없지 않은가? 그런데 어째서 저 작은 계집의 귀까지 그 이야기가 들어간 것이야?

"대답은 들은 것으로 하지요."

선뜻 대답을 못하는 작은아버지를 남겨놓은 채 화련은 방을 빠져나왔다. 그녀의 편이 될 수 있는 사람은 오직 한 명뿐이 남아 있지 않았다. 그러나 그가 그녀의 편이 되어줄지는 확신이 서지 않았다.

맨 처음 화련은 세향에게 전해 들은 얘기를 믿을 수 없었다. 정진초 문사가 당으로 간다는 말이 저잣거리에 쫙 퍼졌다고 했다. 대문예가 당으로 도망친 이후 무 황제는 여러 번 그를 불러들이려 했지만 그것도 신통치 않아 황제의 노여움이 하늘에 닿았다고도 했다. 다음 달 안으로 정진초 문사가 길을 떠난다니 그녀는 더 이상 지체할 시간이 없었다.

화련은 아까부터 마당 기둥에 앉아 꾸벅꾸벅 졸고 있는 세향을 흔들어 깨웠다.

깜짝 놀란 세향은 벌떡 일어났으나 곧 아가씨가 자신을 깨운 것을 알자 입가의 침을 훔치며 입맛을 다셨다. 무슨 잠귀신이 들러붙은 것도 아닌데 오늘은 오후부터 온몸이 흐물흐물 오뉴월 엿가락 늘어지는 것 같더니 계속 잠이 쏟아지고 있었다. 일도 안 하고 졸고 있는 게 염치없다는 것이 이제야 생각난 건지 세향은 미안한 웃음을 보였다.

"헤헤. 아가씨, 뭐 시킬 일이라도 있으신감요?"

"가자!"

무턱대고 가자라니. 세향은 두 눈을 깜빡였다. 더욱이 밖을 보니 해는 거의 기울어져 가는데 외출 준비가 완전히 끝난 아가씨의 옷차림에 다시 한 번 고개를 갸웃거렸다.

근데, 아가씨의 표정이 왜 작은 주인님이 칼을 든 모습처럼 비장한 거야! 어허, 저 표정 보니 난리났어, 난리난 게야.

"날도 다 저물어가는데 어디 가게요?"

아가씨의 얼굴이 심상치 않자 세향은 왠지 불안스레 물었다.

"거기가 어디라고 했지? 가진 대방이 있는 곳 말이야."

"집이야 뭐, 원반장 뒤로 가면 만날 짐이 하루에 수십 번도 들락날락하는 곳 아님가요? 거기가 바로 가진 대방네 집이죠."

"거기 말고. 지금 술독에 빠져 살다시피 하는 기루 말이다."

"……취월향이요? 거긴 왜요?"

고집스러운 턱이 오늘따라 더욱 도드라져 있는 모양도 그렇고, 힘이 잔뜩 들어간 새까만 두 눈은 결판이라도 낼 기세로 보였다. 에이…… 설마. 아니겠지.

"앞장서라. 거기로 갈 것이야."

"에엑? 말도 안 돼요. 안 된다고요. 거긴 아가씨가 갈 곳이 못 된다니까요. 소문이라도 나면 어쩌려고 그러세요? 안 됩니다요, 절대!"

"서찰을 넣었으면 답이 있어야 할 것 아니냐. 네가 안 간다면 나 혼자라도 갈 것이야."

"아가씨!"

화련은 세향의 말은 들은 채도 않고 대문을 나섰다.

오라버니가 없을 때 혹 도움이 필요하다면 그에게 부탁하라는 오라버니의 말이 생각나 조심스럽게 부탁이 있사오니 한번 들러주십사 서신을 보낸 것이 서너째가 지난 터였다. 마음이 급하여 사람까지 다시 보내 답신을 받아오라까지 한 그녀였는데 답이라고는 고작 2)사환이라는 자가 와 찾으시는 물건이 있냐라니.

들리는 소문에 의하면 마을 유지들과도 사이들이 꽤 돈독하

----

2)사환: 사삿집(사가)에서 개인적인 심부름을 하는 자

고 품행 또한 흠잡을 만한 소문을 들은 적 없어 실한 사람이라 생각했는데 근래에는 여색에 빠져 집에 들어가지도 않는다는 말이 들리자 그녀는 정말 그에게 서찰을 보낸 것이 잘한 것인지 확신이 서지 않았다. 이 상황을 본다면 부탁은커녕 됨됨이조차 의심해 봐야 하는 상황이 아닌가. 그러나 그녀에게는 방 안에서 혼자 끙끙거려 봐야 방법도 시간도 없었다. 그쪽에서 움직여 주지 않는다면 자신이 움직일 수밖에.

"분명 거기서 산다고 했으니 찾기도 쉽겠지. 더 이상 시간을 끌 수는 없다."

"잠시만요, 아가씨. 그러니까 무턱대고 거기가 어디라고 간대요? 아가씨는 여기 계시고 제가 불러올게요. 그러면 됐죠?"

다급한 마음에 세향은 아가씨의 앞을 가로막으며 옷깃을 잡았다. 정 안 된다면 마당에 대자로 누워 '나를 밟고 가시오!' 라고 소리라도 질러 아가씨의 발걸음을 잡아볼 생각이었다. 그러나 그녀의 생각을 알았는지 화련은 벌써 문밖으로 뛰쳐나가고 있었다.

"마님께 까바칠 거예요!"

세향이 아가씨 등 뒤로 힘껏 소리를 질러봤지만 이제 아가씨의 치맛자락도 보이지 않았다. 도대체 거기가 어디인 줄 알고 간단 말이냐고요. 집에서 몸가짐 배우며 지내도 부족한 날에! 아이고, 난 몰라. 어려서부터 아가씨의 고집을 잘 알고 있는 세향은 결국 울상을 지으며 대문을 박차고 아가씨를 쫓아갔다.

화련이 아무리 단단한 결심을 하고 길을 나섰다 해도 기루 대문 밖에 대롱대롱 걸려 있는 강사등(降紗燈)을 보니 그 용기가 꺾일 수밖에 없었다. 금녀의 집이라 부르는 기루에 더욱이 귀족 아가씨의 치맛자락이 기루 문턱을 넘을 일이 없었을 곳이니 그럴 만도 했다. 화련은 새가 쪼아대듯 팔딱거리는 가슴을 한 손으로 지그시 눌렀다. 애써 태연히 마당 한가운데로 걸어 들어가 고개를 치켜들고 주위를 살폈다. 그러나 태연함을 가장한 것도 잠시 텅 빈 사가 같은 분위기에 당황스러움이 그녀를 덮쳤다.

사내들이 너도나도 간다 하여 동네잔치마냥 시끌벅적할 줄 알았는데 사내들의 취음은커녕 요염한 아가씨들도 보이지 않았다. 오히려 쥐 죽은 듯 고요하기만 해 집을 잘못 찾아온 듯한 착각까지 들게 만들었다. 아직 해가 다 기울지 않았다 해도 귀족 자제들께서 이렇게 점잔을 빼며 놀 거라고는 생각지 않았다. 관가에서 관기가 부족해 기생들을 따로 불러들이지 않고서는 이렇게 기루가 조용할 리가 없었다. 기루가 이렇게 조용하고 지루한 곳이면 벌써 이 나라의 기루는 일찍이 다 망했어야 옳았다.

"아가씨, 제발 돌아가자니까요. 아가씨가 여기에 와 있는 걸 누가 알아봐요. 입소문이라도 나쁘게 나면 큰일난다고요."

그러면서도 세향은 혹 지나가는 이가 볼까 냉큼 대문을 닫았다.

"나중에 왜 왔냐, 어머님이 추궁하시면 네가 꼬드겼다 할 테니 그 입 다무는 게 좋을 거야. 그런데 여기가 취월향이 맡긴 한 게야? 사람은커녕 기척도 없잖아."

화련은 은근히 세향을 채근하였으나 세향은 뭐에 쫓기기라도 고개를 이리저리 돌리며 안절부절못하기만 할 뿐이었다.

세향은 자신의 초록 치마를 연신 쥐락 펴락을 반복했다. 자신의 나쁜 머리로 생각해도 여기까지 오는 것은 무조건 말렸어야 했다. 아가씨의 발목을 잡아서라도 문지방을 넘지 못하게 막아섰어야 했었다. 이 일이 마님의 귀에 들어가기라도 하는 날이면 분명 경을 치고도 남을 일이었다. 지금이라도 누가 보기 전에 후딱 이곳을 벗어나고 싶지만 아가씨가 저리 버티고 섰으니 자신이 할 수 있는 일은 그저 아무에게도 들키지 않고 이곳을 빠져나갈 수 있도록 부처님께 빌고 또 비는 수밖에 없는 것 같았다.

"무슨 일로 오셨는지요?"

목소리가 들리는 쪽으로 화련이 천천히 몸을 틀었다.

달금하면서도 휘어 감아올리는 목소리로 봐서는 사내 간장 여럿 녹인 솜씨였다. 생각보다 기생의 옷차림치고는 점잖은 짙은 옥색 치마와 한 올까지 높게 틀어 올린 머리는 귀족 마님 못지않은 자태였다. 거기다 귀한 금제 장식으로까지 한껏 치장을 한 것을 보니 여기에 오래 묵은 기녀이거나 그녀가 취월향의 주인인 듯했다.

어린 아가씨가 관찰하듯 자신을 훑어보자 가지런하게 잘 다듬은 명월의 눈썹이 부드럽게 치켜 올라갔다. 자신이 취월향에 눌러앉은 이후 이런 손님을 받은 적이 처음이라 이 어린 아가씨를 어찌 처리해야 할지 잠시 고민을 해야 했다.

귀족 나리 홑바지까지 벗겨 먹을 수 있는 배포를 타고난 것이 이 바닥의 그녀들이었다. 간혹 안사람이 찾아와 난리를 쳐도 오히려 물건 간수 못한 사내 탓이라며 도리어 오는 아낙 호통 치는 뻔뻔함까지 갖춘 그녀들이지만 이제 갓 피어오르는 아가씨가 기루 안마당을 휘젓고 다니는 일은 쉬이 볼 수 있는 일은 아닌지라 여간 당황스럽지 않았다.

"가진 대방이 이곳에 있다고?"

명월의 입꼬리에 엷은 미소가 걸렸다. 어느 집 아가씨이기에 이래 대포가 크실까?

정말 요 며칠 희한한 손님만 받는 그녀였다. 기루에 한 번도 온 적이 없는 가진 대방이 아예 취월향을 통째로 빌리겠다고 하질 않나. 오늘은 귀족 집 아가씨가 기루의 문지방을 넘으려고 하지 않나. 살다 살다 이런 구경을 해보겠냐만은 아직 멋모르는 아가씨이니 빨리 돌려보내야 함이 옳았다.

"여긴 기루입니다, 아가씨."

"그를 만나야겠다. 해웃값을 내야 한다면 내겠다."

취월향 하루 매상을 가진 대방이 모두 메워주는 조건으로 어떤 손님도 받지 말라는 명을 받았으니 저 질문은 못 들은 것으로 해야 했다. 손님과의 약속은 어떠한 것이든 대쪽같이 지키는 명월이었다. 그러나 그녀는 왠지 이 앞의 아가씨에게는 그가 어디 있는지 가르쳐 주고픈 마음이 슬그머니 생겼다. 가르쳐 주지 않는다 해도 앞의 이 꼬마 아가씨는 방문 하나하나 열어보기 전에는 갈 생각이 없는 듯했다.

어찌해야 하나? 가르쳐 줘, 말아? 그녀는 검지로 턱을 두드리며 잠시 갈등을 했다.

좋다, 기분이다. 젊은 남녀 만나는 일 중 제일인 것은 속삭이는 연분 맛. 손님과의 신용도 중요하다지만 내게는 이 아가씨가 손님으로는 아니 보이니 가르쳐 주면 어쩔 게야? 게다가 어린 여인의 몸으로 여기까지 온 용기를 봐서라도 그 기지 매몰차게 꺾을 수야 없지 않은가?

명월은 검지를 쭉 펴 그의 거처를 가리켰다.

"저기 보이지요? 오늘 취월향의 주인은 그분이니 못 찾을 리 없을 겁니다."

손가락으로 가리킨 방이 어디인지 잘 모르겠다는 표정이 역력한 화련을 보자 명월은 보다 못해 옆에 지나가는 동기(童妓)를 불러 세웠다.

"연희야, 손님이 계시는 곳까지 모셔다 드려라."

총총걸음으로 달려온 아이가 다소곳이 화련에게 인사를 건넸다. 뺨 위에 연지묵을 발라놓은 것처럼 불그스레한 뺨을 보니 아직은 어미 치마폭 끝을 잡고 칭얼거릴 나이밖에 되지 않았으나 두 손을 가지런히 앞으로 모아 인사를 건네는 폼이 꽤 다듬어진 모양새였다.

어린 동기가 길 안내를 위해 조그마한 보폭을 떼며 앞장섰다.

아이가 어려 방을 못 찾고 있는 것인지 스쳐 지나간 방이 적어도 다섯이 넘어가는데도 어디에서도 기생들의 웃음소리가 들리지 않고 있었다. 그러다 한참 내간을 이은 중간 대문을 넘어섰을 때야 희미하게 음악 소리가 들려오기 시작했다.

화련은 잠시 발걸음을 멈춰 소리가 흘러나오는 방을 향해 고개를 돌렸다. 정말 손님은 그자 한 명뿐인 듯 기생들의 간드러진 웃음소리가 한곳에서만 흘러나오고 있었다.

'여색에 빠져 지낼 자가 아닌데 벌써 며칠째라니.'

음악 소리가 점점 커지자 화련의 어지러운 마음 또한 커져 갔다. 자신을 가다듬기 위해 마음속으로 숫자를 세다 그도 안 되는지 크게 심호흡도 해보았다. 여기까지 와 주저한다면 앞으로 더 힘겨운 일은 해낼 수조차 없을지도 모른다는 생각에 그녀는 의지를 다지듯 어금니를 꽉 깨물었다. 문을 열어젖히자 문틀과 문짝의 마찰 소리가 생각보다 소란스러웠다.

"에구머니나."

가슴을 졸이며 따라오던 세향이 화들짝 놀라며 가슴을 쓸어내렸다. 아무래도 아가씨가 오늘 일을 낼 모양이었다. 제발 관세보살, 관세보살. 아이고, 부처님.

가무가 일시에 중단되고 흥겨운 분위기가 후다닥 문갑 밑으로 자취를 감추는 대신 무거운 침묵이 방 안을 가득 메웠다. 그 난감함을 부른 화련 또한 잠시 마른침을 삼켜야 했다.

사라지는 용기를 애써 그러쥔 채 그녀는 고개를 숙인 한 사내에게 시선을 고정시켰다. 술에 취해 고주망태가 되어 있어도 놀라지 않겠다고 생각했는데 그의 모습은 취기는커녕 옷깃 하나 흐트러짐이 없었다. 다만, 앉아 잠을 자고 있는 것이 아닐까 싶을 정도로 그의 고개가 떨어져 있을 뿐이었다. 이래서는 얘기는 커녕 그녀를 알아볼지도 의문이었다.

기생들의 웃음소리가 뚝 끊기자 가진은 기분 나쁜 듯 이마에 살짝 골이 패였다. 감돌고 있는 부산스러운 공기가 짜증스러운지 그는 흥을 깨뜨린 자를 직접 내쫓을 생각에 고개를 치켜들었다. 그러나 이내 눈이 가늘어졌다. 지금 자신이 술을 많이 마셔 헛것을 보고 있는 것이라면 효과는 정신이 번쩍 들고도 남는 일이었다.

"잠시 흥을 물려주시겠습니까?"

그녀의 얼굴을 감상하기라도 하듯 가진은 그녀를 한참 동안 쳐다만 볼 뿐이었다.

곧 가진의 손짓에 방에 모여 있던 기생들이 썰물 빠지듯 나갔다.

그 무리에 묻혀 따라 나가고 싶은 생각이라도 든 건지 화련의 시선이 잠시 기생의 뒤꽁무니에 머물렀다. 화련은 자신의 목 언저리에 맥이 뛰는 것을 고스란히 느낄 수 있었다. 거문고 줄처럼 튕겨질 것 같은 팽팽한 긴장감이 그녀의 몸을 휘감고 있는 듯했다.

가진은 아직도 자신이 본 것을 믿을 수 없다는 듯 눈을 감으며 얼굴을 한번 쓸어내렸다. 여전히 두 주먹 쥔 상태와 꽉 다문 입술로 서 있는 그녀의 모습이 그의 눈에 맺히는 것을 보니 허깨비를 본 것은 아니었다.

화련은 치맛자락에서 용기를 짜내려는 듯 힘껏 움켜쥐었다. 준비한 말이 입 밖으로 뱉어지지가 않았다. 목 언저리에 묵직한 것이 걸린 것처럼 목만 따끔거릴 뿐이었다. 사실은 어디서부터 말을 해야 할지 알 수가 없었다.

그를 보자 미처 생각지도 못한 가능성들이 하나둘 튀어 오르고 있었다. 자신의 청이 애초부터 불가능하거나 그 위험에 관여하고 싶지 않다면 진심 어린 회답이 없었을 수도 있었다. 차마 면전에서 거절하지 못하니 그 뜻을 헤아려 주십사 하는 뜻일 수도 있는 것이다. 정말 그러하다면 그걸 모르고 여기까지 온 그녀만 우스운 꼴이 된 셈이었다. 생각이 거기까지 미치자 그녀는 더욱 입을 떼기가 어려웠다.

"이제 말해보십시오. 이런 곳에 안정철 부사의 막내 따님이 와야 하는 이유를."

그는 예를 갖추어 그녀를 맞을 생각이 없는 듯했다.

"긴히 상의해야 할 일이 있어 실례를 무릅썼습니다. 당나라로 가신다고 들었습니다. 안서까지만 길라잡이를 해주면 돈은 달라는 대로 주겠어요."

화련이 청하는 말투에 다급함이 묻어났다. 그럴 수밖에 없는

45

것이 이자 말고는 이 근방에 당으로 가는 길을 잘 아는 자도 드물었다. 믿고 맡길 자는 이자밖에 없었다. 그가 놀라는 기색도 없이 그녀의 다음 말을 기다리고 있자 화련은 그가 제대로 이해하고 있는지 알 수가 없었다.

"혼담이 오가고 있다고 들었습니다."

그의 엉뚱한 대답에 화련은 그의 얼굴을 자세히 바라보았다. 혹시 너무 취해 그녀와 말을 주고받는 것에 어려움이 있는 것일까? 아무리 급해도 술 취한 사람을 붙들고 얘기할 노릇은 없는 일이었다.

"지금 이야기는 무리인 것 같으니 나중에 사람을 보내겠습니다."

"생각이 있는 아가씨라면 혼담 중에 이런 곳에 올 일도 없겠지만 온다 하더라도 술상 앞에 남자와 마주 보며 앉아 있는 것이 그리 좋은 생각은 아닌 듯해서 그렇습니다. 그것이 비록 오라버니의 오랜 벗이라 할지라도 말입니다."

"말씀드린다면 길라잡이를 해주실 수 있나요?"

"못 들은 것으로 하겠으니 돌아가십시오."

여자 혼자의 몸으로 당나라를? 그것도 안서까지? 술은 그가 마셨는데 취기는 그녀가 도는 것인가. 어이가 없는지 가진의 입에서 웃음이 비어져 나왔다.

이 말이 그녀의 질문에 모든 답이 되기라도 하듯 그가 다시 술잔을 기울였다.

"아무래도 제 서찰을 받지 못한 것 같군요. 내달 중으로 정진 초 문사가 장안으로 간다고 합니다. 그 이유가 문예 전하님과 관련한 문제를 확실한 매듭을 짓기 위해서라고 소문이 파다하게 퍼졌습니다."

이제까지 표정 변화 없던 가진의 얼굴이 미묘히 굳어졌다. 말을 잇는 그녀의 얼굴에 한순간 절망이 스쳐 지나가는 듯했다.

"더 이상 안 듣겠습니다."

"문예 전하로부터 받을 것이 있습니다."

확실히 호기심이 일어나는 것은 막을 수 없었다. 그녀에게서 저 결의를 끌어올리는 것이 무엇인지 그는 알고 싶었다. 특히 바들바들 떨리는 두 손을 꽉 쥐면서까지 말할 수밖에 없는 그 사연이 미치도록 궁금했다. 하지만 들으나마나 한 대답일 것이다. 세상을 모르는 아가씨라 무조건 조르면 된다고 생각하고 여기까지 왔을 테지. 여기가 어디라고!

"안서가 어디인 줄은 알고나 있습니까? 받아야 할 것이 있다면 사람을 부리면 그만인 것을 직접 가신다? 다른 곳도 아니고 문예 전하가 계시는 곳으로? 그게 무슨 말을 뜻하는지 아십니까?"

빈정거리는 그의 말에 화련은 다시 한 번 주먹을 세게 움켜쥐었다.

"아무것도 묻지 마시고 그냥 길라잡이만 해주시면 돼요."

"철현은 알고 있습니까? 이제는 담장을 넘는 것이 아니라 국경을 넘어보시겠다?"

"오라버니가 혹 다른 사람과 의논하지 못할 다급한 일이 있으면 가진 대방을 찾아가라 했습니다. 그러니 이번 한 번만 도와주세요."

그녀는 속이라도 털어 자신의 급박함을 알아달라 말하고 싶었다. 허나 잘 알지도 못하는 자에게 세세히 그 연유를 말해주어야 할지 선뜻 확신이 서지 않았다. 그런 엄청난 일을 남에게 말한다는 것은 그가 비록 오라버니의 벗이고 성품이 곧다 하여도 그녀가 지금 말하고자 하는 내용은 상당히 위험스럽고 조심스러운 것이었다. 그는 다만 그녀의 길 안내만 해주면 되는 것이었다.

"아가씨가 여기까지 온 것을 보면 급한 일임에 분명하겠지요. 입 밖에 내지 않겠습니다. 군부로 가는 일도 없을 겁니다. 간다 해도 취중 농짓거리로밖에 안 들릴 테니 말입니다."

화련은 움찔하면 고개를 돌렸다. 그는 그녀가 무엇을 겁내는지 알고 있었다. 우둔한 자가 아니니 문예 전하와 관련된 일이니 쉽게 짐작하고도 남음이었다. 방법이 없다면 매달려 봐야 하는 것이 옳지 않은가? 적어도 오라버니가 신임하는 자이니 믿어 봐야 했다.

화련은 용기가 필요한 듯 큰 한숨을 들이켰다.

"문예 전하께서 어떻게 당으로 건너가셨을 것 같나요? 혼자 몸으로 당나라로 건너가셨습니다. 그것도 너무 신속하게 말입니다. 무 황제께서 진노하는 와중에 그것도 혼자 발빠르게 행동하는 것은 불가능합니다."

그녀의 이야기는 아직 시작도 하지 않았는데 가진의 미간은 벌써 찡그려져 있었다. 어망을 바다에 던져 놓고 한참 뒤 건져 올릴 것이 무엇인지 미뤄 헤아려 볼 수 있음직한 내용물이다. 그 당시 유약한 전하가 혼자 힘으로 당으로 도망가기에는 많은 의구심이 들었던 건 사실이었다. 그러나 조정이 흑수주를 치느냐 마느냐의 초점으로 옮겨지면서 그 일이 유야무야되었던 것으로 알고 있다. 국내에 받쳐 주는 세력 없는 전하가 그리 발빠른 대응을 했다는 것은 누군가의 도움이 있었다는 소리였다.

가진은 자신의 생각이 맞는지 고개를 들어 그녀의 얼굴을 살폈다. 굳어 있는 그녀의 얼굴은 최악의 답변이 그대로 쓰여 있었다. 그는 왠지 더 이상은 들으면 안 될 이야기를 듣게 될 것 같았다.

"그게 아가씨가 당으로 가는 것과 무슨 연관이 있다고 그러십니까?"

"오라버니께서 가문의 문중 패를 내주셨습니다."

화련은 자신의 가문에 닥친 무게를 견딜 수 없다는 듯 눈을 질끈 감아버렸다.

"문중 패를?"

머리끝까지 오른 취기가 한순간에 달아나 버리는 말이었다. 아무래도 그녀가 오늘 그를 놀래키려고 준비를 많이 한 모양이었다. 너무 어이가 없어 '하' 소리가 저절로 터져 나올 지경이었다.

"안씨 장손에게 물려주는 문중 패입니다. 만약 문예 전하께서 다시 발해로 환국하신다면, 그때 그 문중 패가 발각된다면, 저의 가문은 화를 면치 못할 것입니다. 오라버니는 지금 사모부 동부 쪽으로 나가 있는 상태이다 보니 올 수 있는 상황도 아닙니다. 그러니 이번 한 번만 도와주신다면 고맙겠습니다."

"누구에게 발각이 된단 말입니까?"

"지금 문예 전하와 관련된 자를 색출하자는 말이 많습니다. 꼬리에 꼬리를 물다 확인을 위해 안씨 문중의 패를 한번 내보이라는 말이 나올 수도 있지요. 거기다 문예 전하의 환국이 이루어진다면 어디 방향으로 급물살에 휘말려 갈지 아무도 모르는 일이 아닌가요?"

"이유가 그게 다입니까?"

타당한 이유이면서도 납득하기는 조금 어려운 그녀의 말에 그는 의심스레 그녀를 쳐다보았다. 그가 도와줄 수 있는 성질의 것이 아니었다. 안서가 어디에 있는지도 모르면서 여자의 몸으로 따라나선다고?

다급함에 조그마한 가슴 놀라 괜한 걱정을 하고 있는 것이다. 그녀가 걱정하는 일은 일어나지 않을지도 모른다. 일어난다 해도 문예 전하가 자신을 도운 사람까지 최악의 상황으로 끌어들일 만큼 나쁜 분은 아닐 것이라 믿는 것이 마음 편한 일이었다.

또한 그녀가 문제 삼는 그 일은 문예 전하가 발해로 돌아와야 가능한 일이었다. 그러나 그의 생각으로는 문예 전하 스스로 발해로 다시 돌아올 가능성은 전무해 보였다. 그가 술을 미치도록 마시고 싶은 이유이기도 했다.

"죄송하지만 그 말 못 들은 것으로 하겠습니다."

화련은 무릎에 놓인 두 손을 혈관이 보일 정도로 움켜쥐었다. 오만이었는지 모르나 거절은 생각지도 않고 찾아온 그녀였다. 처음에야 주저도 하겠지만 쉽게 거절하지 못할 거란 생각이 내심 깔려 있기도 했다. 오라버니가 믿고 맡길 자 정도면 그 신임이 얼마나 두터웠겠는가. 길 안내만 잘해주면 섭섭지 않게 돈도 많이 내줄 생각까지도 한 그녀였다. 그런데 돌아온 것은 매몰찬 거절이었다. 그의 속내가 어떻든 그녀가 보기에는 몸 사리기 급급한 나머지 단칼에 쳐내는 모습으로밖에 보이지 않았다. 이리 겁 많아서 어떻게 내 나라 사람도 아닌 서국과 거래를 잘도 하는지 큰소리로 비웃어주고 싶었다.

세향은 아가씨가 모욕을 받자 씩씩거리며 화련의 팔을 부축해 일으켜 세웠다.

"아가씨, 일어나세요. 저자가 아니어도 돈만 준다 하면 길 안내해 주겠다고 서황산에서라도 달려올 거네요."

그러나 미련이 남은 화련은 쉽게 자리에서 일어날 수가 없었다. 여기 올 때까지만 해도 화련은 가진이 자신의 청을 들어주리라 확신했다. 그런데 단칼에 거절이라니 막막했다. 시간은 속

수무책으로 흘러가는데 구명해 줄 동아줄이 뚝 끊어진 기분이었다.

아버지만 병상에 누워 계시지만 않아도 이런 일을 없었을 터이다. 아니, 오라버니만 옆에 있어도 이렇게 오지도 않을 것이다. 짙게 일렁거리는 감정을 억제하려는 듯 그녀의 움직임은 절제되어 있었다. 뒤돌아 나가던 화련은 끝내 참지 못하고 걸음을 멈췄다.

"그래도 가진 대방이라면 그리 쉽게 내치지는 못할 거라 생각했습니다. 아무래도 오라버니가 사람을 잘못 보았나 봅니다."

옷자락이 사각거리는 소리와 함께 문이 닫히자 가진의 입술이 비틀어졌다.

말이 쉬워 당나라지, 그 발목으로는 산 고개 하나도 못 넘어 쓰러질 것이 뻔했다. 마음만 앞세운다고 이루어질 수 있는 것도 아니었다. 하루 이틀 거리도 아니었다. 여기까지 그를 찾아온 다급한 마음은 알지만 그렇다고 아니 되는 것을 된다고 답해줄 수는 없는 것이었다.

그녀가 돌아가자 문예 전하와 얽인 일들이 그를 다시 괴롭히기 시작했다.

가슴을 술로 채워 잊어버릴 수 있다면 그는 그렇게라도 하고 싶었다. 하늘 아래 목숨 귀하지 않은 생명이 있던가. 무 황제가 당나라까지 몇 번이나 자객을 보냈음에도 불구하고 문예 전하가 아무 탈 없이 살아났다는 게 무얼 의미하겠는가. 한두 번도 아닌 여러 번의 우연은 결코 쉽게 만들어지지 않는다. 그렇다면 그 자객은 중간에 죽임을 당하였거나 아니면 헛소문에 불과한 것이라는 건데, 헛소문이라고 치기에는 의심스러운 점이 너무 나 많았다. 무 황제가 그걸 모를 리 없었다. 누군지도 모르는 적 을 뒤로한 채 목숨 걸고 가라? 실패하면 천한 목숨이니 죽어서 원통해하라?

그는 정말 당나라까지 가서 자신이 문예 전하를 데려올 수 있 을지 의문이 생겼다.

늦은 취기로 인해 눈이 감기자 가진은 거친 자신의 심장 소리 를 들을 수 있었다. 자신의 심장이 몇 달 뒤에도 이 가슴속에서 뛰어다닐 수 있을까 라는 생각이 들자마자 그의 입에 자조적인 미소가 떠올랐다. 술기운이 서서히 덮쳐 오자 가진은 눈을 감았 다.

얼핏 잠들기 전 그는 조금 전 찬바람을 일으키고 나간 화련의 원망 섞인 눈빛이 떠올랐다.

문중의 패를 내주었다? 정말 무 황제가 알면 눈이 뒤집힐 만 한 일이겠군.

여기저기 뛰놀던 아이의 모습도 어느덧 사라지고 노을 빛깔 도 땅 아래까지 붉게 깔려 있었다. 해가 저물어가자 간간이 오 가는 사람들의 발걸음도 빨라지기 시작했다. 몇몇 집은 벌써 저 녁을 준비하기 위해 군불을 지피는지 짚으로 엮인 지붕 사이사이로 연기가 모락모락 올라오고 있었다.

걸음을 재촉해도 모자란 지금 화련의 발걸음은 어찌 저벅대고 있었다. 어떻게 안서로 가야 하는지 알 길이 없는 그녀는 고개를 숙이며 간간이 한숨까지 토해내고 있었다.

걸음을 옮길 때마다 아가씨의 한숨이 차곡차곡 쌓여가자 세향은 그런 아가씨의 기분을 달래기 위해 평소보다 더욱 부산을 떨며 쉴 새 없이 재잘대었다. 그러나 손뼉도 맞아야 신이 나는 법. 세향이 아무리 갓난이가 지나가다 소똥을 밟아 미끄러졌다거나, 아랫마을 범쇠가 아낙들 멱 감는 모습 훔쳐보다 흠씬 두들겨 맞아 며칠간 얼굴을 못 들고 다닌 일을 신나게 얘기해 보았자 화련의 무반응에 머쓱해져 곧 입을 다문 채 묵묵히 발걸음을 놀렸다.

화련이 갑자기 걸음을 멈추자 세향은 주위를 두리번거리며 경계를 했다. 여염집이 많은 곳에서 무슨 큰일이 나겠냐만은 그래도 혹시나 하는 마음에 눈 부릅뜨고 주위를 살폈다. 자신의 눈이 굴러가는 소리만 빼고는 주위가 써늘할 만큼 조용했다.

"왜요? 아가씨, 무슨 일이래요?"

아무런 위험도 느끼지 않자 세향은 이내 아가씨를 쳐다보며 혹시 몸이 아프신가 싶어 걱정스레 아가씨를 불렀다.

"남에게 부탁할 수 있는 물건이 아니다. 서찰은 증거물로 남을 수도 있기 때문에 더욱 안 될 거야. 문예 전하가 믿어줄지도 의문이야. 오라버니와 어떠한 이야기가 세세히 오갔는지도 모르는데 무턱대고 아무나 가서 '문중 패를 내놓으시오'라고 해도 턱하니 내줄 것 같지도 않아. 향아, 어떡하니. 거기까지 믿고 맡길 사람이 없다. 사람을 잘못 구하면 오히려 그게 족쇄가 될 수도 있는 법이니 안서까지 길 안내 구한다고 함부로 입을 떠벌리고 다닐 수도 없는 일이다. 방법이 있을 거다, 방법이……."

"아가씨, 또 그 생각인감요? 그러지 마시고 사모부에 계시는……."

"오라버니에게 연통을 넣으라고? 연락하고 기다리는 사이 문예 전하가 들어올 텐데? 거기다 오라버니가 움직일 수 있는 몸인지 아닌지도 모르잖아. 어째서 오라버니는 무슨 일이 생기면 그자와 상의하라고 했는지 모르겠다. 사실 취월향에서 털어놓은 이야기도 걱정이 된다."

답답한 마음에 화련은 엉뚱한 세향에게 짜증을 내고 말았다.

"아가씨, 그렇다고 여자 몸으로 거기까지 간다는 게 말이 되남요? 좀 진정하시고 다시 차분히 생각해 보면 무슨 방법이 있을 것이니 좀 기다려 봐요. 예?"

그런 방법이 생각났다면 벌써 행동으로 옮겼지. 거기까지 가 애원하지도 않았을 터이다. 화련은 생각할수록 그의 행동에 화가 났다.

"어머니께 얘기드려 그 사람과 창고 거래를 끊으라 해야겠다."

"아유, 아가씨도 참. 그럴 것까지는 없잖아요. 그 집에서 오는 견포며 침향은 아주 좋은 것이라고 아가씨도 그랬잖아요."

물론 그녀도 진짜 그럴 생각은 없었다. 하도 답답하기에 해본 소리였다. 방법이 생각나지 않았다. 하루를 넘길 때마다 속이 타 들어가니 곧 하얀 재만 남을 것 같았다. 그가 아니 된다면 먼저 다른 사람을 구해야 했다. 그러나 그게 다는 아니었다. 어떻게 가야 하며 부모님에게는 뭐라 말씀드리고 가야 하는지조차 생각이 나지 않았다. 산사(山寺)에 머무른다 하여도 금방 거짓말이 들통날 것이다. 간다면 치밀하게, 누구도 알아채지 못하게 모든 게 행해져야 했다. 그녀가 사내애로 태어났다면 이런 문제는 쉽게 해결할 수 있었을 텐데.

체면 불구하고 화련은 걷다 말고 남의 담벼락 밑에 주저앉았다.

마음 또한 답답한데 답답한 방 안에 있기가 싫었다. 혼자 방안에 있으면 그 고요함에 더욱 숨이 막혀왔다. 하지만 그건 밖도 마찬가지였다. 어두워도 탁 트인 길가에서 방책이 훨씬 잘나올 것 같은 마음에 일단 앉기야 앉았다만 다리만 저릴 뿐이고 뾰족한 수는 나오지도 않았다. 아직 어린 그녀로서는 아는 지인도 많지 않았고 있다 해도 그녀를 도와줄 수 있는 사람인지조차 확신이 들지 않았다.

긴 한숨을 쉬며 그녀는 꼬마가 약재를 들고 부지런히 뛰어가는 모습을 멍하게 쳐다보았다. 저 아이도 그녀 마음처럼 다급하겠지? 오직 저 약을 부모님께 드려야겠다는 생각으로 밤길임에도 쉬이 뛰어가는 거겠지?

　그러다 뭔가 번뜩이는 생각이 머릿속을 스치자 화련은 벌떡 일어났다.

　"아가씨, 왜요?"

　"방법을…… 찾은 것 같다."

　눈을 내리깐 화련의 얼굴에 옅은 미소가 퍼졌다.

　방법을 찾았다는 아가씨의 말치고는 목소리가 나지막이 깔려 있자 세향은 미심쩍은 듯 아가씨를 올려다보았다. 그리고는 아가씨의 생각에 동의할 수 없다는 듯 고개를 양옆으로 천천히 흔들었다. 들어보나마나 그 방법은 아가씨에게 무척 도움이 되지 않으며 맹랑한 생각일 게 뻔했다. 그녀는 그저 그 일은 작은 주인님에게 넘겨 버리고 아가씨는 정신을 차리고 얌전히 혼례를 올렸으면 하는 바람이었다.

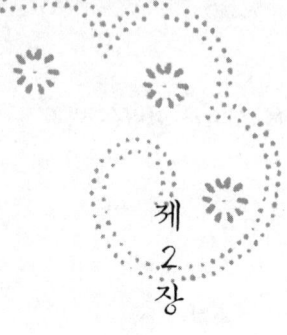

제
2
장

오전부터 가진을 찾으러 나선 진무는 계속 허탕을 치다
한낮이 다 되어서야 친구 놈의 행방을 알게 되었다. 그러나 도
선장에 도착해 고개를 이리저리 둘러보아도 가진의 모습이 쉽
게 눈에 띄지 않자 진무는 신경질적으로 반소매 두루마기를 손
으로 펄럭이며 열을 식혔다. 만약 가진이 여기에도 없다면 차라
리 그의 집으로 가 죽치고 기다릴 생각이었다.

목도 마르고 배도 고픈 상태지만 그래도 여기까지 왔는데 한
바퀴 쭉 돌아보고 가야겠다고 마음먹은 진무는 근처의 큰 바위
게에 개선장군처럼 올라섰다. 목을 쭉 뺀 상태에서 두 눈을 부
릅뜨고 근처를 다시 찬찬히 둘러보았다. 최대한 멀리 보기 위해

잔뜩 인상이 구긴 그는 안 그래도 보통 사람보다 큰 체구에 뭉실한 장유붓털 두 개가 붙은 것 같은 눈썹이 더욱 위협적으로 보였다. 그런 그가 금방 목표물을 찾았는지 이가 드러나 보이게 웃어 보이자 험한 인상과는 다른 자그마한 보조개가 드러났다.

'아하, 찾았다. 저기 있군 그래.'

급한 마음과는 달리 수레 위로 물건을 여기저기 나르는 분주함 때문에 진무는 조심스럽게 발을 내디뎠다. 만약 실수로 귀한 도자기라도 깨뜨리기라도 한다면 이번만큼은 가진도 그냥 넘어가지 않을 것을 잘 알기 때문이었다. 암, 이번에는 그 날카로운 눈으로 째려보면서 날 서서히 얼려 죽일 것이야. 융통성없는 놈. 그거 몇 개 깨먹었다고. 쳇.

진무가 큰 소리로 가진을 부르자 가진은 그때서야 허리를 펴 걸어오는 진무를 향해 고개를 돌렸다. 물건들 사이로 폴짝폴짝 발을 바꿔 깽깽이걸음으로 뛰는 진무가 위태위태해 보였다.

가진은 서기에게 들어온 목록을 넘겨주며 진무가 또 물건을 와장창 깨기 전에 자신이 먼저 진무 쪽으로 걸음을 옮겼다. 어떻게 취급주의 품목만 들여오면 저렇게 짠하고 나타나 한두 개씩 깨먹는지 가진도 신기할 따름이었다.

"거참, 날도 더운데 이제야 찾았네. 나하고 얘기 좀 하지."

"무슨 일인데 그래?"

"포단 집에서 아버지가 부탁하신 약재 갖다주고 오는 길이야. 거기서 이상한 말이 들려서. 당나라로 간다는 게 참이야?"

성격 급한 진무가 거의 확실조로 다그쳤다.

"설마 그 질문을 하려고 여기까지 온 건 아니겠지?"

"당연히, 그것 때문에 왔지! 정말 당나라로 가는 거야?"

진무의 호들갑이 아무것도 아닌 일로 판명되자 가진은 물건 나르는 곳으로 고개를 돌렸다.

그 모습이 답답하다는 듯 진무는 가슴을 쳤다. 안 되겠다 싶었는지 주위를 살피던 그는 가진의 팔을 잡아당겨 인적이 없는 곳으로 끌고 갔다.

그가 이렇게 행동하는 데에는 그만한 이유가 있었다.

한 달 전에는 서고에 있는 책은 다 뒤져 혼자 방에 파묻혀 나오지 않더니 보름 전에는 무슨 바람이 불었는지 혼자서, 그것도 근처에도 안 가는 취월향에 가서 살다시피 한 친구 놈의 행동이 내심 마음에 걸리고 있었다. 그러다 뜬금없이 당나라로 간다니. 수상하고도 수상했다. 고로 바위를 한가득 삶아 먹은 친구 놈을 닦달해서라도 오늘 그 이유를 캐내고야 말겠다는 말씀이다. 오늘 발바닥 땀나게 뛴 값어치만큼은 들어야지, 암.

"이봐, 가진. 이달 내로 정진초 문사가 당나라로 간다던데?"

간다고 해도 쉽게 대답해 줄 놈도 아니지만 진무는 진득하게 친구 놈의 대답을 기다렸다.

"아, 들었어, 그 얘긴."

"그래? 정진초 문사의 길라잡이라도 하는 거 아니지?"

미심쩍다는 듯 진무의 오른쪽 굵은 눈썹이 치켜 올려졌다.

가진 또한 대뜸 찾아와서 한다는 진무의 황당한 질문에 잠시 답을 미루었다.

"내가 가면 안 될 일이라도 있나 보지?"

"그게 아니라 좀 그렇잖아. 요즘 네 행동도 이상했고. 아무리 돈 많이 준대도 가지 마라. 그 늙은이 난 마음에 안 들어. 눈이 번들번들한 게 속으로는 구렁이 열 마리쯤 속에서 똬리를 틀고 있을 테니. 간에 붙었다 쓸개에 붙었다 하는 영감이라고."

남의 험담을 잘 하지 않는 진무가 유독 정진초 문사에 대해서라면 툴툴거렸다.

사소한 일이든 아니든 간에 누구나 사람은 자신과 맞지 않는 이 한둘은 있을 것이다. 그 또한 정진초 문사를 그리 가까이하고픈 마음은 없었다. 단지 아직까지는 자신에게 피해를 주지 않기에 한발 건너 지켜보고 있는 입장일 뿐이었다. 특히 자신의 이익에 반하지 않는 사람을 대놓고 거리를 두는 것도 손해라고 생각하는 가진이기에 굳이 마다할 이유가 없었다.

"고작 여기까지 온 이유가 그것이야?"

"그래, 이놈아. 네놈 요즘 얼마나 이상한 줄 알아? 얼마나 귀중한 물건이기에 네가 가야 하는 거냐고. 그렇게 진귀한 물건이야?"

원래 말을 아끼는 놈이지만 골몰하는 표정을 보아하니 정말 무슨 일을 벌일 태세 같았다.

"아마도."

오전 내내 온갖 곳을 헤집고 다녀서인지 진이 빠진 진무는 그 늘진 곳에 털썩 주저앉았다. 그의 얼굴에는 허탈해하는 표정이 역력했다.

아마 그 딴에는 무슨 큰 상상이라도 하고 온 모양이었다. 피식 웃으며 가진도 그 옆에 자리를 잡고 앉았다.

"생각보다 길어질 것 같아."

"네가 그 정도로 말하는 거 보니까 정말 중요한 물건이긴 한가 보다. 날짜는 잡힌 거야?"

가진이 고개를 끄떡이며 인부들을 주시하자 그 모습에 짜증이라도 난 듯 진무가 가진의 등을 세게 한번 후려쳤다. 좀 곰살궂으면 좋으련만 어찌 그리 자기 하고 싶은 만만 하고 입을 딱 닫는지.

"야, 이놈아. 네놈 요즘 정신 어디 딴 데 파는 거 알고 있냐? 혹시 취월향의 어떤 계집에게 마음 뺏긴 거냐? 어디 이 형님에게 말해봐. 누구야, 월선이? 매화? 아님 명월이?"

취월향을 얼마나 들락거렸는지 고구마 줄기 엮듯 기생 이름이 줄줄 따라 나오자 가진은 피식 웃어 보였다.

"명월이야? 명월이구나!"

어라? 시선을 돌리는 폼이 뭔가 켕기는 것이 있는 모양이렷다? 진무가 팔꿈치로 가진의 가슴팍을 살짝 건드리며 다 알고 있다는 듯 히죽 웃어 보였다. 드디어 그의 친구에게도 봄날이 날아드는 모양이었다. 그 상대가 기생이라 조금 마음에 걸리긴 했지만 그래도 난생처음 이놈이 계집 하나 때문에 엉덩이에 불 붙은 것처럼 전전긍긍한 모습을 볼 수 있다고 생각하니 저절로 웃음보가 터져 나왔다.

"진짜 수상하네. 거참, 말해보라니까."

"그런 거 아니야."

"뭐가 아니야. 그럼 취월향에서 담근 술이 그렇게 맛이 좋아 며칠 동안 엉덩이 비비고 앉아 있었더냐? 아, 맞다. 술! 내가 여기 있을 때가 아닌데. 네놈 찾느라 아버지 심부름도 잊고 있었네. 이 정신머리 하고는."

진무는 자신의 머리를 쥐어뜯었다.

"뭐, 볼일도 끝났겠다. 나는 이제 청주나 받으러 가야겠다."

"대낮부터?"

"그래, 대낮부터. 우리 아버지께서 속이 타신단다. 안정철 부사댁 막내 아가씨 알지? 그것 때문에 우리 집이 난리도 아니다."

풀을 뽑던 가진의 손이 잠시 멈칫했다.

"왜, 솔깃하냐?"

무심한 놈이 남의 일에 관심을 보이자 진무는 친구를 위해 크게 인심 한번 쓰기로 했다.

"너야 그런 소문에 관심없으니까 모르겠네. 혼담이 미루어졌다나 뭐래나? 아가씨가 많이 아프긴 한가 보드라. 사실은 깨진 거라고 하는데 다들 쉬쉬한다고 해. 말 마라. 우리 아버지가 그 아가씨 탕약 다릴 약 구하느라 정신이 없다. 문제는 차도가 보이지 않는다는 거지만. 그래서 그런지 낮부터 술타령이시다."

진무가 과장스럽게 고개를 설레설레 흔들어 보였다.

"혼담까지 미루어질 정도로?"

진무의 아버지는 웬만한 약초를 삼십 년 넘게 취급해 온 약종상이었다. 근방에 그만한 약손이 없는 것으로 알고 있는데 그런 그의 아버지가 허둥대고 있다는 것은 그녀의 병이 그것도 많이 위급하다는 말이었다.

"나도 모르지. 다만, 우리 아버지가 밤마다 그 일로 끙끙 앓더라고. 그런 아버지의 모습 처음 봤다니까. 그 아가씨 말이야. 정신을 잠깐잠깐 놓는다는 말도 있으니까. 어찌 그리됐는지 안됐지 뭐야."

그 말에 가진의 머리가 진무 쪽으로 휙 돌아갔다. 설마 그 일로 몸이 상하기라도 했나? 아니면 단지 소문이 과장되어 부풀어진 건가? 스스로 질문을 던지며 답을 찾는 그의 얼굴에 잠시 심각해졌다. 그를 찾아왔을 때는 무슨 수를 쓰던 안서로 갈 것 같더니 마음의 무게를 견디지 못하고 병을 얻은 것일 수도 있었다. 가문의 존망이 달렸는데 마음이 편할 리 없을 터였다. 그렇다고 약재를 구하지 못할 정도로 방치되는 병이라니. 돌림병도 아니고 갑자기 쓰러졌다는 말에 가진은 왠지 마음에 걸리는 구석이 있었다.

"어이, 가진. 갑자기 얘기하다 어디 가는 거야? 같이 가자고!"

그러나 확인해 봐야 할 것이 있는 가진은 서둘러 행랑을 불렀다.

해질 무렵 가진은 단정하게 의복을 차려입은 후 사람 한 명을 대동하여 집을 나섰다. 안 부사의 집이 가까워질수록 그의 마음은 어린 시절 한 장면이 옥죄어오는 것 같아 착잡해졌다. 이곳은 아이들이 놀기 가장 큰 공터였다. 뒷동산에서 패를 먹고 싸우는 것을 빼고는 몇 년 묵었는지 알 수 없을 정도로 굵은 떡갈나무 아래는 아이들의 좋은 놀이터가 되어왔었다. 이리 쉽게 밟을 수 있는 땅인 것을 그때는 그 일이 세상에서 가장 어렵고 참을 수 없는 서러움이었다. 단지 그가 반 말갈인이라는 것 하나 때문에 그는 어디에도 속할 수 없는 아이였고 그때부터 자신의 정체성에 대한 혼란스러움을 짊어져야 했다.

특히 그의 외모는 어려서부터 외탁을 해 큰 키에 이마는 넓고 턱은 좁았다. 특히 옆으로 길게 째진 눈은 날카로운 선을 이루고 있어 더욱 악작용으로 남았을지도 몰랐다. 그나마 여기를 지날 수 있을 때에는 어렸을 적 아버지를 따라 드나들던 기억밖에 없었다. 커서도 안 부사 집과의 거래가 있다 하여도 그가 직접 움직이는 것보다는 행수를 보내 처리하는 일이 많아 그가 안 부사의 집을 내방(來訪)하는 일은 거의 드물었다. 아마 어린 날의 잔재가 은연중에 배어 그러했는지도 몰랐다.

가진은 평상시 사람을 대하는 미소를 띤 채 안 부사의 대문을 열었다. 이 근처에 그의 얼굴을 모르는 사람이 없기에 갑작스럽게 그가 찾아와도 그리 놀랄 만한 사람은 없었다. 다만 그의 갑작스럽고도 늦은 방문이 호기심을 일으킬 뿐이었다.

마침 정 부인이 안채에서 나오는 모습을 보이자 가진은 예를 갖추어 고개를 숙였다.

"늦은 시간 약속없이 찾아와 죄송합니다."

"무슨 일로……?"

정 부인은 가진의 뒤의 사내에 잠시 시선을 두더니 주저하는 목소리로 그들을 맞이했다. 아랫것들에게 입단속을 시켜놓기는 했지만 이런 때에 손님을 맞는다는 것이 정 부인으로서는 상당히 껄끄러운 일이었다. 딸아이의 혼례도 없던 일이 되어 그 흉흉한 마음이 천근만근인데 그런 와중에 반갑지 않은 손님이라면 예의를 차리고 싶은 생각은 없었다. 미안하지만, 그를 되돌릴 결심을 한 그녀는 더 이상 걸음을 앞으로 옮기지 않았다.

"이틀 전 아가씨께서 요청하신 물건입니다."

가진의 눈동자가 정 부인의 눈동자가 한순간 부딪쳤다.

정 부인은 그가 들고 있는 보자기를 흘끗 쳐다보았다. 아픈 아이가 물건을 부탁했다니 그럴 리 없었다. 그렇다고 앞의 사내가 거짓을 말한다고 생각지도 않았다. 정 부인은 그의 손에 들려 있는 단지 형태의 모양을 보며 물건을 추측을 해보았으나 겉모양으로는 그 안에 무슨 물건이 담겨 있는지 도통 알 수가 없었다.

"무슨 물건인가? 뭔지 몰라도 내게 주게. 내가 전해주겠네."

"조금 다루기 힘든 물건이라 제가 직접 열어드리려 합니다."

정 부인과 가진의 시선이 잠시 부딪쳤다. 다루기 힘든 물건이 도대체 어떤 것이기에 저렇게 조심스럽게 들고 있는지, 그리고 자신의 아픈 딸이 무슨 부탁을 어떻게 했기에 이 늦은 시간에 왔는지 궁금했다. 혹 이 아이가 마음이 약해 이상한 생각이라도 한 건 아닌지 겁이 덜컥 났다.

마당에 왔다 갔다 하는 가솔들의 모습에 정 부인은 일단 그를 안으로 들이기로 했다. 마음이 급했는지 정 부인은 그가 앉자마자 보자기를 풀어보라 채근했다. 보자기가 풀러지는 모습을 초조하게 지켜본 정 부인은 단지 뚜껑이 여는 순간 불쾌감으로 미간이 모아졌다. 단지 안에는 아무것도, 심지어 꿀조차 담겨 있지 않았다. 혹시 자신이 잘못 본 건 아닌지 재차 확인하기 위해 앞으로 몸을 숙여 단지 안까지 들여다보았으나 역시 아무것도 없었다.

"죄송합니다."

"지금 나와……."

"드릴 말씀이 있어 잠시 거짓을 아뢰었습니다. 잠시면 됩니다."

그의 괘씸한 마음에 정 부인이 언성을 높이려다 곧 입을 다물었다. 그를 어렸을 때 빼고는 본 적이 별로 없었지만 그의 소문은 익히 듣고 알고 있었다. 이런 늦은 시간에 거짓까지 고하며 자신을 만나야 했다면 그건 무슨 이유가 있었을 것이다. 화는 늦게 내어도 늦지 않았다.

"늦은 시간에 무슨 일인가?"

"밖에 같이 온 사람, 의원입니다."

못 들을 말이라도 들었는지 정 부인은 낮게 헛바람을 집어삼켰다. 화를 참지 못했는지 그녀는 벌떡 일어섰다. 딸의 병이 벌써 저잣거리의 입소문으로 떠돌고 있다고 생각하자 가슴이 진정되지 않았다.

"이 근방에서 침술로는 따라올 자가 없는 사람이지요."

가진은 더 이상 말을 붙이지 않았다. 그가 말을 하면 할수록 정 부인의 심기가 더욱 불쾌함으로 치닫게 된다는 것을 잘 알고 있었다. 정 부인이 침착함을 되찾을 때까지 그가 할 수 있는 것은 조용히 자리에 앉아 있는 것뿐이었다. 비록 정 부인이 그를 여기서 거절한다 할지라도 가진은 자신의 눈으로 그녀의 상태를 확인하기 전까진 돌아갈 생각이 없었다.

지병이 아니라면 의심스러운 점이 한두 가지가 아니었다. 자신이 몰랐으면 모를까, 아는 이상 집고 넘어가야 직성이 풀릴 것 같았다. 만에 하나 그 맹랑한 아가씨가 꾀병을 부려 무슨 일을 꾸미고 있는 중이라면 생각보다 일은 복잡해질 것이다.

"무슨 말을 듣고 왔는지 모르지만 불쾌하니 돌아가시오."

"예폐 물건, 저희 쪽으로 주문한 것으로 알고 있습니다. 계속 진행시켜도 되겠습니까?"

가진의 물음에는 어떠한 감정도 들어 있지 않았다. 그 물음 또한 무엇을 묻고 있는지 명백한 것이었다.

딸아이로 정신이 없는 정 부인은 미처 그것까지 생각하지 못하였다. 모르는 일이라 딱 잡아떼고 이 남자를 쫓아낼까도 생각해보았지만 사람의 입을 막기란 비 오는 날 강둑 물 터진 것보다 막기 어려운 것이다. 쉬쉬거려 오늘 하루를 넘긴다 해서 내일 조용히 넘어가리라는 보장도 없었다. 어차피 언젠가는 알려질 사실인데 혼자 아등바등거리며 숨기는 자신의 모습만 우스워질 뿐이었다.

정 부인이 힘없이 다시 자리에 주저앉았다.

"무엇을 알고 싶어서 온 게요?"

"약재를 구하기 어렵다고 들었습니다. 허락하신다면, 밖의 사람이 아가씨를 살펴본 후 무슨 약재가 필요한지 빠른 시일 내에 사람을 놓아 알아보도록 하겠습니다."

"아니, 그 아이는 좀 있으면……."

정 부인은 혼란스럽다는 듯 말끝을 흐렸다. 왜 이런 호의를 갑작스럽게 베푸는 것인지 정 부인은 짐작 가는 바가 없었다.

망설이는 정 부인을 보자 그는 침착하게 답을 내놓았다.

"할아버지 때 은혜를 많이 입은 것으로 압니다. 그 은혜를 조금이라도 답할 수 있다면 감사하겠습니다."

정 부인은 납득할 수 없으면서도 고개를 끄떡였다. 이곳에서 기반을 잡게 해준 것과 가진의 부친이 말갈족 여자와 결혼하는 바람에 마을에서 문제가 될 수도 있었던 일이 아버님의 친분으로 그럭저럭 무마된 적이 있었다. 그것을 은혜라고까지 볼 수는 없지만, 어찌 되었든, 그렇게 생각해 주는 마음이 고마운 그녀는 마음을 조심스럽게 풀어놓았다.

"병명이라도 알아봐 주세. 딸이 자리에서 일어만 난다면 내 그만한 답을 할 것이니."

여기저기 물건을 취급하는 그라면 쉽게 약재를 찾아낼 수도 있을 것이다. 그래서 쉽게 딸이 자리를 털고 일어난다면야 팔아서 못 내줄 재물은 없었다. 왜 진작 그 생각을 못했는지 정 부인은 자신의 어리석음을 책망했다.

"따라오시게."

가진은 정 부인의 뒤를 조심스레 따랐다. 탁 트여진 정당과는 달리 회랑(回廊)의 양옆으로는 가지런한 나무의 풍성함으로 시원한 그늘을 만들어 담밖에서는 잘 보이지 않도록 되어 있었다. 어렸을 적 그렇게 커 보였던 담이 지금은 크지도, 작지도 않는 알맞은 울타리로 가내를 두르고 있을 뿐이었다. 얼핏 스쳐 간 어린 시절의 풍경이 겹쳐졌다. 담장 쪽을 향해 가진이 잠시 시선을 두었다. 저 담벼락 위에 두 손을 올리기에는 바동거릴 만큼 작은 꼬마가 있었더랬지.

방문 여는 소리가 들리자 화련은 또다시 마음이 무거워졌다. 아마도 어머니가 걱정이 되어 또 오신 게지. 죄책감에 그녀는 고개를 숙인 채 어머니 얼굴을 바라볼 수도 없었다. 걱정스러운 눈빛을 마주치기라도 한다면 금방이라도 눈물이 차 오를 듯싶었다.

세향 또한 죄책감과 불안스러운 마음에 문이 열려도 부인을 똑바로 쳐다보지 못하는 건 마찬가지였다. 혹시 자신의 얼굴에 죄책감이라도 보일까 세향은 평소보다 더욱 고개를 조아려 자리에서 일어났다. 고개를 들고 부인 뒤에 서 있는 사내를 보고는 세향은 새된 비명을 지르지 않기 위해 두 손으로 자신의 입을 막아야 했다.

갑자기 방 안이 부산스러워하는 수 없이 화련은 고개를 들었다. 들어온 사람이 누구인지 확인하자 곧 날카로운 숨을 들이켰다. 눈을 비비고 다시 확인하고픈 마음이 들 정도로 화련의 눈이 더 이상 커질 수 없을 만큼 커졌다. 자신이 잘못 본 것이 아니라면 그녀 앞에 가진이라는 사내가 침착하게 그녀를 내려다보고 있었다. 놀란 가슴을 진정시킬 새도 없이 그녀는 뭔가를 설명해 주기를 기다리듯 뒤따라온 어머니를 바라보았다. 설마 아니겠지? 화련의 눈동자가 불안으로 미세하게 떨렸다.

가진은 조금 해쓱해진 그녀의 얼굴을 무심히 바라보았다. 앉아 있을 힘도 없을 거라는 그의 생각과는 달리 그녀의 눈은 아직 생기로 가득 차 있었다. 어쩌면 가진은 진무의 말만 듣고 너무 앞질러 생각한 것인지도 몰랐다.

가진이 같이 온 사람에게 몇 마디 건네자 사내는 간단히 대답을 하며 가지고 온 침통을 내려놓았다.

설마 나를 진맥하려고 데려온 자는 아니겠지? 그렇다면 들통 나는 것은 시간문제였다. 상황을 대충 이해한 화련의 얼굴이 고집스레 변했다.

"죄송하지만 진맥하기 전 몇 가지 물어볼 말이 있을 겁니다. 옆에 어머님이 계시다면 조금 불편해하실지도 모르니 잠시 자리를 비켜주시겠습니까? 수발드는 아이는 옆의 계집으로 충분할 것 같습니다."

정 부인은 딸을 한번 바라본 뒤 조용히 방문을 닫고 나갔다. 자신의 딸이 왜 몹쓸 병에 걸렸는지, 혹 조상 중에 처녀로 단명하신 분이 계셔 시샘이라도 해 혼약을 앞둔 자신의 딸을 괴롭히고 있는 것인지 알 수가 없었다. 혹 조상들에게 들이는 공양이 부족하여 그녀의 딸이 저렇게 된 것일지도 모른다는 생각에 아침 일찍 새벽의 첫 정수된 물을 떠 빌어보기도 한 그녀였다.

정성이 한두 날로 쌓여지는 것이 아니라지만 어미의 심정이 다 그렇듯이 방법이 있다면 뭐든 해보지 않을 부모가 있을까. 나직한 한숨이 정 부인의 가슴속의 걱정을 보여주고 있었다. 제발 병명이라도 속 시원히 알아내어 약이라도 쓸 수 있으면 좋으련만.

한동안 방 안의 숨소리마저 부담스러울 정도로 어느 누구도 먼저 입을 떼지 않고 있었다.

어정쩡하게 서 있는 세향도 분위기가 심상치 않음을 느끼곤 아가씨의 눈치를 보며 마른침만 삼키고 있을 뿐이었다.

"진맥을 할 것이니 오른손을 내밀어주시겠습니까?"

가진의 표정은 변함이 없었다. 그래서 그녀는 그가 더욱 싫었다.

화련은 침상에 앉은 상태에서 벽으로 최대한 밀착된 자세를 취하며 그를 노려보았다. 그가 그녀를 만나야 할 이유가 없는 지금 그가 무슨 수작을 부리려 여기까지 왔는지 알 길이 없었다.

가진은 시간이 많은 사람처럼 느긋하게 그녀를 내려다보고 있었다. 오히려 그녀가 읽고 있던 서책을 집어 들며 천천히 훑어보고 있었다.

"오랜 벗의 동생이 자리에 누워 있는 것을 모른 척하는 건 도리가 아니라 생각되어서 말입니다."

그가 물러설 기색이 안 보이자 그녀는 세향에게 도움의 눈길을 청했다.

뒤늦게 눈치를 챈 세향이 곧 팔을 벌려 의원의 앞을 가로막았다. 그 모습에 가진의 눈매가 차갑게 변했다.

"진맥만 할 것이다. 비켜라."

"무슨 일로 오셨나요?"

"귀까지 먹으신 겁니까? 진맥을 한다 했습니다."

그의 빈정거림에 화련의 두 주먹이 새하얗게 변했다. 그녀의 얼굴에 분노가 고스란히 드러나고 있었다. 갑자기 들이닥쳐 어쩔 심산인 거야? 굳이 진맥을 하겠다고 한다면 그녀는 비명이라도 질러 그를 내쫓을 생각이었다. 그러나 그는 더 이상 그녀에게 다가올 생각은 없는 듯했다.

"진맥하는 사람이 마음에 들지 않는다면 내일이라도 다른 사람으로 보내 드리겠습니다. 추천할 만한 사람은 여럿 있으니 그건 걱정하지 마십시오."

그의 말속엔 은근한 협박이 들어 있었다. 이 사람이 아니더라도 진맥할 사람은 차고 넘쳤으니 언제까지 버틸지는 뜻대로 하라는 말이었다. 이대로라면 얼마 못 가 자신이 버틸 수 없음을 알아볼 것이다. 아니, 벌써 이 사람은 그녀가 왜 아픈 척을 하고 있는지 어림짐작했을지도 몰랐다. 하지만 왜, 그가 무슨 상관이 있다고!

이 일이 어머님에게 알려질지 모른다는 생각만 해도 화련은 눈앞이 캄캄했다. 더욱이 그녀뿐 아니라 그녀의 꾀병 때문에 화를 입을 사람을 생각하면 아찔하기까지 했다. 거기에는 중저 약종상 아범도 포함되어 있었다.

"왜 오셨냐고 물었습니다."

그녀의 목소리는 더 이상 아픈 병자의 것이 아니었다.

"내 가서 간절히 청할 때 거절한 사람은 어디의 누구였습니까. 그런데 예까지 와 무엇을 더 뒤집어놓으려고 왔습니까? 당신 눈에는 제가 지금 장난하는 것으로 보입니까?"

화련의 한 마디 한 마디에 독이 서려 있었다. 그러나 그 끝에는 어찌할 바를 모르고 있는 여인의 힘겨운 모습이 담겨 있었다.

가진은 파르르 떨리는 그녀의 주먹에 잠시 시선을 두더니 입을 열었다.

"그 패, 가져다 드리겠습니다."

그의 말에 화련은 의심이 가득 찬 시선을 보냈다.

"서찰을 주시면 전해 드리겠습니다."

한 번 더 그의 확답이 이어졌다.

그녀가 그렇게 애원할 때는 단칼에 거절하더니 지금은 그녀의 집에까지 찾아와 그 패를 그녀에게 가져다준다고 한다. 너무나 쉽게 뱉은 그의 말을 믿을 수가 없었다. 매몰차게 거절한 그가 아니던가. 아님 술이 깨어서야 오라버니와의 친분이 생각났다는 건가?

더 이상 가진을 상대하기 싫은지 화련은 고개를 돌렸다.

확실한 그녀의 거절 의사 표현에도 가진은 이 일을 바로잡기 전까진 돌아갈 생각이 전혀 없었다.

"고집으로 해결될 일이 아닙니다."

고집이라는 말에 화련의 눈썹이 매섭게 치켜 올려졌다. 자신이 어떤 심정으로 자리에 누워 있는지 알고 있다면 그 말을 하지 못할 것이다.

"고집이라 했나요? 그럼 혼담이 깨졌다는 것도 알고 오신 거겠죠? 언제부터 가진 대방이 저의 신변을 걱정하셨지요?"

가진의 눈이 기분 나쁜 듯 가늘어졌다. 그러니 이게 모두 이 철부지 아가씨가 벌인 일이란 말이지? 그것도 완전히 꾀병까지 앓아가면서?

"혼담? 어차피 작은아버지가 떡 한 조각 더 얻어먹기 위해 마련한 자리니 제 쪽에서 아쉬울 것은 없습니다. 며칠 이내로 산사에 들어간다는 말도 해놓았습니다. 그러니 더 이상 가진 대방이 상관할 일이 아니지요."

"알고 있는 이상 상관할 일이 되어버렸습니다."

"벌써 끝난 얘기입니다. 다시 한 번 말하지만 가진 대방이 상관할 일이 아닙니다."

"아가씨의 뜻은 잘 알았으니……."

"무엇을 알았다는 건가요? 가진 대방 눈에는 그리 간단해 보입니까? 제 부탁으로 목숨을 걸면서 어머니께 거짓을 아뢴 자는 어찌하라는 겁니까? 깨진 혼담은?"

가진의 눈빛이 차가웠다. 얘기의 전후를 살펴보면 작심을 하고 혼담을 깨뜨린 것이 분명했다. 저잣거리에 소문이 이렇게 빨리 퍼진 일도 그녀가 꾸민 짓일 것이다. 당나라로 직접 갈 생각으로 집을 떠날 맹랑한 구실이 필요했던 것이겠지.

설마 했던 일이었는데 정말 그녀가 일을 벌이고 만 것이다. 그녀의 조그마한 체구로는 감히 할 수 없을 거라 여겼던 그의 생각을 깨고 이를 악물고 덤빈 것이다.

골치 아픈 일에 휘말린 듯 그가 미간을 찡그렸다. 지금이라도 이 일을 바로 잡을 수 있을 것이다. 늦은 것은 아니었다. 정확히 말해서 그녀가 안서를 가든 말든 신경 쓸 바 아니었다. 분명 얼마 가지 못해 울며 다시 집에 돌아가겠다고 할지도 모르는 세상 물정 모르는 아가씨일 게 뻔했다. 그러나 거슬렸다. 손끝에 박힌 조그마한 가시처럼 신경이 쓰여 내버려 둘 수가 없었다.

"지금 무슨 생각을 하고 있는지 모르겠지만 사람 목숨 달린 일에 함부로 나서는 것이 아니라 했습니다. 내가 당신이라면 입을 다물겠습니다."

찬 서리 가득 먹은 화련의 목소리가 분로로 떨려 있었다.

먼 여행길에 자신이 있는 것도 아니었다. 그가 정말 이대로 문을 박차고 나가 어머니께 사실을 고한다 해도 말릴 길이 없었다. 그러나 그녀에게는 시간이 없다. 하지만 아무것도 하지 않은 채 조바심만 키울 순 없었다.

"다른 사람보다는 제가 나을 겁니다. 그리고 아가씨가 생각하는 것처럼 문예 전하의 환국이 그리 쉽게 이루어지지는 않을 것입니다."

"끌려올 수도 있지요. 너나 할 것 없이 문예 전하를 죽이려고 조정이 들썩일 텐데. 정진초 문사가 알기라도 하는 날에는 그 소문만으로도 저희는 감당할 수 없는 일을 겪을지도 모르는데 알면서 가만히 앉아 당하라 이 말인가요?"

만약 자신이 문예 전하를 고국으로 돌아올 수 있도록 하라고 명을 받았다 말하면 저 당찬 얼굴이 어떻게 변할지 궁금했다. 가진은 그녀의 적대적인 시선에 설득은 포기하기로 했다. 어린 객기라면 설득이라도 할 수 있지만 완강한 의지는 꺾기가 어려운 법이었다. 그러나 의지도 사람의 마음이라 언제든지 허물어질 수 있는 것이었다. 그 허물어짐이 언제이냐가 중요하겠지만.

"가진 대방이 상관할 일이 아닙니다. 무슨 말을 어떻게 하든 전 갈 것입니다."

"곧 사람을 보내어 기별을 드리겠습니다."

"도대체 무슨……."

가진은 화련의 대답도 듣지 않은 채 뒤돌아 나가 버렸다.

자신의 말에 대한 책임이 얼마나 무거운지 한 고개만 넘어보면 알 터였다. 직접 몸으로 한번 부딪쳐 보라지. 어리석게 벌인 일로 그녀는 많은 것을 잃었다. 일생일대의 중요한 혼사는 물거품이 되어버렸고 그 소문은 지워지지 않는 먹물처럼 평생 그녀의 뒤를 따라다닐지도 모르는 일이다. 그 무모함에 그는 짜증이 나려 했다. 어린 계집아이였다면 회초리를 들어서라도 정신 차리게 만들었을 것이다. 깨진 도자기는 다시 구우면 되는 것이고, 엎어진 물은 새 물을 담으면 그만인 것이다. 그러나 혼사라는 것은 그리 간단치가 않는 것이다. 평생 오점으로 남는 것이다. 아무리 방법이 없다 하여도 그렇지. 생각할수록 화가 뻗친 그는 옷깃을 차갑게 휘달리며 원반장으로 향하였다. 모든 계획을 변경하기 위해서는 해야 할 일이 많았다.

✳

가진은 방 안에 흔들거리는 등불을 오랫동안 바라보다 피로한지 눈을 감았다. 지쳐 노곤한 몸과는 달리 아직 생각이 정리되지 않는 마음은 어지럽기만 했다. 안철현 3)전장군(前將軍)의 부탁이었다 해도 그는 같은 답을 내놓았을 것이다. 소문에 휩싸이는 것으로도 가문에 누를 끼칠 수 있는 일이기는 하나 오히려 모르는 척 넘어가는 것이 좋은 방법일 때가 있는 것이다.

그는 자신답지 않게 성급하게 약속을 한 일이 잘한 일인지 아직까지도 확신이 서지 않고 있었다. 굳이 가야겠다면 그와 함께 가는 것이 나을 것이라 스스로를 이해시키면서도 애초부터 이런 골치 아픈 일에 자신이 끼어든 것 자체가 마음에 들지 않았다. 그러나 저리 두면 화련은 정말 혼자서라도 안서에 갈 태세였다. 그것은 더욱 위험한 일이었다. 그가 이 문제를 벗어나는 방법은 그 아가씨가 당나라가 건넛마을이 아니라는 사실을 되도록이면 빨리 깨달아 집으로 돌아가는 것이었다.

"대방님, 진무라는 자가……."

밖에서 누가 왔다는 말을 고하기도 전에 방문이 활짝 열렸다.

이제는 너무나 익숙해 놀라지도 않는 가진은 웃음을 터뜨리며 들어오는 진무를 바라만 볼 뿐이었다. 아무래도 어디서 한잔 하고 온 모양인지 얼굴이 불그스레 달아올라 있었다.

진무가 의자에 털썩 앉으며 자랑스레 술병 하나를 탁자에 턱

---

3)전장군(前將軍): 선봉을 맡은 부대의 장군

하니 올려놓았다. 가진이 내일 당으로 떠난다기에 그냥 보내기 섭섭하여 아버지가 약주로 담아놓으신 4)약미주 중 하나를 슬쩍해 가진의 집으로 가져온 것이다.

"자자, 오랫동안 못 볼 텐데 코가 삐뚤어지게 마셔보자고. 이래 봬도 아버지가 담근 술이니 분명 몸에 좋은 술일 거야. 그 김에 이술저술 맛보느라 시간이 좀 늦었지 뭐야."

진무가 술병을 흔들자 찰랑거리는 술 소리에 맑게 들렸다. 여자 가슴 저고리 풀듯 조심스레 뚜껑을 열은 그는 진한 삼향이 폐부로 가득 들어오자 그저 흐뭇한 웃음밖에 나지 않았다. 역시 이 술병을 가져온 것은 탁월한 선택인 것 같았다. 어찌 귀한 술병에 들어 있다고 했더니.

그런데 어찌 흔쾌히 술 한 잔을 하려고 온 그와는 달리 친구 놈의 얼굴은 긴장이 완연한 모습이었다. 저놈이 이렇게 긴장할 정도라면 아무래도 쉬운 일로 당에 가는 것은 아닌 것 같아 진무는 은근히 걱정되었다. 특히 친구 놈이 서관에서 지도를 샀다는 말도 그렇고 뒷거래로 정진초 문사의 길라잡이로 나섰다는 말도 귀에 들어오니 마음이 왠지 꺼림칙했다. 의심스럽게 보면 한없이 의심스러운 것이 사람의 마음이지만 그래도 뭔가 찝찝한 것이 마음에 턱하니 달라붙어 있는 것 같았다. 진무는 이참에 참아왔던 질문을 가진에게 던질 생각이었다.

"가진, 하나 짚고 넘어가자."

---

4)약미주: 청주에다 약재가 될 만한 재료를 넣고 담근 술

진무가 심각하게 얘기를 꺼내자 그때서야 가진은 고개를 들어 진무를 바라보았다. 그러다 곧 가진의 시선이 진무가 움켜진 술병으로 향하자 그의 입가에 옅은 웃음이 그려졌다. 예전에도 진무는 아버지가 담근 술 창고에서 아무것이나 가져와 그와 나눠 먹기를 즐겼다. 그러던 어느 날, 말술이라고 자부한 진무가 술 한 잔에 '악' 소리도 못 내보고 쓰러진 적이 있었다. 담근 지 얼마 안 되는 뱀술이었는데 그것도 모르고 좋은 술이라는 이유 하나만으로 뱀독이 빠지기도 않은 상태에서 서로 술을 들이켰던 것이다. 당연히 둘 다 그 독 때문에 며칠을 앓아누워야만 했다. 다행히 그 당시 시중드는 아이가 옆에 있어 다행이었지 아니었다면 정말 큰일나고도 남을 뻔했었다. 그때 그렇게 혼나고도 버릇을 못 고친 것인지, 재미가 들린 것인지 가끔 아버지 몰래 술을 가지고 오는 진무를 보면 웃음밖에 나오지 않았다.

　"또 몰래 가져온 술이군. 아무래도 이번에는 아버님이 그냥 넘어가시지 않을 것 같은데?"

　"그건 걱정 말아. 집에서 내가 살짝 맛보고 가져왔으니까."

　"그래? 그렇다면 다행이군."

　"그건 그렇고 너 무슨 의뢰를 받은 거냐. 거짓말일랑 하지 말라고. 아무것도 아니라는 말도."

　가진은 심각한 진무의 표정을 모른 척하며 술과 걸맞은 술잔을 장식장에서 꺼내왔다.

"시전(市廛)에서 또 무슨 소문을 들었나 보지?"

"네가 호위무사를 구한다고 들었어. 시전이 아니라 서반(西班: 무과를 나누는 분류) 초시에 합격한 몇 애들이 농담 삼아 자신들도 호위무사 해서 거금 한번 움켜쥐어 보겠다고 우스갯소리를 했다고. 그냥 그러려니 했어. 뭐, 귀한 물건이라니 그럴 수도 있겠구나. 그런데 생각해 보면 볼수록 이건 아닌 것 같아서. 더욱이 넌 갑자기 당나라도 간다고 하지. 네가 그리 긴장할 정도라면 어디 그 길이 편한 길이야? 그런 의뢰 거절해도 밥 굶을 일 없잖아. 혹시 협박받은 거야? 난 네가 위험한 일은 안 했으면 좋겠다."

진무는 가진이 먼저 말하기 전에 한 번도 그의 일에 대해 캐묻거나 간섭한 적이 없었다. 그럴 필요도 없었다. 그러나 이번 일만큼은 그냥 넘길 수가 없었다.

급한 성격답게 진무는 한꺼번에 많은 질문을 쏟아내자 가진은 피식 웃음이 나왔다. 협박이라? 내가 동하지 않는 일을 시키는 것이 협박이라면 협박이었다.

"네가 가는 곳이 당나라 어디냐?"

마치 중요한 말이라도 되는 듯 진무는 한동안 말이 없었다.

"장안도 갈 수 있고, 영주도 들를 수도 있고."

가진은 밖의 있는 사람에게 안주상을 부탁하며 잠시 대화의 맥을 끊었다.

"정진초 그 사람이 가는 곳이 장안이라며? 내 앞에서까지 무게 잡으며 숨기고 싶은 게 뭐야. 아, 말 좀 해보라니까. 왜? 내가 네놈 일 간섭하니까 아니꼽냐."

진무가 거칠게 퍼붓는데도 가진은 묵묵히 빈 술잔에 술만 따를 뿐이었다. 악의가 있어서가 아니었다. 그 속 누구보다도 가진이 더 잘 알고 있었다. 기쁘면 크게 기뻐할 줄 아는 놈이었고 슬프면 슬프다 소리칠 줄 아는 놈이었다. 그래서 더욱 알게 하고 싶지 않았다. 최악의 경우 자신이 문예 전하를 데려오는 죽음의 사자가 될지도 모른다는 사실을 말이다.

"당나라로 가는 길 같이 가자고 요청하신 것뿐이야."

표정없는 가진의 모습에 진무는 더욱 열이 받았다. 납득이 가는 그의 말임에도 불구하고 마음 한편에서는 질퍽한 느낌을 떨쳐 버릴 수가 없기 때문이었다. 가진이 가끔 당으로 몇 번 건너간 적은 있지만 이런 긴장된 모습은 아니었다. 하기야, 네놈 때문에 속 터진 적이 어디 한두 번이냐. 에잇. 진무는 술잔의 술을 벌컥벌컥 들이마셨다.

"이봐, 네가 그러면 나에게도 생각이 있다고."

얼음장을 놓는 진무의 말에 가진은 조용히 웃을 뿐이었다.

"나 없는 동안 부모님을 부탁한다."

"그런 심각한 얼굴로 얘기하지 마. 술맛 떨어진단 말이야. 뒤숭숭해. 당나라하고도 신경이 날카로워져 있고, 거기다 군부는 하루가 멀다 하고 북방 이민족 때문에 경계 태세잖아. 그런 와중에 네가 간다고 하니 영 찜찜할 수밖에. 내 말은 흠흠, 조심하라 이 말이야."

다그친 게 미안한지 진무가 급하게 술을 들이켰다.

그 모습에 가진은 피식 웃었다. 아마 두 계절쯤 지나야 돌아올 수 있을지 모르겠다. 빠르면 개나리가 피기 전에 이 뭉툭한 놈을 볼 수 있을 것이다.

"가진, 넌 언제 예쁜 색시 맞이할 거야? 이럴 때 색시 있으면 좋잖아."

"아, 언젠가는 가야겠지."

막연한 대답이었다.

"이놈이 태평한 소리 하고 있네. 벌써 가야 할 놈이."

"누가 할 소리를."

"난 초시에 합격하기 전까지는 못 가. 내가 변변한 게 있어야 데려오든지 하지."

말해놓고도 어색한지 진무의 커다란 얼굴에 수줍은 미소가 자리 잡혔다. 데려오겠다는 말은 마음에 두고 있는 처자가 있다는 소리였다.

"음…… 누구지?"

"그냥 내 마음만 그렇다니까."

"그러니까 소리 소문 없이 들어앉은 처자가 누구냐고."

오랜만에 편안한 미소가 가진의 눈가에 이르렀다.

"아, 나중에. 초시에 합격하면."

"설마 나 돌아오기 전에 장가가는 거 아니겠지?"

"무슨. 아직 말도 못 건네봤다. 아마 초시도 그렇게는 안 떨릴 거다. 무슨 수전증 걸린 노인도 아니고. 또 말 붙일라 하면 얼마나 쌀쌀맞던지. 흠흠, 아무튼 그래."

가진이 고개를 숙이며 낮게 웃음을 터뜨리자 진무는 기분이 상한 듯 콧김을 내뿜었다.

"뭐야, 비웃는 게야? 너라고 별수있을 것 같아? 나중에 네 마음에 살랑살랑 바람나기만 해봐라. 내 큰소리로 동네방네 떠들고 다녀줄 줄 알아."

큰소리는 쳤지만 드러내 놓은 감정이 쑥스러운지 진무의 얼굴이 불그스레해졌다.

"그래 주면 나야 좋지."

그러나 그럴 일은 없을 것이다. 때가 되면 자신도 혼례를 해야겠지만 진무처럼 뜀박질하는 설렘으로 복숭앗빛 곱게 얼굴 물드는 일은 없을 것이다. 그에게는 소리 내보지도 못한 그 열병은 뙤약볕 무더위처럼 뜨거웠고, 겨울 된바람처럼 메마른 가슴에 파고든 상처였다.

잊고 있었던 감정의 조각이 새삼 다시 떠오르자 가진의 입가에 쓴웃음이 묻어났다. 먹을 것을 줄 테니 같이 살자고 한 맹랑한 꼬마 아가씨의 얼굴이 잠시 스쳐 지나갔다.

자신도 모르게 옷에 풀물이 들어 지우고 싶어도 얼룩이 남는 것이 남녀 간의 정이라 했다. 모른 척하며 살 수는 있을 테지만 무시하면서 살 수는 없는 것이 그 마음일 것이다. 몸은 세월에 묻어가도 마음은 옛 그 자리에 맴돌아 차마 가져오지 못한 것이 그 마음이라 그는 그렇게 배웠었다. 그 마음을 잘 알기에 가진은 진심으로 진무가 그 처자와 잘되기를 빌었다.

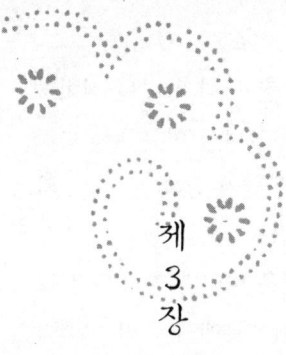

제
3
장

그루터기에 앉아 있는 화련은 마치 전쟁터에서 돌아오는 낭군님을 기다리는 심정으로 길 끝점을 하염없이 바라만 보고 있었다. 시간이 갈수록 마음은 초조해져 가는데 기다리는 사람은 오지 않자 답답한 마음에 체면 불구하고 목을 빼고 산 아래까지 내려다보았다. 깨금발까지 동원해 시야 확보에 나선 그녀지만 근처에 개미 새끼 한 마리 지나가지 않았다.

"이 길이 맞긴 맞는 거야?"

수풀 짓이기는 소리가 샛길에서 들리자 화련은 냉큼 입을 가렸다. 너무 큰길가만 신경 쓰다 보니 샛길이 있다는 것을 잠시 잊고 있었던 것이다. 누구인지 확인이 되지 않자 그녀는 일단 세향과 몸을 숨길 곳을 찾았다. 사람이 잘 다니지 않는 길이라 안심하고 있었는데 정말 떠나기도 전에 그녀를 아는 누군가라도 만난다면 큰일이었다. 적어도 이 산을 넘기 전까지는 누구와도 마주쳐서는 안 되었다.

억새풀 사이로 최대한 몸을 낮춘 화련은 머리가 거의 땅에 닿을 정도로 몸을 숙였다. 주름 치마가 잡초들에게 쓸려 바스락 소리를 내자 체면 불구하고 빨래터에서 빨래를 하는 아줌마들처럼 치마를 다리에 감았다. 출발하기 전부터 일을 그르칠 수는 없었다.

그러나 세향은 몸을 숨기면서도 경계하는 작은 짐승처럼 쭈뼛쭈뼛 목을 빼 다가오는 사람이 누구인지 확인하려 애를 썼다. 곧 세향이 손뼉을 치며 벌떡 일어났다.

"아가씨, 일어나 봐요! 왔다니까요, 왔어. 아이참, 간 떨어질 뻔했네."

정말 그들이었다. 그러나 화련은 안도 반 열 뻗침 반이었다. 보름 전, 딸랑 서신 하나 보내어 짐을 꾸리란 말과 함께 담낭골 돌상 아래에서 만나 출발할 거라는 이야기를 빼곤 그 어떤 서신 왕래도 없었다. 그를 믿어야 하는지 확신이 서지 않는 상태에서 그를 기다려야 하는 그녀로서는 애가 탈 수밖에 없었다. 거기다 약속한 시간이 한참이 지났는데도 불구하고 그가 나타나지도 않으니 별의별 생각이 다 들던 참이었다. 그러니 그런 그녀의 기분을 짐작이라도 한다면 최소한 '늦어 미안하다'는 말 정도는 꺼내는 것이 예의였다. 그런데 고작 그가 한 것이라고는 고갯짓으로 인사한 것이 전부였다. 미안하다 그 한마디면 될 것을 그의 뺏뻣한 태도에 화련은 한마디 쏘아주고 싶은 심정이었다.

그러나 그녀를 본 가진의 표정 또한 만만치 않았다. 그녀의 옷차림을 위에서 아래로 천천히 훑어본 그는 못마땅하다는 눈빛을 숨기지 않았다.

그런 그의 시선에 당황한 그녀는 화를 내는 것도 잊은 채 주황빛 물들인 치마를 살짝 들어 보이며 자신의 매무시를 살펴보았다. 아무리 훑어보아도 무엇이 문제인지 알 수가 없었다.

"화전놀이 가십니까? 그 옷으로 산을 넘기에는 무리입니다."

그의 조롱에 화련의 얼굴이 빨갛게 달아올랐다. 틀린 말은 아니나, 화가 나는 것은 어쩔 수가 없었다. 그녀의 입이 기분이 나쁜 듯 꼭 다물어졌다.

가진은 그런 그녀의 기분을 무시한 채 계속 말을 이어나갔다.

"다음 묵을 곳에서 마포나 갈포 옷으로 갈아입으셔야 할 것입니다. 여정 중 광목, 비단을 비롯해 현재 아가씨가 입을 만한 옷은 다 안 됩니다. 물론 머릿속 치장 장식도 안 됩니다."

존대를 함에도 불구하고 그의 말은 어딘가 기분이 나빴다. 더욱이 딱딱 끊어 말하는 그의 말은 거의 훈계조에 가까워 보여 그녀는 반발심이 생겼다.

"부탁한 서찰은 쓰셨습니까?"

"썼으니 인편으로 보낸 거겠지요."

들은 말이 곱지 않으니 나간 말이 고울 리 없었다.

"달포에 한 번 부모님이 서찰을 받을 수 있도록 해놓았을 겁니다. 절대 떨어져 혼자 행동하시면 안 됩니다. 언제든지 집에 돌아가고 싶다면 말씀하십시오."

"그럴 일은 없을 거예요."

그의 까만 눈동자가 그녀의 의지를 헤아리는 듯 잠시 화련의 시선을 붙잡고 있었다.

"좋습니다."

출발 소리가 떨어졌다.

발품을 팔아 가야 한다는 게 고생스럽겠지만 보름 전에는 마음을 졸이며 자신이 정말 안서까지 갈 수 있는지 확신조차 못하는 마음고생에 비하면 이건 고생도 아니었다. 부모님을 속이면서까지 당으로 간다는 생각에 마음이 무거웠지만 그녀의 선택이었다. 긴 여정이 될 것이다. 무사히 이 여정을 마칠 수 있도록 부처님의 보우를 바랄 뿐이었다.

막상 출발하자 그녀는 그가 일행들에게 무슨 말을 해두었는지 궁금했다. 갑작스러운 그녀의 등장으로 등 뒤에서 수군거릴 만도 한데 마치 암묵적인 약속이라도 한 듯 그들은 그녀에 대해 침묵을 지키고 있었다.

이런저런 생각으로 앞 사람을 따라가고 있을 때 앞 진열이 멈추자 화련 또한 자동적으로 걸음을 멈추어야 했다. 수풀을 거칠게 헤치는 소리에 모두들 바짝 긴장한 채 귀를 기울이고 있었다.

세향은 보따리를 가슴팍에 안고 화련 곁으로 다가갔다. 산짐 승이라도 나오면 냅다 아가씨와 함께 뛰기 위해서였다.

그러나 화련은 오히려 수풀 뒤의 형체가 산짐승이었으면 했 다. 숨을 곳도 마땅치 않는 이곳에 사냥꾼이라도 내려와 그녀와 마주치기라도 한다면 큰 낭패였다. 얼굴이 알려지는 건 둘째 치 더라도 남정네와 길을 떠나는 모습이 알려지면 그는 물론, 그녀 또한 평생 죄인 취급을 받으며 살아야 했다. 그녀는 두 손을 꽉 잡으며 점점 다가오는 형체에 대한 불안을 눌렀다.

"분명 이 길일 텐데. 놓쳤나? 아하, 제대로 찾아왔네. 난 또 못 만날까 봐 부랴부랴 왔지 뭐야."

뜻밖에도 숲을 헤치고 나온 자는 진무였다. 한가득 뭔가를 싸 놓은 보자기 하나를 손에 쥔 그는 모든 시선이 자신을 향해 있 자 반가움에 웃음을 터뜨렸다.

그러나 가진은 전혀 웃을 기분이 아니었다. 최대한 뒤의 일행 이 아가씨의 모습을 감추려고 노력은 했지만 땅에 끌릴 듯한 넓 은 폭의 주홍치마까지는 가려주지 못할 거라는 걸 잘 알고 있었 다. 최대한 사람들 사이에 가려진 그녀의 모습을 확인한 후 그 는 자신이 먼저 진무 곁으로 다가갔다.

"여기까지 무슨 일이야?"

"일은 무슨. 어제 챙겨주러 간다고 했는데 깜박하고 못 가져 다준 것 가져온 거다. 자, 여기 있다. 위급 시 필요한 약재들."

자루에 이것저것 묶음으로 엉켜 있는 것으로 보아 필요하다고 생각하는 것은 무조건 쓸어 담아온 것 같았다. 진무의 집에선 또 난리가 났겠군.

"잘 다녀오라고. 몸 챙기고, 알았냐? 어머님은 걱정 마라. 내가 있잖냐."

가슴을 탁탁 치며 진무가 씩 웃어 보였다. 혹시 못 만날까 봐 턱에 숨이 찰 때까지 뛰어온 것이 잘한 일이었다. 이 길을 택한 자신의 탁월한 선택에 뿌듯해하며 진무는 마지막으로 친구를 배웅하기 위해 머리 위로 크게 손을 흔들었다.

친구 놈의 발걸음을 붙잡아두기 싫은 진무는 먼저 등을 보이며 마을로 가는 방향으로 몸을 틀었다. 그러나 뭔가 이상한 듯 고개를 갸웃거리더니 다시 가진의 일행을 어깨 너머로 쳐다보았다. 곧 그의 부리부리한 눈이 소 눈알처럼 커지더니 그래도 못 믿겠는지 진무는 자신의 눈을 마구 비비기 시작했다.

"힉! 뭐…… 뭐야? 잠깐만. 세상에, 저 아가씨 혹시 안정철 부사 막내 아가씨 아니야? 맞지? 병으로 죽니 사니 하는 그 아가씨가 어찌 여기 있는 거야?"

가진은 고개를 돌리며 짜증스러운 한숨을 내쉬었다. 첫 출발부터 뒤엉키는 느낌이다. 진무라면 그리 큰 걱정은 안 되었지만 그의 표정을 본 순간 생각보다 골치가 아파질 것 같았다.

"가진, 왜 아픈 아가씨가 너와 함께 있는 거냐고!"

그가 재확인하기 위해 몸을 앞으로 내밀려 하자 가진이 손을 뻗어 그가 더 이상 진무의 발걸음을 막아섰다. 여기서 더 이상 지체하고 싶지 않았다.

진무는 가진의 행동에 불만인 듯 눈썹을 한번 꿈틀거렸다. 가진보다 키도 크고, 덩치도 커서 마음만 먹으면 가진을 단숨에 제치고 누구인지 다시 확인할 수도 있었다.

그러면 뭐 하랴. 저놈 표정에 '나 사고 쳤소'라고 쓰여 있는데.

이 상황이 어이가 없는지 진무는 말문이 탁 막혀 버렸다. 떠날 때부터 친구 놈의 행동이 수상하다 했더니 이이고, 결국 아니나 다를까, 일을 저지르고 만 것이다. 사태 파악이 어느 정도 된 진무는 무리와 떨어진 곳으로 가진을 거의 강압적으로 끌고 갔다.

"이 미친놈아, 네가 지금 무슨 짓을 하고 있는지 알고는 있냐?"

진무는 소리를 죽이며 가진을 다그쳤다. 이놈이 맨정신으로 이런 짓을 벌였다는 게 믿기지 않았다. 거기다 이중 누구 한 사람이라도 말을 흘린다면 자신의 친구는 당장 몸 성치 못할 것이다. 아니, 세상에 비밀은 없는 것이다. 언젠가는 알게 되어 있었다.

'환장하겠네, 정말. 이놈이 돌은 게야. 돌아도 완전 돌은 게야.'

혹시 아가씨가 이놈을 배웅하기 위해 나온 건가? 그것도 문제였다. 다름 아닌 아가씨 아닌가? 그리고 옆에 딸린 계집아이의 두 손에 들린 짐을 보니 배웅이 아니라 같이 떠나는 차림 딱 고것이었다. 그럼, 도대체 저 아가씨가 당나라까지 간다는 말이야? 진무는 고개를 설레설레 흔들었다. 아무래도 이 여행은 물건을 감별하려고 떠나는 차원이 죽어도 아니었다.

"어찌 된 거야? 아가씨와 눈이 맞아 도망이라도 가는 거냐? 네놈이 참말로 제정신이야?"

"그런 거 아니니 돌아가."

진무의 부리부리한 눈은 모든 것을 캐겠다는 일념으로 불타고 있었다. 분명 뭔가가 있는 것이야. 불어라, 이놈아!

"네놈이 그리 째려봐도 소용없네. 삼베옷 입고 소리없이 방귀뀌면 누가 모른다더냐? 네놈 어찌 수상타 했지. 무슨 짓을 꾸미는 거냐?"

"네가 그리 걱정할 일 아니니 그냥 돌아가."

"네놈이 언제 걱정 끼친다 말하고 걱정 끼쳤냐? 네가 정 그렇게 나온다면 나에게도 생각이 있지."

진무는 행렬 맨 앞으로 가더니 가진 보란 듯이 땅바닥에 털썩 주저앉았다.

"이참에 친구 잘 둔 덕에 세상 구경이나 헐란다."

못 불겠다면 옆에서 감시를 해서라도 알아낼 테다. 흥!

막무가내로 들이미는 진무의 태도에 가진의 눈이 못마땅한 듯 가늘어졌다.

"그럴 생각 없으니 돌아가."

"많이도 안 바란다. 밥 세 끼와 비 피할 곳만 준비해 준다면 된다니까."

"너, 다음 달에 있을 초시 안 볼 거냐? 집에 계시는 부모님은?"

"초시야 다음에도 볼 수 있는 것이고 부모님은 아시다시피 우리 형님이 잘 모시겠지. 정 걱정한다면 다음 쉴 곳에서 사람 하나 보내지. 네가 날 돌려보낸다면 내가 제일 먼저 달려가는 곳이 어디라는 거 알고 있지?"

"진무!"

"뭐 하나? 어여 가자고."

진무는 능청스럽게 귀청을 후벼 파며 자리에서 일어나 가진의 어깨를 두드렸다.

가진은 머리가 아파온 듯 관자놀이를 눌렀다. 정말 작심이 섰는지 앞장서며 걸어가는 진무를 보며 가진의 표정이 굳어졌다. 무조건 돌려보내야 한다. 소중한 벗의 이름을 비첩(碑帖)에 오르게 할 수는 없는 일이다.

"가진 대방의 지기인가요?"

"믿을 만한 자이니 걱정 안 하셔도 될 겁니다."

"가진 대방이 그렇게 말한다면 걱정이 없겠지요. 더 이상 여기서 지체하고 싶지 않은데요?"

그는 이내 몇몇 사람들에게 서둘러 명령을 내렸다. 그녀 말처럼 이렇게 지체할 시간이 없었다. 아무리 사람이 잘 지나다니지 않는 길로 왔다고는 하나 한낮이라 나무를 하다 지나가는 사람이라든지 약초 캐러 다니는 사람과 부딪칠 수도 있는 일이었다. 적어도 산 하나를 넘을 때까지는 되도록 사람과 마주치는 일은 피해야 했다.

화련은 앞서 걸어가고 있는 가진의 뒷모습을 바라보았다. 가진이라는 자가 믿을 수 있는 사람이든 아니든 일단 믿어볼 수밖에 없었다. 오라버니 또한 믿을 만한 사람이라고 했으니 그녀는 이제 안서까지 무사히 도착하는 것만 생각하면 되었다.

가진 일행은 자그마한 사건으로 행보가 잠시 지체된 것을 빼고는 산등성까지 가쁘게 올라가고 있었다. 산속이라 그런지 생각보다 해가 빨리 떨어지는 것 같았다. 물론 그녀의 기력도 마찬가지였다. 처음 한발한발 내딛을 때는 안서에 가는 생각만으로도 발걸음을 가벼이 뗄 수 있었다. 그러나 그 생각을 비웃기라도 하듯 얼마 못 가 불편한 옷과 찌는 듯한 더위로 흘러내리는 땀을 닦느라 정신이 없는 화련이었다. 산을 장시간 탄 적이 없는 그녀로서는 온몸에 바윗돌을 달아놓은 듯 무겁기만 했다. 땀이야 닦으면 그만이지만 문제는 아무리 입을 벌리고 숨을 한껏 들이마셔도 거친 숨은 진정될 줄 모른다는 거였다. 폐가 따끔거려 오고 입은 바짝 말라 갈증을 호소하고 있었다. 힘들 것이라고는 생각은 했지만 막연한 생각과 막상 두 발로 산길을 오르는 부담감의 차이는 천지 차이였다.

아직 산 하나를 채 넘기지 못하였는데 그녀의 몸은 여기저기 고통을 호소하고 있었다. 특히 발바닥 아래는 심하게 화끈거렸고 비탈진 산중턱을 오를 때면 신경을 곤두세우느라 정신적으로도 많이 지쳐 있었다. 그러면서도 그녀가 군말 없이 걷고 있는 이유는 오직 그의 비난 어린 시선을 받을 수 없기 때문이었다. 고작 하루도 안 되어 약한 모습을 드러내 보인다면 그가 돌아가라 해도 할 말이 없는 그녀였다. 그녀의 오기가 그를 움직이게 했다면 최소한 그 오기가 이리 쉽게 나약함을 드러내어서는 안 되는 것이었다. 그러나 험한 산 고개를 넘을수록 그녀의 거친 숨소리와 붉게 달아오르는 뺨은 더 이상 감출 수가 없었다.

세향도 힘이 드는지 놀러나온 것처럼 산새가 어떻고 꽃이 예쁘다고 조잘대는 모습은 찾아볼 수 없었다.

"어이, 가진. 힘든 것 같은데, 좀 쉬었다 가지 그래?"

진무는 점점 처지는 아가씨를 흘끔 쳐다보았다.

"힘이 들면 약한 소리가 나오겠지."

가진은 뒤를 한번 쓰윽 바라볼 뿐 걸음을 멈추지 않았다. 여자가 합류했다고 풍수유람 하듯 사정 봐주면서 움직일 수는 없었다. 자칫 일정보다 늦어지면 우기와 겹칠 수도 있고 산속의 찬 이슬을 피하려면 부지런히 움직여 주어야 했다. 그녀는 안서가 이웃 마을 정도가 아니라는 것을 알아야 했다. 그의 속내는 당장에라도 그녀가 땅바닥에 주저앉아 더 이상 못 가겠다며 엉

엉 울기를 바라고 있었다.

"독한 놈."

가진 들으라는 듯 진무가 대놓고 말을 내뱉었다.

그럼에도 가진은 그녀가 따라오든 말든 묵묵히 행보를 재촉했다.

"아가씨, 괜찮아요? 여기요! 잠시 쉬어가요. 다리가 아프다고요."

결국 옆에서 지켜보던 세향이 과장되게 '나 죽네'라며 앓는 소리를 하자 잠시 휴식을 취할 수 있었다. 세향은 짐을 내리자마자 호흡이 거칠어져 있는 아가씨에게 질통을 건넸다.

산을 넘느라 얼굴이 붉게 달아오른 화련은 예의 차릴 것도 없이 질통을 입으로 가져다 댔다. 그러나 그녀는 한 모금도 마시지 못한 채 가진에게 질통을 빼앗겨야 했다.

"무슨 짓인가요?"

"물을 많이 드시면 걷기 힘듭니다. 조금만 더 가면 객사(客舍)가 나올 겁니다."

차가운 한마디와 함께 그가 돌아섰다.

그러나 심한 갈증이 난 그녀는 질통에서 눈을 쉽게 뗄 수가 없었다. 고깟 물 몇 모금 더 마시는 게 무슨 차이가 있는지. 오히려 가진은 그녀가 갈증으로 쓰러지기를 바라는 사람 같았다. 처음부터 못마땅해했으니 그러고도 남을 사람이었다.

화련은 차마 들썩이는 어깨를 감추지 못하고 그를 째려보며 질문을 던졌다.

"한 가지 여쭈어봐도 될까요?"

그런 그녀에 비해 그의 표정은 출발했을 때와 변함이 없어 보였다.

"기루까지 찾아갔을 때는 딱 잘라 거절하시더니 갑자기 마음을 바꾼 이유가 뭐죠?"

"가고자 하는 의지는 아가씨의 것이니 바뀐 것은 없습니다. 더 이상 질문이 없으면 출발하겠습니다."

가진이 고갯짓을 하자 사람들이 재정비를 위해 하나둘 일어나고 있었다. 다시 출발할 모양이었다. 그러나 화끈거리는 발바닥으로 다시 걸을 생각을 하니 그녀는 인상부터 찡그려졌다. 그늘진 곳 아무 곳이나 앉아 좀 더 땀도 식히며 아픈 다리도 주무르고 싶었다. 휴식을 맛본 다리는 일어나기를 거부하고 있었다.

"해가 지기 전에 객사에 도착하려면 움직여야 합니다."

그 말이 그녀에게는 꼭 움직이지 않으면 두고 가겠다는 말처럼 들렸다. 아무래도 그는 그녀의 길 안내를 언제든지 그만둘 자세가 되어 있는 사람처럼 보였다.

"벌써 지쳐서야 국경까지 갈 수나 있겠습니까?"

그 한마디에 화련은 벌떡 일어나 보란 듯이 그를 제치고 앞으로 걸어갔다. 언젠가 오라버니에게 저 가진 대방 얼굴을 한 방 먹여주라 말해야겠다고 결심한 그녀였다. 아니, 오라버니라면 그렇게 해줄 것이다.

그녀 때문인지는 모르나 생각보다 객사에 도착할 때쯤은 해는 오래전에 자취를 감춘 뒤였다. 산속에 있는 객사다 보니 칠흑 같은 어두운 밤은 모든 것을 집어삼킨 듯 조용하기만 했다. 간간이 들려오는 산짐승의 울음소리도 화련에게는 아련하게만 느껴질 뿐 무섭다는 느낌은 들지 않았다. 손님도 그들 말고는 없는 듯했다.

의례 당연한 듯 일행들이 술판을 벌이자 화련은 조용히 자신의 방으로 들어갔다. 낮에는 어디 누울 자리라도 있으면 곧바로 쓰러져 잠을 잘 수 있을 거라는 생각과는 달리 너무 피곤한 나머지 정작 편안한 이부자리를 보아도 쉽게 눈이 감기지 않았다. 불편하기도 했지만 그녀 혼자 타지에 떨어져 있어본 적은 처음이어서 현실과 동떨어진 이 느낌이 낯설기만 했다.

잠자는 것을 포기한 화련은 문창이 잘 닫혔는지 흔들어보기도 하고 머리를 빗어보기도 했다. 세향을 부를까도 했으나 혹시 자는 아이를 깨울까 봐 미안스러워 그녀는 침상 위에 오도카니 앉아만 있었다. 하지만 내일 다시 떠날 채비를 하기 위해서는 꾹 참고 잠을 청해야 했다. 그러나 그 마음도 얼마 못 가 그녀는 벌레 때문에 침상에서 벌떡 일어나야 했다. 벌레에게 물린 손목을 긁자 금세 연약한 피부가 부풀어 올랐다. 벌레들이 이 방을 나가지 않는 한 그녀는 밤새 가려움에 시달려야 할지도 몰랐다.

화련은 혹시 밖에 피우는 향이라도 있다면 가져올 생각에 뒷마당으로 향했다. 모든 것이 새까만 장막으로 온통 쳐놓은 것 같아 그녀는 길을 살피기 위해 있는 힘껏 눈을 크게 떠야 했다. 이리저리 기웃거리다 생각지도 못한 조그마한 정자를 발견하자 그녀의 입이 비밀스럽게 살짝 치켜 올라갔다. 이런 객사에 정자가 세워져 있다면 무슨 사연이 있었을 것이다. 그러나 좀 더 가까이 다가가려던 화련은 걸음을 멈추었다. 아쉽게도 그녀보다 먼저 온 손님이 있었다.

"잠이 오지 않으십니까?"

조심스럽게 발걸음을 돌리려는 순간 익숙한 목소리가 그녀의 발목을 잡았다. 그는 그녀가 여기 올 것이라는 것을 미리 알고 있는 사람처럼 당황해하지도 않았다. 하기야 그녀가 기루를 찾아갔을 때도 얼굴 표정 하나 바뀌지 않았던 사람인데 이런 일에 놀랄 것 같지도 않았다.

"같은 내 나라인데 땅 내음도 설고, 음식도 설어요. 몸이 피곤한데 눈은 감기지도 않고."

그가 그녀와 대화를 하고 싶은 것인지 아니면 예의상 한두 마디 던져 주는 건지 갈피를 잡지 못한 그녀는 잠시 머뭇거리다 정자로 걸음을 옮겼다.

그는 외상 위에 놓인 찻잔만 바라보고 있었다. 아직 차가 식지 않은 것을 보면 그도 여기 나온 지 얼마 되지 않은 듯했다. 혹시 그가 혼자 있고 싶은 것을 방해했다는 생각이 들자 앉아 있는 자리가 불편해지기 시작했다.

침묵이 참기 어려운지 화련은 먼저 말을 건넸다.

"안은 시끌벅적한데 밖은 너무 조용하네요."

"영주(營州: 지금의 요롱성 지역) 길을 거쳐 갈 테니 마음 변하면 언제든지 말씀하십시오."

그는 그녀가 포기하기를 기다리고 있는 사람 같았다. 여자 몸으로 쉽게 갈 수 있는 거리가 아니라는 것도, 무모하리만치 어리석다는 것을 누구보다 잘 알고 있는 그녀였다. 하지만 그녀가 가야 하는 이유를 너무 잘 알고 있는 그가 그런 말을 하니 화련은 화가 났다.

"우는 소리도 하지 않을 것이고 도중에 돌아가는 일도 없을 겁니다. 몇 밤을 지나야 도착할지 감도 못 잡고 있지만……."

화련은 혹 자신의 말이 투정 어린 모습으로 비춰질지 몰라 중간에 입을 다물었다.

"두 번만 헤아리십시오."

"두 번이요?"

"바람의 방향이 두 번쯤 바뀔 때면 돌아올 수 있을 겁니다. 가을걷이 때쯤 도착해 돌아올 때는 겨울나기가 끝나 있을 것이니 돌아오는 길이 좀 수월하겠지요."

두 번. 그럼 봄쯤이면 다시 집에 돌아올 수 있으려나. 만약 그가 날(日)로 세어 말해주었다면 까마득하다 못해 막막했을 길이었을 테다. 지레 겁먹어서는 가는 길이 더욱 힘들지도 모르는 일이었다.

잠시 후 그녀는 손목 주위를 긁기 시작했다. 그때서야 화련은 자신이 여기 온 이유가 생각났다.

가진의 시선이 그녀의 손목에 머물자 화련은 어색한 웃음을 지으며 동작을 멈추었다.

"벌레에 물렸나 봐요."

"손 좀 내밀어주시겠습니까?"

그 말이 무섭게 화련은 두 손을 재빨리 자신의 무릎 위에 내려놓았다.

"단지 벌레에게 물린 게 아니라면 치료를 해야 합니다. 아가씨?"

그가 재촉하자 화련은 마지못해 왼손을 내밀었다.

벌레에 물려 긁었는지 피부가 약하게 부풀어 올라 있었다. 두 곳 정도 벌레에 물렸으나 그리 걱정할 정도는 아니었다. 가진은 옆에 우려낸 녹차 잎을 짜 그녀의 손목 위에 올려놓았다.

깜짝 놀란 화련은 손을 내빼려 했지만 그의 아귀힘에 움직일 수 없었다.

"잠시만 그렇게 눌러주십시오. 더 이상 붓거나 가렵지는 않을 겁니다."

왠지 부끄러운 그녀는 고개를 푹 숙였다. 놀라 두근거리는 심장은 쉬이 진정될지 몰랐다. 그에게는 다른 뜻이 없어 보였다. 단지 그녀의 가려움을 치료해 주기 위해 그녀의 손목을 잡은 것뿐이었다. 깜짝 놀라는 것도 모자라 난생처음 남자의 손을 잡고 있어서인지 그녀의 얼굴은 이제 잘 익은 복숭아처럼 변해 있었다.

시선을 어디다 둘 줄 모르는 화련은 외상만을 뚫어지게 쳐다보았다. 외상 한쪽에는 검붉은 열매가 몇 개 놓여 있었다.

"버찌?"

그가 고개를 끄떡이자 화련은 신기한 듯 다시 시선을 두었다. 어렸을 때 빨간 즙이 예뻐 손으로 으깨며 논 적도 있던 열매였다. 그녀의 눈이 옛 추억으로 순간 부드러워졌다.

"혹시 배가 고프신가요?"

가진의 시선이 자연스레 외상 위의 버찌로 향했다. 그녀의 천진스러운 물음에 가진은 옛 기억이 하나 떠올랐다. 아마 이건 그 답례일 것이다.

"아직 떨어질 때가 안 되었는데 떨어져 있어 몇 개 주었을 뿐입니다. 드셔보겠습니까?"

가진은 잠시 화련을 뚫어지게 쳐다보더니 곧 버찌 하나를 그녀에게 건네주었다.

얼떨결에 받아 든 화련은 손 위에 놓인 버찌를 먹어야 할지 고민되었다. 가지고 논 기억은 있어도 먹어본 적이 없기에 조금 망설여지기도 한 그녀였다. 성의를 생각하여 버찌를 입 안에 넣고 살짝 깨물자 달콤한 향내와는 다르게 새큼한 즙이 입 안을 가득 채웠다. 그녀는 자신도 모르게 몸서리를 치며 재빨리 버찌를 삼켜 버렸다.

"아직 안 익은 것 같은데……."

안 익었다는 말은 간곡한 표현이었다. 이건 안 익은 것이 아니라 사람이 먹을 수 있는 열매가 아닌 것 같았다. 그녀는 아직도 입 안에 새금한 맛이 남아 있는지 고갯짓을 여러 번 했다. 가진 대방의 입맛이 이렇게 별날 줄은 몰랐다.

"이쪽 지방 버찌가 조금 새금한 것 같습니다."

"알면서 저에게 주셨단 말인가요?"

"혹시 맛을 알고 있을지 몰라 드렸습니다."

맛을 알고 있다면 그녀가 이런 것을 먹을 리 없었다. 또한 그가 왜 그녀에게 아직 여물지도 않은 버찌를 주었는지 알 수가 없었다.

그녀가 이해할 수 없다는 눈빛을 보내자 그는 나직한 웃음을 터뜨렸다.

"아가씨가 어렸을 적 몰래 대문 밖을 나선 적이 몇 번 있었죠. 저에게 들킬 때마다 조그마한 버찌를 주셨는데 기억나십니까?"

화련은 생각지도 못한 그의 말에 당황스러웠다. 물론 부모님 몰래 대문 밖을 나선 적은 있었지만 아무리 기억을 헤집어봐도 그녀가 그에게 버찌를 주었다는 기억은 찾을 수가 없었다. 생각해보니 어렸을 적에 버찌를 두 손 가득 손에 들고 다녀 간혹 너무 꼭 손에 쥐어 옷이 더러워지면 울음을 터뜨렸던 적은 있던 것 같았다. 그러나 그녀의 기억 속에 그의 자리는 없었다.

화련은 미안한 듯 고개를 내저었다.

"다시는 먹고 싶지 않는 열매네요."

"그렇습니까? 제 기억으로는 꽤 달디단 열매였습니다."

믿을 수 없다는 그녀는 버찌를 보며 다시 한 번 인상을 찡그렸다.

"밤이 깊었습니다. 이제 들어가 주무십시오."

화련은 자리에 먼저 일어나면서 머뭇거리며 그를 다시 바라보았다.

"감사하다는 말을 못 드렸습니다. 길 안내도 그렇고, 그리고 이것도."

그러면서 그녀는 녹차 잎을 붙인 손목을 살짝 들어 올렸다.

그가 말없이 고갯짓으로 밤 인사를 건네자 화련 또한 얼떨결에 인사를 건네고 말았다. 자신의 황당한 태도에 얼굴이 화끈 달아올랐다. 차분하게 가라앉은 그의 목소리와 귀족 자제 못잖은 몸가짐이 그녀를 잠시 어느 귀족 자제와 대면하고 있는 것 같은 착각 속에 빠뜨려 놓았던 것이다. 그가 자신을 어떻게 생각할까라는 생각이 미치자 화련은 향을 가지고 들어가야 한다는 생각은 까맣게 잊은 채 자신의 방까지 잰걸음으로 달려갔다.

그녀의 뒷모습이 사라진 그 자리에 가지의 시선이 한동안 머물렀다. 아직 감사하다는 말은 일렀다. 그녀가 문중 패를 되돌려 받는 일도 그가 당나라로 가야 하는 이유도 여전히 남아 있었다. 아주 긴 여행이 될 것 같은 그는 벌써부터 마음이 흩뿌려진 씨처럼 어지러웠다. 자신답지 않게 그녀와 마주 앉아 농을 던지다니.

생각에 잠긴 그는 옆에 놓인 버찌 한 개를 집어 들었다. 당나라에 도착할 때쯤 그녀가 어렸을 적에 준 그 버찌만큼 이 버찌 또한 여물어 있을 것이다.

태후전의 심기가 편치 않다는 소리를 듣고도 무 황제의 반응은 시큰둥했다. 심기가 왜 편치 않는지 누구보다 잘 알고 있지만 알면서도 모른 척 넘어가고 싶은 그였다. 어차피 그가 가봐야 나아질 문제도 아니었고 자신을 반길 어머님이 아니시기에 불편한 마음 한쪽을 귀퉁이에 몰아놓고 발걸음을 하지 않으면 그만이라 여기고 있었다. 그러나 나인들의 귀찮은 득달이 하루가 다르게 높아만 가자 그의 짜증 또한 더해갈 수밖에 없었다. 더욱이 태후전의 소식이 그의 귀에 매일 들려오는 한 언제까지 미뤄둘 수 있는 문제도 아니기에 그는 못 이기는 척 은부(殷富)전으로 문안인사를 하러 가기로 했다.

하필 문안인사 하러 가는 날이 장날인가? 하늘이 그의 마음이라도 아는 듯 우중충한 비구름들이 모여 있는 것을 보니 무 황제는 발목에 쇠 추를 단 것처럼 걸음이 더뎌졌다. 비라도 쏟아지려는지 이 축축한 공기가 호흡할 때마다 폐에 딱 달라붙는 것이 여간 짜증스럽지 않았다.

문안인사를 제외하고 그가 태후전에서 어머니와 소담을 나눈 적이 몇 번이 있었던가? 기억을 끄집어내야 할 만큼 그건 오래

전의 일이 돼버렸다. 아마 관계가 소원해진 건 문예가 당으로 끌려간 후부터였을 테지.

대국이라 일컫는 당. 반강제적으로 내 나라에게 당당히 볼모를 요구한 오만스러운 나라.

어린 나이임에도 불구하고 그는 그 치욕스러움을 똑똑히 기억하고 있었다. 그런데 고국으로 돌아온 지 얼마 되지도 않은 문예가 당으로 꽁무니를 빼더니 현종에게 보호를 요청한 것이다. 자신이 얼마나 당나라에게 이를 갈고 있는지 알고 있는 문예가 말이다! 그 생각만 하면 무 황제는 머리 정수리까지 분노가 끓어오르는 것 같았다. 또한 그때마다 핏줄이라는 놈도 그의 마음속을 같이 휘젓고 다니는 것도 사실이었다. 그래서 그는 더욱 문예를 용서할 수 없는 것이다.

무 황제가 정경태후마마의 처소를 들자 처소의 나인들이 일제히 고개를 숙였다. 분명 무 황제가 태후전에 온다는 기별을 넣었음에도 불구하고 정경 황후는 침상에 기댄 채 아들을 맞이하고 있자 무 황제의 미간이 잠시 주름이 잡혔다. 편찮다는 기별은 받은 적이 없는데? 그가 옆의 나인에게 어찌 된 거냐는 눈짓을 해 보이자 나인은 그저 송구하다는 고개만 꾸벅 숙일 뿐이었다.

"황상, 어쩐 일입니까?"

무 황제를 바라보는 태후의 표정은 한겨울 대찬바람이라도 맞은 듯 싸늘했다.

생각보다 태후의 심기가 상당히 안 좋은 모양이었다. 다정함이라고는 없는 싸늘한 인사에 무 황제는 한 박자를 쉬어가려는 듯 방 안을 둘러보았다.

"문안인사 드리러 왔습니다. 평안하십니까?"

"황상 눈에는 이 어미가 평안해 보입니까?"

격노한 정경태후의 말에 무 황제는 아무런 반응도 보이지 않았다. 지금 기운으로는 봐서는 쌀 한 가마라도 자신에게 내던질 기세이니 어디가 아프신 것은 아닌 모양이었다. 분명 또 문예 일로 자리보전하고 누운 게 분명했다. 흥, 내관들 놈 극성이란.

그래도 건강한 모습을 보니 마음속으로 한시름 놓은 무 황제였다. 하기야 문예 문제가 아니면 어머님이 자리보전하실 일이 없지.

정경태후에겐 문예는 어떻게 보면 특별한 자식이었다. 어린 자식 낯선 땅에 반 강제로 끌려갔으니 부모 마음 헤아리지 않고도 그 마음 알고도 남음이라. 그 속내 한 번도 드러내지 못하고 가슴으로 삭였으니 해지고도 많이 해졌으리라. 잘 알고 있기에 무 황제는 자신의 마음을 한번 접고 들어갈 수밖에 없었다.

"정진초 문사가 당으로 갔으니 심려 놓으십시오."

"난 황상의 속뜻을 모르겠소이다. 하나밖에 없는 핏줄을 칠 생각을 하더니 이제는 불러들인다라? 웃길 노릇이구려. 내가 얼마나 더 마음을 졸이며 살아야 하겠소. 얼마나 황상이 모질게 굴었으면 당으로 갔겠소이까."

정경태후의 목소리가 감정을 이기지 못해 떨리고 있었다. 그녀는 큰 숨을 내쉬며 호흡을 가다듬었다. 누르고 누른 마음이 더 이상 누를 길이 없어 튀어져 나온 말이라 거침이 없었다.

"조정도 그렇소이다. 황상의 뜻이라 여기저기 눈치를 보며 공론을 모으는 대신들이 우습소이다. 그래, 죽이라 했소?"

평소의 조용한 성품의 정경태후의 입에서는 들을 수 없는 말이었다.

"언사(言辭)가 지나치십니다."

정경태후가 몸을 틀어 그를 외면했다. 원망스러웠다. 자신의 배를 빌어 놓은 자식이지만 살갑지 않는 자식이었다. 자신의 동생을 죽이려고 칼을 뽑을 때부터 어미로서 남은 정마저 싸늘히 식게 만들더니 이제는 가슴까지 쥐어뜯으려 하고 있었다. 원래 황상의 성정이 화기를 가지고 태어나 그때 당시 그 화를 다스릴 수 없어 칼을 뽑았다 이해하려 노력이라도 해보았다. 황제의 자리니 그 수치스러움을 남들보다 배로 느꼈을 황상이었을 테다. 하지만 지금은 얘기가 다른 것이다. 오면 죽는다. 죽는 것이야. 그 아이가 그걸 모를까?

"황상이 이 일을 일찍이 덮어두자고 했다면 조정도 그렇게까지 몰아붙이지는 않았을 것이오. 내 말이 틀렸소? 돌아가시오. 내 더 이상 황상과 할 얘기가 없소이다."

황태후의 말에 무 황제의 안색이 굳어졌다. 그는 아직 태후전에 들어와 자리에 앉지도 않은 상태였다. 참고자 하던 인내는 어디 가고 그의 뿔뚝 성질이 툭 하고 튀어나왔다.

"적의 도움을 받아 빌붙어 사는 것이 가당키나 합니까? 당이 우리를 얼마나 우습게 여길지 생각은 안 해보셨습니까? 소자, 그렇게 지켜볼 생각은 없습니다."

"누가 그리 만들라 하더이까."

"그럼 제가 떠밀기라도 했단 말입니까? 조금이라도 생각이 있다면, 아니, 다섯 살배기 아이도 적의 품으로 뛰어드는 아둔한 짓은 하지 않을 겁니다."

긴 한숨을 끌어 모은 무 황제의 어깨가 들썩였다. 태후전에서 소리를 지를 수는 없는 일이었다. 문안인사 아닌 문안인사가 되었지만 더 이상의 소모적인 대화를 끝내기 위해 무 황제가 몸을 틀어 나갈 준비를 했다.

"정진초 문사가 갔으니 조만간 소식통이 올 것입니다. 건너가겠습니다."

원망의 눈빛을 보내는 어머니를 뒤로한 채 무 황제는 태후전을 빠져나왔다.

화가 난 것을 보란 듯이 보여주기라도 하듯 그의 발걸음은 목적없이 빠르게 걷고 있었다. 성큼성큼 걷는 그의 발걸음을 맞추기 위해 애꿎은 나인들만 진땀을 빼며 그 뒤를 쫓았다.

생각할수록 무 황제의 입가는 노기로 뒤틀렸다. 언제나 이런 식이었다. 화를 내지 않으려 해도 끝내는 언제나 엉망이 되어버린다. 그가 무엇을 그리 잘못했다고 어머니는 당연한 듯 그를

죄인으로 몰아붙였다. 그 마음을 이해하면서도 어머니와 마주
할 때면 치밀어 오르는 화를 주체할 수가 없었다. 그라고 생각
이 없겠는가. 그라고 마음이 편하겠는가.

주위를 둘러보니 어느새 그의 발걸음은 백연당(白蓮塘)까지
옮겨져 있었다. 한여름의 하얀 연꽃이 연못에 서로 어지러이 널
려 있었다. 아직 몽우리만 내밀고 있는 그들은 조금만 지나면
한 움큼 손에 들어오지도 못할 만큼 맑게 꽃을 피울 준비를 하
고 있었다.

연꽃을 바라보는 무 황제의 눈동자는 옛일을 되짚는 듯 미세
한 움직임도 없었다.

원래 이곳은 후궁들이 즐겨 찾는 후원 중 한곳일 뿐이었다.
그러나 문예가 태어나기 전 정경태후의 몸은 그리 건강한 상태
가 아니자 이를 걱정한 고황은 정경태후의 순산을 위해 연꽃을
그것도 구하기 어려운 백연화를 구해와 이곳에 만들어 키우도
록 했다. 그래서 그런지 어릴 적 문예는 이곳을 좋아해 자연스
레 그의 쉼터가 되었고, 그러다 보니 후궁이나 다른 왕자들은
특별한 일이 없으면 다른 후원을 이용하였다. 그러나 그 주인이
지금 여기에 없었다. 봐줄 주인이 없는 꽃은 피워도 소용이 없
는 것이다.

"메워라."

갑자기 뚝 떨어진 어명에 최 나인은 고개를 들어 폐하의 표정
을 슬그머니 살폈다.

"백연당을 메우라 했다."

"폐하, 백연당은 돌아가신 고황께서 직접 태후마마를 위해 만드신 것입니다. 때문에 먼저 태후마마께 여쭈어보심이 옳을 줄 아옵니다."

"냄새가 역하니 메워라."

"폐하, 태후마마님이 즐겨 찾는 곳입니다. 고정하신 후……."

그의 날카로운 눈매가 최 나인의 진언을 막았다.

무 황제는 고개를 돌려 연못을 다시 훑어보았다.

핏줄이었다. 사람의 힘으로 끊을 수 없는 것이라 했다. 그러나 그 핏줄의 연(緣)은 너무 가늘게 이어져 있었나 보다. 미풍에도 힘없이 끊어지는 거미줄처럼 그 연(緣), 참으로 가소로웠나 보다. 누가 그리 바란 것도 아니었다. 누가 그리되라 일러준 것도 아니었다.

"올해의 백연화는 필 수 없을 것이다."

무 황제의 입술이 감정을 못 이긴 채 살짝 비틀렸다.

무 황제가 나간 후 정경태후는 가슴을 진정시키기 위해 두 주먹을 꽉 움켜쥐었다. 황상이 이번만큼 뜻을 강경하게 내비친 적이 없었다. 황상의 성정을 잘 알기에 정경태후의 마음은 하루하루가 지날수록 바짝 타 들어갈 수밖에 없었다. 문예가 이 땅을 밟지 않아도 좋았다. 거기 있어도 여기 있어도 마음은 옥살이일 터였다. 그렇다면 몸만큼은 그녀가 안전하게 지켜주어야 했다. 굳게 다문 입술에 그녀의 확고한 의지가 보였다. 어디에 있든 안전하게 살아 있는 것이 중요했다. 죽을 때까지 그 아이 손 한 번 만져 보지 못해도 좋으니 이 일을 자신이 매듭짓지 않고서는 그녀는 편히 눈을 감을 수 없을 것 같았다.

정경태후는 이내 자리에 일어나 최 상궁을 불러들였다.

"폐하가 밤손님을 불러들인 일은 확인해 봤느냐?"

"도성 안 사람이라고 하옵니다. 황 내관이 몰래 명을 받들고 나간 후 얼마 안 있어 궐내로 들어올 수 있었던 것을 보면 확실히 도성 안 사람입니다. 곽 내관 말로는 이십대 후반으로 보이는 아주 젊은 사내라고 합니다."

귀족 자제든 장군이든 그런 것이 중요한 것이 아니었다. 왜 비밀리에 궐내에 사람을 불러들였을까 하는 것이었다. 밀서를 주어 처리할 수도 있는 일이었다. 굳이 부른 이유가 무엇일까……. 그것을 알아내야 했다.

"요 근래 도성을 빠져나간 사람이 몇 있더냐. 특히 무과 출신인 사람이 있더냐?"

"현재 이민족과 당나라의 위화감으로 군부가 거의 철통수비로 움직임이 없다고 합니다. 행상들이 거의 전부라고 하옵니다."

무 황제가 그리 호락호락하게 눈에 띄는 사람을 보낼 리 없을 것이다.

"황제가 친히 불러들였다면 무언가 확인하고픈 게 있어서일 터. 그게 무엇인지 알아야 할 텐데. 더 자세히 알아보라. 따로 궐내로 불러들일 만큼 중요한 일이 있었을 것이다. 일단 수상한 자들에게는 무조건 사람을 붙여라. 국경을 넘어 특히 안서로 가는 길을 모두 지키라 명하라. 또한 그 명단 안에 있는 사내가 안서로 간다면 모두 목을 치라 이르라."

"태후마마, 하오시면 그 말은⋯⋯."

말을 잇지 못하고 고개만 숙인 최 상궁은 어쩔 줄을 모르고 있었다. 한두 명도 아니고 도성에서 국경을 빠져나간 사람들을 추려낸다 해도 열은 넘을 것이다.

"어차피 목숨이 붙어 있다 해도 사람 대접 받으며 살 사람들이 아닐 것이다. 죽은 사람들 중 처자식이나 부양할 가족이 있거든, 부족하지 않게 돈을 내주어라."

자신도 자식이 있어 그 마음이 어떤지 잘 알고 있기에 정경태후의 얼굴은 굳어질 수밖에 없었다. 두 손으로 이마를 바친 그녀는 마음이 어지러운 듯 눈을 감았다.

최 상궁의 낯빛 또한 흐려졌다. 언제부터인가 무 황제가 문예에 대한 비난이 쏟아지면 정경태후는 문예를 보호하려는 어미닭으로 변해 있었다. 무 황제 성정이 극으로 치달아 당나라로 자객을 보낸 적이 있었을 때에도 태후마마 또한 문예를 보호하기 위한 모든 수단을 써야 했었다.

따뜻한 마음의 태후마마가 왜 이렇게 변해 버려야 했는지 최 상궁은 그저 안타까울 따름이었다. 생각에 빠져 있는 태후를 남겨둔 채 최 상궁은 조용히 태후전을 빠져나왔다. 궐 밖 사람과 내통하는 일이 익숙한 듯 그녀의 발걸음이 조용히 그러나 기민하게 움직였다.

✳

이렇게 걷다가는 그가 생각한 것보다 시간이 더 걸릴지 몰랐다. 지금도 얼마 걷지 않아 휴식을 위해 다들 그늘에 한 자리씩 자리를 잡고 있었다.

울지 않은 게 신기할 따름이었다. 얼굴은 금방이라도 눈물을 흘릴 것 같으면서도 죽어도 입 밖으로 쉬자는 말을 먼저 한 적이 없었다. 숨이 가빠라 오면 가파른 대로 묵묵히 어떻게든 따라오고 있었다. 그녀의 그런 모습을 애써 외면한 가진은 주위를 살폈다. 지나가는 바람이 습한 것을 보니 근시일 내에 한바탕 비라도 올 것 같았다.

"가진, 나 죽는 꼴 보고 싶냐?"

생각에 잠긴 가진 옆에 진무가 털썩 앉았다.

"그러니까 왜 아가씨가 당나라로 가는 건데. 어차피 같이 가는 마당에 좀 알기라도 하자."

"찾아줄 것이 있어서."

"그럼 네가 찾아주면 될 것이지, 왜 아가씨까지 따라나선 거냐 이 말이지. 사실대로 말해봐. 너 귀한 물건 그 어쩌고 한 거다 저 아가씨 때문이지? 도대체 여자의 몸으로 당나라까지 가야 하는 이유가 뭐가 있냔 말이야. 내가 밤새워 생각해 봤는데 하나밖에 없더라."

진무가 눈에 힘을 주며 가진의 코앞까지 얼굴을 들이밀자 가진은 상체를 뒤로 젖혀야만 했다. 진무는 다시 한 번 자신의 생각을 정리하려는지 검지로 자신의 턱을 문질렀다.

"혹시 저 아가씨 당나라에 유명한 의원에게 보일 작정인 거냐? 우리 아버지도 못 구한 약초이면 발해국에서는 없다는 소리인데. 그래서 그런 거지? 어디가 아픈 거야? 얼굴색이 피로한 기색 말고는 잘 모르겠지만 설마 도중에 아파 쓰러지거나 그러는 거 아니겠지? 아니지. 아픈 몸이라면 독차(사람이 타는 수레)로 고이 모셔가도 모자랄 판국이지."

진무는 자신의 추측을 멋대로 단정 지으며 가진의 표정을 살폈다. 그러나 쉽게 말해줄 것 같지 않자 진무는 김이 빠진 듯 풀밭에 벌러덩 누워버렸다.

"대답하기 싫다 이거냐? 좋아. 다들 누구나 한 가지 비밀쯤은 있는 거니까. 그런데 저 아가씨 잘 따라갈 수 있으려나? 지금도 무척 힘들어 보이는데."

진무에 말에 가진은 화련이 앉아 있는 방향으로 고개를 돌렸다. 없다! 조금 전까지 저기 앉아 다리를 주무르고 있던 그녀였는데 사라진 것이다.

가진은 벌떡 일어나 세향에게 다가갔다.

"아가씨는 어디로 간 거냐?"

"네? 그게…… 저……."

"혼자 어디로 간 거냐 물었다."

닦달하는 그의 말투에 세향은 어깨를 움츠리며 잔뜩 겁을 집어먹었다. 대답을 해야 한다는 것은 알고 있지만 주눅이 든 세향은 입 안에서 우물거리듯 대답을 하는 게 고작이었다.

그런 계집의 모습이 가진의 짜증을 부추겼다.

"어디 갔냐고 물었다!"

그 모습을 지켜본 옆의 무사 한 명이 냉큼 대답을 했다.

"계곡으로 가시는 것 같았습니다."

"저도 같이 간다고 했지만, 아가씨가 조금만 있다 오신다고…… 바로 요기 밑 계곡이라……."

험악한 그의 얼굴에 세향은 말도 다 끝내지 못한 채 울상을 지었다.

"함부로 혼자 돌아다니지 말라고 말했을 텐데!"

"가진, 그렇게 다그치지만 말고 진정하라고. 금방 내려갔다잖아. 무슨 일 있었으면 소리를 질렀겠지."

가진은 죄없는 진무를 째려본 후 재빠르게 계곡으로 달려갔다.

산적 패거리라도 만나면 큰일이었다. 처음부터 그녀와 같이 동행한다는 것 자체가 어리석은 일이었다. 괜찮을 거라는 자기 암시와는 달리 머릿속은 위험한 상황에 대한 그림이 눈앞에 펼쳐져 조급함이 일었다. 그럴수록 걱정으로 가빠온 숨이 심장을 압박했다. 그의 내장까지 저릿할 정도로 긴장하고 있었다.

그녀의 뒷모습을 찾아내자 그때서야 가진은 막혔던 숨통이 트이는 기분이었다.

"도대체!"

안도와 동시에 찾아든 분노로 그는 버럭 소리를 질렀다. 그녀의 철없으면서 무모한 행동해 당장 어깨를 잡아 흔들어주고픈 심정이었다.

깜짝 놀란 화련은 계곡에 발을 담근 채 고개를 돌려 그를 올려다보았다. 큰 소리에 놀랐는지 그녀의 빨간 두 눈이 동그랗게 커져 있었다.

'눈이 빨갛다고?'

"여기서 무엇을 하고 계십니까?"

차갑다 못해 한여름에 살얼음을 얼게 할 정도로 싸한 목소리였다.

"설마 봉장풍월(逢場風月)이라도 읊고 싶었다고 말하고 싶으신 겁니까?"

화련은 그의 비꼬임에도 대꾸하지 않은 채 계속 계곡물에 발을 담그고 있었다. 지금의 그의 얼굴을 보고 싶지 않았다.

"곧 뒤따라갈 테니 먼저 가세요."

그녀의 부탁에도 불구하고 그의 발자국 소리가 점점 가까이 들리자 화련은 더욱 고개를 숙였다. 이 모습을 누구보다도 제일 보이기 싫은 사람이 그녀 뒤에 있자 자존심이 상했다.

말처럼 이 여행이 그녀에게 쉽지 않다는 것은 알고 있었다. 그렇다고 그녀 자신이 짐이 될 수는 없었다. 발은 물집으로 화끈거렸고 아렸다. 혼자 약도 발라봤지만 그 다음날 다시 걸어야 하기 때문에 소용이 없는 것이나 마찬가지였다. 화끈거리고 아린 곳은 발인데 지금은 그녀의 눈가가 더욱 화끈거리고 아팠다. 이 남자가 괜히 밉고 싫었다.

"뒤따라간다고 했습니다."

그녀의 억눌린 목소리는 울음을 터뜨리기 일보 직전이었다.

가진은 그녀를 돌려세워 자신을 바라보게 만들었다. 그녀가 몸을 비틀어 그에게 벗어나려 하자 가진은 아예 그녀의 턱을 잡아 그녀가 자신을 쳐다보게 만들었다. 울어도 한참 운 얼굴이었다. 지금도 눈물을 참고 있느라 그녀의 볼은 빨갛게 달구어져 있었다. 단지 향수병 때문이라 생각했다. 곱게 자란 아가씨이니 한 번도 부모님과 떨어져 본 적 없었을 테였고, 이렇게 힘든 여행도 한 적 없는 것치고는 잘 참아온다고 생각했다. 그러나 그녀의 발이 계곡에 담가져 있는 모습을 보자 가진의 얼굴이 딱딱하게 굳어졌다. 화가 났다. 그녀가 아니라 그 스스로에게 화가 났다. 당연히 예상했었어야 했다. 작은 몸으로 너무 잘 견딘다 했었다.

"무례하군요. 놓으세요."

"이 발이 되도록 아무 말씀 안 하셨습니까? 제가 한 말 잊으셨습니까? 단독으로 움직이지 말라 했습니다. 도적이라도 만났으면 어쩔 뻔했습니까?"

거침없이 쏟아지는 그의 야멸친 말에 안 그래도 마음 약해져 있는 화련은 주눅이 들었다.

"그것까지는 생각을 못했습니다. 발은 조금 있으면 괜찮아질 테니……."

"그래서 우셨습니까?"

차갑다 못해 냉정한 반문에 화련은 고개를 치켜들었다. 화난 그녀의 눈동자가 눈물을 반 머금고 있었다.

짜증스러운 한숨을 내쉰 그는 자신의 옷이 젖는 것을 아랑곳 않고 계곡으로 들어가 그녀의 발을 물에 올려놓았다. 찬물에 발을 담가놓으면 아린 것이 잠시 없어질 수는 있으나 발이 부르트면 걷기가 더욱 힘들고 쓰려진다.

"아프면 아프다고 말을 하셔야 했습니다."

그가 마치 어린아이 훈계하듯 그녀를 대하자 화련은 그의 말이 고깝게 들려왔다. 언제는 그녀가 뒤따라오든지 말든지 신경도 쓰지 않던 사람이 언제부터 그녀를 그리 알뜰히 챙겼다고 이제는 간섭을 하고 있었다.

물기 가득한 목소리를 내지 않기 위해 그녀는 배에 있는 힘을 주고 또박또박 그의 말을 받아쳤다.

"네, 아픕니다. 걸을 때마다 인두 근처에라도 간 듯 발이 화끈거리듯 아픕니다. 좀 있으면 우기(雨期)라 혹여 저 때문에 지체되어 비를 맞으며 행보해야 하는 건 아닌지 하는 생각이 들어 마음이 무거워져 미련스럽게 숨기고 싶을 때까지 숨기고 싶은데, 그게 잘되지 않아 화가 나 울었습니다."

"이 발이 되도록 말입니까?"

빨간 그녀의 맨발을 보자 화가 치밀어 오른 가진의 목소리는 더욱 싸늘해져 있었다.

"그럴 줄 알았다. 고집 피울 때부터 알아봤다라고 말씀만 해 보세요."

간신히 말을 끝내는 그녀의 얼굴에 눈물이 뺨을 타고 떨어졌다. 그녀는 벌써 그 때문에 두 번이나 눈물을 흘리고 말았다. 한 번은 그를 찾아갔으나 냉정한 그의 거절에 막막함으로 눈물이 났고, 이번은 어이없게도 발이 아파 마음 약해진 그녀를 흔들어 놓아 눈물이 났다. 거칠게 눈물을 닦아내려도 서러웠는지 금세 눈물이 차고 떨어졌다. 저 남자가 진짜 미웠다.

가진은 울음을 멈추려는 그녀의 안쓰러운 노력을 모른 체했다. 저런 발을 하고도 신음 한번 지르지 않고 온 길이었다. 위로해 주고 싶어도 해줄 수 있는 손과 발을 자신은 가지고 있지 않았다. 있다 하여도 자존심 강한 저 아가씨는 용납하지 않을 터였다.

한동안 계곡물이 흘러가는 소리와 간간이 나뭇잎들이 바람에 부딪히는 소리만 가득했다. 따뜻한 햇빛 아래 떨리던 그녀의 어깨선이 차분히 진정된 모습이 보였다. 조심스럽게 족의(足依)를 신은 화련은 남아 있는 눈물을 훔치며 자리에서 일어났다. 쓰라

렸지만 그 앞에서 절대 내색할 수 없었다. 그건 죽기보다 더 싫었다.

"올라가자마자 치료 받으십시오."

차가운 음성으로 봐서는 그는 아직 화가 덜 풀린 듯했다.

최대한 절뚝거리지 않기 위해 천천히 걸음을 뗀 그녀는 그의 등 뒤를 바라보았다. 감정을 소진하고 보니 그의 등 뒤의 거리만큼 눈에 보이지 않는 어색함이 생겨 버렸다. 발이 아파서이긴 하나 자리를 이탈한 것은 그녀의 잘못이라 고개가 저절로 땅을 박고 섰다. 그와 단둘이 있을 시간이 그리 많지 않을 것이다. 있다 해도 언제인지 알 수가 없을 것이다. 그 시간 동안 불편한 마음을 가지고 갈 생각을 하니 화련은 벌써부터 마음 한구석이 껄끄러웠다.

따라오는 인기척이 없자 그가 고개를 돌려 그녀를 쳐다보았다.

화련이 작게 웅얼거리는 바람에 가진은 그녀에게 좀 더 가까이 다가섰다. 그가 생각한 것보다 많이 아픈 것일 수도 있었다. 여전히 고집쟁이인 꼬마 아가씨를 어찌해야 하나?

"말없이 자리 이탈한 것은 미안해요. 걱정 끼친 것도 미안해요."

가진은 잠시 그녀를 바라보았다.

"진심으로 안서까지 갈 생각입니까?"

"가진 대방이 가진 않는다면 혼자서라도 갈 거예요."

야무진 대답에 가진은 그녀의 고집이 고집으로 끝나지 않을 것이라는 것을 깨달았다. 정말 그 먼 안서까지 그녀와 갈 생각을 하면 막막함이 덮쳐 왔다. 그가 먼저 약속한 말이니 무를 수도 없는 일이었다. 한참 동안 말이 없던 가진이 입을 열었다.

"어머니께 건강히 돌아가겠다는 약속을 하셨겠지요?"

"네."

그녀의 똑 부러진 대답이 들려왔다.

"그렇다면 그 약속, 제가 지켜 드릴 수 있게 해주시겠습니까?"

"무슨……?"

"아가씨의 안위와 목숨 이 모두 이 여행이 끝날 때까지 맡겠다는 말입니다."

화련은 조금 전보다 더욱 힘차게 고개를 끄떡이자 가진은 서둘러 올라갈 준비를 했다. 그러나 그녀는 더 할 말이 있는 듯 움직일 생각이 없어 보였다.

"또 다른 하실 말씀이 있으십니까?"

"혹시 제가 가지고 있는 약보다 더 잘 낫는 약이 있거든 내어주실 수 있나요?"

"아마 있을 겁니다."

가진의 입가가 부드럽게 올라가자 화련은 그가 화가 풀린 것 같아 마음이 가벼워졌다. 조금 전까지만 해도 마음에 짓눌렀던 돌덩이 하나를 내려놓은 기분이었다. 비록 그가 다가가기 어려운 사람인 것은 맞으나 메마른 사람이 아니라는 것에 그녀는 기뻤다. 그거만으로 그녀는 조금 더 힘을 내 걸을 수 있을 것 같았다.

가진이 발걸음을 멈추는 바람에 뒤를 따라 걷던 화련은 무슨 일인지 고개를 옆으로 빼 앞을 바라보았다. 그가 시선을 둔 방향으로 고개를 돌리자 그녀의 일행과 발해령에 속하지 않는 듯한 거친 사내 몇 명이 몇 발자국 사이를 두고 팽팽히 대립해 있었다. 몇몇 호위무사의 칼에 피가 맺혀 있는 걸 보자 그녀의 얼굴이 창백해졌다. 다행히 칼에 묻은 피는 쓰러져 있는 멧돼지의 피인 듯했다.

가진과 그녀의 등장에 호위무사의 칼날이 더욱 예리하게 적을 향해 세워졌다. 상단의 대방이 나타났으니 그들은 가진이 명을 내리길 기다리고 있었다.

가진은 오랜만에 매갑 옷을 보았다. 어느 부에 속하는지는 잘 모르겠으나 확실히 말갈인이었다. 꼭두서니 풀로 염색한 붉은색 무릎 가리개가 그것을 확실히 말해주었다. 아마도 사냥을 하다 서로가 마주친 것 같았다. 이곳이 발해의 직속 령일지라도 그쪽에서도 산속에서 발해인을 만난다는 것은 그리 반갑지 않은 일일 것이다. 서로 말도 통하지 않는 상태에서 으르렁거리고 있으니 어느 한쪽도 쉽게 뒤로 물러설 것 같지 않아 보였다. 양쪽 누가 먼저 칼을 내려놓지 않는 한 이 대치 상태는 계속될 모양 같았다. 하지만 서로를 믿지 못하는 상태에서 무인들이 칼을 내려놓을 리 만무했다.

"무슨 일이야?"

"갑자기 멧돼지가 이쪽으로 달려오기에 반사적으로 칼로 찌른 죄밖에 없어."

진무는 이 상황이 절대 자신들이 원해서 만들어진 상황이 아니라는 것을 증명이라도 하듯 죽은 멧돼지를 가리켰다.

가진은 말갈인에게 곧 고개를 숙여 인사를 하였다.

"물건을 파는 사람들입니다."

자신이 듣기에도 낯설고 딱딱한 말들이 그의 입에서 흘러나왔다.

어느 쪽이 더 놀랐는지 알 수는 없었다. 마르지만 건장한 체격들의 말갈인인지 아님 자신의 일행인지.

말갈인들 중 중앙에 서 있던 키 큰 사내가 칼을 칼집에 넣은 후 가진 쪽으로 성큼 다가왔다. 가진 일행이 막아섰으나 두 손을 앞으로 내민 행동으로 봐서는 자신을 믿어달라는 말 같았다. 하지만 어떤 행동을 할지 예측할 수 없는 가진은 뒤에 서 있는 화련을 잠시 바라보았다.

"아가씨를 보호해라."

아가씨가 되도록 그와 멀리 떨어지자 가진 또한 말갈 사내에게 한 발자국 다가섰다.

"너, 말갈 사람인가?"

호전적인 말투에 가진의 입가가 살짝 비틀렸다. 한때 그 질문은 수도 없이 자신에게 반문해 보던 질문이었다. 성인이 된 후 묻혔던 질문이라 생각했는데 그 앙금이 단 한 마디에 일어나고 있었다.

"어디 사람이냐고 물었다."

"어머니가 백산 사람입니다."

화련은 뭔가를 깨달은 듯 말없는 감탄을 입속에 삼켰다. 사실 그가 말갈어를 쓰는 건 그리 놀랄 만한 일이 아니었다. 그의 아버지가 말갈 여인을 집에 들였다고 했을 때 온 고을이 떠들썩했었다고 유모에게서 들은 게 얼핏 기억이 났다.

"며칠 내로 비가 올 거다. 대지가 습해. 벌레들도 시끄럽고. 나에게 좋은 생각이 있는데?"

앞의 말갈인은 고민을 하더니 그녀의 일행을 쭉 돌아보았다.

그들이 그렇게 말한다면 아마도 그럴 것이다. 어차피 오늘은 산속에서 야영을 해야 한다. 그러나 비까지 오면 최악의 밤을 보낼지도 몰랐다. 본격전인 우기가 시작되기 전에 국경 근처까지 가야 하지만, 아무래도 이 상태로는 힘들지 싶었다.

"이 근처에 우리 부족이 있는데 하룻밤 정도는 재워줄 수 있지."

그 말이 끝나자마자 뒤에 있는 말갈인들은 흥분을 하며 거칠게 항의했다. 하지만 이 앞의 남자는 그들의 말을 들어줄 생각이 없는지 가진의 대답을 기다리고 있었다. 철저한 우두머리의 행동이었다.

"문수, 누군지도 모르고 함부로 부족으로 끌어들인다고?"

잠시 말갈인 내부적인 목소리가 얽혔다.

"시끄러워. 우리가 사냥하고자 했던 동물이지만 실제로 이 멧돼지는 저들의 것이야. 만약 그들이 우리에게 저 멧돼지를 반만 나누어 준다면 우리로서도 좋은 거야. 본격적으로 우기가 시작되면 사냥도 안 돼. 그전에 하나 묻자. 당신이 여기에 우두머리인가?"

가진 쪽으로 다시 고개를 튼 문수는 진지했다.

"대답을 못 들었다. 갈 건가?"

누구인지 모른 상태에서 남을 따라가는 것은 상당히 위험한 일이었다. 예전 같으면 생각할 가치도 없는 것이었다. 그들이 말갈족이든 발해인이든 모르는 사람에게 이유없는 호의는 받아들일 수 없었다. 더욱이 발해에 대한 악감정이 많은 말갈족이라면 더욱 믿을 수 없었다. 그러나 가진은 주저하고 있었다. 운이 나쁘면 비를 맞으며 야영을 해야 할지도 모르고, 최악의 경우 먹이를 찾는 산짐승에게 노출될 수도 있었다. 그리고 더 이상 걷기 힘든 그녀가 있었다.

"신세를 지겠습니다."

대화가 일단락되자 말갈인들이 앞장서 길을 인도했다. 서로가 긴장을 놓지 않은 상태이기에 부족의 마을이 보일 때까지 무거운 침묵과 수풀을 헤치는 소리만 공기 중에 흩어졌다. 그러나 여기에 가진만큼 발걸음이 무거운 사람은 없었다. 어머니가 말

갈인이라 이유로 동네 사람들과 아이들에게 손가락질과 놀림의
대상이 되어야 했던 그였다. 그들과 똑같은 옷을 입고 똑같은
말을 썼음에도 그는 그들에게 속한 적이 없었다. 작은 실수라도
하면 천한 말갈 놈이라는 꼬리표가 붙여지곤 했다. 어차피 한
번 무리에서 배척이 되면 사람이든 동물이든 다시 그 무리로 받
아들여지기는 힘든 법이었다.

가진은 그런 그들에게 속하고 싶은 생각도 없었다. 자신의 정
체성으로 고민하는 것은 그에게 사치였다. 이제까지 철저히 무
시하며 살았고, 앞으로도 그럴 것이다.

그러나 막상 한 번도 본 적 없는 말갈 사람들을 부딪칠 생각
을 하니 이유 모를 갈증이 덮쳤다. 마음은 비 온 뒤 개울가의 흙
탕물에 뒤덮인 기분이었다. 사실, 여행을 시작하면서 그의 기분
은 계속 최악을 달리고 있었다. 겉으로는 무심을 가장하면서도
신경의 날은 살짝이라도 스치면 베일 것 같은 상태였다.

"손님을 모셔왔습니다!"

문수가 큰 소리로 외치자 사람들이 하나둘 호기심 반 경계 반
눈초리로 그들을 보기 위해 모여들었다. 화물패가 들어온 것처
럼 부족 사람들은 가진 일행을 빙 둘러싸자 진무는 뭐가 좋은지
그저 하하거릴 뿐이었다. 그러나 수운은 주인님의 의외의 결정
에 마음을 놓지 못하고 있었다.

천천히 한 노인이 문수 앞까지 다가가자 옆에 모여들었던 사
람들이 길을 터주었다.

수령일 것 같은 늙은 노인은 문수의 행동이 마음에 들지 않는 듯 이마에 패인 주름을 더욱 늘렸다. 칼을 찬 호위무사와 날카롭게 예의 주시하는 사람들이 손님이라.

"무슨 일인 게냐, 문수야."

"사냥한 멧돼지를 나눠 준다고 하기에 보답으로 하루 모셔왔습니다."

수령은 문수가 데려온 사람들을 찬찬히 훑어보았다. 특히 그의 시선은 가진에게 오래 머물러 있었다.

"네가 데려온 손님들이니 네가 알아서 하겠지. 누군지는 모르나 귀한 음식을 내주었으니 오늘 저녁엔 그 음식을 올려야겠구나. 자, 자, 준비들 해라. 그리고 저기 처자들부터 쉴 자리를 내줘라."

"오랜만에 한자리에서 다들 저녁을 먹자!"

문수가 오른손을 높이 들어 외치자 남자들의 환호에 이어 여러 아낙들이 부산을 떨며 저녁 음식거리 준비를 위해 몸을 움직이기 시작했다.

저녁을 먹는다는 것에 왜 그리 기뻐해야 하는지 이해가 가지 않는 가진은 무심히 그들의 행동을 바라만 볼 뿐이었다. 낯설었다. 어머니의 고향은 아니더라도 말갈족의 피가 반은 자신의 몸에 흐른다면 뭔가 다르게 느낄 줄 알았다. 가진은 새삼스럽게 자신의 뿌리에 대한 애착을 가진다는 생각 자체가 우습게 느껴졌다. 완벽한 타인이었다.

진무가 가진 옆을 스쳐 지나가자 그는 퍼뜩 묻고 싶은 말이 떠올랐다.

"약재가 필요한 듯한데."

"무슨 약재?"

"발에 물집이 생기고 빨갛게 부었어."

진무가 가진의 발을 내려다보았다.

"네 발이?"

다 알고 있다는 듯 그의 진무의 입에 큰 반원이 그려졌다.

"아니!"

가진의 딱딱 끊어진 대답에 진무가 이젠 대놓고 웃고 있었다.

그러니까 그 아가씨께서 발이 아프시다? 진무는 비어져 나오는 웃음을 참으며 표정을 가다듬었다. 그는 집게손가락으로 자신의 턱을 천천히 두드리며 심각한 병이라도 되는 듯 고심하는 척까지 했다.

"약재를 써도 별 효능이 없을 텐데. 계속 발을 혹사시켜야 하는데 잘 나을 리 없잖아?"

간단히 대답만 해주면 될 것을 히쭉대는 진무의 태도에 가진의 눈이 가늘어졌다.

"뭐, 그래도 알고 싶다면야. 험험, 먼저 따뜻한 물로 천을 헹궈 발을 감싸준 뒤 소맥을 빻아서 물로 개야지. 그 갠 것을 발에 붙이면 발의 화기가 훨씬 가라앉을 거다. 그런데 여기서 소맥을 구할 수 있으려나?"

"구해봐야지."

그러면서 가진은 주위를 한 바퀴 훑어보았다. 이 정도 산속이면 소맥은 꽤 귀할 것 같아 그의 미간이 좁혀졌다.

"그리고 물집은 말이야, 터뜨려 주어야 해. 이래 봬도 아버지 등짝 너머로 배운 게 이십 년이 넘는다."

"고맙다."

"어허. 아직 안 끝났다고. 그 물집 말이야……."

가진이 걸음을 돌리려 하자 진무는 아주 중요한 말을 남겨놓은 듯 말을 끌었다. 이놈은 자기와 관련없으면 옆에 누가 얼어 죽어도 눈썹 깜짝 안 할 친구라는 누구보다 잘 알고 있었다. 그런 놈이 아가씨 발 걱정을 하는 정도면 대단한 일이지. 아니지, 아가씨 목숨이 성치 않으면 제 목숨도 성치 않을 텐데. 잘 보살펴야지, 암.

"물집을 터뜨릴 때 바늘과 실을 사용할 것."

"바늘과 실?"

뜬금없는 바늘과 실 이야기가 나오자 가진은 쉽게 이해가 가지 않는다는 표정이었다.

"그래, 그 물집 사이로 쓰윽 통과해야 한다는 거지. 그러면 톡 터져."

가진은 믿을 수 없다는 듯 친구에게 의심의 눈빛을 보냈다.

진무는 친구의 흥미로운 표정에 더욱 신이 나 목소리를 높였다.

"진짜라고. 손으로 터뜨리거나 벗겨지면 살이 쓰라리고 따갑다고. 나중에 진물도 생기고."

가진은 친구 놈의 말을 믿어야 될지 알 수 없는 표정으로 한동안 진무를 쳐다보았다.

가진은 즉시 따뜻한 물과 무명베를 준비하여 화련이 머무는 방으로 갔다. 세향이라는 아이가 그를 보자 움찔거리며 입술을 샐쭉거렸다. 아마 그가 오전에 버럭 소리 지른 일을 마음에 담아둔 듯했다.

"무슨 일인감요?"

"세향이라고 했던가? 아픈 발에 도움이 될 것 같아 가져왔다. 바늘에 실을 꿴 다음 물집이 잡힌 곳에 통과시켜야 된다. 절대 터뜨리지 말 것. 그리고 이 무명베를 따뜻한 물로 적셔 발을 감싸게 해라."

세향은 잠시 이자가 자신을 걱정해 말해주는지 알고 순간 마음이 두근거렸다. 그러나 곧 그 말이 아가씨를 위한 말인 걸 알자 입을 삐죽거렸다.

'흥, 그럼 그렇지.'

가진이 바늘을 건네주자 세향은 마지못해 받았다.

그가 나가자 세향의 얼굴은 곤란하다는 듯 단박에 찡그려졌다. 어떻게 해야 할지 모르는 세향은 오늘따라 유난히 뾰족한 바늘을 째려보았다. 그래도 일단 아가씨 곁으로 다가가 얼마나 아픈지 확인을 해야 했다.

"아가씨, 발이 아프시면 진작 말씀을 했어야죠. 어휴, 봐요. 제가 봐드릴게요."

족의를 벗을 때 물집 잡힌 곳이 스치자 화련은 잠시 인상을 찡그렸다. 겨우 족의를 벗을 수 있게 되자 긴장한 그녀는 자신도 모르게 한숨이 새어나왔다.

세향은 보기만 해도 많이 아팠을 것 같은 아가씨의 발을 보고 헛바람을 집어삼켰다. 여기저기 물집도 그렇거니와 터져서 벗겨진 곳도 있었다.

"우리 아가씨 발이 성한 데가 없네, 성한 데가. 세상에, 발에 붉은 꽃 핀 것도 아니고 이게 뭐래."

"빨리 끝내고 쉬어야겠다. 마음이 풀어지니 눈이 감기려고 해."

"바늘로 어떻게요? 전 못해요. 한두 군데도 아닌데."

"네가 못하면 내가 할 테니 이리 줘. 그렇게 해서야 낫는다면 조금 따끔하는 게 뭐가 어렵겠어."

세향은 고개를 가로저으며 울상을 지었다.

"잘못 쑤시다 피라도 나면 어째요. 여기 짓무른 곳도 있는데. 그분도 이상하네. 아무것도 모르는 년에게 맡겨놓고 가면 어쩌라고."

화련이 바늘을 달라고 손을 내밀자 세향은 뒷걸음질치며 움막을 빠져나갔다. 뛰는 것 하나는 자신있는 그녀는 곧 고개를 두리번거리면 가진을 찾기 시작했다. 다른 사람을 찾아보라 말할 것이다. 아무리 그녀가 억척스럽게 생겼다고는 하나 아가씨의 발등에 바늘로 아무렇게나 찌르는 일을 할 만큼 용기있지는 못했다. 그녀도 알고 보면 마음만은 춘삼월 새순 못지않게 여린 계집이었다.

허리를 굽혀 뭔가를 찾고 있는 가진을 보자 그녀는 목숨 줄이 달린 듯 그를 향해 달려갔다.

"저기요, 잠깐만요. 거기 나 좀 보시라니까요."

"마침 잘됐군. 소맥을 조금 얻었다."

한 움큼도 안 되는 소맥을 귀한 물건인 양 그가 조심스레 들고 서 있었다.

"소맥이든 타맥이든 전…… 모, 못하네요. 행여 다른 곳에 찌른다는 생각만으로도 가슴이 벌렁거려서 안 되겠네요. 그러니 다른 사람 알아봐요."

세향이 거의 찌를 듯이 그에게 바늘을 내밀자 하는 수 없이 그는 바늘을 다시 받아야 했다.

"대신 이 소맥을 빻아서 물로 개어올 수는 있겠지."

"그럼요, 이건 할 수 있고말고요."

그가 마음이라도 변할까 봐 재빨리 대답한 세향은 소맥을 가지고 어디론가 뛰어갔다.

"다른 사람에게 부탁하라……."

애써 태연한 척 바늘을 넘겨받은 그였지만 난감한 건 그도 마찬가지였다. 한숨을 내쉰 그는 화련이 머무는 처소로 발걸음을 다시 옮겨야 했다.

 벽 뒤로 기댄 화련은 눈을 감으며 노곤한 달콤함에 빠져 있었다. 이대로 쓰러져 잠이라도 들고 싶을 정도로 그녀는 지쳐 있었다. 밤마다 가뭄에 쩍쩍 갈라진 논바닥처럼 자신의 나약함이 드러날 때마다 그녀는 자신의 의지 한 덩어리를 겨우 펴 바르며 그 틈을 메우고 있었다. 그녀가 선택한 방법이었고 각오한 여행이었다. 그랬기에 후회해서는 안 되는 거였다. 그러나 지친 몸은 자꾸 마음의 틈새를 갈라놓고 있었다.

 눈을 감고 있으면서도 누군가의 시선이 느껴지자 화련은 무거운 눈꺼풀을 천천히 들어 올렸다. 언제 들어왔는지 가진이 멀찌감치 떨어진 곳에서 그녀를 쳐다보고 있자 당황한 그녀는 몸을 바로 세웠다.

 "죄송합니다. 대답이 없어 나가려던 참이었습니다."

 "아니에요. 그런데 무슨 일로?"

 대답 대신 그의 손에 들린 물건을 보자 그녀는 피식 웃음이 나왔다. 조금 전 세향이 바늘을 가지고 어디로 갔나 했더니 고작 가진 대방이라니.

 "여기 도움을 줄 수 있는 여인들이 몇 있을 것이나 이렇게 뿔뿔이 산속으로 흩어져 살아가는 말갈인은 발해인에 대해 마음이 그리 좋지 않습니다. 그들보다는 무례가 안 된다면, 제가 아는 녀석에게 부탁을 해도 괜찮겠습니까? 아비가 약종상이라 웬

만한 약재에도 눈이 밝은 편입니다."

"제 발 때문이라면, 다른 분들에게 누가 되는 일은 하고 싶지 않아요. 더욱이 그것을 다른 사람에게 알리고 싶은 생각도 없습니다. 안 된다면 제가 하지요."

알고는 있었지만 아무래도 그가 알고 있는 것보다 그녀는 더욱 고집이 센 듯했다.

"하시다 어려우면 부르십시오."

바늘을 받아 들자 그녀는 입술을 꼭 깨물었다. 그가 나간 뒤로도 그녀는 자신의 발을 쳐다보며 한숨을 내쉬었다. 아픈 것은 둘째 치고 물집 잡힌 곳을 천천히 바늘로 꿰뚫어야 한다는 것 자체가 소름이 끼쳤다. 그러나 벌써 그 앞에서 큰소리를 친 상태였고, 자신의 말에 책임지기 위해서라도 어떻게든 이 물집을 터뜨려야 했다.

바늘을 들고 한참 고민한 그녀는 마음이 바뀌었는지 바늘을 저만치 밀어두었다. 어차피 터뜨릴 것이면 손으로 터뜨려도 되지 싶었다. 그리고 천으로 발을 동여매면 덜 아플 것이다. 그게 더 빠르고 쉬운 방법 같았다.

두 개쯤 터뜨렸다 싶을 때쯤 가진이 다시 들어오자 그녀는 남의 주먹밥 훔쳐 먹다 들킨 아이처럼 화들짝 놀랐다. 그녀는 재빨리 바늘을 숨겼다. 그것도 모자라 그가 그녀의 모습을 보기라도 했을까 봐 조심스레 그의 눈치까지 살펴야 했다. 그러나 그가 소맥을 물에 개운 바가지를 그녀에게 넘겨줄 때까지 아무런 말도 하지 않자 화련은 속으로 안도의 한숨을 내쉬었다.

"움직이면 쏟을지 모르니 잘 잡고 계십시오."

화련은 그와 바가지를 번갈아 쳐다보았다. 그가 조용히 옷깃을 걷은 후 그녀 앞에 무릎을 꿇자 자연스레 미간이 좁혀졌다.

"무슨……?"

"아가씨께서 조금만 도와주신다면 금방 끝날 것입니다."

그의 말을 이해하기도 전에 가진이 그녀의 발을 감싸자 화련은 자지러지게 놀라며 몸을 뒤로 빼려 안간힘을 썼다.

"어렵게 얻은 소맥입니다. 쏟지 말아주십시오."

"지금…… 뭐…… 하는……."

낯이 화끈거리고 콩이 대청마루에 쏟아지듯 화련의 심장 소리가 요란스러웠다. 쏘아줄 말이 혀끝에서 새된 소리가 맴돌고 있지만 한 마디도 벙긋거리지 못했다. 이런 남세스러운 일은 처음 당해 열도 오르고 당황스러워 어찌할 바를 몰랐다. 아무리 생각해도 그의 무례한 행동에 화가 난 그녀는 가슴을 진정시키고 모진 말을 쏘아붙이고자 두 눈을 치켜세웠다. 하지만 그가 '사람을 부르지 그랬습니까?' 라는 한마디에 모든 말이 꿀꺽 삼켜져 버렸다. 그가 자신의 행동을 본 것이다.

바늘을 든 그의 손을 보자 화련은 자신도 모르게 질끈 눈을 감았다. 온 신경이 발로 몰려 있는 느낌이었다. 바늘이 발에 닿자 움찔거렸다. 화끈거리던 발은 시원한 가진 대방의 손이 닿자 낯선 감촉으로 묘한 긴장 속의 간지러움으로 바뀌어 있었다. 그

간지러움에 바가지를 움켜쥐고 있던 그녀의 손이 자꾸 곰지락 대고 있었다. 할 수 없이 다시 눈을 뜬 그녀는 이 상황을 침착하게 대처하기 위해 무엇이든지 머리에 다른 생각으로 채워 넣어야겠다고 생각했다.

저기 왼쪽에 5)잠기와 6)따비가 한편에 놓여 있고, 그 위에는 화살 통이 대롱대롱 달려 있고, 옆에 옹기에는 곡식이 담겨져 있는 것 같고 이렇게 하나하나 나열하다 그녀의 시선이 어쩌다 그의 길고 곧은 손으로 향했다. 남자 손치고는 상당히 곱상한 손이었다. 오라버니와 아버지의 손과 비교하자만 그러했다.

그러고 보니 이 사람 자체가 선이 고운 사람이었다. 무예를 하지 않아서 그런지 얼굴도 그리 투박하지도 않고, 키는 크되 그리 건장한 체구도 아니었다. 그렇다고 사내답지 않는 것은 아니었다. 짙은 눈썹과 조금은 날카로운 그의 눈은 사람을 가볍게 대하지 못하게 만드는 무게가 있었다. 참으로 희한했다. 자신이 이렇게 대놓고 사내의 얼굴을 세심히 들여다보고 있을 줄을 꿈에서라도 못해볼 일이었다. 하지만 재미있는 일이기도 했다. 기골이 오빠와 겨루어 왜소하지 않은 것을 보면 그가 무예를 배우고 조금은 다정했다면 꽤 많은 여자들을 울릴 그런 사내였을지 모른다고 생각했다.

"오늘은 편히 주무실 수 있을 것입니다."

---

5)잠기: 밭 가는 기구
6)따비: 풀뿌리 뽑는 기구

그의 목소리에 퍼뜩 정신이 돌아왔다. 맙소사, 그가 고개를 들어 그녀의 시선을 침착하게 받아내고 있었다. 화련은 그가 무명베로 그녀의 양발을 조심스럽게 감쌀 때까지 그를 관찰하고 있었다는 사실이 못내 당황스러웠다. 왠지 부끄러운 짓을 한 것 같아 고개를 들지 못한 그녀는 자신의 발만 쳐다볼 뿐이었다.

그를 뚫어져라 쳐다본 것을 그가 알아차리지 못했으면 했다. 화련은 끝내 그가 나갈 때까지 고개를 숙이고 있어야 했다. 부끄러운 그 와중에도 그녀는 참 꼼꼼하게 매듭을 지어놓은 그의 솜씨에 감탄하고 있었다.

해가 떨어지자 거의 모든 부족민들이 나와 자연스럽게 둥그런 원을 만들고 있었다. 가운데 여러 장의 장작이 엇갈아 쌓여 있었고, 그 위로 큰 불꽃이 하늘에 대고 불을 뿜듯이 타 들어갔다.

그들의 향연에 화련의 가슴이 호기심과 낯선 즐거움으로 일렁였다. 한껏 단장한 여인들은 삼삼오오 모여 무리 지어 있었고 발목까지 오는 치마를 노리개로 한쪽을 살짝 집어 치마가 사선으로 흔들거렸다. 거기다 윗옷은 어깨선이 반달 모양으로 파여 있는 것을 보고 화련의 입은 충격으로 살짝 벌어지기까지 했다. 그녀는 이렇게 많은 사람들이 역동적으로 모여 있는 모습을 본 적이 없었다. 심장이 기분 좋게 두근거리고 있었다.

그러나 옆에 있는 가진 대방은 뭐가 마음에 안 드는지 아까부터 표정 없이 주위를 경계하며 지키고 있을 뿐이었다.

"말이 통한다면 더 좋았을 텐데."

그러면서 화련은 흘낏 그를 바라보았다. 조금 전부터 수장이 나와 하는 말을 통역해 달라는 말을 조르기 뭣하니 알아달라는 무언의 말이었다. 그러나 그가 아무런 반응도 보이지 않자 화련은 아예 대놓고 그를 올려다보았다.

그때서야 가진이 그녀의 뜻을 읽었는지 미안한 웃음을 지으며 그들의 말을 낮게 옮겨주었다. 그러나 근처의 환호성으로 그의 말이 묻혀 버렸다.

그는 하는 수 없이 그녀 쪽으로 고개를 숙였다. 화련의 얼굴이 유독 불빛이 반사되어 곱게 물들어 있었다.

"어둠 속에 불꽃 하나 크게 오르면 북소리로 그대들의 축제를 시작하라. 발로 땅을 구르고 손을 하늘로 뻗어 그 흥을 높여라. 뜨거운 열정으로 대지를 감싸고 하늘이 울타리를 치는 곳에 내 형제가 여기 있음을 알려라. 축제를 시작하라. 대충 이런 말입니다."

"아! 가진 대방, 우리도 그러면 술 마시고 춤을 추는 건가요?"

마냥 신난 어린애처럼 그녀의 눈이 반짝거렸다.

오래전 그가 알고 있는 꼬마 아가씨의 모습을 드러내고 있었다. 이 맹랑한 아가씨가 집을 나오자 이제 대놓고 탈선하겠다고 공표하고 있었다.

"그렇게 서 있으셔도 되겠습니까?"

그가 스쳐 지나가듯 그녀의 안부를 물었지만 그녀는 대답에는 안중에도 없고 그들의 풀피리 소리에 매료되어 연신 감탄사를 뱉을 뿐이었다.

"위험하니 단독 행동은 안 됩니다."

"하지만 저들은 저희에게 묵을 곳을 내주었잖아요?"

"어느 누구도 자신의 것을 빼앗기고 속 좋게 웃을 사람은 없습니다."

"가진 대방은 마음이 편치 않나요?"

먼발치에 있는 수장을 바라본 그는 모르겠다는 듯 고개를 돌려 그녀를 바라보았다.

"제 말은 발해령으로 들어온 말갈 사람들이니 같은……"

화련은 자신이 생각해도 너무 주제넘은 말인 것 같아 말끝을 흐렸다.

"약해서 빼앗겼다면 그 탓은 누구보다 그들에게 있는 것이지 남 탓을 할 수는 없는 겁니다."

그의 건조한 말에 더 이상 말 붙이기 어려운 그녀는 말없이 타오르는 불꽃만을 응시했다. 참 다가가기 어려운 사람이다. 그의 침묵이 신경이 쓰여 말을 건넨 그녀인데 오히려 그를 더 침묵 속으로 빠지게 만들고 말은 것 같았다.

북소리가 여러 번 울리자 낮에 만났던 사람이 크게 뭔가를 외치자 일제히 남자들이 한 손을 들어 하늘 위로 치켜올렸다. 그들의 함성에 놀란 그녀가 깜짝 놀랐으나 그것도 잠시 조용히 구경만 하던 그들을 몇몇 아낙들이 달려와 그녀를 끌어갔다. 그뿐 아니라 그들의 일행 모두 떠밀려 가듯 한곳으로 자리를 이동해야 했다. 화련과 세향은 가진 일행과 반대 반향으로 끌려가고 있었다. 가진은 그들의 팔을 뿌리치며 일행이 어디 있는지 둘러보았다.

그러자 말갈의 한 남자가 손을 뻗어 가진을 진정시키기 위해 그의 가슴을 눌렀다.

"남자는 이쪽, 여자는 저쪽. 가자고."

가진은 화련의 뒷모습을 쫓고 있었다. 혹시 그들 중 몇몇이 발해인을 탐탁지 여기지 않아 끌고 가는 것일 수도 있었다. 자신의 헛된 생각에 그는 입가에 얇은 조소가 실렸다. 살기가 있었다면 그보다 그의 일행들이 먼저 칼을 뽑았을 것이다. 그리고 찬찬히 주위를 둘러보면 거의 모든 여자와 남자가 뚜렷이 반으로 갈라져 있는 것을 알 수 있었을 것이다. 어디로 보나 즐거운 축제 분위기였다. 해하려는 움직임은 조금도 찾아볼 수 없었다.

그는 어깨의 긴장을 풀었다. 이런 조그마한 일에도 신경을 곤두세운다면 더 큰일이 닥치면 그는 아무것도 못하게 될지도 모르는 일이다. 그런 사실을 잘 알고 있으면서도 평소의 그의 냉정함을 넘어선 무관심은 어디로 숨어버린 듯했다. 그것보다는 신경이 곤두서다 못해 끊어질 것처럼 팽팽하다가 정확할 것이다. 이 위험에 여정에 그녀와 함께 떠난 것이 정말 잘한 일인지 그는 하루에 수백 번 자신에게 반문해 본다. 만에 하나 그 때문에 그녀가 잘못이라도 된다면, 그 생각만으로 그는 모든 정신력이 소진될 것만 같았다.

"야 가진, 뭘 그리 쳐다봐. 재미있는 것을 하려나 보다. 그런데 저 아가씨 발이 아픈 것치고는 너무 즐거워하는 거 아니냐? 그런데 물집은? 설마 무섭다고 울진 않았냐? 그렇게 보이진 않지만 그래도 아가씨니 뭐 징징 짜지는 않았냐 이 말이지."

"울기는커녕 입 한 번 뻥끗 안 했어."

"너도 그 자리에 있었냐? 어느 정도로 심했던 거야?"

"걷기 힘들 정도로 물집이 잡혀 있었지. 발은 익은 사과처럼 빨갰고. 발 아래뿐만 아니라 발목에도 물집이 잡혀 있던 것으로 봐서 엄청 아팠겠지."

가진의 자세한 설명에 잠시 고개를 갸우뚱한 진무는 곧 쇠 된 목소리가 튀어나왔다.

"너, 너……?"

"맞아."

정말 발이 너무도 작아 어떻게 이 길을 걸었나 싶었다.

"미친놈!"

진무가 욕을 하든 말든 가진의 시선은 한곳에 계속 고정되어 있었다. 호기심 많은 그녀의 눈빛이 일행과 떨어지자 불안감으로 고개를 이리저리 돌리는 모습이 보였다. 그녀 쪽에서는 다른 사람들에 가려 그와 진무가 잘 보이지 않는 모양이었다.

장단이 극적으로 고조되자 남자들의 눈은 기대감으로 번뜩거렸다. 한동안 여자 쪽에서 웅성거리며 주저하더니 곧 장단에 맞춰 한 여자가 천천히 건장한 사내에게 다가섰다. 멀지도, 가깝지도 않은 거리에서 한 남자 앞에 그 걸음은 멈춰 춤을 추고 있었다. 주위를 둘러싼 젊은 남녀들이 흥을 돋기 위해 손뼉을 치며 박자를 맞춰주고 있었다. 한 처녀가 구애의 춤을 추고 있는 것이다. 그리고 저 젊은이는 그에 대한 답을 해보일 것이다. 이제는 몇몇 여인이 합세를 해 당당히 그들의 사랑을 요구하고 있었다. 이들에서만 볼 수 있는 열정적이고 거친 피를 그대로 내보이는 것이다. 이들은 그가 생각한 것보다 훨씬 자유로운 사람들이었다.

'이런 고혹적인 밤에 혈기 왕성한 사내라면 여인의 유혹은 뿌리치기 힘들겠지.'

느리면서 유혹적인 춤에 진무가 낮게 휘파람을 불었다.

"어이 가진, 갑자기 여기가 좋아진다."

"그 말 네 7)꽃이불 들 색시에게 꼭 전하지."

"뭐야? 그 말이 왜 여기서 나오는데?"

진무가 투덜대자 가진은 웃으며 그들의 춤을 지켜보았다. 부드럽게 앞으로 숙이는 고개도 뒤로 감추는 손짓도, 잡힐 듯 말 듯 애를 태우는 거리의 조급한 간질거림 모두가 사랑을 배우는 수줍은 몸짓이었다.

진무가 옆에서 옆구리를 툭 치자 춤에 사로잡힌 가진의 시선

---

7)꽃이불 들다: 첫날밤

을 흩어놓았다. 그리고는 턱짓으로 앞을 가리켰다.

진무가 또 다른 흥밋거리를 찾아냈겠거니, 라고 생각한 가진은 고개를 돌려 진무의 시선을 쫓아 바라보았다. 그의 시선 안으로 들어오는 여인을 무심히 바라보다 곧 그의 표정이 순식간 굳어졌다. 호기심을 가득 담은 두 눈을 한 채 그녀가 고개를 이리저리 둘러보며 천천히 걸어오고 있었다. 그것도 대각선으로 그를 향해.

흥밋거리가 하나 더 늘었다는 듯 즐거운 외침이 여기저기 터져 나왔다. 자동적으로 가진 주위에 모여 있던 남자들이 그를 위해 한 발자국씩 물러나 주고 있었다.

진무는 갑자기 주위가 넓혀지자 어리둥절하며 고개를 두리번거렸다.

가진은 낮게 욕설을 내뱉었다. 옆에 진무가 귀 밝은 척을 하며 놀랐지만 상관이 없었다. 아무것도 모른다는 듯 점점 다가서는 그녀의 모습에 그저 난감함을 넘어 골치가 아플 뿐이었다.

그에 반에 즐거운 듯 화련은 웃을 터뜨리며 그 앞에 멈춰 섰다. 흥분을 감추려는 듯 두 손으로 입을 가린 그녀는 궁금한 것이 많은 제자 같아 보였다.

"무슨 의식이지요? 축무인가요?"

"아닙니다."

"그럼 무슨 행사 같은 건가요? 제를 올리는 것처럼?"

설명하기 귀찮은 그는 딱 잘라 가부로만 대답했다. 하지만 그녀는 무수히 많은 질문을 그 앞에 쏟아내고 있었다.

"혹시 가진 대방도 모르시는 건가요?"

"이쪽으로 오시지 말았어야 했습니다."

"무슨?"

"저기 아가씨가 추는 춤이 구애 춤입니다. 아마 좀 있으면 남자 측에서도 답을 해주겠지요."

시선들이 하나둘 그녀에게 꽂히자 화련도 이상한지 주위를 둘러보기 시작했다.

"그러니까…… 제가 방해를 한 건가요? 어쩌지요?"

화련은 그때서야 주위의 시선이 의식되었다. 입술을 축여도 무슨 말을 해야 할지 그녀는 생각이 나지 않았다. 몰랐다고는 하나 그의 눈을 마주치니 당황스러움은 어쩔 수 없었다.

가진은 그녀의 어린 생각에 자조적인 미소를 지었다. 차라리 방해라면 고갯짓 한 번으로 끝날 일이었다. 그녀가 그 앞에 섰다는 이유가 무엇인지조차 모르는 그녀에게 그가 해줄 답은 없었다.

사내가 여인의 유혹을 받아들였는지 때마침 사내들이 윗옷을 벗어 하늘을 향해 던지며 일제히 함성 소리를 터뜨렸다.

이런, 젠장! 그녀의 외비명이 나가자 가진은 재빨리 한 팔을 들어 그녀의 시야를 가렸다. 그러나 사내들이 윗옷을 벗어 던지는 민망스러운 장면은 그녀의 눈에 벌써 새겨진 뒤였다. 고개를 숙인 그녀의 얼굴은 이제 귀까지 달아올라 있었다. 어린아이 때조차 사내의 윗몸은 본 적이 없는데 갑자기 약속이라도 한 듯 일제히 웃통을 벗는 건장한 사내를 보니 어쩔 줄을 몰랐다.

그녀의 당황스러움이 재미있는지 옆에 서 있는 짓궂은 사내들의 웃음이 간간이 들려왔다. 자존심이 상한 그녀는 애써 고개를 치켜들었다. 그러나 가진 대방이 그녀를 아닌 구애하는 젊은 남녀를 응시하고 있자 화련은 낯선 실망감이 자리 잡았다.

"언제까지 팔을 들고 계실 건가요?"

"아가씨께서 거처로 돌아가실 때까지입니다."

"왜 나만 도망치듯 거처로 돌아가야 하나요?"

그 또한 아무 표정이 없지만 속으로는 비웃고 있는 게 틀림없다고 생각하자 그녀는 묘한 오기가 차 올랐다.

"정 그러시다면……."

그가 한 발자국 다가왔지만 그녀는 자존심상 뒤로 물러나지도 못한 채 가만히 서 있었다. 놀리려는 듯 그가 고개를 숙여 그녀의 귓가로 내려오자 화련은 남아 있는 숨을 모두 삼켰다.

잠시 그의 손이 그녀의 머리를 스치고 지나간 듯하더니 어느새 곱게 매듭지어진 그녀의 연두색 머리 끈이 풀려 그의 손 안에 들려져 있었다.

놀란 그녀가 방어적으로 한 발짝 냉큼 물러났다.

"머리 끈이 풀어졌습니다. 머리를 빗으러 다시 들어가셔야겠습니다."

부드럽지만 반 명령적인 목소리였다. 장난처럼 웃은 듯 보이지만 그의 미소가 그의 눈까지 다다르지 못하고 있었다. 웃으며 무슨 말이라도 해주면 좋으련만 까만 장막처럼 가려진 그의 눈에서는 어떤 것도 읽을 수 없었다.

그가 손에 쥐고 있던 그녀의 머리 끈을 다시 돌려주자 화련은 멍하니 자신의 머리 끈을 바라보았다. 분명 자신의 물건을 다시 되돌려 받은 것뿐인데 기분이 묘했다. 무슨 무례한 짓이냐며 화라도 내야 하지만 그녀 어디 마음 한구석에는 좀 더 그가 무슨 말을 해주길 기다리고 있었다.

"아가씨, 세상에 잠시 제가 자리를 비운 사이에 없어져서 한참을 찾았잖아요. 간다면 어디 가신다고 말씀을 하셔야죠. 몸도 안 좋으신데 이제 들어가서 쉬세요. 몸 쇠하면 어쩌려고요. 아니, 근데 머리 끈이 왜 풀어져 있대요? 다시 묶어야겠네."

"그…… 래."

건성으로 대답한 화련은 말없이 세향의 손에 이끌려 발걸음을 옮겨야 했다. 걸으면서 그녀는 몇 번이고 뒤돌아 그의 모습을 확인하고 싶었다. 지금 뒤돌아서면 그가 그녀를 바라보고만 있을 것만 같았다.

두 주먹을 꽉 쥔 채 가진은 그녀의 뒷모습이 사라지도록 움직이지 않고 있었다.

"이봐, 여기 앉아 한 잔 받아."

언제 왔는지 문수가 가진에게 큰 사발을 하나 내밀었다. 맑고 쌉쌀한 향이 강한 냄새가 코끝을 톡 쏘았다. 가진이 묵묵히 한

번에 다 비워내자 문수가 호탕이 웃으며 또다시 술을 채웠다. 화염이 목을 감싼 후 가진의 목을 싸하게 훑어 내리며 뜨거운 가슴에 맺혔다. 숨이 막힌 가슴은 술로 인해 회오리가 인 듯했다.

"그 처자를 보니 모르고 그대에게 간 듯한데, 그대의 답이 참 매몰차."

부족마다 조금씩 다르겠지만 백산 말갈족에서는 여자가 용기를 내 고백을 했을 시 남자가 거절을 해야 하는 경우가 생길 경우 여자의 민망함을 덜어주기 그 여자의 머리 끈을 풀어준다고 했다. 아마 그 자리를 떠날 수 있도록 여인에게 하는 자그마한 배려라고 들었다. 이 사내가 그걸 어찌 알고 있는지는 모르겠지만 같은 말갈족속들이니 그들의 거절법도 그리 다르지는 않을 것이다.

문수는 가진의 표정을 보더니 등을 두드려 주며 사발에 또다시 술을 따라주었다.

가진은 사발에 가득 찬 술을 그저 쥐고만 있을 뿐이었다.

그녀가 다가오는 의미가 그 의미가 아닌 줄 알면서도 가슴이 주체할 수 없이 뛰었다. 수줍게 두 손을 입에 모으며 그를 바라보는 모습이 어여뻐 자신도 모르게 그녀에게 손을 뻗었다는 것을 알까? 그의 심장 소리가 그녀에게 들킬까 더 이상 다가가지 못하고 마냥 바라보았어야 했음을 알까? 두 눈 동그래져 그를 쳐다보는 모습, 할 말을 잃어버린 듯 조그맣게 벌어진 입술. 많이 놀랐을 터이다. 그러나 파닥대는 이 가슴도 어찌할지 몰랐다 말하면 믿어줄까?

이를 악문 가진의 턱 주위가 팽팽해졌다. 정신 차려라, 가진. 가야 할 길이 멀다. 그 말은 이 마음 다잡아야 하는 길도 멀다는 말이다.

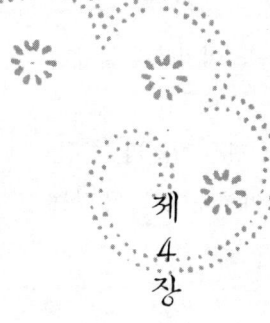

제
4
장

이례가 없는 일로 약식조회가 시작하는 이른 아침부터 팔각 정자 뒷마당에선 무 황제가 활을 잡고 있었다. 거침없이 쏘는 화살은 정확히 과녁을 향해 날아가자 그의 눈은 사냥감을 노리는 매서운 매처럼 성기(盛氣)로 가득했다. 즐기기 위해서가 아니라 뭔가를 박살내기 위해 무 황제는 쉼없이 화살을 뽑아 들었다.

'뭐라? 귀족들을 적으로 돌리는 일이라? 급작스러운 단행은 반발을 살 우려가 있다?'

그는 다시 도전적으로 턱을 내밀며 활시위를 당겼다. 내관들은 아침부터 [8]기하께서 활을 드시는 심중을 헤아리느라 마음이

----

[8]기하: 발해에서 신하가 황제폐하를 부르는 호칭

가시방석이었다. 분명 속이 뒤집힌 일이 생겼거나 아님 뒤집힌 일이 생겨 한 박자 늦추어 가기 위해 스스로 자신의 마음을 다스리고 있는 중일 것이다. 그러므로 평소처럼 마냥 잘하셨다 박수 칠 분위기가 아니었다. 점점 과녁 중앙에 꽂힌 화살 수가 늘어가도 황제폐하는 그만둘 기색을 보이지 않았다. 무슨 급한 일인지 참다못한 김 창관이 폐하를 모시기 위해 팔각문까지 오자 분위기는 더욱 험악해졌다.

"각 문무백관들이 약식조회에 모두 입실하였습니다, 폐하."

"기다리라 하라."

무 황제의 목소리에 냉기가 가득하자 김 창관은 침을 꼴깍 삼켰다. 심기 불편하심이 하늘을 찌르니 일단 황제의 저 노기를 어떡해서든 가라앉혀야 할 것 같았다.

"또 명중하셨습니다, 폐하. 웬만한 무사 장정들과 겨루어도 손색이 없으시겠습니다."

황제의 심기를 살살 달랠 목적으로 김 창관은 폐하가 한발한 발 활을 쏠 때마다 추임새를 거들었다. 손뼉까지 치며 입에 침도 발라가며 어찌 되었든 빨리 약식조회로 행차하시겠금 만들겠다는 목표로 열심히 분위기 쇄신을 위해 노력하고 있었다.

그러나 그의 의도와는 다르게 그 추임새가 신경에 거슬린 무 황제는 국궁을 바닥에 내팽개쳤다.

폐하의 무시무사한 눈총을 피하기 위해 김 창관은 애써 목기침을 하며 이내 입을 다물었다. 아무래도 사병에 대한 대내

153

상(大內相)과의 의견 마찰이 며칠간 계속되더니 결국 폐하의 심기를 건드리고 만 것 같았다. 사병권이라 하면 곧 귀족들이 가진 힘을 척도를 알려주는 표시인데 그 사병권의 존속을 황제폐하가 들먹였으니 당연 그것을 찬성하는 귀족은 단 한 사람도 없었다.

무 황제가 대전으로 향하지 않을까 조바심이 난 김 창관은 즉시 황제의 관심을 끌 만한 주제를 입에 올렸다.

"폐하, 거란에서 사신이 와 있습니다."

"거란에서 사신이? 무슨 일이냐? 이른 아침부터 일의 경중함을 따질 일이라더냐?"

투박스럽게 뱉은 그의 말에는 그의 심기가 고스란히 들어나 있었다.

"아직 거기까지는 모르옵고 일찍부터 알현을 청하고 있어 중요 사안이라 사료되옵니다."

"대전으로 갈 것이다."

옆의 나인이 재빨리 거가(車駕)를 준비하자 무 황제가 귀찮다는 듯 손을 내저었다.

"물려라. 걸을 것이다."

무 황제의 미간이 살짝 모아졌다. 거란에서 사신이라? 나라라는 체제는 갖추어지지는 않으나 그 힘을 무시할 수 없는 것들이 그들이라 어떻게 보면 발해로서는 가장 골치 아픈 문제가 될 수도 있었다. 그런 그들과 외교도 거의 단절되었다 해도 과언이 아닌 상태에서 거란에서 서찰을 가지고 여기까지 오는 이유가 그의 궁금증을 자극하고 있었다. 이른 아침부터 알현할 일이라? 그는 용포 자락에 찬바람 일으키며 걸음을 보챘다.

용평상에 앉은 그는 모든 정무를 물리고 먼저 서찰을 그 자리에서 받아 읽어 내렸다. 의미 하나하나를 곱씹으며 읽어 내리던 무 황제의 눈썹이 꿈틀거렸다. 나중에는 호탕한 웃음을 터뜨리며 서찰을 흔들어 보이자 신료들은 옆의 신료들과 상황파악을 위해 눈짓 교류에 바빴다. 그러나 지금의 황제의 태도로는 서찰의 내용이 무엇인지 감조차 잡히지 않았다. 한 가지 분명한 건 베어버릴 듯 차가운 눈매와 무 자르듯 뚝 끊어진 무 황제의 웃음이 결코 이 서찰이 유쾌하지 않다는 것을 말해주고 있었다.

이런, 야단났군. 야단났어. 가뜩이나 아침에 심기가 안 좋은 황제로 인해 가슴 졸이고 있던 그들은 이제는 외줄을 타는 배창(줄타기 광대)이 된 기분이었다.

"지금 짐과 농을 하자는 건 아니겠지? 무에 아쉬워 그대들을 보낸 이 종이 나부랭이를 믿으란 말이지?"

"거기에 모든 장들의 인장이 찍혀 있습니다. 답변을 받아오라 하셨습니다."

"이게 사인(私印)인지 장인(長印)인지 알 게 뭐냐."

그래도 명색이 사자로 온 사람인데 걸맞은 예는 어디다 던져버렸는지 무 황제의 말투는 어딘가 모르게 이죽대고 있었다.

"그건 그렇고, 너희들이 우릴 도와 당을 치고자 하는 진짜 이

155

유가 무엇이야. 득이 무엇이냐 이 말이다."

일제히 고개를 번쩍 든 신료들은 경악스러운 사실에 들이킨 숨을 가다듬느라 정신이 없었다. 옆에 있는 신료들과 고개를 돌려가며 자기들끼리 웅성대고 있었다.

당연한 반응을 예상했다는 듯 무 황제는 시큰둥하게 신료들을 둘러보더니 외교 사신으로 온 남자의 답을 기다렸다.

"저희는 아직 하나로 아우르지는 못하는 나라이나 누구보다 말과 활쏘기에 능합니다. 필히 도움이 될 수 있을 것입니다."

"묻는 말에나 답하라. 네 득이 무엇이냐 물었다."

무 황제의 가차없는 말에 사신으로 온 서 경궁은 허리를 곧게 펴 무 황제를 바라보았다.

"어험, 황상 폐하 앞이시다. 예를 갖추어 고개를 숙이시오."

술렁이는 대전은 여전히 진정되지 않은 채 탄식과 근심의 소리가 여기저기 섞여 나오자 어수선한 분위기에 무 황제는 슬슬 짜증이 솟구쳐 올라오고 있었다.

"모두 그 입 다물라. 감히 짐을 기망하려 여기까지 그 먼 길을 달려옴은 아니겠지?"

"아니옵니다. 흩어질 수는 없기 때문입니다. 겨우 연합 족장들의 화합이 이루어졌습니다. 그 많은 형제들을 또다시 거친 초원으로 내몰 수 없기 때문입니다. 여린 죽순이 밟히면 그만큼 우리의 대망이 늦추어지기 때문입니다. 당나라에서도 뻗어나가는 발해국을 두려워서라도 가만히 있지는 않을 것입니다."

"네 등을 긁어줄 테니 내 등도 긁어달라 그 말이군."

"아니 되옵니다, 폐하. 시기상조입니다. 아직 저희는 당과 전쟁을 할 만큼 준비가 되어 있지 않는 상태이오며 더욱이 이제 백성들이 안심하고 농사를 짓고 있습니다. 수년간 전쟁으로 핍박받고 고통받는 백성을 생각하옵소서. 더욱이 친교가 없는 거란을 어떻게 믿을 수 있사옵니까? 통촉해 주시옵소서."

한 목소리로 모두 아니 된다는 말에 무 황제가 짜증스럽게 손을 휘저었다.

"덮어두고 아니 된다, 아니 된다 말하지 말라. 지금 하자는 것도 아니고 무슨 연유인지 다 들어보지도 않은 채 그대들은 아니 된다? 그대들 말뜻을 빌리면 대국이라서?"

낮게 내리깐 무 황제의 목소리에 언뜻 분노가 묻어났다. 그가 가장 싫어하는 말 중 하나가 대국이었다. 당나라의 또 다른 이름으로 감히 넘볼 수 없다 못을 박는 그 이름이었다. 그리고 그렇게 바라보는 자신들의 신하가 불쾌하기 짝이 없었다. 신료들의 입에서 한 마디만 더 당을 옹호하는 말이 나오면 그놈을 즉시 끌어내 물볼기로 다스려 정신을 차리게 만들어줄 것이다.

"멀리서 오느라 수고했을 터이니 푹 쉬다 가라. 돌아갈 때 답을 내주겠다."

외교 사찰로 인해 조정은 하루 종일 시끄러웠다. 똥줄이라도 탄 듯 무리지어 우르르 몰려다니며 자기들 파끼리 모여 탁상 앞에 머리를 맞대고 있는 모습을 보면 분명 황급한 일이긴 했다.

특히 갑작스러운 서신으로 무장들의 움직임이 가장 분란했다.

그러나 무 황제의 눈빛은 흥미로운 서신으로 반짝거리기까지 했다. 전쟁이라, 거란 고것들이 손 안 대고 코를 풀려는 속셈 아닌가. 말이 연합이지 막상 대세가 어느 한쪽으로 기울어지면 어디로 붙어먹을지 모르는 족속들 아닌가. 힘의 견제는 어디서나 필요한 것이다. 당 또한 같은 생각을 하고 있을 것이다. 전쟁의 이유야 언제든지 적절한 이유 하나만 붙이기만 하면 그만 아닌가. 하지만 쉽게 결정날 일이 아니었다. 다른 곳도 아니고 하필 등주성이라.

계속해서 마음 틈새를 비집고 나오는 당과의 대면이 계속 그를 흔들어놓고 있었다. 언젠가는 치러야 할 일. 허나 선뜻 칼을 뽑기에는 걸리는 게 너무 많았다.

서안(書案) 위를 간간이 두드리는 무 황제의 손가락에 고민이 묻어났다. 그는 곧 결심이 섰는지 거침없이 종이 위에 뭔가를 쓰기 시작했다.

"황 내관을 들라 하라."

내관이라 하여도 등급이 있으니 황제의 시중보다는 보호대 성격이 짙은 내관들은 무도관의 시험을 합격해야 하는 자들로 구성이 되어 있었다. 특히 황궁 밖에서 무관을 제외하고는 유일하게 황제 옆에서 칼을 찰 수 있는 신분이 바로 그들이기에 특별히 선별되며 관리된다. 그중 젊고 행동이 기민하여 황제가 곁에 둔 사람이 바로 황 내관이었다. 자신과의 검술 시합에 있어

한 치의 물러남이 없던 점이 무 황제의 마음에 든 자로 원래 배치는 동궁 쪽이었으나 황제가 특별히 그를 지목하여 곁에 둔 사람이었다.

그는 황 내관 앞으로 서찰과 묵직한 물건을 하나 던졌다.

"칙서다. 이것을 가진이라는 젊은이에게 전해라. 해상으로는 가지는 않았으니 아직 국경을 넘지는 못하였을 것이다. 만에 하나 만나지 못할 시 안서에 문예가 기거하는 곳으로 가라."

"전하기만 하면 되옵니까?"

"답신을 받아오라! 그러면 알아들을 것이다."

황 내관은 서찰과 물건을 조심스럽게 가슴에 갈무리를 한 뒤 명을 받들었다. 아무래도 심상치 않은 일이 벌어질 게 분명했다. 무모하진 않지만 한번 마음을 정했으면 끝을 보기 전까진 자신의 결단을 밀어붙일 분이셨다. 그러니 이번 일은 가신들이 한데 뭉쳐 일어난다 해도 말리기 힘들 것이다.

황 내관은 가슴에 품은 칙서에 손을 얹진 채 입술을 굳게 다물었다. 잠자고 있던 기하의 야망을 갑작스러운 외교 사신 한 사람이 도화선을 긋고 말았다는 것은 어느 누구도 알아채지도 못하고 있었다. 그리고 그 화살의 시위가 이제 막 무 황제의 손에서 벗어나고 있었다.

*

추적추적 쏟아지는 비 때문에 다들 피곤에 지친 얼굴이지만 아무 탈 없이 모두 이곳까지 왔다는 자체에 그녀는 감사했다. 아직도 일행들과는 거리감이 있으나 처음보다는 많이 누그러져 마음의 부담도 그만큼 덜어졌다. 그러나 오직 가진과는 처음보다 거리낌이 더욱 커져만 갔다. 그가 냉대한 것도 아니고, 그녀에게 화를 낸 것도 아닌데 그녀의 마음 한곳이 묵직했다.

아마 가진 대방이 그녀의 머리 끈을 푼 후였을 것이다. 그때부터 미묘한 어색함과 불편함이 자리를 차지하더니 나중에는 체기라도 든 것처럼 답답함이 가슴 한곳의 자리를 차지했다. 남의 집 부엌에서 몰래 먹을 것을 훔쳐 먹는 아이처럼 슬금슬금 눈치를 보다 눈이라도 마주치면 깜짝 놀란 듯 그녀가 고개를 먼저 돌리기 일쑤였다. 그녀의 행동을 모른 체하는 건지 모르는 건지 그는 어느 때와 다름없는 태도로 그녀를 대하고 있었다.

"저기 보이는 곳이 국경선인가요?"

그녀의 질문에 그가 그녀를 잠시 바라보다 고개만 살짝 끄떡였다.

"똥개 한 마리 안 짖을 정도로 조용하구만. 하기야 저렇게 경계 태세가 삼엄한데 똥개라도 꼬리 내리고 지내야지."

"춥고, 배고프고 거지가 따로 없네. 아가씨는 배 안 고파요? 아침도 조금밖에 안 드셨잖아요?"

배고픈 건 둘째 치고 그녀는 어느 허름한 객사라도 좋으니

9)어한(禦寒)이라도 했음 했다. 더욱이 그녀와 세향은 우장(雨裝)이라도 걸치고 있지만 남자 일행은 달랑 갓이 전부라 오랜 시간 비를 맞아 더욱 추웠을 것이다.

너무 조용해서 가진도 외려 불안할 정도였다. 그는 다시 한 번 눈을 가늘게 뜨고 서고 성까지의 거리를 가늠해 보았다. 멀리서 장대하게 버티고 서 있는 서문을 경계점으로 시작해 당나라로 연결하는 길이 가는 실처럼 길게 놓여 있었다. 날씨만 좋다면 진초로 가는 길까지 볼 수 있을 정도로 전 사방이 뚫려 있는 곳이라 전쟁 시 힘으로 밀어붙이면 한 번에 함락되기 쉬운 곳이기도 했다.

"아가씨, 국경 근처라 좀 으스스하죠?"

화련은 수풀로 뒤덮인 뒤란을 보며 그녀가 밟고 있는 이곳에 인가가 세워졌음을 알 수 있었다. 그 옆에 내팽개쳐진 10)철제 보습이 보이자 그녀는 오랫동안 그것을 눈에 담았다. 국경이기 전에 한때 힘이 없어 고스란히 내주었던 땅이며 우리네가 전쟁으로 내몰렸던 길이기도 했다. 그 삼엄함이 겹겹이 쌓아온 선조들의 피땀이니 후손이 지켜야 함은 당연한 의무일 것이다. 한때는 번성했던 마을이었을 이곳이 국경선으로 무장한 모습을 보자 화련은 쓸쓸한 마음이 베어들었다.

건국 시 힘이 없다 하여 당에게 하대당하였고, 그것도 모자라

---

9)어한(禦寒): 언 몸을 녹임
10)철제 보습: 땅을 갈아 흙덩이를 일으키는 데 쓰는 농기구

당은 손아귀 떡 주무르듯 이 나라를 움켜쥐려 했었다. 어느 나라의 어느 법도가 황족을 볼모로 요구하는 그런 오만스러움을 지녔던가? 그 받듦이 약소국가의 설움이라는 것을 우리는 몸으로 배워야 했다. 이곳에서 얼마나 많은 백성들의 목숨을 묻어야 했나. 그 전쟁으로 얼마나 많은 것들을 잃어야 했나. 너희는 이곳을 오랑캐의 분쟁이라 했느냐. 우리에게는 분전이었으며 분투였느니라. 한 겁의 시간을 짊어진 것처럼 길고 길었음이라.

미욱한 나라라 업신여겨도 수많은 전쟁을 치르면서도 흩어짐 없이 다시 일구어온 나라이다. 다시 설 수 있다 함은 그 뿌리가 곧게 내려져 있음을 말함이라. 그러니 아무리 너희들이 힘으로 이 땅을 주장하나 그 힘의 뿌리가 없으니 무용지물일 것이다. 결코 다시는 내주어서도 내줄 수도 없는 땅이니라.

안개비 사이로 보이는 국경선을 바라보자 화련은 많은 감정이 교차되고 있었다.

"아가씨, 왜 안 가고 거기 서 있대요? 어디가 안 좋아요? 조금만 가면 근처에 비 피할 곳도 있다 하네요. 힘내세요. 조금만 가면 돼요."

세향은 아가씨의 팔을 부축하며 걸음을 재촉하게 만들었다.

"야! 드디어 보인다. 가는구나. 이 몸이 당에 간다 이 말씀이야. 장안은 많이 번성한다고 하지? 장안은 안 가냐? 귀한 물건이 널렸을 것 아니야? 그건 그렇고 좀 어디서 요기라도 하고 가자."

"언제나 밥타령이군, 진무."

그 말에 옆에서 듣고 있는 몇 장성들이 웃음을 터뜨렸다. 장성들은 국경성까지 왔다는 것 하나만으로 잠시 마음이 들뜬 듯했다. 살기나 수상한 사람은 찾을 수 없었다.

그러나 몇 거리 뒤에서 행상인의 옷으로 변복한 두 사람이 가진 일행의 뒤를 조심스럽게 밟고 있었다. 기척이 없는 발걸음과 몸에 밴 절제된 동작은 그들이 어중이떠중이 자객이 아님을 말해주고 있었다. 고개를 숙인 채 도롱이에 얼굴이 반 이상 가려져 있어 그들의 형상은 잘 알아볼 수 없으나 거친 손과 턱 사이에 날카로운 상처 자국은 그들의 삶이 평범한 것과 멀다는 것을 말해주고 있었다. 잠시 서로의 눈빛을 교환하는 그들은 암묵적인 약속이라도 한 듯 짧게 고개를 끄떡인 채 다시 몸을 숨겼다.

뚝배기에 두 손을 가져다 대자 차가운 두 손에 따뜻함이 온몸으로 퍼졌다. 비를 피해 사람들이 객사로 모일 만도 한데 객사는 썰렁하기 이를 데 없었다. 한두 명씩 밥을 먹고 자리를 뜨자 그 빈 공간만큼 침묵이 자리 잡았다.

화련은 불편한 마음을 감추지 못하고 무명 치맛단을 만지작거리며 손을 놀리고 있었다. 바로 앞에 가진 대방이 앉아 있지만 그는 한 마디도 하지 않은 채 상만 바라보고 있는 중이었다.

가진은 자신이 예상했던 모든 변수들이 어그러진다는 느낌이었다. 막연한 불안감이 짚단에서 나는 한 줄기 연기처럼 모락모락 피어오르고 있었다. 다시 정리할 필요가 있었다. 그녀의 안전에만 온 신경을 바짝 세워 전체적인 흐름을 어디 한 군데 놓치고 있는지도 모른다. 지금쯤이면 우리가 표적이 되어 어디쯤 따라와 있을 수도 있었다. 이런 와중에 자신의 사적인 감정으로 모든 것을 망칠 수는 없었다.

차를 마신 그의 미간이 살짝 모아졌다. 너무 골몰한 나머지 차는 벌써 떨떠름한 맛을 낼 정도로 식어 있었다.

빗소리 때문에 밖의 작은 소음이 묻혀 실내까지 잘 전달되지 않았다. 그러나 다시 한 번 밖에서 우당탕 소리가 들리더니 곧이어 날카로운 신음 소리가 들렸다. 튕기다시피 일어난 가진은 나가다 뒤를 돌아보았다.

"위험하니 무슨 일이 있더라도 절대 나오지 마십시오."

화련은 그가 거칠게 방문을 닫고 나간 자리를 멍하니 바라만 보았다. 계속 창호 문을 뚫고 들어오는 신음 소리와 쇠가 부딪치는 소리에 그녀는 좁은 우리에 갇힌 짐승마냥 안절부절못했다. 필시 싸움이 일어난 것이다. 손님도 별로 없었는데 그사이 무슨 시비라도 붙은 것일까? 그러고 보니 그가 나갈 때 두 손 모두 빈손이었다. 그는 무장도 아니라 칼부림에 몸이 다칠 수도 있었다. 그 생각에 이르자 화련의 심장이 갑자기 쏟아지는 장대비 기세로 그녀의 갈비뼈를 두드려 대기 시작했다.

신경을 곤두세워 그의 목소리를 듣기 위해 화련은 문 가까이 귀를 가져다 대었다. 언뜻 누군가 다급하게 의원을 부르라는 소리가 들리자 그녀는 날카롭게 숨을 들이삼켰다.

'설마…… 아니겠지.'

"이이고. 아가씨, 많이 놀라셨죠. 괜찮은 거예요? 세상에 할 짓 없어 칼로 사람을 헤치기나 하고. 짐승보다 못한 사내들일 세. 아무튼 밖은 큰일났어요."

세향이 방문을 활짝 열고 들어왔어도 화련은 몸만 움찔할 뿐 움직일 생각도 하지 못했다. 역시 칼부림이 일어났던 것이다.

"사람이 많이 다친 것 같은데?"

"저도 무서워 잘 보지는 못했는데 암튼 난리가 났어요. 다친 사람도 있는 것 같고."

"나가봐야겠다."

"안 돼요. 아가씨가 볼만한 구경거리가 아니니 얌전히 앉아 계세요."

"조용한 것을 보니 밖은 일단락된 것 같은데 사람이 다쳤다면 그래도 나가 보는 것이 예의겠지."

세향이 그녀의 치맛자락을 잡든 말든 화련은 문을 열고 처마 밑에 섰다. 웅성대는 몇 사내들이 둥그렇게 원으로 둘러싸인 가 운데 그녀가 찾고자 했던 사람이 차가운 비를 맞아가며 진흙 바 닥에 무릎을 꿇고 있었다. 감정을 잘 내보이지 않는 그가 이를 악물며 진무라는 자의 어깨를 꽉 누르고 있었다. 얼마나 세게 누르고 있는지 그녀가 보는 자리에서도 그의 팔이 떨리는 것을 볼 수 있었다. 진무라는 자에게는 미안하지만 화련은 그가 다치지 않는 것에 안도했다.

사람이 동여맬 것을 가지고 와 일단 진무를 안전하게 옮기는 것까지 확인한 가진은 곧바로 그는 그의 발밑에 쓰러져 죽어 있는 놈을 노려보았다. 망설임없이 소도를 꺼내 변복을 찢었다. 아직 식지도 않은 피가 그의 옷과 손에 튀었으나 가진은 얼굴 표정 하나 변하지 않았다. 돈에 눈이 어두워 칼을 휘두르는 단순한 도적 놈은 아닐 것이다. 그런 자에게 그리 쉽게 당할 진무가 아니었다. 곧 오른쪽 어깨 부근에 인두 자국이 그의 시선을 잡았다. 혈이라는 조그마한 글씨가 그의 눈에 들어오자 입매가 딱딱하게 굳어졌다.

혈이라면 풍혈당을 말하는 게 틀림없었다. 어중이떠중이 자객이 아니라 무사 중 특출난 자를 골라 살수로 기르는 집단이었다. 이 인두 자국과 단독으로 행동하지 않고 항상 둘 이상으로 행동하는 것으로 봐서는 의심의 여지가 없었다. 그들 조직 자체가 체계적으로 움직이게 되어 있어 하나의 살수 부대라 해도 과언이 아니었다. 그러니 그들을 쓸 수 있는 자는 그리 많지 않았다. 적어도 돈깨나 가진 귀족 이상이 아니고서는 움직일 수 없는 단체였다. 사사로운 원한 관계보다는 대부분 제 밥그릇 찾기 바쁜 귀족들의 물밑 청소작업을 하는 일이 그들의 주요 일이었다. 오늘같이 평범하기만 한 행상이 표적이 되는 경우는 없었다.

하지만 죽은 자의 품에선 어떠한 하달 문서도 찾을 수 없었다. 그냥 겁을 주기 위해 칼을 휘두른 것이 아니라 정확히 심장을 겨냥한 솜씨였다. 그가 당으로 가는 이유를 누군가 알고 있단 말인가? 그래서 여기까지 쫓아온 건가?

아무 단서도 찾지 못하자 가진은 거칠게 소도를 내팽개쳤다. 정말 해보겠다는 건가? 새파란 혈관이 두드러질 정도로 주먹을 움켜쥐었지만 쓴 물이 넘어올 것만 같은 울렁거림은 쉽게 가라앉지 않았다. 가진은 주위를 둘러보았다. 허허벌판에 숨을 곳이 그리 많지는 않을 테니 부상을 당한 다른 한 명도 아직 이 근처를 크게 벗어나지는 못했을 것이다.

"한 명이 더 있을 것이다. 이 일대를 샅샅이 찾아라."

"괜찮으신가요?"

가진은 화련과 시선이 마주치자 표정이 묘하게 일그러졌다.

"들어가십시오."

"제가 도울 일이라도 있으면 하겠어요."

"아가씨께서 도와주실 일이라고는 얌전히 방에 앉아 계시는 것입니다."

그녀를 스쳐 지나가는 가진을 보자 화련은 지그시 입술을 깨물었다. 조금 전까지 그의 눈치나 보며 그를 피하려고 노력한 것은 그녀였다. 그도 알고 있을 것이다. 그런 그녀가 갑자기 도와준다고 했으니 탐탁지 않았을 것이다. 더욱이 친구가 저렇게 쓰러져 있는 상태이니 경황도 없을 것이다. 화련은 처진 어깨를 가누며 자신이 머무는 방으로 돌아갔다. 좁은 여인의 속이라 그런지 몰라도 그녀는 그래도 그가 조금은 야속했다.

진무의 상처로 인해 어쩔 수 없이 국경 객사에서 짐을 풀기로 했다. 그리고 진무의 상태가 나아지면 내일이라도 부하 가학과 같이 집으로 돌려보낼 생각이었다. 배후가 누구일까? 우익파일까? 좌익파일까? 가진의 머릿속은 온통 그 생각뿐이었다.

가진은 답답한 마음에 문창을 열었다. 비가 그쳤다지만 구름 떼가 아직 낮게 깔려 있어 밤은 한 점의 달빛도 허용하지 않고 있었다. 사람을 찾기에는 최악의 상황이었다. 날이 기울어진 지금까지 아무런 소식을 가져오지 못했다면 그놈을 잡지 못한 것이 분명했다. 마음속에 남겨둔 불안이 고개를 쳐들었다.

"대방님, 수운입니다."

"잡지 못했나 보군."

수운의 표정을 보자 가진은 더 이상 아무 말도 하지 않았다.

"죄송합니다."

"지금부터 안서에 입성할 때까지 비상경계에 들어간다. 밤늦게까지 어울리는 술판 놀음도 계집 놀음도 안 된다."

"알겠습니다. 진무님은 어떻게 할까요? 큰 부상은 아니나 아직 가야 할 길이 많이 남았는데……."

"내일 가학과 내려갈 것이다."

"그래서 진무님이 저리 고래고래 소리를 지르는 거군요."

"소리 지를 기력이 있다면 내일 떠나도 무방하다는 말이겠지."

"진무님을 생각하는 마음은 잘 알지만, 그래도 여기까지 왔는데 오히려 당으로 같이 가는 것이 시간이 훨씬 적게 걸리지 않겠습니까?"

가진은 피곤한 표정을 지으며 얼굴을 쓸어내렸다. 밤중에 몰래 황제의 부름을 받고 입궐했을 당시 그 옆에 수운도 있었다.

"그를 위해서가 아니다. 황제폐하가 문예를 죽이려 살수를 보냈음에도 불구하고 이제껏 문예 전하가 살아 있다는 것은 뒤에서 그를 보호해 주는 이가 있다는 것이다. 우리 일행이나 진무가 표적에 들어왔다는 것은 두 배로 위험을 안고 가는 것을 의미한다."

애기 도중 문밖에서 조심스러운 인기척이 들리자 수운은 문을 벌컥 열어젖혔다. 서슬 퍼런 칼날이 한 치의 틈도 없이 문 앞의 사람에게 겨누고 있었다, 조금 힘만 주어도 칼날이 주저없이 목을 관통할 만한 위치였다. 그러나 서 있는 사람이 누구인지 확인하자 당황한 수운은 곧바로 칼을 거두었다.

가진 또한 자리에서 일어나 낯선 침입자를 바라보았다. 놀라 몸이 경직되었는지 찻상을 꼭 움켜잡은 화련이 겁을 먹은 채 그 자리에 서 있었다. 찻상을 놓치지 않는 것이 용했다.

"들어가도 되겠는지요?"

뛰는 가슴 진정시키려면 큰 숨이라도 들이켜야 하지만 화련은 애써 아무렇지도 않은 듯 다가가 앉았다.

눈치가 빠른 수운이 말없이 자리를 비켜주자 가진은 난색을 표했다. 여인이 발걸음 하기에는 늦은 시간이었다. 혹 급한 일이라면 세향이란 아이를 보낼 수도 있었다. 그녀가 자리에 앉고도 한동안 말이 없는 것을 보면 꽤 꺼내기 어려운 이야기일 수도 싶어 가진이 먼저 입을 열었다.

"무슨 일이십니까?"

"그냥 밖이 꽤 시끄럽기도 하고 잠도 오지도 않고 해서요."

가진은 그녀의 말을 이해 못하겠다는 듯 미간을 살짝 찡그렸다. 그러나 곧 우렁찬 진무의 고함 소리가 들려오자 피식 웃음이 흘러나왔다. 속이 많이 상한 것 같았다.

화련은 문창을 뚫고 들어오는 소리를 잠시 경청하는 척을 했다.

"꽤 거한 술주정이지요? 자신을 집으로 돌려보낸다면 가진님과 제가 당나라로 떠난 것을 동네방네 떠들고 다닐 거라고 엄포를 놓고 있네요?"

"진무가 술이 조금 들어갔나 봅니다."

그는 그녀가 가져온 숙우에 탕수를 받아 익숙하게 다관에 부었다. 차 대접이 끝난 그는 더 이상 그녀에게 할 말이 없는지 침묵을 지키고 있었다.

찻잔을 두 손으로 꼭 움켜쥔 화련 또한 잠시 그 침묵에 동참하며 눈을 내리깔았다.

"술에 취하면 부모도 못 알아본다는 말도 있는데 이기지도 못하는 술을 마시다 무슨 말을 입 밖으로 내보낼지 장담할 수 없는 일 아닌가요?"

진무가 술을 잘 마시기는 하지만 술주정을 한 적은 한 번도 본 적이 없었다. 한마디로 저건 진무 나름대로 가진에게 시위를 하고 있는 것이었다.

화련은 찻잔을 내려놓은 뒤 가진을 똑바로 바라보았다.

"이 여행이 끝나기 전까지 진무라는 자를 황도로 보내 드릴 수 없습니다."

"들어드릴 수 없습니다."

그녀의 말이 떨어지기 무섭게 그의 야멸친 대답이 이어졌다.

처음부터 그가 순순히 승낙할 사람이 아니라는 것은 알고 있었지만 그녀 또한 쉽게 물러서자고 이 밤까지 찾아온 것은 아니었다.

"왜 아니 되지요?"

그녀의 고집스러운 질문에 그는 살짝 인상을 찌푸렸다.

"부상자 하나로 다른 일정에 차질을 줄 수는 없습니다."

"큰 상처가 아니라고 들었습니다. 어차피 저 때문에 무리한 행보는 못하지 않나요?"

"예정대로라면 정진초 문사는 벌써 장안에 도착해 있을 겁니다. 저희는 국경도 넘지 못하고 있는 상황에서 부상자까지 나왔습니다. 발목까지 잡을 셈입니까?"

입이 있어도 뭐라 반박의 말을 꺼낼 수도 없었다. 사실 지금껏 그녀가 아무리 노력한다 해도 그녀의 체력도 한계라는 것이 있었다. 그녀 때문에 험한 산세를 피하기 위해 질러가야 할 길을 돌아가기도 했고 뒤처지는 그녀 때문에 그녀의 일행들이 그녀의 보조를 맞추며 가야 하기도 했다. 아마 하루라도 더 늦었으면 오늘도 산속에서 야숙을 해야 했는지도 몰랐다.

"그럴 수야 없는 거지요."

쉽게 물러나지 않을 줄 알았던 그녀가 순순히 자리에서 일어나자 가진은 말귀를 알아들은 그녀가 고마웠다. 늦은 밤 그녀와 실랑이를 하고 싶진 않았다.

가진은 어서 그녀가 방을 나가주기를 바란 듯 배웅하기 위해 자리에서 일어났다. 어쩔 수 없이 화련은 자리에서 일어나야 했다. 그러나 마치 깜빡 잊고 말을 못했다는 듯 그녀의 의미심장한 미소가 잠시 그의 시선을 붙잡아두고 있었다.

"참, 차 맛은 어떤가요?"

"늦은 밤 귀한 차를 내주셔서 감사합니다."

"어디에 내놔도 뒤지지 않는 차지요."

화련은 당연하다는 듯 고개를 주억거렸다.

"수색이 아주 진하지요? 바다와 산에 있는 이슬을 먹고 자란 어린 찻잎 순만을 따 증제한 차입니다. 사찰에서 많이 마셔 반야차라고도 하지요. 마치 가진 대방의 성격처럼 뜨거운 물에도 차가운 물에서 쉬이 제 성격을 드러내지 않는 그런 차입니다. 만약 오늘 가진 대방께서 솔향이 나는 은은한 맛을 느꼈다면 이 차 맛을 제대로 느꼈던 거겠지요."

가진은 그녀가 갑자기 나가다 말고 차에 대해 구구절절 설명하는 것에 대해 의아해했다. 혹 그녀가 바라는 것이 차에 대한 칭찬인지 고맙다는 인사가 부족한 건지 알 수가 없었다.

"사설이 너무 길었으니 본론으로 들어갈까요? 가진 대방이 마시고 있는 그 차 말입니다."

가진의 눈길이 저절로 차로 향했다.

"뇌물입니다. 자고로 뇌물은 청탁을 위해 있는 법. 청을 거절하셨으니 고스란히 그 뇌물을 저에게 다시 돌려주어야 맞는 거지요?"

어이없어하는 그의 반응에 화련은 하마터면 웃음을 터뜨릴 뻔했다. 생각해도 자신이 순 억지를 부리고 있다는 것도, 정진초 문사가 벌써 장안에 도착했을 거라는 말에 더 이상 고집을 부릴 수가 없다는 것도 잘 알지만 이번 한 번만 그가 뒤로 물러나 주기를 바라고 있었다. 그가 어떻게 나올지 모르기에 그녀의 마음은 바짝 졸아 있었다. 그러나 마음과는 달리 화련은 애써 태연한 미소를 보였다.

"지금 이걸 다 뱉어내라는 말씀입니까?"

"고스란히 돌려주실 수만 있다면 그것을 뱉든 삼키든 그건 가진 대방님이 알아서 할 일이지요."

가진이 째려보자 화련은 슬그머니 그의 눈을 피했다. 설마 지금 자신과 농을 하고 있냐고 버럭 소리를 질러도 그녀는 할 말이 없었다.

이 순간에도 밖에서는 진무가 목청이 터져라 가진에게 시위하는 목소리가 들려오고 있었다.

"물론 가진 대방의 오랜 벗이니 믿을 만한 사람이겠지요. 하지만 술이 사람을 집어삼키기도 하지요. 전 더 이상 부모님께 걱정 끼쳐 드릴 일을 만들고 싶지 않습니다."

그는 한참 동안 차를 노려볼 뿐 어떠한 반응조차 보이지 않았다. 생각보다 그의 반응이 너무 차가워 화련은 조용히 자신의 손끝만 바라만 보았다. 여기 오기 전에 머릿속으로 무수히 연습을 했음에도 불구하고 그를 설득하기에는 역부족이었나 보다. 자신이 보아도 그리 좋은 방법은 아닌 것 같았다. 다른 방법이 없을까 골몰하는 순간 가진이 찻잔을 들더니 아직 식지도 않은 차를 무슨 술 들이키듯 한입에 다 털고는 화련을 째려보았다.

"답이 되었습니까?"

"……청을 들어주시는 건가요?"

"대신 조건이 있습니다."

그의 제안이 안 드는지 화련은 입을 살짝 오므렸다. 그럼 그렇지. 그가 쉽게 그녀의 청을 들어줄 리가 없었다.

"더 이상 제 앞에서 고개 돌리지 말 것. 시선도 피하지 말 것."

그 말과 동시에 화련은 죄를 진 것처럼 고개를 돌렸다. 그가 아무 말도 안 하기에 모르는 줄 알았는데 역시 모르는 척하고 있었던 것이었다.

"그때 가진 대방의 객쩍은 행동에 당황스러워 그렇지 가진 대방이 싫어서 그런 게 아니에요."

화련은 증명이라도 하듯 가진에게 한 발자국 다가갔다. 예전에 가진이 그녀에게 그러했던 것처럼 화련은 그의 뺨을 스치듯 손을 뻗었다. 그의 반응을 기대하는 그녀의 까만 눈이 잠시 반짝였다. 그러나 곧 미간을 찡그리며 힘없이 손을 내려놓았다. 놀랄 줄 알았던 그는 단지 눈을 가늘게 떠 그녀의 다음 행동을 지켜볼 뿐이었다.

"안 놀라시군요. 나는 엄청 놀랐는데. 가슴이 막 뛰고 얼굴도 달아올라 당황했는데."

"상당히 당황하고 있습니다."

"거짓말."

화련은 혼잣말로 작은 불만은 토해냈다.

"지금 거짓말을 누가 하고 있는지 모르겠습니다. 오늘 아가씨의 맹랑한 거짓말은 눈감아 드리겠습니다."

화련의 눈이 동그랗게 커졌다.

"설마 알고 계셨나요? 그러니까 그 차……."

"뇌물치고는 맛이 없습니다. 끝물차 중에도 찌꺼기를 긁어 말린 하품 중에 하품이라 많이 싱겁고 떫습니다."

가차 없는 그의 평에 화련은 고개를 숙이며 죄를 자백하였다.

"죄송해요. 사실 주인장에게 얻은 녹차예요. 처음부터 그럴 생각은 아니었어요. 설마 이 일로 저를 미워할 건가요?"

"오히려 제가 미움받고 있는 것 아니었습니까?"

화련의 입가에 미소가 살짝 잡혔다. 그녀는 그에게 미움 받기 싫었다. 그의 차가운 눈동자와 굳은 입매가 그녀에게 향할 때면 가슴에 바위 하나를 올려놓은 것처럼 불편했다.

"수레를 타보신 적 있으십니까?"

"짐수레를 말씀하는 건가요?"

화련은 미간을 찡그리며 고개를 갸웃거렸다. 당연히 짐이나 싣는 수레를 그녀가 타보았을 리 없을 것이고 혹시 그가 말실수로 독차(犢車)를 수레로 잘못 말하고 있는 것인지 생각해 보았다.

"불편하겠지만 며칠은 진무와 같이 타셔야 할 것입니다. 독차(犢車)만큼 편하지 않을 겁니다. 그나마 짐수레가 빠를 겁니다."

화련은 혹 그가 마음이라도 변할까 허락의 의미로 곧바로 고개를 끄떡였다. 그녀가 문을 닫고 나가려 하자 가진이 그녀를 불러 세웠다.

"다음부터 이렇게 늦은 시간, 밤에 돌아다닌다면 아가씨 방문 앞에 보초를 세워두도록 하겠습니다."

그녀가 놀라면서도 설마 하는 표정이 지나가자 가진의 표정은 더욱 단호해졌다.

"진심입니다."

화련은 그의 조치가 마음에 안 든 듯 입을 삐쭉 내밀었다. 그녀는 자신의 방으로 돌아가지 전 마당에 잠시 서 창호지에 비치는 가진 대방의 모습을 바라보았다. 무슨 생각이 많은지 의자에 앉아 고개를 숙이고 있는 그의 모습이 보였다.

'가진 대방님, 좋은 벗을 두어 부럽습니다. 그대 벗이 그대를 위해 목숨을 걸고 가야 한다고 합니다. 그러니 염치없는 부탁을 한 아가씨라고 너무 타박하지 말아주었음 하네요.'

가진은 창문을 열어 까만 먹물 같은 밤을 한참 동안 바라보았다. 처음부터 그녀가 밤늦게 자신을 찾아와 청이 있다고 했을 때부터 무시를 했어야 했다. 현재 얼마나 적에게 노출이 되었는지 그 위험함을 누구보다 잘 알고 있으면서 그 청을 받아들였다. 허무맹랑한 그녀의 말에 기가 차면서도 피식 웃음이 나오는 것은 어쩔 수가 없었다. 이렇게 마음이 어지러운데 마음 한구석은 언제든지 그녀를 위해 내어줄 공간이 마련되어 있었다. 이 정신으로 자신이 상단을 통솔하는 것 자체가 우스운 것이다. 답답한 마음이 큰 한숨으로 이어졌다. 난생처음 그는 그 스스로를 믿지 못하고 있었다. 오늘같이 별 하나 보이지 않는 날 뱃사공이 길을 못 찾듯, 자신의 마음도 길을 못 찾아 헤맬 듯했다.

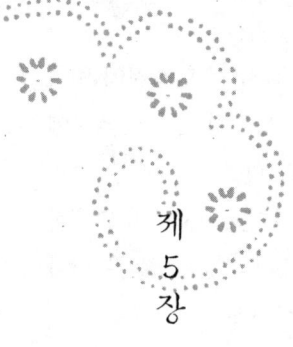

제5장

문예는 한 점의 달빛에 의지하며 익숙한 발걸음을 떼었다. 평상시 화랑 밖으로는 잘 나가지 않지만 가슴이 답답한 날이면 간혹 후통(胡同) 길을 빠져나와 바람 소리를 잘 들을 수 있는 대나무 숲까지 걸어가곤 했다.

그의 답답한 마음을 아는지 밤공기가 그의 소맷자락을 쓸고 지나가자 문예의 입가에 잔잔한 미소가 번졌다. 토지의 습기를 가득 머금은 밤이면 바람과 흙의 냄새를 짙게 맡을 수 있어서 좋았다. 들어주는 이 아무도 없어도 여기에 와서 혼자만의 생각을 풀어놓는 건 이제 그의 오랜 습관이 되어버렸다.

대나무 잎들이 서로 부딪치며 차가운 소리를 냈다. 바람에 흔들리는 대나무의 모습이 자신의 마음과 같아 문예는 습관처럼 대나무를 쓸어내렸다. 또 사람이 왔단다. 하잘것없는 일이라 치부해 버리면 그만인 것을 그 소식은 하루 종일 그의 마음을 흔들어놓고 있었다.

"따라 나오지 말라 일렀는데?"

뒤에서 귀에 익은 발자국 소리가 들리자 문예가 등을 돌렸다.

"날이 차기에 겉옷을 가져왔습니다."

"거기 그렇게 서 있지 말고 앉아보거라. 너도 잠이 없는 것 같으니 내 말벗이나 하다 들어가면 되겠구나."

문예는 조그마한 바위 위에 걸터앉으며 초희에게 옆에 앉으라는 듯 바위를 두드렸다. 그러나 초희는 그와 조금 떨어진 곳에 서서 그를 바라볼 뿐이었다.

"잊고 있었군. 넌 내 말을 잘 듣는 아이가 아니었는데."

"전하."

속상하면서도 억울한 초희의 목소리였다.

"한 번도 밤이 지루하다고 느낀 적이 없는데 요즘은 참으로 밤이 길고 지루하다. 여기 올 때부터 응당 내가 질 몫이라 여겼는데도 말이다……. 사람이 왔다더군."

마치 마지막 말을 던지기 위해 고심한 듯 그의 끝말은 주저함이 보였다.

"정진초 문사가 입성했다는 소식은 들어 알고 있습니다."

너무 오래 모셔 손짓 하나만 보아도 그의 기분이 어떻다는 것을 아는 그녀지만 밤이 어두워 지금은 바로 앞에 있는 그의 표정조차 헤아릴 수 없었다. 그저 어림짐작으로 전하의 기분을 잡아낼 수밖에 없었다.

"무슨 생각인지 모르겠다. 귀찮게 굳이 예를 차려 문사까지 보낼 필요가 있었을까? 나는 말이다, 부름이 없으니 아직까지 발해로 돌아갈 수 없는 몸이다. 그 시간 동안 난 이 재미있는 나라를 지켜보아야겠다. 이 나라가 어디까지 흥할지 두 눈으로 봐야겠다. 그래서 내 땅으로 돌아가는 날, 오만방자한 당을 소소한 안주 삼으며 형님께 얘기해 주어야겠다."

그가 웃으며 반 농담 식으로 말을 맺자 고개를 숙이고 있던 초희가 고개를 들었다.

"무 황제께서는 그리 알아주지 않으실 것입니다."

그 말이 뭐가 웃긴지 문예는 허리를 제치며 웃음을 터뜨렸다.

"아, 노발대발하며 그 화 어쩌지 못하고 어깨를 들썩거리겠지. 그 성정이 어디 갈까. 그러나 형님이 다시 나에게 묻는다 해도 당과의 싸움은 아니 된다 고할 것이다. 아직 발해는 당과의 싸움에서 이길 수가 없다. 한다 해도 너무 많은 피를 볼 게 분명한 싸움은 옳지 않다. 적어도 전쟁은 이기기 위해 해야 하는 것이다. 라고 간언드리면 이번에는 진짜 내 목을 치시겠지?"

한 번 이렇게 간언하여 형님이 칼을 휘두른 적이 있었다. 마지막에는 너무 노하여 그를 죽이려고까지 한 형님이었다. 그러나 당은 아직 발해가 대적하기에는 강성하다. 그 모습이 형님에게는 그가 친당파적이라고 생각되었는지 그를 죽이려고까지 한 형님이었다. 그때 형의 분노를 피해 당까지 건너온 그는 귀양 아닌 귀양으로 아직 발해로 돌아가지 못하고 있었다.

"너도 내가 친당적이라 생각하느냐? 어려서 볼모로 끌려갔던 이 나라가 마냥 좋아 찬양할 만큼 내가 어리석다 여기느냐?"

"아닙니다, 전하. 어찌 그런 생각을 품겠습니까."

"꼭 칼로 눌러야 이기는 것이 아니다. 나는 그렇게 생각한다. 하, 어쩌다 내가 너를 붙잡고 신세한탄을 하고 있었을까? 못나도 한참 못났구나."

"정진초 문사를 만나시겠습니까?"

"괜한 짓이다. 그가 나에게 볼일이 없는데 내가 그를 만나 무엇해? 나를 만나러 왔으면 진작 이곳에 들렀음이다."

낮게 내뱉는 그의 말속에 쓸쓸함이 묻어났다. 당나라에 건너가는 순간부터 그는 많은 것을 등져야 했다. 형님의 성정으로 봐서는 정말 칼끝으로 자신의 목을 치고 싶었는지도 모른다. 후회는 할지언정 형님은 그렇게 했을 것이다. 당에 머무른다는 것이 무엇을 뜻하는지 모르는 바 아니나 그때는 잠시라고 생각했다. 형님의 분노가 가라앉을 수 있다고 믿었다. 기다릴 만큼 기다렸다 여겼다. 그러나 기다리는 세월이 계속 엇나가고 있었다. 오 년이라는 시간을 넘어 그는 또다시 기다리는 법을 배워야 할지 모른다는 생각을 하면 마음 한구석이 젖어온다. 어쩌면 자신은 이곳에서 한평생 기다리는 법을 배우며 살아야 하는지도 모른다.

"이 세상에서 가장 두려운 게 무엇인지 아느냐?"

"버려지는 것입니까?"

사람마다 두려운 게 어떻게 같을 수야 있겠냐마는 그녀에게는 가난보다 죽음보다도 두려운 게 바로 사람에게 버려지고 인연에 버려지는 것이었다.

"그것도 한 부분이겠지. 이 세상에서 가장 두려운 건 마음 덩어리이니라. 민심으로 나라를 세우고 엎을 수도 있듯, 천심으로 죽은 목숨 살린 수도 있듯 그 마음이 올곧게 뻗으면 이로운 기운이 돌지만, 마음 덩어리를 잘못 키우면 내 살을 썩히는 냄새 고약한 오물을 안고 살 수 있는 것 또한 마음이다. 나는 그게 두렵다. 기다리다 마음 한구석 어딘가에 골이 파여 형님을 원망하는 썩은 감정이 고일까 그게 두렵다."

"아무리 헤아려도 저는 기하의 마음을 모르겠나이다. 정말 모르겠나이다."

감히 입에 올려서도 안 되는 말이지만 꾹꾹 누른 그녀의 원망 한자락이 자그만하게 터져 나왔다. 그래도 가깝게는 기하의 아우이며 밖으로는 황실의 견고함을 보태줄 신하인데 이렇게 죄인처럼 지내야 하다니.

"세상에 어디 모르는 것이 그뿐이더냐."

"그립지 않으십니까?"

"아, 아, 그러고 보니 생각나는 이가 몇 있긴 하구나. 소싯적에는 나를 가끔 찾아주는 이였는데 몇 년 전부터 발길이 끊겼구나. 하기야 많이 쇠했으니 오기도 힘들 테지. 오늘은 왠지 그 자의 안부가 궁금하구나."

더 이상 말하기 싫은 문예가 자리에서 일어나자 초희 또한 그의 뒤를 따라 묵묵히 걸었다.

많이 심란하실 텐데 어느 곳도 그를 위한 쉼터가 여기 없다. 그리우면서, 그립다 말 못할 정도로 애가 타면서 그 짓무러진 서러움 터놓을 데 없다. 그 마음 알아주는 이 없어 더 야속하고, 당연하듯 그 수모를 감내해야 하는 짐은 무거워 금방이라도 쓰러질 것 같은 전하다. 그런 전하의 모습을 볼 때마다 그녀의 마음은 먹먹하기만 했다.

"비가 오려는지 오늘따라 바람 냄새가 많이 짙구나."

돌아가는 길 멀리서 불어오는 진한 바람의 냄새에 문예의 눈이 그리움으로 한가득 채워졌다.

내 기억하자꾸나.
섶은 땅 밟은 이 발은 언젠가
강아지 풀 만발한 내 들녘을 밟아야 할 길임을.

개울가에 낀 푸른 이끼도,
시원스레 흐르는 강줄기도,

내 언젠가는 돌아가야 하는 길임을
기억하자꾸나.

봇물 터지는 기억이 버거워
진한 술 향기가 내 몸을 감아오거든,
가슴 사무치게 허우적대는 날
그리운 옛 노래가 무엇인지 기억하자꾸나.

처마 끝 쌓인 눈[雪]이 눈물로 떨어지고,
씨앗 없이 핀 서리꽃 찰나에 진다 해도,
앙상한 겨울나무에 내 등을 기댄 채
그 덧없음을 넘기며 그렇게 한번 기다려 보자꾸나.

그래도 혹여, 이 마음 다하지 못해
세월에 묻힌 기억이 나를 외면커든
긴긴밤 나와 얘기를 나누었던 하늘 벗들이
기억하고 있음을 기억하자꾸나.

＊

　국경을 넘자 어디서 구해왔는지 장정 두 명이 수레를 구해왔
다. 독차와 달리 짐수레라 사람이 타기에는 조금 딱딱할 것 같

앉는지 몇몇 장정들이 풀을 베어 아래를 푹신하게 만들고 그 위에 얇은 천을 깔아주었다. 많이 타본 사람처럼 화련이 안쪽으로 자리를 잡았고 진무는 화련과 같이 타는 게 몹시 불편한 듯 그녀와 최대한 떨어진 곳에 앉아 눈도 마주치지도 않고 몸을 웅크리고 있었다.

덜컹덜컹. 수레에 맞춰 화련의 몸이 이리 기울고 저리 기울었다. 거기에 재미가 들렸는지 그 박자에 맞추어 고개까지 양쪽으로 왔다 갔다 혼자 노는 재미에 쏙 빠진 듯했다. 옆에 걸어가며 그녀를 지켜보던 세향은 이제 포기를 했다는 듯 간간이 한숨만 쉰 채 걸음만 놀리고 있었다.

"아가씨, 얌전히 앉아 계시라니까요. 아니, 아까부터 왜 그런대요?"

그러나 그 잔소리에 화련은 살포시 웃기만 할 뿐이었다. 국경을 넘을 때쯤 한 사내가 닷새만 가면 안서라는 말을 얼핏 들은 그녀였다. 오늘이 닷새째니 천천히 왔다 해도 분명 그 입구가 코앞에는 와 있어야 했다. 조금만 더 가면 더 이상 마음 졸일 일도 없고 이 고생도 끝일 거라는 생각을 하니 당연히 화련의 마음은 풀어질 대로 풀어진 상태였다.

"아가씨!"

세향의 소리가 컸던지 모두 한 번쯤 화련을 쳐다보자 그때서야 그녀는 자신의 장난을 멈췄다. 그러나 멍하니 앉아가는 것도 그 나름대로 고문이었다. 가만히 무릎을 꿇고 앉아 있자니 다리도 저리고 허리도 아팠다. 쉼없이 달리니 그럴 만도 했다. 조금만 쉬어 다리를 풀어주었으면 좋겠으나 그 말을 입 밖에 낼 수 없었다. 걷는 것보다 훨씬 편히 오는 입장에 그런 배부른 소리를 턱 내뱉을 만큼 염치가 좋진 않았다.

그녀는 김빠진 웃음을 보이며 자신의 자리에서 조금씩 움직여 다리를 주물렀다. 검은 머리 짐승만큼 마음이 간사한 동물이 또 있을까. 산을 오를 때는 정말 산만 아니라면 걸을 수 있겠다더니 평지가 나오니 수레까지 탄 마당인데도 또 다른 욕심이 생기는 것을 보면 사람 욕심 끝이 없다는 게 맞는 말인지도.

흐트러진 자신의 마음을 바로 세우며 화련은 무릎에 고개를 숙인 채 지나가는 풍경을 바라보았다. 그런 그녀가 갑자기 고개를 들더니 사방을 두리번거리기 시작했다. 너무 들떠 한 톨만큼의 의심도 하지 않았는데 아무리 안서가 외곽에 있다 하지만 사람 모여 사는 곳에 집 한 채가 없다는 게 말이 되지 않았다. 주위를 둘러보아도 보이는 것은 한길로 나 있는 작은 길가, 조금만 가면 안서라는 말이 무색할 만큼 한참을 내달렸는데도 앞에 보이는 건 끝없는 검붉은 황톳길밖에 없었다. 거기다 그녀가 수레를 탄 후 장정들이 더욱 기민하게 움직였다면 그만큼 안서에 가까워져 있어야 할 터였다.

"저기, 조금만 더 가면 안서 아닌가요?"

화련은 지금껏 같은 수레를 타면서도 이쪽으로 한 번도 고개를 돌리지 않은 진무에게 물었다.

"저도 초행길이라. 어이, 가진 이쪽으로 좀 와봐."

가진이 수레 옆으로 다가와 그녀 옆에서 보조를 맞추며 걸었다.

"아가씨가 안서 도착하려면 멀었냐고 하네?"

"말씀을 못 드려 죄송합니다. 요주를 거쳐 갈 겁니다."

늦었다면서 어디를 들렸다 간단 말인가? 그래서 이리 바삐 움직였던 걸까?

"늦었다면서…… 어째서?"

"그 편이 안전하니까요. 무리 중 몇몇은 미리 장안 쪽으로 가고 있을 겁니다. 장안 쪽도 파악을 해야 하니."

"그럼 얼마나 늦어지나요?"

"이레 정도?"

"그 정도면 괜찮을 겁니다."

그녀의 걱정스러운 눈빛에 가진은 안심하라는 듯 답을 내주었다.

물어보고 싶은 게 더 많았지만 괜찮다는 말에 그녀는 작게 고개만 끄떡일 수밖에 없었다. 할 말이 끝났는데도 그가 전열의 앞으로 나갈 생각을 않고 그녀 옆에서 계속 걷고 있자 화련은 고개를 숙여 자신의 치맛자락을 만지작거렸다. 그러다 더 이상 만지작거릴 것이 없는지 이제는 천 사이로 삐죽 나온 풀을 가지고 손장난을 쳤다. 풀떼기를 엮다 묶이면 다시 풀고를 반복하는 모습이 꼭 안절부절못하는 모습이었다.

"옷에 풀물 듭니다."

시선이 앞으로 향한 그가 그녀를 보지도 않은 채 한마디가 툭 던져 나왔다.

가진의 말이 떨어짐과 동시에 화련이 두 손을 가만히 무릎 위에 올려놓았다.

오호? 이게 무슨 그림이야? 이로 풀 입대(입자루)를 질겅질겅 씹던 진무는 가진과 아가씨를 한 번씩 쳐다보더니 턱을 쓰다듬었다. 저놈이 무슨 친절이 철철 넘친다고 아가씨의 치맛자락까지 걱정을 해. 그러고 보니 저번에 아가씨가 발이 아플 때도 저놈이 나한테 처방전을 물었지? 그때는 그러려니 했는데 이 분위기를 보아하니 어찌 달짝지근하면서도 어색하네그려. 혹시 저놈이 아가씨를? 에이, 아니겠지. 무슨 망측한 상상을. 단지 아가씨라서 친절을 베풀 뿐이지. 미치지 않고서야 저놈이 아가씨를 마음에 품겠어?

진무는 세차게 고개를 흔들며 얼토당토한 자신의 생각을 지워 버렸다. 그러나 그 의심스러움이 수그러들지 않자 자신의 눈으로 한번 확인을 해봐야겠다는 생각이 들었다.

"아가씨, 혹시 풀 장식을 만들어보려고 했던 겁니까?"

화련이 고개를 돌려 진무를 바라보자 진무는 속으로 비밀스러운 웃음을 웃어 보였다.

"풀 장식이요?"

"아, 거 있잖습니까? 계집아이들이 머리에 예쁘게 하기 위해 만드는 것이요."

귀족 아가씨라 그런 놀이를 해본 적이 없을 테지만 진무는 시
침 뚝 떼며 계속 말을 이었다.

"보기만 했고 저도 만들어본 적이 없어 잘 모르지만 한번 해
보실랍니까? 그걸 꽂고 뛰어노는 애들을 보면 웃기기도 하고,
앙증맞기도 하고 그렇지요. 심심할 땐 그게 딱이죠, 딱. 아이쿠,
아가씨에게 제가 무슨 말을, 천것 아이들 장난놀이를 해보라고
하다니."

진무는 자신의 방정을 나무라듯 입을 한 대 때렸다.

"아니요. 재미있을 것 같은데."

그 말과 동시에 진무는 수레 귀퉁이를 잡고 일어나더니 한 바
퀴 공중제비를 한 뒤 땅바닥에 착지하였다.

그가 떨어진 줄 알았던 화련은 놀라 일어나려다 그가 가슴 한
번을 탁탁 치며 으쓱이자 그때서야 도로 자리에 앉을 수 있었
다.

옆에서 걷고만 있던 세향이도 놀랐는지 쇠된 소리를 버럭 지
르며 진무를 못마땅하듯 흘겨보았다.

"이 정도면 완쾌되었으니 걸으면서 몸 좀 풀어야죠. 그리고
그 풀 장식 놀이 말입니다. 가르쳐 줄 놈을 하나 소개시켜 드리
죠. 저놈이 손놀림 하나는 죽여주는 놈이거든요."

진무가 씩 웃으며 가진을 한번 쳐다보았다. 반항할 틈도 주지
않은 채 그는 가진의 허리를 잡아 뒤로 매치기 하듯 가진을 수

레 안으로 집어넣었다.

무방비 상태에서 던져지자 가진은 낮은 신음을 삼켰다. 수레 바퀴 또한 요란한 소리를 내며 잠시 덜컹거렸다. 장정들 또한 무슨 난리라도 났는지 뒤를 돌아보다 이내 진무의 장난에 한 번씩 웃음을 터뜨렸다.

"이게 무슨!"

"어이, 가진. 아가씨께서 풀 장식을 만들고 싶다고 하시잖아. 이 뭉툭한 손으로는 못 만드니 네놈이 해주는 수밖에."

"계집애들이 가지고 노는 것을 내가 알 리 있나."

"흥, 고뿔 코 막히는 소리 하고 있네. 네놈이 딴생각 할 때마다 풀떼기 뽑아 접는 건 뭐냐."

화련은 괜히 자신 때문에 가진 대방이 곤란한 처지에 놓인 것 같아 미안스러웠다.

"아니에요. 재미있어 보인다는 말에 가진 대방의 친구가 오해를 한 것 같네요."

"거봐라, 아가씨가 민망해하시잖냐. 가르쳐 주는 게 뭐가 그리 어렵다고. 왜, 싫으냐?"

화련은 그저 고개를 숙이고 있었다. 자신 때문에 어찌 분위기가 삐걱거리는 것 같아 미안스러웠다.

"배우고 싶으십니까?"

그 말에 진무의 눈썹이 의심스레 꿈틀거렸다. 원래대로라면 차가운 기운 풀풀 풍기며 수레에서 다시 내려와야 할 놈이 어찌 엉덩이를 비비고 자리를 잡는 것이야? 언제부터 제깟 놈이 내 말을 잘 들었다고? 진무는 가진의 행동을 하나라도 놓치지 않으려는 듯 팔짱을 낀 채 두 눈을 부릅떴다.

"어떻게 하는 거지요?"

"계집아이들이 어떻게 접고 노는지는 모르겠습니다. 제가 아는 것은 어렸을 때 어깨너머로 어머니께 배운 겁니다. 오래 전에는 염색 천이 귀해 머리에 장식을 한다는 것이 어려웠다고 합니다. 그래서 처자들이 찾은 방법이 바로 풀대를 이용한 장식이었습니다. 잘 꺾이지 않는 긴 풀대 두 개를 먼저 고르십시오."

그녀는 가르침을 받는 제자처럼 열심히 고개를 끄떡여 가며 풀대 두 개를 고른 후 그의 다음 행동을 기다리고 있었다. 그가 천천히 풀대를 기준으로 풀잎을 덧대는 식으로 꼬자 화련은 서투른 손놀림을 놀려보았다.

"그 다음 뒤에 있는 풀잎을 앞으로 감아주십시오."

자신의 뜻대로 모양이 나오지 않자 화련의 이마에 작은 골이 패였다. 손놀림도 갈수록 어려워지자 그녀는 한낱 심심풀이 놀이가 아니라 무슨 아낙들 삯바느질 하는 기분이었다. 더욱이 자신은 힘을 너무 많이 주었는지 풀잎을 접으면 접을수록 풀대가 꺾여 흐느적거리자 그녀의 입술이 불만으로 함지박하게 나오고 있었다.

잠시 뒤, 완성된 자신의 작품 아닌 작품에 그녀는 실망을 금

할 길이 없었다. 이건 무슨 도깨비 상을 일그러뜨려 놓은 모양도 아니고. 화련은 그가 만든 예쁜 육각형 장식을 흘끗 바라보자 자신의 손안에 든 풀 장식을 숨겼다. 이런 못생긴 것을 그에게 보여줄 수 없었다.

그녀가 풀 장식을 두 손을 꼭 움켜쥐고 가만히 앉아 있자 가진은 슬그머니 웃음이 비어져 나오려고 했다. 아마도 만든 모양이 마음에 들지 않은 모양이었다.

"이런 놀이는 아가씨께서 하실 게 못 됩니다."

가진은 자신이 만든 풀 장식을 화련에게 내밀었다.

그러나 그녀는 받을 생각은 않고 풀 장식만 뚫어지게 쳐다만 볼 뿐이었다. 물론 아무 의미 없이 놀이로 만든 거라지만 남정네가 뭔가를 주는데 덥석 받는다는 게 꺼려졌다.

"선물입니다."

선물이라는 말에 화련은 그때서야 고개를 들어 가진의 얼굴을 바라보았다. 언제나 선을 긋는 그의 침착한 눈빛이 순간 따스한 잔잔함이 스친 듯했다.

"이제껏 잘 참고 견디신 것에 대한 작은 선물입니다."

"아, 고마워요."

풀 장식을 두 손으로 조심스럽게 받은 화련은 기쁘기도 하고 부끄럽기도 한 자신의 마음을 감추기 급급해 고개를 돌려야 했다. 그의 한마디에 여행을 하면서 가슴에 맺힌 작은 알갱이들이 어디로 흩어진 듯했다. 힘들지 아니했다면 거짓말이다. 그에 대한 야속함이 없다 했다면 거짓말일 것이다. 박한 그의 말에 오기도 생긴 그녀였지만 이제 조금은 알 것 같았다. 그녀를 탐탁지 않게 여긴 여행길이었지만 그 나름대로 그녀를 배려하고 있다는 사실에 그녀의 코끝이 시큰거려 왔다.

더 이상 할 말이 없는 가진은 풀쩍 뛰어 수레에서 내려와 앞 진열에 합류했다.

그 모습을 얼이 빠지게 보고 있던 진무는 환장하겠다는 듯 가슴을 치다 못해 아주 부수고 있었다. 설마 설마 했는데 이 못난 놈이 정말 가슴에 봄바람 분 얼굴로 아가씨를 쳐다보는 순간 진무는 가슴이 턱하니 막혔다. 언제부터인지 몰라도 저 녀석의 성격을 봐서는 하루 이틀 키운 감정이 아닌 모양이었다. 아무리 군부에서 하극상이 일어나도 하루 만에 황제가 바뀌고 나라가 바뀐다 하여도 바뀔 수 없는 것이 신분이었다. 아무리 배 따뜻이 불리고 때깔 나게 좋은 옷 입어도 그는 한낱 상주. 오르지 못할 나무가 아니라 올라가다 떨어져 다리몽둥이 부러지고 몰매 맞을 일이었다.

저 외골수를 잘 알고 있다. 저놈은 쉽게 마음 주는 놈도 아니지만 쉽게 마음 바뀔 놈도 아니었다. 목에 칼이 들어와도 마음이 안 움직이면 적 앞에서 돌아앉을 성격이 바로 저놈이었다. 그래서 더욱 안 된다. 누구나 한 번쯤 꿈꾸는 한시한때의 연정이어야 했다. 백일몽처럼 아득히 한잠 깨면 잊혀 버릴 그런 꿈 같은 마음이어야 했다. 손해 보는 장사는 죽어도 안 하는 놈이니 손해 보는 감정은 더욱더 키우지 말아야 하는 것이다. 건조하고 메마른 적톳길에 부는 바람처럼 진무의 가슴에 답답한 바람이 불어 찼다.

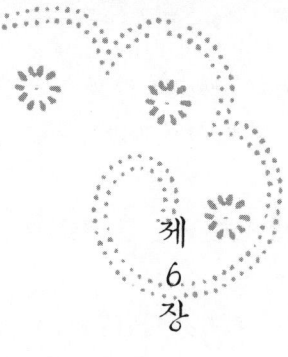

제
6
장

문예는 평소처럼 복도 난간에 걸터앉아 서책을 읽고 있었다. 긴 소매통으로 서늘한 바람이 불어오자 그가 고개를 들어 하늘을 올려다보았다. 아마 조금 있으면 날씨가 쌀쌀해져 이렇게 나와 책 읽을 기회도 많지 않을 것이다. 답답한 마음을 누를 때 아주 좋았는데 이제는 그조차도 못하게 생겼다.

기둥에 등을 기댄 그는 요즘 푹 빠진 유마경이라는 책을 펼쳤다. 그러나 얼마 못 가 시끄럽게 지저귀는 새들 때문에 책을 덮어야 했다. 다른 때 같으면 먹이 찾느라 부산스럽게 날아다닐 그들이 오늘은 어찌 둥지 근처를 맴돌며 계속 지저귀기만 하는지 알 수가 없었다. 하는 수 없이 후원으로 피신 아닌 피신을 가야 하는 처지가 되어버린 문예는 자리에서 일어났다. 아마 후원으로 간다면 책보다는 술 생각이 간절할 텐데. 아직 취하기에는 너무 이른 시간이었다.

그가 후원으로 향하려는 그때 걱정 반 불안 반을 띤 얼굴로 뛰어오는 초희가 보였다.

지루하고 따분한 이곳에 놀라운 일이라 해봤자 하인들의 수다거리에 오르내리는 소소한 소문이 전부였다. 그런 마을에 초희가 저리 급히 뛰어와 자신에게 전할 만큼 급한 일이 무엇일까 잠시 생각해 보았다.

얼마나 급하게 뛰어왔으면 초희는 가슴에 손을 얹진 채 호흡을 가다듬고 있었다. 언제나 침착하고 똑 부러지는 아이지만 겉모습만큼 마음은 그리 강하지 않은 아이라는 것을 오래 옆에 두어 알고 있었다. 오늘따라 그 연약함이 두드러져 보이자 그는 그녀의 어깨에 손을 올려 그녀 얼굴의 바로 코앞까지 자신의 얼굴을 들이밀었다. 웬만해선 놀라지도 않는 초희가 눈을 동그랗게 뜨자 문예는 겸연쩍은 듯 웃어 보였다.

"네 얼굴이 경직되어 있어 그랬느니. 무슨 일이냐?"

"발해에서 손님이 오셨습니다."

"손님?"

낯선 단어다. 이곳에 올 손님이라 함은 한밤에 그를 죽이려고 오는 자객밖에 없었다. 오 년 넘게 살고 있지만 근처에 벗 하나 삼지 않는 그였다. 그런데 훤한 대낮에 손님이라니? 그것도 발해에서?

"누구라 하더냐?"

"이화상단에서……."

초희의 말이 끝나기도 전에 문예가 자리를 박차고 대문 쪽으로 달려나갔다.

아침부터 들뜬 마음 가라앉지 않아 이상타 여겼다. 계절이 바뀌어 마음이 또 여린 기대로 흔들리나 싶었다. 그런데 뜻하지 않은 반가운 손님이 왔다는 말에 그는 체면 불구하고 직접 마당까지 뛰쳐나갔다. 지수, 자넨가? 자네가 온 거야?

웃음은 배 아래에서부터 끓기 시작해 목까지 터뜨리기 일보 직전이었고, 그의 눈빛은 첫눈을 본 아이보다 더 빛나고 있었다.

갑작스러운 문예 전하의 행동에 놀란 초희는 곧바로 뒤를 따라나섰다. 마당을 쓸고 있던 가솔도 재미있는 구경이 생겼다는 듯 슬그머니 목을 빼들었다.

문예는 직접 있는 힘껏 대문을 활짝 열어 손님을 환영했다.

어젯밤 꿈에 구름 노을 벗 삼아 거문고 타는 악사가 보였더랬지. 그 고운 음색에 취해 누군가와 술잔을 기울이다 문창 두드리는 바람 소리에 꿈이 깨었지. 그 꿈이 너무 아련해 가슴에 손을 여미고 한동안 그렇게 있었지. 그래도 술잔을 기울인 이의 얼굴이 생각나지 않아 여명에 안타까움을 털어내고 일어나야 했지. 얼마 만인가. 정말 얼마 만에 보는 얼굴인가. 그대가 오려고 먼저 내 꿈에 기별을 넣었던가? 진정 그대가 왔는가?

그러나 문을 연 순간 문예의 입에 걸린 웃음이 빠르게 사그라졌다. 눈빛 또한 차갑게 변해 온몸으로 앞의 손님에게 냉랭함을 표현하고 있었다. 들뜬 기분이 한순간에 바닥에 곤두박질치자 속았다는 불쾌감까지 일어나고 있었다. 분명 자신이 듣기로는 이화상단에서 왔다 하였는데 그가 기다리던 웃음 후덕한 노인은 어디 가고 그 앞에는 새파란 젊은 자들과 처자 두 명이 침착하게 자신을 바라보고 있는 것이다. 한껏 부풀었던 기대에 사라지자 노기가 자리 잡았다.

"누구냐?"

"문예 전하께 인사 여쭙니다. 이화상단의 대방 가진입니다."

"네가 이화상단의 대방이라고?"

"그렇습니다."

"네가 나에게 무슨 볼일이 있다는 거지?"

가진이 아무런 말이 없자 대신 화련이 한 발짝 앞으로 나아갔다. 그러나 가진은 작은 미소를 보이며 그녀를 제지시켰다. 급한 마음이야 알겠지만 그렇다고 대놓고 그녀의 신분을 밝힐 수는 없는 노릇이었다.

"안철현 전장군께서 보내셨습니다."

"뭐라 했느냐?"

"안철현 전장군이라 했습니다."

문예는 뜻밖의 이름을 들어서인지 놀란 표정을 감추지 못하고 서 있었다.

"서신은 있느냐?"

"죄송하지만 없습니다."

"그래? 서신이 없는 왕래라? 그럼 네가 상단의 우두머리라면 상단 패는 가지고 있을 텐데?"

가진이 상단 패를 보이자 그때서야 문예는 고개를 끄떡이며 사람을 들이라 했다.

문예는 가진의 뒤에 있는 한 여인 쪽으로 시선을 돌렸다. 조금 전부터 인사를 한 후 고개를 당당히 치켜세워 그를 바라보는 모양이 은근히 그의 눈을 거슬리게 하고 있었다. 여기서 지내면서 자신이 한 번도 황족이라는 생각을 나타내 보인 적이 없는데 내 나라 사람들을 대면하다 보니 자기도 모르게 그 우위성이 고개를 치켜드는 모양이었다. 허나, 아무리 윗사람에 대한 예를 모르는 천치 무지렁이라 할지라도 저런 꼿꼿한 자세는 배우지 아니하면 만들어지지 못할 자세였다.

문예는 무례할 정도로 빤히 그녀를 바라보다 그녀의 옷깃이 오른쪽으로 여며져 있다는 사실에 의아스러웠다. 옷을 보면 평민인데 옷깃은 귀족 차림이라. 이 먼 땅에 귀족 집 처자라? 치켜진 입꼬리도 잠시, 그의 호기심 어린 눈빛 가운데 섬광 같은 기억이 스쳐 지나갔다. 설마 그 꼬마 아가씨?

화련은 자신이 너무 빤히 문예 전하를 쳐다보았다는 것을 알자 곧 내리깔았다.

"후원에 상을 봐두어라. 다른 자들에게는 볼일 없으니 돌아가라 이르고 저 처자들에게는 쉴 방을 내주어라."

문예는 몸을 돌려 발걸음을 후원으로 옮겼다.

그 쇠한 몸으로 천 리 길을 온다는 것 자체가 무리이지. 그만 기분이 들떠 생각이 앞섰던 게야. 하지만 그가 이화상단의 주인이라면 오랜만에 귀한 소식 들을 수 있을 것 같았다. 그 하나만으로 그의 마음은 누그러져 있었다.

문예의 즐거운 기분과는 달리 초희와 화련의 얼굴은 대번 굳어졌다. 특히 초희는 갑작스레 변한 전하의 태도가 이해가 가지 않아 진언을 해야 할지 망설이고 있었다. 손님이라고는 하나 누구인지 확인도 되지 않는 손님이었다. 이름이야 속일 수도 있는 문제인데 덜컥 믿어버린 전하가 야속했다. 거기에 귀한 손님도 아닌 듯한 초라한 행색의 여인에게 성큼 방을 내주라니. 초희는 입술을 깨물며 화련을 위아래로 훑어보았다.

당황한 건 화련도 마찬가지였다. 설마 자신의 행색이 이렇다 하여 문예 전하가 이상한 마음이라도 품었나 싶은 두려움에 여차하면 옆에 가진 대방도 있겠다 자신의 신분을 밝힐 생각이었다. 사실 전하 앞이니 고운 옷으로 갈아입고 길을 나서야지 싶은 마음에 근처의 객사에서 준비해 두었던 옷을 곱게 갈아입고 치장에 한껏 공을 들이고 나갈 차비까지 마친 그녀였다. 그러나 그녀를 비웃듯 당나라에 왔다는 것을 방을 붙이며 알리고 싶으면 그리하라는 가진 대방의 말 한마디에 그녀는 투덜거리면서 다시 옷을 갈아입을 수밖에 없었다.

만약 자신의 행색 때문에 이런 처사를 받는다면 이 분노는 가진 대방이 고스란히 받아내야 할 것이다. 화련은 전하의 뒤를 따라가는 가진 대방의 뒷모습을 한번 째려보고는 초희를 따라 자신이 묵을 방으로 향하였다.

문예는 진정 기분이 좋은지 입매가 부드럽게 휘어져 있었다. 그러나 상을 마주하고 있는 가진은 맨 처음 한 잔을 받고는 침묵을 지킨 채 자세를 낮추고 있었다. 그는 이 상황을 어떻게 받아들여야 하는지 생각을 해야 했다. 그도 그런 것이 황족과 한낱 상것이었다. 아무것도 묻지 않고 누구인지도 모르는 상태에서 덥석 술상을 차려오라는 것도 이상하지만 애초에 문예 전하와 그는 술잔을 같이 기울일 수 없는 상대였다. 아무도 거들떠보지 않는 전하라 해도 황실의 핏줄이었다. 같이 앉아 있는 것만으로도 가진에게는 가시방석일 수밖에 없었다.

"뜻밖의 손님이 와서 좀 놀랐다. 분명 네가 이화상단의 대방이라고 했으니 윗대의 대방이 누구인지 잘 알겠구나."

"돌아가시기 전까지 조부께서 일을 맡아 하였습니다."

돌아가셨다는 말에 술을 따르던 문예의 손이 잠시 멈칫거렸다.

"조부의 이름이?"

"관지수입니다."

"소식이 없기에 어렴풋이 짐작은 하고 있었지만 언제 돌아가셨느냐?"

"삼 년 전 지병으로 돌아가셨습니다."

가진은 문예 전하가 자신의 조부를 알고 있다는 사실에 속으로 놀라고 있었다. 물론 조부께서 당을 왕래한 적은 많으나 문예 전하에 대한 언급을 꺼낸 적은 한 번도 없었다. 더욱이 조금 전까지 기분 좋아 보이던 문예 전하의 목소리는 짙은 음색으로 가라앉아 있는 것으로 봐서 그 관계가 소소하지만은 아닌 듯했다.

"너도 알겠지만 따뜻하고 넉넉한 마음을 가진 자였다. 그를 처음 만났을 때가…… 보자꾸나. 그래, 내가 어린 나이에 사자로 여기 온 지 이 년쯤이 지났을 때였다. 네 조부가 한가득 짐을 가지고 갑작스레 나를 방문한 적이 있었지. 말이 없는 자였다. 그때는 사람이 마냥 반가웠지. 여기 안서로 도망가다시피 왔을 때도 온 적이 있었다. 아침마다 찾아와 귀찮은 문안 인사가 시작이었다. 그러다 세상사 이야기 듣게 되고 나중에는 그를 따라 안서 곳곳을 휘저으며 같이 술도 많이 마셨다. 그 술, 네가 받아 먹는 게 아니니라. 난 지금 네 조부에게 술을 따라주고 있는 것이다."

문예의 목소리는 어느덧 조부에 대한 애틋한 그리움이 배어 있었다.

"몰랐다. 그리 갈 줄은…… 그의 안부가 무척 궁금하였는데."

가진은 문득 밤에 몰래 입궐했을 시 무 황제의 의미심장한 말이 머리에 스쳐 지나갔다.

"이번이 마지막이 될 것이다."
"너라면 짐의 뜻을 읽어주리라 생각한다."

가진의 마지막 의문점이 이제야 풀렸다. 누구도 아닌 내가 문예 전하를 만나야 하는 이유라만 내가 아니면 안 될 이유가 있어 불러들인 것이다. 이 나라의 황제와 신하 이전에 자존심 강한 형과 무른 동생이었다. 죽이고 싶을 정도로 당나라로 도망친 동생을 못마땅하게 여긴 황제였다. 그럼에도 동생을 환국하라 함은 그 속내가 어쨌든 진심이라는 소리였다. 자존심 강한 형으로서 대놓고 오라는 말은 못할 터였다.

가진은 고개를 들어 문예 전하를 똑바로 쳐다보았다.

문예는 자신의 마음을 감추고 싶은지 고개를 돌려 후원의 나뭇가지에 시선을 두고 있었다. 그러나 그의 눈가는 감정을 고스란히 드러내며 슬픔에 젖어 있었다. 그가 가진의 시선을 느꼈는지 입을 열었다.

"그는 어린 날에 내가 이곳에서 버틸 수 있도록 버팀목이 되어준 자였다. 내게 있어 그는 그런 자였느니."

누구를 보내도 문예 전하의 마음을 움직이게 할 수는 없었을 것이다. 뻔히 죽임을 당할지도 모르는데 누가 가도 마찬가지일 것이다. 무 황제가 직접 문예 전하를 죽이려고까지 한 마당에 문예 전하가 무 황제를 믿기란 어려운 것이다. 시간이 흘러 아우를 불러들이고는 싶으나 그 틈이 너무 커 그것을 메울 사람이 필요했던 것이다. 무엇보다 문예의 마음을 움직일 수 있는 사람을 보내고 싶었을 것이다. 한 나라의 황제라 굽힐 수 없으니 내가 이 정도의 성의를 보였으니 네가 그 뜻 헤아려 환국하라 함이다.

문예 전하의 마지막 말이 결정적인 열쇠가 되었는지 가진은 자신의 감정을 숨기기 위해 눈을 아래로 내리깔았다.

"그건 그렇고, 자네와 같이 온 소저 말이다. 누구인가? 몸종은 아니다. 귀족 아가씨인 것 같은데 여기까지 온 이유가 무엇일까? 여기 머물라는 말에 꽤 당황하는 모습이 좀 미안스럽지만 확인해 볼 것이 있어서 말이지."

가진이 번쩍 고개를 들자 문예는 그 반응이 재미있는지 잠시 입꼬리가 올라갔다. 아무래도 자신의 기억이 맞는 듯했다. 철현이 서관에 동생을 몇 번 데리고 나온 적이 있었는데 하루는 그가 철현과 이야기하는 틈을 타 그녀가 사라진 적이 있었다. 오라버니의 가슴을 철렁하게 해놓고도 나중에 천연덕스럽게 나타나 아무 일 없었다는 듯 오라버니 팔에 매달린 꼬마 아가씨였다. 많이 컸군.

"본 적이 있느니. 또랑또랑한 그 눈빛을 보니 기억이 났다. 그 소저가 여기까지 와야 하는 다급한 일이 무엇인지 궁금하군."

"무 황제께서 정진초 문사를 당으로 보내면서 조정이 술렁거렸습니다. 특히 황제의 미움을 받지 않기 위해 몇몇 신료들은 더 나아가 문예 전하의 죄를 열거하기 시작한 것으로 알고 있습니다."

"그게 무슨 새로운 이야기라고."

심드렁하니 문예가 다시 술을 마셨다.

"새로운 얘기는 아닙니다. 다만, 문예 전하를 따르는 무리를 색출하겠다는 내용이 덧붙여졌을 뿐입니다. 오 년 전 당으로 건너갈 시 도움을 준 자들 또한 당나라의 하인배로 간주해야 된다가 그들의 요점이니 눈 밖이라도 나면 가문 한두 개 없어지는 건 일도 아니게 되겠지요."

"그래서?"

남의 일인 양 관심없는 문예의 행동에 가진은 있는 사실 그대로 열거해 나가기 시작했다.

"그 만에 하나라는 이유 때문에 화련 아가씨께서 여기까지 오게 된 겁니다. 안철현 전장군께서는 북방 임기가 아직 남아 있어 움직일 수 없는 몸이라는 것을 잘 알기에 아가씨께서 움직이게 된 겁니다."

"갈래야 갈 수 없는 몸이거늘 괜한 고생을 한 거군. 여인의 몸으로 여기까지 올 생각을 다 했다니 보통은 넘는 처자군."

"그만큼 내국 사정이 다급했었습니다."

"무엇을 확인하려고 여기까지 왔는지는 모르나 도리를 모르는 사람도 아니거니와 거기다 묶인 몸이라 뭘 할 수 있는 처지도 아니다."

힘없는 웃음으로 그는 약간의 쓸쓸함을 나타내었다. 갑자기 술맛이 떨어졌다.

"만약 가실 수 있는 몸이라면 어쩌시겠습니까?"

문예와 가진의 시선이 잠시 공중에서 부딪쳤다.

피식 웃는 문예의 모습에 가진은 그가 이 문제를 진지하게 생각하지 않는다는 것을 알았다. 만약 문예 전하가 환국하지 않겠다 하면 강제라도 환국하게 만들어야 했다. 황제폐하의 뜻을 안 이상 주저할 필요가 없었다.

"갈 수 있는 몸이라? 갈 수는 있되 살 수는 없는 몸 아닌가?"

"환국하라는 황제의 명이십니다."

화조풍월(花鳥風月)에 벗 삼아 시를 내뱉는 것도 아니고 난데없이 툭 내던진 환국이라는 단어는 조용하던 주위를 더욱 조용하게 만들었다. 민감한 사안임을 잘 알면서도 전혀 개의치 않는다는 듯 가진의 태도는 오히려 느긋해 보이기까지 했다.

술잔을 입에 가져다 대는 문예의 손짓이 그대로 멈추는가 싶더니 술잔을 상 위로 거칠게 내리꽂았다. 그 파동으로 옆에 있던 안주상이 잠시 흔들렸다.

술이 손에 쏟아진 것도 모른 채 문예는 마치 그 술잔이 가진이라도 되는 듯 박살 낼 기세로 움켜쥐고 있었다. 차분하고 조용했던 그의 성품은 한순간 어디로 가고 지금 그는 온몸에 분노와 살기를 가득 담은 채 가진을 노려보고 있었다.

가진은 문예의 반응을 예상키라도 한 듯 침착히 시선을 받아 내고 있었다.

"네놈이 지금 나를 기만하는 게냐? 네 조부의 연을 특별히 여겨 보잘것없는 네놈과 술상을 마주했더니 네놈이 지금 보국대장군이라도 되는 줄 아느냐? 농짓거리를 할 것이 있고 안 할 것이 있지!"

"문예 전하 말씀 그대로 환국하라는 명을 내릴 테면 적어도 보국대장군 이상을 보내셔야 옳습니다."

가진의 표정에는 흐트러짐이 없었다.

"황제폐하가 보냈다는 것을 증명해 보아라."

"아무것도 내주시지 않았습니다. 단지 이른 여름이라 귀뚜라미를 보내지 못한다고 말씀하셨습니다."

'그리고 이번이 마지막이다' 라는 말도 함께. 그러나 이 말은 가진의 입 안에 삼켜졌다.

너무나 당연하고도 뻔뻔스러운 대답에 문예는 기가 차 앞의 사내를 상대하고픈 생각조차 없어졌다. 정확한 것을 좋아하는 황제폐하가 무턱대고 길손 하나 보따리 메고 장안길 나서는 상단 잡아다 나를 데려오라는 것도 아니고!

"아무것도 없으면서 황제폐하가 보내셨다? 하, 그 말을 믿으라는 말이냐?"

"제가 거짓을 아뢰어 무엇을 취할 게 있다고 이곳 안서까지 왔겠습니까?"

"내 목을 스스로 내놓으라?"

문예의 걷잡을 수 없는 감정은 거친 목소리로 그대로 드러났다.

"그걸 원하셨다면 황제께서는 저를 보내지 않으셨을 겁니다. 일부러 덫을 놓을 만큼 황제폐하는 참을성이 없습니다. 아마도 황제폐하께서는 전하가 스스로 들어오시기를 바라고 있는지도 모릅니다."

"그런데 네놈이 안씨 소저와 같이 왔다는 말이야?"

"……."

"네놈의 속셈이 무엇이냐?"

"전하의 환국입니다."

분명 '반항하면 죽여도 좋다' 라는 말을 했다. 한 치의 흔들림도 없이 그리 말씀한 것은 죽어도 전하의 환국을 원하시는 것이 폐하의 본심이다. 적어도 이 땅에 문예 전하가 있는 것을 몹시 싫어하는 일이며 분개한다는 뜻이다.

황제폐하로서는 당 뒤에 동생이 숨어 있는 것이 치욕이었을까? 그 깊은 속내야 어찌 되었든 이게 마지막 기회라면 문예 전하는 고국으로 돌아가야 하는 것이다. 그리고 그것이 자신이 임무였다.

"그래도 믿을 수 없느니. 말도 안 되는 일이야."

"사실입니다."

"네까짓 놈이 뭘 알아 단언을 한단 말이냐."

"확실한 건 폐하가 진심으로 전하의 환국을 바란다는 점입니다. 아마 폐하께서는 제 조부님을 보내고 싶었는지도 모릅니다. 적어도 딱딱한 문무대신보다는 문예 전하께서 아끼는 사람을 보내 설득하는 게 더 빠르다고 생각하셨을 겁니다. 폐하가 아직 전하를 마음에 담아두시고 계신 것이라면 그리했을 것입니다. 저를 대신 보낸 연유도 아마 그 같은 이유가 아닐까 합니다."

답은 어차피 하나. 다만 그는 문예 전하에게 생각할 시간을 주고 싶을 뿐이었다.

"네 나불거리는 그 입은 등유를 발라놓았나 보군 그래. 무슨 근거로 그런 말을 하는 것이냐. 네 말인즉 폐하께서 나를 끔찍이 여겨 환국하기라도 바란다는 말이냐? 그래서 하나뿐인 동생을 죽이라 했을까."

그 뒤로 문예는 말없이 계속 술만 들이부었다. 가장 듣고 싶은 말임에도 불구하고 믿을 수 없는 자신에게 화가 나고 속이 상한 듯 묵묵히 술만 들이켜고 있었다. 한 번도 생각해 보지 않았다. 동생을 죽이려고까지 한 형님이 무슨 연유로 마음이 바뀌어 자신을 환국하라는지 알 수가 없었다. 어지럽다. 한달음에 가고 싶은 마음 반, 두려움에 가고 싶지 않은 마음 반이 치열히 싸우고 있다. 줄다리기처럼 너무 팽팽해 어느 한곳 기울지 못한 마음이라 더욱 심란하다. 더욱이 황제의 명이라고는 하나 아무런 칙서 하나 가져오지 않는 저 사내 자체가 의심스러운 것이다. 기다렸던 목마름이 씻겨야 함에도 불구하고 막상 '환국'이라는 말에 그는 스스로를 믿지 못하며 뒷걸음치고 있었다. 기회인가, 함정인가?

어떡해야 하나…… 어떡해야…….

끝내 술을 이기지 못한 문예가 술상 앞으로 몸이 고꾸라졌다.

전하가 몸을 가누지 못함에도 불구하고 부축해 줄 생각이 없어 보이는 가진은 알 수 없는 표정으로 술상 앞에 잠든 문예 전하를 바라보며 있었다. 어차피 고민해 봤자 결론은 나 있었다. 황제의 명을 안 이상 지척거리며 시간을 낭비할 필요가 없었다.

긴 복도를 지나 맨 끝 방에 다다르자 초희가 걸음이 멈추었다. 어제 온 손님의 방이었다. 전하가 어떤 방을 내주라는 말이 없었으니 그녀는 제일 작고 추운 곁방으로 내주었다. 누구인지도 모르는데 손님이라는 이유로 무조건 두 팔 벌려 환대를 할 수는 없는 것이었다. 정진초 문사가 입성한 것에 맞추어 갑작스러운 방문이라든지 상단에 여인을 둘씩이나 대동한 채 안서까지 움직이는 점이라든지 의심스러운 점이 한두 군데가 아니었다. 어떡해서든 그들이 여기에 온 이유를 알아낼 때까지는 안심할 수 없는 초희였다.

기침하였는지 안에서 기척이 들리자 초희는 문을 열고 일단 인사를 고했다. 껄끄러운 마음을 숨기기라도 하듯 그녀의 자세는 어느 때보다도 숙여져 있었다.

"기침하셨습니까? 밤사이 불편하지는 않으셨는지요?"

"불편한 것보다는 내 짐이 여곽에 있는지라 짐을 가져와야 할 듯하다. 길라잡이를 알아봐 줄 수 있을까?"

"직접 가시렵니까?"

"아기씨, 안 돼요. 말도 통하지 않는 타지에서 돌아다니다니. 그냥 여기 계세요. 저 혼자 갔다 올 테니까요."

'아가씨'라는 말에 초희의 눈썹이 살짝 치켜 올라갔다. 말투나 행동거지는 분명 아가씨의 것이었다. 아니면 돈 많은 상단의 아가씨라도 된다는 건가? 여행길에 아가씨라니, 마음에 박힌 의심 덩어리가 더욱 굳어져 갔다.

"내 손으로 챙겨야 할 짐이 있어서야."

"아가씨께서 손수 챙겨야 할 짐이 무어가 있다고 그러세요."

"그런 게 있어. 그러니 내가 가야 해. 어차피 여기 있어도 할 일도 없는데 구경 삼아 갔다 오는 것도 괜찮겠지. 부탁하네."

"그럼, 잠시만 기다려 주십시오. 사람을 알아봐 드리겠습니다."

방문을 닫고 나온 초희는 무슨 생각인지 화련이 머문 방문을 잠시 쳐다보며 바깥출입을 하기 위해 걸음을 떼었다.

문이 닫히는 소리와 함께 초희가 사라지자 세향은 참았다는 듯 큰 숨 한번 몰아쉬고는 화난 얼굴로 화련을 째려보았다.

화련은 슬쩍 세향의 눈을 피해 주위를 두리번거렸지만 결국 오랜만에 세향의 설교 아닌 설교가 시작되고 말았다.

"아가씨, 도대체 집을 떠난 후부터 왜 그런데요. 어린아이도 아니면서 왜 말을 안 듣냐고요. 분명 조심하셔야 된다고, 자중해야 된다고 말씀드렸잖아요. 여기 왔다고 마음 놓으실 일이 아니잖아요. 다시 돌아가야 할 길 생각하면 한숨부터 터져 나오는데 앉아서 쉬실 생각은 않고 어딜 나간다고요? 나가서 길이라도 잃으면 어쩌시게요. 아가씨 신상에 문제라도 생겨보라고요. 제가 돌아가서 큰 주인님을 어떻게 뵙겠냐고요! 저 멍석말이하는 꼴 보고 싶은감요?"

"왜 일어나지도 않는 일을 가지고 걱정인 게야?"

세향의 잔소리가 듣기 싫은지 새치름하게 눈을 깐 화련은 입을 삐쭉 내밀었다.

"일어날 수도 있는 일이니 하는 말 아닌감요. 사람이 원체 많아야죠. 사람 놓치면 길 잃어버리기 십상인 곳인데. 그렇다고 말이 통해요? 안 돼요, 아가씨. 그냥 여기에 있어요. 안 되면 가진 대방님에게 일러바칠 거예요."

"가진 대방 이름이 여기서 왜 나오는 거야?"

화련이 턱을 치켜들며 세향을 노려보았다.

"그야 아가씨께서 꼼짝을 못하시는 분이 여기에 가진 대방님밖에 더 있으신감요? 얼굴은 왜 빨개지신데요? 맞긴 맞나 보네."

"네가 얼토당토 않은 말을 해서 그러잖아."

"아가씨 옷가지만 필요하면 저 혼자 갔다 와도 되잖아요. 쓸데없이 바깥 구경하러 나가기 위한 핑계 아니죠?"

의심쩍은 세향은 다시 한 번 아가씨의 마음을 떠봤다.

"아니야. 진짜 가지러 가야 할 것이 있단 말이야."

"그게 뭔데요? 말 좀 해봐요, 그럼."

그러나 화련은 고개를 홱 돌린 채 입을 다물었다. 어찌 뺨에 옅은 홍조가 사그라지기는커녕 더욱 붉게 자리 잡고 있었다.

점심을 지나 집밖을 나선 화련과 세향은 길잡이의 뒤를 병아리처럼 뒤에 딱 붙은 채 따라가고 있었다. 그러나 그것도 잠시 지나가는 사람 구경이며 물건 구경에 정신이 팔린 화련과 세향은 고개를 이리저리 기웃거리며 탄성 지르기에 바빴다. 달리 당나라라 했는가. 그 화려함과 활기가 두 여인의 마음을 완벽히 사로잡아 두고 있었다. 큰길 양쪽으로 빼곡히 놓여 있는 시전판들의 물건과 이국적인 풍경은 마음을 설레게 할 만큼 충분했다.

화련은 시간만 된다면 천천히 장을 둘러보며 여느 아낙들처럼 물건을 고르며 재미난 이야기를 주워들으며 구경하고 싶었다. 치장에 관심없다 여겼는데 그녀도 여자였는지 삼작노리개며 호박, 청옥 비취로 만든 가락지에 금 향낭까지 눈을 떼지 못하다 지나가는 사람과 어깨를 부딪치기도 했다.

그녀가 만약 황도에 있었다면 이런 구경은 마음 놓고 하지도 못하였을 것이다. 구경한다 하더라도 고개 쭉 내밀고 호기심을 들어내며 이리저리 장터를 휘젓는 일은 꿈도 못 꿀 일이었다.

"다 왔습니다. 그럼 전 밖에서 기다릴 테니 나오시면 부르십시오."

정신 빼놓았다는 말은 아마 이런 것을 두고 하는 말일 테다. 언제 여곽에 도착했는지 앞의 길라잡이 사내는 살살 웃으며 어서 들어가라고 문까지 열어주고 있었다.

짐을 싸면서 세향은 뭐가 신이 나는지 짐 보따리를 가슴에 끌어안으며 얼굴을 묻었다 곧 고개를 위로 쳐들면서 입을 헤 벌리며 웃어 보였다. 눈은 아주 꿈속에 헤매는 듯했다.

옆에서 옷을 개키는 화련이 알 만하다는 듯 피식 웃음을 흘렸다.

"아가씨도 들었죠? 분명 저보고 곱다고 그랬어요."

"그래, 들었다."

조금 전 길잡이 따라 길을 오던 중 한 사내가 계속 세향의 뒤를 졸졸 따라오기에 무슨 일이냐고 길라잡이가 통역을 해주자 그때서야 그 사내가 세향을 가리키며 곱다고 했다는 것이다. 당나라 말을 모르니 그 뒤 몇 마디 더 주고받았지만 일단 건네받은 말은 그 말이 전부였다.

"아가씨."

"왜 또."

"아무래도 저는 당나라 사내들이 좋아하는 미인상인가 봐요. 하긴 제가 좀 턱이 갸름해서 그렇지, 그리 빠지는 인물은 아니잖아요?"

"두 번 곱다고 했으면 그 사내 따라나섰겠네."

"아가씨도 참, 무슨 말씀을."

그들은 서로 웃고 떠드느라 밖에서 문 두드리는 소리를 미처 듣지 못했다. 문의 나무 틈새가 거칠게 흔들리자 그때서야 화련은 누군가 문을 두드리고 있다는 것을 알았다. 밖의 사람은 인내심이 없기라도 한 듯 거칠게 두드리는 모양으로 봐서는 꽤 다급한 일인 것도 같았다.

화련은 고개를 갸웃거리며 문 쪽으로 고개를 내밀었다. 여기 온다고 알리고 나온 것도 아니고 누가 술을 먹고 방을 착각해 두드리기에도 훤한 대낮이었다.

세향도 이상한지 주저하며 문을 열어주자마자 벌컥 문이 뒤로 젖혀졌다. 곧 세향이 악 소리를 내며 뒤로 나동그라지자 놀란 화련도 자리에서 벌떡 일어났다. 거칠게 들어오는 발소리가 위협적이었다. 세향이 벌벌 떨며 자리에서 일어나지 못하고 있자 화련은 어떤 상황인지 짐작하지 않아도 알고도 남음이었다.

곧 문을 잠그는 소리가 나더니 덩치 큰 두 사내가 세향의 앞에 떡하니 장승처럼 섰다. 한 사내가 이 상황을 즐기듯 천천히 품속에서 소도를 꺼내 들자 화련은 눈앞이 캄캄해졌다. 어떻게 대처해야 하는지 생각도 나지 않았다. 괜한 객기 부리다간 다칠 수도 있는 일이었다. 생각이 두려움 끝에 미치자 오한이라도 온 듯 화련의 팔이 심하게 떨려왔다.

세향은 기어서 화련의 곁으로 다가가 자신의 몸으로 있는 힘껏 화련을 감싸 안았다. 차마 말은 안 나오는지 고개만 푹 숙이고 있는 세향을 보자 화련은 떨림을 멈추기 위해 이를 악물었다. 해코지라도 한다면 당해낼 재간이 없었다.

"누구냐, 원하는 것이 뭐야."

그녀의 마음과는 달리 꽉 눌린 목소리는 초라하기 그지없었다. 그녀가 할 수 있는 일이라고는 그들의 시선을 피하지 않고 서 있는 것이 고작이었다. 그들이 아무 반응도 보이지 않자 화련이 다시 한 번 그들에게 소리쳤다. 한 번만 더 소리쳤다가는 울음이 터져 나갈 것 같았다.

두 사내가 눈만 끔뻑거린 채 화련의 모습을 바라보고 있었다. 그녀가 당나라 말을 모르듯 그들이 그녀의 말을 알아들을 리 없었다.

화련은 고개를 돌려 바로 옆에 있는 침상 위의 짐을 집어 들었다. 매듭을 거의 찢을 듯 풀어버린 그녀는 자신이 가지고 있는 장신구들을 그들 앞으로 내던졌다. 짐이 풀리면서 짐 안에 있던 그녀의 옷과 버금꼴 가리개가 바닥에 흩어져 나왔지만 부끄러워할 만큼 마음이 여유롭지 못했다.

"이것이 전부다. 가지고 나가."

그러나 그들은 히죽 웃을 뿐 나갈 생각조차 하지 않고 있었다.

화련은 본능적으로 뒷걸음쳤다. 여기서 한 발자국이라도 다가온다면 지축을 뒤흔들어 놓을 만큼 큰 소리를 지를 것이다. 하지만 죄어놓은 울음이 목 끝까지 차 오르다 못해 터뜨리기 일보 직전이라 목소리조차 나오지 않았다.

사내는 칼날을 자신의 옷에 쓰윽 한번 문지르더니 천천히 방을 둘러보았다. 서랍을 열어보고 방 안에 싸놓은 짐은 모조리 풀어보더니 여유롭게 칼끝으로 옷 사이를 헤치며 뭔가를 찾고 있는 듯했다. 아무래도 그녀가 던져 준 보석 장신구 외에 또 다른 뭔가가 있다고 생각하는 모양이었다. 한참을 뒤져도 더 이상 아무것도 나오지 않자 그들은 자신의 가슴팍에 그녀가 던진 보석 장신구들을 넣으며 화련 쪽으로 다가왔다.

"둘 다 일어나서 저기 모퉁이에 등 돌아 벽 보고 앉아."

화련과 세향은 한 사내의 칼끝이 모퉁이로 향하자 긴장한 채 그곳을 잠시 쳐다보았다. 답답한지 사내는 직접 세향의 등을 밀며 벽 쪽으로 돌려 세웠다. 화련 또한 마찬가지 고개를 숙인 채 벽을 바라보고 있어야 했다. 눈을 감자 팔딱대는 심장이 목 언저리에서 생생히 느껴졌다. 그녀의 고집이 화를 자초했다고 생각하니 눈물이 차 올랐다.

두 사내의 발걸음이 부산하게 흐트러지더니 쥐 죽일 듯한 침묵이 찾아왔다. 그때서야 화련은 그들이 방을 나간 것을 알았다. 용기를 내어 고개를 들어보니 언제 그들이 있었냐는 듯 주위는 고요하기만 했다. 다만 흩어진 옷가지와 그녀의 이마에 맺힌 서늘한 땀만이 조금 전 도둑이 들었음을 말해주고 있었다.

"향아, 눈 좀 떠봐."

세향이 눈을 떠 주위를 두리번거리기 시작했다. 한참 방 안을 살펴보더니 그때서야 안심이 되었는지 세향은 아가씨 치마에 엎어져 꺽꺽거리며 울음을 터뜨렸다.

"아가씨, 죄송해요. 죄송해요."

뭐가 그리 미안한지 세향은 울면서 계속 화련에게 미안하다는 말만 하고 있었다.

"미안하기로 따지면 내가 할 말이 없다. 네 말을 들었어야 하는데, 사람을 시켰으면 너도 이런 몹쓸 일 겪지 않았을 텐데."

"일어나실 수 있겠남요?"

화련은 간신히 미소를 지으며 고개를 저었다. 일어선다 해도 다시 주저앉을 것 같았다.

"여기에 대방 일행이 머물러 있을 것이야. 가서 돌아가는 길까지 보호를 부탁해야겠다."

"제가 가볼게요. 여기 문 꼭 잠그고 있으세요."

세향은 애써 떨리는 몸을 이끌고 사람을 찾으러 나갔다.

세향이 나가자 화련은 문을 잠그고 그 자리에 곧바로 주저앉았다. 한번 울어버리면 지금으로서는 도저히 눈물을 멈출 수 없을 것 같기에 화끈거리는 눈가의 눈물을 눌러 담으며 자신을 진정시키기 위해 무던히 노력했다. 자신의 고집으로 목숨을 잃을 뻔했다는 자체가 스스로 용서가 되지 않았다.

정신을 차리고 주위를 둘러보니 옷가지가 방에 어지러이 펼쳐져 있었다. 그리고 그녀가 이곳에 온 한심한 이유도 거기 섞여 있었다. 화련은 손을 뻗어 가진이 준 마른 풀잎을 움켜쥐었다.

"이깟 풀 장식이 뭐가 그리 중요하다고."

화련은 한 손으로 새어나가는 울음을 꽉 틀어막았다.

가진은 안서의 상단을 둘러보며 그동안 아는 지인들을 만나
다 보니 어느덧 어둑한 밤을 맞이하고 있었다. 할 이야기가 무
엇이 그리 많은지 꼬리에 꼬리를 문 이야기는 술과 더불어 질펀
한 농담까지 오가는 수위가 되고, 급기야 기녀들을 끌어안고 춤
을 추는 지경까지 이르렀다. 발정 난 수캐가 암캐의 엉덩이를
졸졸 쫓아다니듯 병막수가 기녀의 뒤를 헤헤거리며 이리저리
돌아다니자 그 모습을 지켜보는 포두 박우가 연신 가진의 등을
두드리며 뒤에서 낄낄거리고 있었다. 그도 그럴 것이 초저녁부
터 시작된 술판 놀음을 벌였으니 모두들 입과 눈이 느슨히 풀려
진 상태가 되어 뻗기 직전까지 간 상태였다.

가진 또한 주는 잔 거절하지 않고 받아 넘기다 보니 감각이
둔해진 지 오래였다. 많이 먹었다고 쉽게 취하거나 행동거지를
흐트러뜨린 적이 한 번도 없는 그였지만 여러 사람들의 술잔을
주거니 받거니 하다 보니 취기가 도는 것은 어쩔 수가 없었다.
거기다 한곳에 오래 앉아 있었더니 피곤이 몰려와 몸도 노곤해
질 때로 노곤해져 있었다. 머리가 어지러워지자 자리를 지킬 만
큼 지켰다고 생각한 그는 양해의 구하고 자리에서 일어났다. 그
러나 일어나자마자 병막수의 손에 의해 가진은 고꾸라지듯 다
시 제자리에 주저앉아야만 했다.

"어허, 이제 시작인데 어딜 가려고 해. 오늘 각오하라고."

가진을 위해 모처럼 한자리에 모인 사람들인데 얌체처럼 그가 제일 먼저 빠져나가려 하자 장이박이 엄포를 놓으며 가진의 술잔에 술을 따랐다.

가진은 그 후 반시진이 지난 뒤에서야 왁자지껄한 기루를 빠져나올 수 있었다. 제일 먼저 빠져나왔다고는 하나 거리에 화등이 줄지어 대문 앞마다 매달려 있을 만큼 늦은 밤이었다.

화등이 바람을 타듯 줄줄이 흔들리자 그 이색적인 풍경에 가진은 새삼 여기가 안서라는 것을 깨달았다. 가을 문턱의 날씨가 제 성질을 부리듯 얇은 옷깃을 문지르게 할 만큼 쌀쌀했다. 아직 당나라의 날씨에 익숙하지 못하여 여름옷을 꺼내 입어서 그런지 팔 근처에 예작은 소름이 돋아났다. 하지만 어지러운 머리를 식히기에는 딱 그만인 날씨였다.

기루 밖에서 기다리던 수운이 가진의 상태를 알아보고는 걱정스러운 눈빛을 띠었다.

"괜찮습니까?"

"좀 걸어야 될 것 같다."

갑자기 찬바람이 들어갔는지 가진이 딸꾹질까지 하자 수운은 혹시 자신이 가진 대방을 부축해야 하는 건 아닌지 갈등을 해야 했다. 그러나 그가 갈등하는 사이 자신의 주인님은 벌써 길을 앞장서고 있었다.

수운은 자신이 제등을 가지고 있음에도 불구하고 가진 대방

뒤에 서 그의 걸음걸이를 확인해야 했다. 갈지자를 휘갈기며 비틀거리지는 않았으나 진한 술 냄새로 봐서는 공연스러운 걱정이 아니었다. 평상시와 다르게 술로 인해 탁해진 주인의 눈빛은 좀 더 부드러워져 있었고, 중간중간 살짝 치켜 올라간 미소는 재미난 생각이라도 하시는지 짓궂어 보이기까지 했다. 사람을 만난다 하여도 무작정 술을 드시는 분이 아닌데 더욱이 여기에 온 목적이 무엇인지 잘 알고 계시는 분이 긴장이란 끈을 어디다 던져 버리고 취한 듯 보이자 혹 근심거리가 있는지 그는 옆에서 가진 대방의 행동을 계속해 곁눈으로 흘낏거리고 있었다.

그런 수운의 눈짓을 알았는지 가진의 낮은 웃음소리가 흘러나왔다.

"내가 걱정이 되느냐? 두 발 휘청거리며 허리를 고꾸라뜨리도록 마셔 자신을 추하게 만드는 술을 왜 그리 마시는지 몰랐는데 오늘 그 이유를 조금은 알 것 같다. 십 년 만난 지기처럼 술판을 마련해 주는 그들은 그냥 그 자리가 좋은 것이다. 기분이 나쁘진 않군. 이러다 나도 술이 좋아질 것 같아 큰일이겠어."

"말술인 진무님이 좋아하겠습니다."

그냥 술이 좋아 마셨다는 말에 안심이 된 수운은 가진의 말을 가볍게 거들었다.

"그렇겠지? 이 여행이 끝나면 우리 한번 진탕 마셔 우열을 가려내는 것도 괜찮겠군."

언제나 단단한 호두 껍데기 하나를 입은 가진 대방이 오늘은 술 때문인지 한발 쉽게 다가갈 수 있는 느슨함을 보였다. 매사에 정확함을 요하고 인간관계에 대해서도 꿰뚫고 행동에 옮기시는 분이라 가까이에서 보필한 지 오 년이 지난 수운이라도 가끔 대하기가 어렵고 힘든 주인이었다. 그런 대방이 고작 술을 왜 마시는지 이제 알겠다는 말을 하자 수운은 인간관계를 돈독히 맺는 주인의 입에서 나온 말이라고는 믿기지 않았다. 그러나 술에 취해 있으면서도 흐트러짐없이 걸으려는 그를 보자 수운은 고개를 설레설레 흔들었다. 풍기는 술 냄새로는 벌써 뻗어야 할 상태인 주인님이었다.

길을 가던 가진이 걸음을 멈추고 한곳을 응시하자 수운도 걸음을 멈춰 주인님의 시선이 머문 곳을 쳐다보았다. 익숙한 음영이라고 생각했는데 보니 주황이 늦은 밤까지 거리를 활보하고 다니고 있었다.

주황도 시선을 느꼈는지 고개를 돌려 이내 가진 쪽으로 뛰어왔다.

"여기까지 네가 웬일이지?"

수운이 의심스럽다는 듯 주황을 위에서 아래로 한번 쭉 훑어내렸다. 한참을 돌아다녔는지 호흡도 약간 흐트러져 있고, 조금 전까지 이리저리 골목을 기웃거리는 모습으로 봐서는 뭔가를 찾아다니는 것이 틀림없었다. 비상엄명이 떨어져 개인 행동은 할 수 없다고 못을 박아둔 상태이므로 지금 주황의 행동은 분명 규율 위반이었다.

수운의 힐책 어린 눈빛에 주황은 잠시 대답을 머뭇거렸다.

"문예 전하의 가택까지 아가씨를 모셔다 드리고 혹시 몰라 근방을 돌아다니며 도둑놈을 찾고 있었습니다."

"알아듣게 설명해 봐."

도통 무슨 말인지 알 수 없다는 듯 가진의 양미간이 모아졌다. 아가씨는 분명 문예 전하의 가택에 머물고 있으며 바깥출입을 한다는 보고를 받은 적이 없다. 그런데 다시 모셔다 주는 건 뭐고 도둑놈은 뭔지 알아들을 수가 없었다.

"아가씨께서 챙기실 짐이 있다면서 여곽에 가셨는데 백주에 봉변을 당하실 뻔하셨습니다. 아가씨의 귀한 보석 장식구만 가지고 내뺐다고 해 혹시 그 도둑놈을 찾을 수 있을지 몰라 주위를 둘러보고 있는 중입니다."

"지금 뭐라고? 아가씨가 봉변을 당할 뻔했다고? 아가씨는 무사하겠지?"

"조금 놀란 것을 빼고는 괜찮은 것 같았습니다."

"따라간 수행원이 없었나?"

"죄송합니다. 보고를 받지 못하여서……."

"도대체 아가씨가 혼자 돌아다닐 동안 너희들은 어디에 있었던 거야!"

이를 꽉 다문 가진 대신 수운이 주황을 다그쳤다.

가진의 입에서 욕지거리가 터져 나오려 했다. 얼마나 허술하게 경계를 섰으면 그녀가 외출했다는 보고도 없었으며 그녀의 상태가 어떤지, 왜 그리 되었는지 세세한 다그침과 추궁이 입 밖으로 아우성치기 일보 직전이었다.

"아가씨의 신변에 이상이 없는 게 확실한 건가?"

"네, 조금 놀라신 것 빼고는 괜찮다 하셨습니다."

그녀의 안전을 자신의 눈으로 확인되기 전까지는 이 울렁거림이 멈추지 않을 것 같았다. 심지가 타 들어가듯 조급함이 마음을 뜨겁게 갉아먹을 것이다. 자신이 너무 민감하게 받아들이고 있다는 것을 알면서도 감정이라는 놈은 마치 거대한 액체 덩어리처럼 충격을 받을 때마다 위로 거침없이 치솟고 있었다.

목 끝까지 올라오는 감정을 삼키려는 듯 가진의 목울대가 잠시 움찔거렸다.

욕심내어서는 안 되는 감정이라는 것도 알고 있다. 쓸데없이 차고 넘쳐 더 이상 고깃거릴 수 없을 때까지 그 마음 수없이 접었는데 언제 그랬냐는 듯 그녀를 보면 날갯짓 처음 하는 나비처럼 마음이 일어난다. 허핍하나 부질없는 감정이었다. 폐가 되는 감정이었다. 그러니 그는 자신이 머무는 여곽으로 돌아가야 했다. 무사하다는 말을 들었으니 내일 아침에 찾아가 확인해도 늦지 않을 것이다. 지금 간다 해도 너무 늦은 시간이라 그녀가 침소에 들어 분명 헛걸음일 게 분명했다.

가진은 스스로 마음을 어르며 지그시 이를 물었다. 그러나 한쪽에서는 이 마음 네 것이되 네 것이 아니니 그리는 못한다고 악을 지른다. 술로 풀어진 마음은 잡으려야 잡을 수가 없다. 특

히 어지러운 몸에 어지러운 마음은 어찌할 도리가 없다며 어린
아이처럼 움직이길 거부한다.

가진은 잠시 두 눈을 감았다.

"문예 전하의 거처에 잠시 들른다."

수운은 가진 대방을 한번 올려다보다 이내 놀란 기색을 감추
며 제등을 들고 앞장을 섰다. 오늘 밤은 주인의 행동을 전혀 예
측할 수 없다.

초희는 밤늦게 가진 대방이 찾아오자 가슴이 철렁 내려앉았
다. 낮에 화련을 부축해 온 수행원까지 보이자 불안은 더욱 가
중되었다. 이 밤중에 여기까지 와야 할 만큼 급보가 무엇인지
떨리는 심정이 진정되지 않아 가슴에서 손을 떼지 못하고 있었
다. 설마 들통이라도 난 건 아니겠지? 입술을 질끈질끈 씹는 그
녀는 최대한 복도 기둥에 숨어 좀 더 그들의 행동을 지켜보기로
했다.

그녀는 죄가 없다. 있다면, 그 아가씨가 먼저 여곽에 간다고
하기에 그 뒤를 밟아 수상한 점을 알아보라고 시킨 죄밖에는 없
다. 아가씨의 몸으로 당나라 안서까지 왔다는 것도 믿을 수 없
었고, 어느 귀가(貴家)댁 아가씨인지 떳떳하게 밝히지 못하는 점
도 의심스러우니 자신이 알아보는 수밖에 없었다. 그래서 알아
보라 했다. 그런데 속 시원히 알아온 것은 없고 오히려 일을 더
벌려놨으니 그녀는 다시는 그 사람들을 쓸 일은 없을 것이다.
체격으로 보나 손으로 보나 여인의 몸체는 무골이 아니었다. 그

러니 그녀의 의심을 만족시켜 주기 위해서는 적어도 그녀의 방에서 장침이나 맹독에 관련 약초라도 발견될 줄 알았다. 치밀한 건지 자신이 잘못 짚었는지 발견된 거라고는 옷가지와 장신구가 다였다고 한다. 그럼에도 불구하고 초희는 여전히 의심의 끈을 놓지 못하고 있었다. 아니, 그래서 더욱 의심스러웠다. 여자의 몸으로 안서까지 오다니. 보통 각오로는 오기 힘든 길이었다.

가진 대방이 점점 자신에게 다가오자 초희는 마른침을 삼키며 그들 앞으로 다가갔다. 혹시 몰라 사람 건너 알아보라 하였으니 뚜렷한 증거는 없을 것이다.

불안함을 감추기 위해 초희는 최대한 눈을 내리깔았다. 아무리 난다 긴다 하여도 이 넓은 안서에 그런 놈이 한두 명 있는 것도 아니고 이렇게 빨리 찾지는 못하였을 것이다. 그러니 도둑이 제 발 저릴 필요는 없는 것이다.

혹시 모를 그 급보가 문예 전하에 해가 되지 않는 급보이기를 빌며 초희는 침착히 앞으로 걸어가 인사를 건넸다.

"이 밤에 무슨 급한 일이십니까? 문예 전하는 침소 드셨습니다."

가진은 잠시 미간을 찡그렸다. 어떤 언변에도 막힘이 없던 그가 술 때문인지 간단한 물음에조차 대답을 찾지 못하고 머뭇거리고 있었다. 여기 오고자 하는 마음만 가득했지 남들의 시선은 전혀 의식하지 않았던 것이 이제야 생각이 난 것이다.

눈치를 살피던 주황이 말을 대신 받았다.

"아가씨께서 대방님을 찾으셨는데 대방님의 행방을 몰라 너무 늦게 알려드렸다. 혹 급한 일일지 몰라 가진 대방을 모셔왔다."

그때서야 초희의 입가에 작은 안도의 미소가 떠올랐다.

"그렇습니까? 혹시 오후에 있던 일 때문이라면 소녀의 불찰입니다. 길라잡이 한 사람만 있으면 된다 하여 그리 보내주었는데 생각이 짧았습니다."

"침소 들었단 말이지?"

"그런 줄 아옵니다."

"그럼 됐다. 내일 다시 오겠다."

고작 그 한마디 말에 안심이 되는 자신을 발견한 가진은 자조적인 미소를 흘렸다.

가진이 발걸음을 돌리려 하자 세향이 대야 하나를 가지고 나오는 모습이 보였다. 화련의 상태를 자세히 묻기 위해 그는 세향에게 다가갔다.

세향은 자신 앞의 검은 형체가 나타나자 본능적으로 뒷걸음치다 대야의 물을 쏟을 뻔했다. 신경질 목소리로 톡 하고 쏘아붙이려다 앞의 사내가 누구인지 알자 곧 눈이 휘둥그레졌다.

"가진 대방님 아니세요? 흥, 지금껏 어디 있었대요? 우리 아가씨는 놀라 저녁에 체기까지 있으셨다고요."

술 냄새까지 나는 것을 보면 아가씨가 위험해 처해 있을 때 분명 이자는 진탕 술독에 빠져 있었다는 생각이 들자 세향의 입에서 쌩한 바람이 불었다.

"아직 잠자리에 안 드신 거냐?"

"지금 막 잠자리에 드셨어요. 저녁도 먹는 둥 마는 둥 하더니 속을 다 게워냈다고요. 괜찮다고는 하시지만 어디 그 속이 괜찮으시겠어요?"

"의원은?"

"조금 놀라서 그러니 하루 지나면 괜찮을 거라면서 아가씨가 말리셨어요. 일단 체기가 조금 있으니 내일 해 뜨자마자 의원을 부를 생각이에요."

속이 상한 세향은 투덜거리듯 가진에게 답답함을 풀어놓았다.

가진 또한 속이 상하는 것은 마찬가지였다. 병 참는 게 무슨 미덕이라고 참을 것이 따로 있지. 잔다는 척만 했지 분명 자지도 못하고 끙끙 앓고 있을 게 뻔했다.

세향의 하소연이 다 끝나지도 않았는데 가진은 화련이 거처하는 곳으로 발걸음을 옮겼다. 지쳐 잠이라도 들었는지 세향 말대로 불이 꺼져 푸르른 달빛만 그 주위를 감싸고 있을 뿐이었다.

자신의 한심한 모습에 가진은 문밖 벽에 미끄러지듯 주저앉았다. 한참을 시린 달을 보며 멍하니 그 자리를 지켰다. 달이 차면 비워내고 비워내면 다시 차는 것처럼 감정 또한 그 순리대로 된다면 우리네는 속울음을 배우지 않았을 것이다. 그래도 사람이라 시간 앞에 이 감정이라는 것을 퍼내다 보면 언젠가는 가뭄의 마른 샘물처럼 바닥을 드러내는 날도 오겠지만 퍼낸 마음은 어디로 버려야 하는지 알 길이 없다. 그저 한숨이 되어 차마 담지 못할 말들이 사라져 갈 뿐이다.

버거운 감정에 가진은 눈을 감았다. 잊었다 생각했다. 어렸을 때의 감정 잠시 되새김질하고 있다고만 생각했다. 그렇게 자신을 설득하면서 걸은 여행길이었다. 그러나 미치도록 걱정되고 답답한 이 마음은 버려도 버려도 마르지 않는다. 소금물이 되어 오히려 그의 갈증만 부추기고 있을 뿐이었다.

시간이 얼마나 흐른지도 짐작이 안 될 만큼 달을 보고 있을 때쯤 걱정이 되었는지 수운이 그를 찾아 화련의 거처까지 왔다.

"가진님?"

혹 쓰러진 건 아닌지 수운은 걱정스레 가진의 어깨를 흔들어 깨웠다.

'나를 이상타 여기겠지. 내 자신도 이렇게 이상해 보이는데 오죽할까.'

실소를 흘리며 가진은 아무렇지도 않은 듯 자리를 털고 일어났다.

그때 화련의 거처 안에서 흐느낌에 가까운 웅얼거림이 작게 새어나왔다. 혹 환청이었나 싶어 그 자리에 꼼짝도 하지 않은 채 그는 소리에 귀를 기울였다. 분명 흐느낌이었다.

"대방님? 몸이 불편하시면 사람을 부를까요?"

수운이 재차 불렀지만 가진은 화련의 방에서 시선을 거두지 못하고 있었다.

"지금 가서 맥운동이나 원지 있으면 진하게 달여 가져와라."

그 말을 맺은 채 가진은 화련의 방으로 들어갔다.

수운은 주인님의 돌발적인 행동에 경악을 금치 못한 채 잠시 빳빳하게 서 있어야 했다. 생각보다 주인님이 술이 많이 취해 제정신이 아닌 게 틀림없었다. 주인을 말리려 뒤늦게 한 발자국을 떼어봤지만 벌써 문은 닫혀 있었다. 수운은 잠시 저 문을 열고 주인님을 데리고 나와야 하는지, 아님 주인님의 명을 받들어 원지를 달여와야 하는지 엄청난 갈등을 해야 했다.

가진은 일단 방 안의 등불을 밝혔다. 핏기 없어 보이는 그녀의 뺨은 가느다란 혈관까지 비쳤고, 식은땀을 흘리며 꽉 깨문 입술은 너무 안쓰러웠다. 악몽에서 허우적거리는지 그녀의 얕은 신음이 억눌리듯 뱉어지고 있었다. 이름을 불러도 반응이 없자 가진은 화련의 뺨을 톡톡 몇 번 건드렸다.

화련이 힘겹게 눈꺼풀을 들어 올리자 가진은 뺨에 붙은 머리카락을 쓸어 넘겨주었다. 그의 손끝에 조심스러움이 배어져 있었다.

"안 좋은 꿈을 꾸셨습니까?"

사물을 인지하지 못하겠는지 화련은 몇 번 눈을 감았다 떴다. 곧 자신 앞의 흐릿한 인영에 미간을 찡그려졌다. 몽롱한 정신도 잠시 그녀는 자신의 방에 누군가 있다는 것을 인지하자 벌떡 일어나 추위에 떠는 강아지처럼 자신의 몸을 최대한 말았다. 허세로 자신을 무장할 정신이 그녀에겐 남아 있지 않았다.

잊었다고 생각했는데 오후의 일이 다시 생각나자 두려움이 그녀를 다시 잡아먹기 시작했다. 자신의 약한 모습이 너무나 싫었지만 반사적으로 어깨가 떨려오는 것은 어쩔 수가 없었다. 마치 누가 자신의 목을 움켜잡고 있는 것처럼 숨 쉬는 것은 고사하고 목소리조차 나오지 않고 있었다.

"가진 대방입니다."

가진은 자리에서 움직이지 않은 채 그녀가 진정할 때까지 기다렸다. 침착한 그의 눈빛 뒤에 내보일 수 없는 안타까움이 웅크리고 있었다.

"놀라셨다면 죄송합니다."

화련은 그를 보고 있으면서도 그를 보고 있지 않는 듯했다.

한참 만에 가진이 자신 앞에 서 있다는 것을 깨닫자 화련은 안도감에 눈물을 터뜨렸다. 굵은 눈물방울이 떨어지기 무섭게 다시 차 올라도 소리 내지 않으려 꽉 깨문 입술이 빨갛다 못해 피멍이 들 것 같았다.

그녀의 울음소리가 가진의 가슴으로 파고들었다. 고목나무 껍질처럼 굳어졌다 믿었던 가진의 심장이 다시 욱신거리고 있었다. 아물지도 않는 상처 딱지가 제 살과 함께 떨어져 나간 기분이었다.

술 탓이라 여겨도 좋고 주체 못한 마음 다잡지 못한 탓이라 여겨도 좋다. 울음이 진정될 때까지 기다려야 된다는 것을 알면서도 그는 그녀의 눈물을 더 이상 보고 싶지 않았다. 가진은 그녀를 아기 품듯이 가만히 끌어안았다.

"윽…… 흑…… 윽……."

"괜찮을 겁니다. 괜찮을 겁니다."

몸을 경직시키던 그녀는 그의 말에 더욱 감정이 격해졌는지 두 손으로 입을 막은 채 흐느끼고 있었다. 바르작거리던 몸짓이 잠잠해지자 화련은 뜨거운 한숨을 토해내며 그의 가슴에 얼굴을 묻었다. 괴한 앞에서 무서워도 잘 참아왔던 울음이었는데 그를 보자 안심이 되어 눈물이 나버렸다. 그를 보자 어린아이처럼 무서웠다 큰 소리로 목 놓아 울고 싶었다. 나 아프고 아프니 그대가 어루만져 달라 마음에서 보채고 있었다.

그의 손길에 어느새 울음이 잦아들었는지 화련은 간간이 어깨만 들썩일 뿐이었다. 그의 품에서 나는 사향 냄새가 그녀가 다니는 사찰에서의 그것과 같아 묘하게 그녀를 진정시키고 있었다. 그러나 곧 자신이 지금 어떤 상태로 있는지 생각이 나자 그녀는 민망함으로 그의 품에서 고개를 들 수 없었다. 살갗이 비추는 하얀 속옷은 둘째 치고 어떻게 그의 품에 매달려 있는 모양이 되어버렸는지 차마 고개를 들지 못할 것 같았다.

어색한 것은 가진도 마찬가지였다. 그는 조용히 비단 이불을 끌어다 그녀를 누에 감듯이 에워싼 후 조금 떨어져 앉았다.

미친 것이다. 자신이 미치지 않고서야 그녀를 안을 생각을 하다니. 아무리 술김이라 하지만, 핑계가 아무리 그럴싸하다 해도 해서는 안 될 행동이었다.

화련은 그의 품을 벗어나 그와 눈을 마주 보았다. 다 닦아내지 못한 그녀의 눈물을 쓸어내 주고 싶은 충동에 가진은 지그시 주먹을 움켜쥐었다. 그러나 끝내 그의 손은 주인의 의지를 배신한 채 그녀의 눈물을 걷어내 주고 있었다.

울어서 눈이 충혈됨에도 불구하고 그녀는 애써 미소를 지었다.

"매번 걱정만 끼쳐 드리는군요."

"그러게 말입니다."

가진이 농담조로 말을 받아치자 화련의 입가가 부드러운 곡선을 그렸다.

"몇 년 전 겁도 없이 저희 집에 도둑이 든 적이 있었습니다. 운이 나쁘게도 제 방에 뭘 가져갈 것이 없나 들어온 간 큰 도둑놈이었죠."

그녀는 '도둑'이라는 말에 잠시 눈을 동그랗게 뜨더니 그의 다음 말을 잠잠히 기다렸다.

"그러나 곧 집안이 시끄러워진 것을 알자 도둑은 갈등을 하더군요. 결국 얼마 되지 않는 장식품을 소매에 쑤셔 넣은 뒤 저를 방패 삼아 빠져나가려 했습니다. 그때 정말 눈앞이 캄캄하더군요. 기절하지 않는 것이 신기할 정도로 말입니다. 뭐, 끝내는 잡혀 관하로 넘겨졌지만 제가 그 다음부터 어찌했는지 아십니까?”

그녀는 작게 고개를 저었다. 얼굴에 드리워져 있던 공포는 사라진 듯했다.

“집에 수행원들이 배로 배치되었습니다.”

“혹시 저를 위로하기 위해 하신 말씀인가요?”

“수행원 없이 나간 아가씨를 향한 꾸지람이면 모를까, 위로로 들렸습니까?”

오늘따라 왠지 부드러움이 섞인 그의 질책이 싫지 않았다.

“말씀드렸잖습니까? 수행원을 두 배로 늘려 배치했다고.”

“네?”

“더 이상 아가씨의 자유가 보장이 안 된다는 말씀입니다.”

가진은 그녀가 앞으로 어디에 가든 사방의 보호가 요구될 테니 그리 알라는 무언의 통보를 보내고 있었다.

자기 잘못 뉘우치는 아이처럼 화련은 고개를 푹 숙였다.

“그렇게 할게요.”

“오랜만에 말 잘 듣는 아가씨를 보니 기쁘면서도 적응이 안 되는군요. 그냥 늘 하던 대로 턱 뾰족이 세우며 째려보는 게 나을 것 같습니다.”

화련의 고집으로 속 썩은 그의 마음을 아는지 그녀는 미안한 미소를 지었다. 잠시 후 수운이 원지를 다린 물을 가지고 들어오자 부드러웠던 분위기는 한순간에 사라졌다.

여기에 더 머물다가는 많은 욕심을 부릴 것 같아 가진은 재빨리 자리에서 일어났다. 보지 않으려고 해도 눈에 보이는 그녀의 깊게 파인 목선 아래 감추어진 여인의 고운 선이 눈앞에서 지워지지 않고 있었다.

"속을 진정시켜 줄 것입니다. 드시고 주무십시오."

화련은 무의식적으로 손을 뻗어 가진의 옷깃을 잡았다.

"제가 잠들 때까지만 여기 있으면 안 되나요?"

그가 침묵하자 동의로 받아들였는지 화련은 사발 안에 있는 원지 물을 다 마신 후 침대에 누워 눈을 꼭 감았다. 그러나 이불을 목 끝까지 덮었는데도 잠은 쉽게 찾아오지 않았다. 켜둔 불 때문도 아니고 무서움 때문도 아니었다. 자신을 바라보고 있어 간질거리는 기분에 화련은 자꾸 눈을 뜨고 싶었다. 살짝 눈을 떠 그를 바라보니 역시나 그가 그녀의 얼굴을 바라보고 있었다.

"잠…… 잠이 안 와요."

"설마 저보고 옛날이야기를 해달라는 것은 아니시겠지요."

"손과 발이 차가워서 잠이 오지 않아요. 우리 유모는 나 배 아플 때 배도 쓸어주고 넘어지면 업어도 줬는데."

"잠투정입니까?"

퉁명스러운 말투이면서도 가진은 어느덧 화련의 손을 잡아주고 있었다. 화련은 잠시 놀라더니 다시 베개에 머리를 파묻었다. 그가 진짜 자신의 손을 잡아주리라고는 생각도 하지 못했다. 처음 이 여정을 시작했을 때 온몸을 가시로 곧추세워 그를 노려보던 그녀가 이제는 그에게 투정을 부리고 있었다. 그의 손은 따뜻했다. 크고 곧으면서도 부드러웠다. 그러고 보면 그는 그녀에게 차갑게 굴면서도 한 번도 그녀의 말을 들어주지 않은 적이 없었다. 기분 좋은 두근거림이 가슴에 울리고 있었다.

화련은 눈을 감으면서도 가진에게 말을 걸고 있었다.

"가진 대방이 지나가면 사찰에서 나는 사향 냄새가 났어요. 그래서 뒤를 돌아보지 않아도 알 수가 있었죠. 근데 지금은 그 향이 익숙해져 사향 냄새라는 것을 잊어요. 모르시죠? 제가 가진 대방이 웃을 때 어떻게 웃는지, 놀랄 때 어떻게 놀라는지 궁금해하는 것을요. 나만 놀라고 나만 우는 모습만 보여주어 손해 보는 것 같아서……."

화련은 잠에 빠져드는지 말끝이 흐려지고 있었다. 그녀의 숨이 낮고 규칙적인 것을 봐서는 잠이 든 것 같았다. 그렇다면 빨리 일어나 방을 빠져나가야 함에도 가진은 그 자리를 떠나지 않았다. 아니, 떠나기 싫었다. 자신은 아마 한 번도 속엣말을 털어놓지 못한 채 죽을 때까지 가식과 규율의 가면을 뒤집어쓰고 살 것이다. 한 번 뱉어버리면 두 번이 되고 두 번이 열 번이 되어 그때는 자신을 주체할 수 없을지 모른다. 하지만 월견초(月見草: 달맞이 꽃)처럼 낮에 고개 들지 못한 마음 한가닥은 밤을 빌어 슬며시 고개를 든다. 그대에게 한 번쯤은 들려주고 싶은, 한 번쯤은 보여주고 싶은 마음이 달빛을 빌어 조용히 열려 버리고 만다.

"내 그대를 많이 귀애한다. 한 품에 으스러지게 안아주고 싶을 정도로 내 그대를 은애한다. 채울 수 없는 목마름이기에 내 그대를 많이 갈애(渴愛)해야 했다. 지금도 이 검은 속마음은 그대와 머리를 맞대고 누워 심알(입맞춤)을 잇고프다 한다. 부질없는 욕심인 줄 알면서도 내 그렇게 그대를 원한다."

가진은 화련의 뺨을 만지며 속삭이듯 그녀에게 고백하고 있었다.

싸늘한 날씨에도 불구하고 문예 전하가 모처럼만에 온 손님과 나들이를 나설 준비로 아침부터 분주했다. 오랜만의 문밖 외출이기에 기뻐해야 옳지만 초희는 내심 불안한 마음으로 지켜보았다. 발해에서 오랜만에 그리움을 묻혀온 사람들이라 그런지 전하의 얼굴에 부드러운 미소가 아침부터 떠나지 않고 있었다. 특히 사람 많은 곳을 좋아하지 않는 전하가 복잡한 시정(市井)을 찾는다는 것은 예상치 못한 일이었다. 아마 전하는 마음지기인 지수대방이라는 자와 함께 저잣거리를 웃으며 떠돌아다닌 그 옛 향수에 다시 젖어보고 싶음인지도 몰랐다. 그러니 저리 즐거워하시는 전하 앞에서 저들은 믿지 못할 사람이니 거리를 두라는 말씀은 차마 말씀드리지 못한 그녀였다.

화련은 아침부터 시장 구경을 한다는 말에 속으로 신음을 삼켰다. 장기간 피로가 누적되었는지 아님 어제의 일이 아직 진정이 되지 않았는지 몸이 무거워 하루 종일 잠만 자고 싶은 심정이었다. 사고 싶은 물건도, 신기한 물건에도 흥이 날 것 같지 않았다. 어제처럼 복잡한 곳을 이리저리 보며 사람들에게 치일 생각을 하면 벌써부터 땅에서 발을 떼기 싫어졌다.

그 마음이 그대로 얼굴에 나타났는지 옆에서 세향이 걱정스레 따라붙었다.

"아가씨, 몸이 안 좋으시면 제가 말씀드릴까요?"

"괜찮아. 그냥 기분이 좀 안 좋을 뿐이야."

그녀는 자신과 일정한 거리를 두고 뒤따라오는 가진을 바라보았다. 잠시 그와 눈이 부딪치자 어제 일이 생각난 그녀는 곧 고개를 돌렸다. 어제는 단지 그녀가 걱정이 되어 취한 행동이었을 것이다. 사심이라고는 찾아볼 수 없는 그의 순수한 행동이었다. 그러나 그녀는 생각할수록 마음이 혼란스러웠다. 어제 일이 마치 머릿속에 박힌 것처럼 그의 사향 냄새와 그녀의 등을 다독여주던 손이 뇌리에서 떠나지 않고 있었다. 바람에 잔잔히 흔들리는 잔물결이 그녀의 마음을 나타내고 있는 것 같아 그녀는 호수 면을 잠시 바라보아야 했다.

"자, 호숫가에 다 왔으니 갑판을 조심하시오."

"배를 타고 어디로 가려는 건가요?"

"운치를 즐기려면 뱃놀이보다 나은 것은 없다 했지."

호수라 치기에는 그 크기가 작은 바다를 옮겨놓은 것 같아 그 끝이 어디인지 가늠하기 어려워 보였다. 뱃놀이가 유행인지 여기저기 오색비단 지붕을 두른 배들이 유유히 강물에 몸을 맡기고 있었다.

모두 남녀 짝을 맞춰 뱃놀이를 하고 있었다. 대낮임에도 불구하고 노골적으로 남정네는 여인의 손을 잡고 기꺼이 그 유혹을 즐겨주겠다는 여인들의 모습을 화려한 비단 지붕들이 발 역할을 하며 가려주고 있었다.

문예는 그녀가 중심 잡는 것을 돕기 위해 손을 내밀었지만 화련은 애써 못 본 척 세향의 손을 잡고 배에 올랐다. 왜인지 몰라도 그 손을 잡으면 가진 대방에게 미안할 것 같아 그녀는 그럴 수가 없었다.

"가진 대방, 설마 아리따운 여인과 함께하는 뱃놀이를 방해하려는 건 아니겠지?"

"……."

서서히 배가 밀려 나가자 옆에서 지켜보던 진무가 끝내는 투덜거렸다.

"언제 뱃놀이를 끝낼지 모르는데 여기서 기다리라니. 참나. 유유자적이군. 가진, 우리도 어디가 목 좀 축이자."

가진이 아가씨가 탄 배 끝머리에 시선을 두자 진무는 그런 친구의 모습을 걱정스레 쳐다보았다. 속을 알 수 없는 놈이니 무슨 생각을 하는지 모르지만 한 가지는 분명했다. 분명 속이 편치는 않을 거라는 것.

'가진 놈이 좋아하는 처자가 그냥 동네 처자였으면, 아니, 기

생이었어도 괜찮으련만. 젠장, 내 속이 뒤집어질 지경이네.'

진무는 돌멩이 하나를 들어 호수를 향해 있는 힘껏 던져 버렸다. 그래도 성이 차지 않는지 이번에는 주먹만한 돌멩이를 호수에 던지자 큰 파문이 일었다.

"그렇게 청승맞게 바라만 보지 말고 뭣하면 배를 띄우든지!"

진무가 버럭 소리를 지르자 가진은 그저 피식 웃기만 했다. 모를 거라 생각했는데 이 둔감한 친구가 알아버리자 뭐라 해줄 말이 없었다. 이상하게 자신의 감정을 들켜 놀라기보다는 무덤덤했다.

"그녀가 아가씨라는 것을 잊어본 적은 한 번도 없다."

"흥, 네놈 성격에 꿈에선들 잊으랴."

선착장이 거의 보이지 않을 만큼 배가 멀리 왔다. 다시 돌아가려면 꽤 시간이 걸릴 것 같은데 전하는 아직 뱃머리를 돌릴 생각이 없는 모양이었다. 화련은 전하와의 시선을 맞추지 못한 채 고개를 옆으로 돌렸다. 그녀의 몸 상태가 좋았다면 얼굴을 스치는 바람에 나긋한 미소가 그려졌을지 몰랐다. 그러나 지금 할 수 있는 것이라고는 옆에 놀러나온 배들을 구경하는 척하는 게 전부였다. 뱃놀이를 즐길 것 같던 문예 전하도 배를 띄운 뒤 침묵에 빠져들자 뱃놀이가 아니라 흡사 서로가 뱃삯 받고 강을 건너는 손님들 같았다.

그의 생각을 방해할 생각이 없는 그녀는 강물에 손을 넣어 물길을 가르며 침묵을 메웠다.

"철현 전장군이 보내왔을 리는 없을 테고."

그가 그녀의 앞에 앉아 그녀의 물장난 놀이를 거들며 물었다.

"오라버니는 모르는 일입니다."

아무래도 그냥 뱃놀이는 아닌 듯싶었다. 그러고 보니 주위의 배들과도 멀리 떨어져 있었다.

화련은 몸을 곧추세워 문예 전하를 똑바로 응시했다.

"참 궁금했지. 여인의 몸으로 여기까지 와야 하는 이유가 무엇인지 말이다."

가진에게 대충 들었으나 궁금한 것은 궁금한 것이었다.

"꼭 와야만 했으니까요."

"무슨 말이지?"

화련은 옆에 지나가는 배에 잠시 시선을 두었다.

"배가 물살을 가르고 간 자리처럼 아무것도 남지 않았다면 좋았을 걸 그랬습니다."

"의미심장한 말이군."

"이번만큼은 황제의 뜻이 완강하였기에 전하의 강제성 환국이 될지도 모른다고 생각했습니다."

"내가 내 은인을 반(反)할 사람으로 보였나 보군."

아무리 모르는 계집이라도 문예는 자신을 그리 생각했다는 자체가 썩 기분이 좋지 않았다.

"전하의 환국 문제로 다시 조정이 시끄러웠습니다. 그 와중에 공을 세우고 싶어하는 자들은 어디든 있기 마련이지요. 국경을 넘을 때 문예 전하가 호랑이 문중 패를 보여 국경을 넘었다고 진술한 사람이 있었지요. 만약 그 소문이 황제의 귀에 들어가 황제께서 당장 저희에게 문중 패를 내보이라시면 저희는 어찌할 도리가 없습니다."

적어도 문중 패라도 손아귀에 있으면 시간은 벌어볼 수도 있음이었다.

"그런 일이 있었군. 난 언제나 그대 가문에 폐가 되는군. 그런 일이 일어난 줄 몰랐다. 내 생각이 미처 거기까지 다다르지 못했어."

솔직히 문중 패는 차후 문제였다. 전하가 환국한다면 황제폐하는 지난 일을 호탕하게 잊어버릴 수도, 이제껏 참았던 분노를 한꺼번에 터뜨릴 수도 있다. 결국은 황제의 결정에 따라 그녀 가문의 존폐가 걸려 있었다. 전하가 환국하지 않으면 어떡해서든 위기는 모면할 수 있을 것이다. 문중 패만 있다면.

화련은 무릎 위에 놓인 두 주먹을 꽉 움켜쥐었다. 이기적이라 해도 할 수 없다. 각오를 하고 온 길이다. 나쁜 계집이라 상종 못할 계집이라 해도 할 수 없다. 적어도 반대파에서 그 물증이 소용없다는 것을 알 때까지…… 그때까지만…….

"전하."

차마 꺼내기 어려운 말인지 화련의 목이 낮게 잠겼다. 가슴속에서 수없이 연습한 말인데 차마 입이 떨어지지 않는다.

"말하라."

화련은 먼저 바닥에 무릎을 꿇었다.

"목숨 걸고 간청드립니다. 환국을 잠시 미루어주시면 이 은혜 죽을 때까지 잊지 않겠습니다."

당찬 여인이라 생각은 했지만 이리 맹랑할 것이라고는 생각지도 못했다. 문예가 어이가 없는지 웃음을 터뜨렸다. 그러나 공허한 웃음인 듯 그 끝이 공기 중에 흩어진다. 어렴풋이 여자의 몸으로 와야 하는 일이니 중한 일이겠구나 생각했으나 예상치 못한 청에 시원한 답을 내줄 수 없는 자신의 모양이 못나 보였다. 한 사람은 환국을 하라 청하고, 한 사람은 환국을 미루어달라고 한다. 웃으면서도 눈물 난다 함은 이런 거겠지.

생각에 잠긴 듯 그의 눈이 먼 허공을 응시하고 있었다. 살기 위해 도망쳤다. 아직은 죽을 수 없다 하여 비겁하다는 손가락질을 받으면서도 도망쳤다. 이 한 목숨 아까워서가 아니라 아직은 그가 끝맺지 못한 일들이 있다 스스로에게 변명 아닌 변명을 해가며 살았다. 살기 위해 도망쳐 나온 내 나라. 이렇게 자신의 환국 문제로 심각한 적이 있었다. 언제나 형님과 당 황제의 묘한 자존심 싸움이었을 뿐이었다. 그런데 이번엔 그게 아닌 모양이었다.

문예는 떨지 않으려고 애쓰는 화련을 바라보았다. 마음이 시끄럽다. 내 환국으로 풍랑이 일 것 같아 두렵다. 형님이 청해온 암묵적 환국을 잠시 미루어야 하는 건가? 어쨌든 조만간 결판을 내야 하겠지. 그의 심란한 마음을 반영하듯 물결이 그를 흔들어놓았다.

그 뒤 배가 다시 뭍에 닿기까지 어느 누구도 입을 열지 않았다. 그녀는 너무 긴장해서인지 속까지 울렁거려 금방이라도 토악질을 할 것 같았다. 결국 도착하자마자 화련은 주저앉아 헛구역질을 하고 말았다.

가진이 바로 뛰어와 그녀 앞에 무릎을 꿇었다.

"괜찮으십니까? 의원을 부르겠습니다."

아침부터 안색이 좋지 않더니 결국 하얗게 질린 얼굴이 되어 쓴 물을 게워내고 있는 모습에 가진의 안색이 굳어졌다.

"어이, 아가씨가 아침부터 몸이 안 좋았던 거냐? 아침에 뭐 드셨냐?"

진무가 세향의 옆으로 가 꼬치꼬치 물었다.

그러나 세향은 진무의 말은 들리지도 않는 것처럼 울먹이며 '아가씨' 라는 말만 되풀이할 뿐이었다.

"아침에 뭐 먹었냐고 묻잖아!"

"왜 소리를 질러요! 숭늉 먹은 게 전부라고요! 어제도 속을 다 게워냈는데……. 어떡해. 우리 아가씨 어떡해."

그녀의 속이 진정될 기미가 보이지 않자 문예 또한 걱정이 되어 자리를 뜨지 못하고 있었다. 어찌 되었든 그의 손님이니 몸이 상한다면 주인으로서도 편치 않는 일이었다.

"진무, 문예 전하를 모셔다 줘야겠다."

"아니다. 여기 있겠다."

"아마 처음 타보는 배라 속이 안 좋았을 겁니다. 그리 보기 좋은 모습은 아니니 먼저 가십시오. 의원을 모시러 갔으니 괜찮을 겁니다."

가진은 없는 말까지 꾸며가며 모두를 물리고 싶은 심정이었다. 아마 그들이 가면 그녀의 혈색이 얼마나 안 좋은지, 열은 있는지 적어도 이마는 만져 볼 수는 있을 것이다. 하지만 지금은 걱정스레 쳐다보는 것조차 할 수가 없다.

"전하, 가시지요? 그리고 거기 세향이 너, 너도 가자."

"아가씨가 아픈데 제가 어딜 가요?"

"아가씨가 돌아가면 곧바로 몸을 뉘일 수 있도록 만들어놔야지. 뜨거운 물도 준비해 놓고 약을 달일 준비도 해놔야지. 안 그래?"

가진, 실컷 드러내 놓고 걱정해라. 내가 해줄 수 있는 것은 이것뿐이다.

세향은 그래도 발걸음이 떨어지지 않는지 진무를 따라나서면서 계속 뒤를 돌아 아가씨를 바라보았다.

"강가 근처라 몸이 차갑습니다. 일어날 수 있겠습니까?"

화련은 고개만 저은 채 입을 꽉 다물었다. 계속된 헛구역질로 몸조차 가누기 힘들어 거의 땅바닥에 엎드리다시피 주저앉아 있었다. 이렇게 계속 토악질을 하다가는 곧 진이 빠질지도 몰랐다.

왜 여직 의원이 오지 않는 것이야. 도대체 어디서 꾸물거리고 있기에! 이렇게 기다리다가는 그의 피가 말라가는 것 같았다. 아무것도 할 수 없는 자신의 무력함에 화가 났다. 이렇게 그녀가 아파하는데도 무엇 하나 할 수 없다는 현실에 분노했다. 그녀를 안고 직접 의원을 찾아갈 생각이다. 큰길가 하나밖에 나 있지 않으니 적어도 의원과는 중간쯤에 만날 수 있을 것이다.

그가 그녀를 업으려 하자 화련은 아이처럼 그의 옷깃을 꼭 쥐고 놓아주지 않았다.

"아가씨?"

불러도 말이 없다. 숨죽이는 호흡, 그리고 떨리는 어깨. 그녀가 울고 있다. 아파서 흐르는 눈물이 아니다. 고개도 들지 못할 만큼 섧게 울고 있는 것이다. 그 눈물이 그의 가슴에 방울방울 멍울로 맺혀 버린다.

'뱃놀이 간 사이 무슨 일이 있었습니까?' 그 말이 가진의 목구멍을 치고 올라왔으나 이 사이로 뱉어내지는 못했다.

"……삼악도(三惡道)에 갈 것입니다."

뜬금없는 말에 가진의 가슴이 또 한 번 내려앉았다. 혹 정신까지 잃는 건 아닌지 걱정되어 그녀의 얼굴을 살피려 했으나 그녀는 고개만 가로저을 뿐이었다.

"저는 죽어서 삼악도에 갈 것입니다. 문예 전하에게 환국을…… 미루어…… 달라…… 그랬습니다. 제 가문의 존폐를 위해 그래 달라 청했습니다."

그녀의 눈물이 그의 손등으로 후드득 떨어졌다. 봇물 터지듯

한 번 흐르기 시작한 눈물은 쉽게 그쳐지지 않았다. 죄스러운 마음에 화련은 고개조차 들 수 없었다. 단지 문중 패를 돌려받기 위해서가 아니었다. 그녀의 목적은 전하의 환국을 막는 것. 오라버니가 오실 때까지 상황을 가다듬을 수 있는 시간을 벌어놓는 것이었다.

어제 오늘 그녀의 눈물로 그의 마음은 휘청거리고 있었다. 넝쿨풀처럼 엉켜 있는 마음은 그녀에게로 뻗어만 간다. 짓이겨도 금세 다시 자라는 잡초처럼 더 고집스레 그 본능을 드러내려 하고 있어 그를 버겁게 했다. 끝내 가진은 그녀의 눈초리에 맺힌 눈물을 걷어냈다.

"몸 상하십니다."

"누구보다 환국을 원하시는 분이라는 것을 잘 알면서…….이번에 일이 틀어지면 또 언제 사절단이…… 오는지 기약이 없는지 알면서…… 그랬습니다. 전하의…… 평온한 표정이 한순간 무너져 내리는 모습을 보면서도…… 그래달라 그랬습니다."

울음으로 호흡이 흐트러짐에도 불구하고 그녀는 말을 이어나갔다.

얼마나 우스운가. 몸을 바스라지면서 여기까지 온 내 여인은 전하의 환국을 미루어달라 하고 이 몸은 목숨 걸고 전하를 환국시키라는 명을 받고. 그녀가 왜 그리 당으로 가기 위해 안간힘을 썼는지 이제야 알 것 같다. 남자로서도 그 말은 꺼내기가 어려웠을 터였다. 마음으로 곱씹고 곱씹어서 꺼낸 말이었겠지. 스스로도 감당하기 힘든 말이라 온몸이 긴장으로 굳을 수밖에. 그러다 속이 견디다 못해 역류되고 만 것이겠지.

화련은 그의 품에 묻혀 서럽게 울었다. 그의 품이라면 안심하고 울 수 있을 것 같았다. 그라면 그녀를 내치지 않고 보듬어줄 수 있을 것 같았다.

"우익파에서…… 문예 전하와 관련된 증거를 혈안이…… 되어 찾고 있어요. 그들이 증거를 못 찾고…… 이 건이 유야무야 될 때까지 시간이 필요했습니다. 빌어서라도 직접 문예 전하에게 환국을 미루어달라 부탁하기 위해 올 수밖에 없었습니다."

"……"

화련은 그를 올려다보았다. 그의 표정에서 그녀는 뭔가를 찾고 싶은 듯했다.

"아가씨가 걱정하는 그런 일은 생기지 않을 겁니다. 그보다 속은 이제 괜찮으십니까?"

그녀가 고개를 끄떡거리는 모습에 가진이 안도의 한숨을 내쉬었다.

"조금만 계시면 의원이 올 것입니다."

그러나 화련은 일어나 옷에 묻은 흙을 털었다. 한발한발 내딛는 걸음은 조금이라도 건드리면 쓰러질 것 같아 보이는데도 굳이 걸음을 떼는 그녀였다.

"멈추십시오."

그의 경고성 발언에 화련은 몸을 틀어 그를 보았다.

"거기서 한 발자국만 더 떼보십시오. 강제로라도 그 자리에 눌러 앉히겠습니다."

"가진 대방, 은근히 위압적이군요."

그녀의 힘없는 미소에 그의 속이 또 한 번 아려왔다.

"아가씨 고집만큼 하겠습니까?"

"알고 있다면 져주세요. 그냥 돌아가 눕고 싶을 뿐이에요. 아마도 다들 놀랐을 거예요."

고집 센 것이 무슨 자랑인 듯 말하자 가진은 한숨만 나올 뿐이었다.

더 이상 고집을 말릴 생각이 없는 그는 부축을 하기 위해 손을 내밀었다. 적어도 자신의 팔이 지팡이 역할은 해줄 수 있을 것이다. 그녀가 거절하지 않는다면 말이지.

"부축하겠습니다."

화련은 잠시 주저하더니 그의 손 위로 살며시 자신의 손을 포개놓았다.

아까와는 또 다른 울렁거림. 낯선 긴장감이 밀려왔다. 시간이 흐를수록 온 신경이 손끝에 집중된 것처럼 간질거림이 일었지만 차마 손가락을 움직이지 못할 정도로 조심스러웠다. 목에 떡이 걸린 것마냥 숨 고르기도 편치 않았다. 어제 잡아준 그 따뜻함이 전해지자 왠지 부끄러워 그녀는 점점 고개가 숙여졌다.

가진은 자신의 손 위에 놓여 있는 그녀의 손을 잠시 바라보았다. 팔을 잡을 줄 알았던 그녀가 자신의 손등 위에 손을 얌전히

올린 채 걸어가고 있었다. 입술을 깨물며 어쩔 줄 몰라 하면서
도 손을 빼지 않는 그녀의 모습으로 인해 그의 마음에 바람이
일었다. 아마 계집종에게 부축을 받았을 때처럼 그의 손등 위에
손을 올려놓았으리라. 허나, 이기적인 사내의 마음은 그녀의 오
해를 정정해 줄 생각이 없다 한다. 아마 멀리서 보면 지아비 손
을 잡고 따라오는 지어미 모습이라 여길지도 모른다. 그의 입가
에 건조한 미소가 흩뿌려졌다.

　그는 가만히 그녀의 작은 손을 바라보았다. 이 손을 잡기 위
해 전생에 얼마나 그대와 마주치는 노력을 했을까. 얼마나 그대
의 옷깃을 스쳐야 다음 생 그대의 손을 어루만지는 연을 가질
까. 그 숫자 아득해 나는 헤아리지 못한다. 먹먹한 가슴 괴괴함
으로 가득 차는 것을 알기에 나는 못한다. 그대…… 그것을 알
고나 있는지.

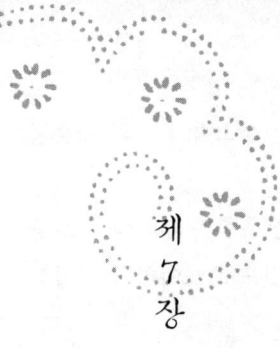

제 7 장

한밤중, 문예가 초희를 불러놓고 말이 없다. 한 팔을 이마에 괴고 고심한 그의 표정은 어둡고 딱딱하기까지 해 그녀는 그의 생각을 방해하지 않기 위해 조용히 고개만 숙이고 있었다. 흥에 겨워 밖을 나선 모습은 온데간데없고 한가득 슬픈 눈빛만 머금고 돌아왔는지 그녀는 알 길이 없었다. 손님방의 아가씨가 몸이 조금 편찮다는 것은 들었으나 그것으로는 설명이 부족했다.

"두 번째 문갑에 파란 비단 주머니를 내오너라."

초희는 조금은 묵직한 파란 비단 주머니를 꺼내 서안에 올려놓았다. 움켜쥐었을 때 바스락 소리가 나는 것을 보면 옥패는

251

아닌 것 같았다.

문예는 귀중한 물건이라도 되는 듯 조심스럽게 안의 내용물을 꺼내 보였다.

볼품없는 열매가 가득 쏟아져 나오자 초희는 전하의 표정을 살폈다. 윤이 날 정도 사람 때가 묻은 것으로 보아하니 전하의 애착을 쉬이 짐작하고도 남음이었다.

"이건 오래된 도토리와 상수리 열매 아닌가요?"

"어렸을 때 내가 형님에게서 빼앗은 것이다."

옛 기억이 되살아났는지 그의 목소리에 작은 웃음이 묻어났다.

"어느 날, 형님이 어디서 구했는지 이걸 가져와 놓고 시합을 하자고 하더군. 누구 것이 더 오랫동안 뱅글뱅글 돌아가는지에 대한 시합이었지. 똑같이 이십 개씩 가자고 했는데 눈 깜짝할 사이에 형님이 모두 다 가져간 거야. 져서 분하고 심통도 난 맘에 억지를 부려 재시합을 해 거의 빼앗다시피 하여 얻은 것이다. 그때는 어떻게 하면 형님과 즐겁게 보낼 수 있을까가 내 하루의 고민이었고 행복이었다."

그러면서 그는 너무 오래돼 말라 균형 잡기도 힘든 도토리를 돌려보았다. 도토리가 돌지는 않고 계속 한쪽으로 굴러감에도 그는 쓰러지면 다시 돌리기를 멈추지 않았다.

언젠가 환국은 필요했다. 다만 앞당겨졌을 뿐이다. 자신의 환국으로 피바람이 분다 해도 내가 최소한으로 줄여볼 수 있음이다. 형님이 진심으로 나를 불러들이심이라면 응해야 했다. 어쩌면 형님은 내 배포를 시험해 보고 싶은 것인지도 모른다. 형님이라면 충분히 그러고도 남을 분이었다.

초희는 오늘따라 말이 많은 문예 전하를 가만히 지켜만 보았다. 내심 불안하신 것이다.

"형님이 초여름이라 귀뚜라미를 보낼 수 없다 하셨다. 그 말을 한 것을 보면 형님이 보낸 게 맞을 것이다. 형님 뒤꽁무니 따라다니는 것이 전부였던 그때, 형님이 글공부를 한다기에 나는 아직 읽지도 못하는 책을 잡고 읽는 시늉을 한 적이 있었다. 그때 갑자기 귀뚜라미가 방에 들어와 놀랐었지. 기겁한 내 모습이 재미있었는지 형님은 귀뚜라미를 잡아 내 손에 직접 쥐어주셨다. '이제 귀뚜라미는 네 손 안에 있다. 네가 알아서 해라' 면서 나의 반응을 지켜본 분이었다. 손에 쥔 귀뚜라미가 무서워 그 자리에서 울고만 있어도 형님은 도와주시지 않았다. 난 형님이 도와줄 생각이 없다는 걸 알곤 옷깃에 눈물을 훔치며 귀뚜라미를 밖으로 겨우겨우 내던졌다. 그때서야 형님이 머리를 한번 쓰다듬어 주신 기억이 있다. 형님은 그런 분이다."

세월이 지난 지금 형님이 또 한 마리의 귀뚜라미를 그의 손에 넘겨주었다. 이제 결정을 해야 한다. 그것을 밖으로 던져 버릴지, 아님 주저앉아 계속 울지는 그의 선택만 남아 있는 것이다. 그래, 어차피 매듭이 지어질 일이라면 이번 기회에 환국을 해야 함이 옳을지도 모르지.

"이번에도 형님이 잘하셨다 내 머리를 쓰다듬어 줄지는 하늘만이 알겠지."

문예의 낮은 독백에 초희의 고개가 번뜩 들렸다. 한참 동안 말이 없으시더니 갑자기 의미심장한 말을 내뱉자 그녀는 가슴 한쪽에 싸한 바람이 훑고 지나간 듯했다. 설마 아니겠지. 환국을 말하는 게 아닐 거야. 가면 죽는 길을 누구보다 잘 알고 있으신 분이었다. 왜 숨죽여 여기서 살아야 하는지 절실히 잘 알고 계시는 분이 그럴 리 없었다.

"전하?"

"환국하겠다."

"아니 됩니다, 전하. 아직은 아니 됩니다."

"네가 무엇을 걱정하는지 알고 있다. 하지만 여기 있다 한들 아무것도 달라지지 않는 건 매한가지. 오히려 더 사태를 악화시키고 있는지도 모르지."

"전하, 다시 생각해 주십시오. 불구덩이로 걸어 들어갈 수는 없습니다."

"나비가 꽃을 보았는데 불길이라고 마다할까? 환국을 준비하라."

대답이 없자 문예가 긴 한숨을 내쉬었다.

"네 걱정을 모르는 바 아니다. 내 옆을 누구보다 오래 지킨 자가 너라는 것도 안다. 그 점에 있어 늘 고맙게 생각한다. 너마저 없었다면 이 긴긴 시간 보내기 힘들었을 것이다. 너도 손님으로 온 자가 궁금하겠지? 형님께서 보낸 사람이라고 하더구나. 그 가진이라는 자 말이다."

불신을 가득 담은 초희의 눈은 그 말을 받아들이지 않고 있었다.

"믿을 수 없다는 표정이구나."

문예는 그럴 줄 알았다며 낮은 웃음을 터뜨렸다.

"믿을 수 없습니다. 황제폐하가 그런 허술한 분을 보낼 사람이 아닙니다. 확인되기 전까지는 여기 머무심이 옳은 줄 압니다, 전하."

"그게 사실이든 아니든 내 마음은 정했다. 그러니 가진이라는 자와 같이 떠날 수 있게 차질없이 준비해 놓아라."

마지못해 대답을 하고 나온 초희의 마음이 복잡했다. 환국은 아니 된다. 이제까지 전하가 수모를 겪으면서 사신 삶이 모두 헛것이 되어버린다. 그것을 지켜볼 수만은 없다. 그깟 상것의 감언이설로 넘어갈 전하가 아닌데 어찌 그리 쉽게 결정을 하신 건지 알 수가 없었다. 아무리 마음에 둔 지기의 손자라 해도 그것과 이것은 별개의 문제였다. 그녀가 막을 것이다. 초희의 눈은 어느 때보다 결심이 단호해 보였다.

어두컴컴한 밤, 전하의 환국 준비를 막을 방법이 없는 초희의 마음은 불안했다. 오늘도 가진 일행에 대해 알아보기 위해 몰래 밖에 나갔다 들어온 길이었다. 가진 대방이라는 자는 진짜 그의 신분을 말해주듯 이곳의 포상(布商) 무리들도 낯을 알고 있는 관계였다. 같이 온 아가씨는 아직까지 그 정체를 알 수 없으나 곧 알아낼 수 있을 것이다.

초희는 자신의 부재를 알리지 않기 위해 나갈 때 열어두었던 뒷문을 통해 들어왔다. 생각보다 밖의 일이 지체가 많이 되었는지 조급해진 그녀의 발걸음은 주위를 둘러볼 여유가 없었다. 결국 앞에 오는 한 계집이랑 부딪치자 날카로운 감정이 그녀의 목소리에 고스란히 묻어났다.

"누군데 앞도 안 보고 다니는 거야?"

미안하다고 말할 참이었던 세향은 표독스러운 목소리에 사과할 마음이 싹 가셨다. 부딪친 건 혼자 부딪쳤나? 그럼 지는 눈이 없나 보지? 전하를 모시던 귀족 아가씨를 모시던 어차피 똑같은 계집종끼리 무슨 위아래가 있다고. 하이고, 꼴아보는 눈 좀 보게?

"참나, 어깨 조금 부딪친 것 가지고 엄청 그러시네."

귀에 익은 투덜거리는 목소리에 초희가 눈을 가늘게 떴다.

"손님으로 머물고 있는?"

"그래, 뭐라도 잘못됐나?"

투덜투덜거리며 세향은 옷에 묻은 흙을 신경질적으로 털었다.

"어두워서 무서웠는데 갑자기 뭐가 부딪치기에. 오는 네가 안 보였어. 미안해."

"뭐, 그렇다면야. 나도 뭐 너를 못 봤으니까."

초희가 손까지 잡으며 사과를 하자 세향은 자신이 너무 땍땍 거린 것이 미안해졌다.

"시간 되면 내 방에 갈래? 어차피 밤이라 다른 할 일도 없잖아?"

"그야…… 아가씨 침소 드시는 것 확인하는 것 빼고는 없지."

"그럼 내 방에서 놀다 갈래? 삶은 옥수수와 따뜻한 차 정도는 줄 수 있는데."

"정말이지? 잘됐다, 그러잖아도 입이 심심했는데."

언제 서로 얼굴 붉혔냐는 듯 세향은 헤벌쭉 웃으며 뒷간에 가야 한다는 사실도 잊어버린 채 초희의 뒤를 따라갔다.

초희의 방에 들어선 세향은 구경할 거리가 있나 싶어 이리저리 둘러보았다. 그러나 주인의 성격처럼 아주 단정하고 깔끔하다 못해 썰렁해 보이는 방을 보자 이내 심드렁해졌다. 들리는 말에 의하면 전하가 드러내 놓고 예뻐해 주는 아이라 침구 정도는 비단으로 깔려져 있을 것으로 생각했는데 낡은 이불장과 둘이 자기에는 부족한 침대 넓이, 그리고 소박한 등불 아래의 탁자와 의자 두 개가 전부였다.

자기 방에 놀러오라는 아이치고는 말없이 차만 마시고 있자 세향은 머쓱해졌다.

초희도 그런 세향의 반응을 눈치 챘는지 마시던 차를 내려놓고는 미안한 웃음을 보였다.

"내가 말주변이 없어서 무슨 말을 해야 하는지 몰라. 원래 우리 것이 모여 하는 이야기야 빤한 거지만 여기서는 사람이 별로 없어서 그 빤한 이야기조차도 해줄 것이 없네. 네 얘기부터 해 봐. 네가 모시는 아가씨는 좋은 아가씨니?"

슬쩍 떠보려는 초희는 일부러 세향의 가까이에 앉아 호기심을 드러냈다.

"우리 아가씨야 좋은 분이지. 가끔 말을 안 들어서 탈이지만."

"상단의 아가씨는 아닌 것 같은데?"

"무슨 소리를 하는 거야. 상단이라니! 우리 아가씨가 어디 그리 보인단 말이야?"

세향은 자존심이 상했는지 소리를 버럭 높였다.

"내 말은 그저 상단과 같이 온 손님이기에. 아님 달리 생각할 수가 없잖아. 설마 지체 높은 귀족 아가씨가 이 먼 길을 왔다는 것도 생각하기 어렵고."

말끝을 흐리며 초희는 세향의 반응을 살폈다.

"그건……."

말을 하려던 세향이 입을 다물자 초희의 눈썹이 부드럽게 휘어졌다.

'꼴에 자신의 주인이라 쉽게는 못 불겠다?'

"아가씨의 집안과 전하와의 친분이 두터운 거라는 거 알아. 깊게 알지는 못하지만 손님방까지 내주는 것을 보고 어림짐작은 하고 있었어."

초희는 서로 아는 이야기를 뭘 그리 숨기냐는 듯 세향을 쳐다
보았다.

그러나 세향은 아무리 전하의 아랫사람이라고 해도 아가씨가
왜 전하를 만나야 하는지 말할 수 없었다. 그렇다고 계속 입을
다물고 있자니 빤히 바라보는 초희의 눈빛이 부담스러웠다. 자
기라도 귀족 아가씨가 여기까지 온 이유가 궁금하고도 남을 테
니 그보다 더 좋은 수다거리는 없어 보였다.

"우리 아가씨가 여기 온 이유는 말이야. 음, 그러니까…… 작
은 주인님을 만나러 가는 길인 거야. 그렇지, 작은 주인님 말이
야. 작은 주인님이 많이 아프셔서 걱정되어 이 먼 길을 마다않
고 달려오신 거란 말이야."

세향은 대충 에둘러 넘겼다.

"작은 주인님?"

"그래, 안철현 전장군이시지. 얼마나 듬직하시고 자상하신 분
인지."

안철현 전장군? 진짜 귀족 집 아가씨란 말이지? 이제 누구인
지 알았으니 왜 왔는지 알아내는 건 시간문제겠지. 초희는 자신
의 생각을 읽히지 않게 고개를 숙여 차를 들이마셨다. 손님방에
있는 분이 아가씨든 아니든 중요하지 않았다. 일단 전하의 환국
을 막을 수만 있다면 누구라도 상관이 없었다. 전하의 뜻을 돌
릴 수 없다면 돌릴 수 있게 만들면 되는 것이다. 나중에 추궁을
들어도 전하가 목숨을 잃는 것보다는 나았다. 황제의 갑작스러

운 변덕을 누가 장담할 수 있을까? 폐하가 정말 문예 전하의 환국을 진심으로 바라는지 확인한 다음 어떻게 해야 할지 결정할 것이다. 정진초 문사가 어디에 머물고 있다고 했지?

초희의 입에 의미심장한 미소가 한껏 배었다.

한편 화련은 가진과 함께 북적이는 시전 거리를 걷고 있었다. 며칠 전 지나가는 투로 그가 무엇을 잃어버렸는지, 무엇 때문에 혼자 몸으로 여곽을 갔냐는 물음에 그녀는 절대 진실을 말할 수가 없었다. 고작 그가 준 풀 장식 하나 때문에 모두에게 그 걱정을 끼쳤다는 걸 말이다. 그녀가 입을 다물자 그는 그저 스치듯 웃음을 보일 뿐이었다. 그러더니 오늘 그는 아무 말도 하지 않은 채 그녀를 끌고 시전 나들이에 앞장선 것이다. 아무래도 그는 그녀의 무단 외출을 철부지 아가씨의 호기심으로 생각하고 있었던 모양이다. 물론 철부지 어렸을 적 담장을 넘었던 적이 있지만 그건 아주 어렸을 적 일이었다. 그녀는 갑자기 뭔가 생각난 듯 가진의 옷깃을 붙잡았다.

"제가 어렸을 때 담장을 넘었다는 것을 어떻게 아셨지요? 예전에 저에게 그랬잖아요. 담장을 넘더니 이제는 국경을 넘을 거냐고. 오라버니가 그러던가요? 오라버니가 저에 대해 또 뭐라고 하던가요?"

그녀는 범인이 오라버니라는 것을 확신한 채 가진을 추궁했다. 그가 반응이 없자 화련은 대답을 듣고야 말겠다는 듯 그 자리에 멈춰 움직이지 않았다. 오라버니가 분명 또 다른 짓궂은 말을 했을 거라고 생각하니 얼굴이 화끈거렸다.

그녀가 움직이지 않자 가진도 걸음을 멈췄다.

"먹는 것에 유독 호기심이 발동해 아무거나 주워 먹기 일쑤고 하나밖에 없는 오라버니 무슨 수를 써서라도 이겨먹으려 들거나 혼내려 하면 울음으로 마무리해 주는 꾀를 가진 것 정도? 아, 무사 집안답게 발차기도 씩씩하다던데."

그가 말하면서도 진짜냐고 쳐다보는 그의 의문 섞인 표정에 화련은 어이가 없어 입이 쩍 벌어지고 있었다. 정확히 말해서 그보다는 어디 쥐구멍이라도 있음 숨고 싶은 심정이었다.

"우리 오라버니가 진짜 그렇게 말했단 말이에요?"

"넘겨짚었는데 아가씨의 얼굴을 보니 얼추 사실인가 봅니다."

천연덕스러운 그의 말투에 화련의 얼굴이 다시 달아올랐다. 이건 넘겨짚는 수준이 아니라 젓가락으로 깨를 집어내듯 정확해 그의 말을 믿어야 할지 의문이 생길 정도였다. 그의 낮은 웃음소리가 더욱 화를 돋우자 화련은 홱 돌아 씩씩거리는 발걸음으로 자신의 상태를 드러냈다. 그러나 이곳 지리도, 당나라 말도 할 줄 모른다는 사실에 봉착하자 그녀는 다시 돌아서 그를 째려보았다.

"그만 화 풀고 이리로 오십시오. 이제부터 재미난 것을 구경해야 하니까."

"무슨 구경인데요?"

가진에게 다시 다가오긴 했으나 화가 덜 풀렸는지 화련은 툴툴거렸다.

"요즘 당나라에서는 투호가 유행입니다. 한번 해보시겠습니까?"

그러면서 그는 그녀의 대답도 듣지 않고 조그마한 난전으로 그녀를 데려갔다. 이 근처의 모든 난전은 한두 개의 장통을 가져다 놓고 장사를 할 만큼 인기있었다. 남자보다 주로 여자가 많이 하며 화살을 손으로 던져 장통에 집어넣는 놀이였다. 그런데 보기보다 어려운지 대부분의 이들이 장통에 넣은 화살은 그리 많아 보이지 않았다.

"나라면 적어도 8할은 넣겠다."

어디서 오는 자신감인지 그녀는 벌써부터 소매를 걷기 시작했다.

가진은 화살 한 묶음을 풀어 그녀에게 내어주었다. 꽉 다물어진 그녀의 입술을 보아하니 장통에 화살을 넣겠다는 의지가 사뭇 비장해 웃음이 나오려 했다. 그러나 그녀의 의지만 충만했지 화살은 장통 근처에도 가지 못하고 픽픽 쓰러졌다. 화살이 없어질수록 그녀의 얼굴 또한 붉게 물들어갔다.

열 개 중에 네 개라. 아무런 상품도 없었다. 적어도 여덟 개 이상을 넣어야 은가락지라도 타는데 그 볼품없는 은가락지도 못 타게 생기자 그녀의 자존심이 서서서 금이 갔다. 아홉 개일 때는 남자 머리 장식 끈이고 열 개일 때는 황옥 귀걸이었다. 아홉 개가 남자 머리 장식 끈이라…….

"한 번 더 하겠습니까? 처음이라 익숙지 않아서 그렇지 한 번 익숙해지면 열이면 열 다 들어갑니다. 손님, 조금만 열심히 하면 저 황옥 귀고리도 탈 수 있을 것 같은데 말입니다."

주인장이 장사술로 그녀를 살살 꼬드겼다. 화련은 마치 그렇게 될 것 같은 기분에 화살 묶음을 한 번 더 샀다.

옆에서 지켜보기만 하던 가진의 눈이 점점 가늘어졌다. 재미난 놀이로 시작된 것이 그녀의 오기가 붙어 이제는 상품을 타기 전까지 자리를 뜨지 않을 것 같아 보였다. 벌써 여섯 묶음 화살을 바닥에 뿌리고 있는 중이었다.

그럴수록 주인장의 입은 귀까지 찢어져라 실실 웃고 있었다.

"이제 다른 구경을 가시는 게 어떻습니까?"

그 말에 화련은 대번에 고개를 저었다.

"조금 전에 여섯 개까지 들어갔으니 이번엔 분명 일곱 개 이상 들어갈 거야."

저 대책없는 계산은 어디서 나오는지. 그녀가 뿌린 여섯 묶음의 돈만 합쳐도 하등 상품에 나오는 은가락지 두 개를 사고도 남음이었다.

"갖고 싶은 물건이라도 있는 겁니까?"

아무래도 장통에 화살을 넣는 것보다 상품 중에 끌리는 물건이 필시 있기에 미련 때문에 자리를 못 뜨고 있는 게 틀림없었다.

"……연꽃 모양으로 된 황옥 귀고리."

주저하다 대답한 화련은 부끄러운지 가진의 눈을 피했다.

가진은 황옥 귀고리에 잠시 시선을 두었다. 난전에서 상품으로 거는 것치고는 꽤 값비싼 물건이었다. 더욱이 황옥 자체도 빛이 고와 품질이 좋아 보였다. 황옥 귀고리라. 비싼 만큼 열 개가 장통에 다 들어가야 한다는 소리인데 그녀의 솜씨로는 날을 새도 힘들 것 같았다.

가진은 아예 화살 묶음을 그녀 앞으로 모두 밀어 넣었다. 그녀가 진짜 어디까지 넣을지 궁금하기도 한 그였다. 조만간 제풀에 지쳐 그만둘 것도 같았다.

금세 다섯 묶음이 풀려 나갔다. 흥미롭게 쳐다보던 그의 눈썹이 보기 좋게 휘어졌다. 통통 튀기며 들어가는 그녀의 화살이 연달아 여덟 개까지 들어가고 있었다. 그녀는 상기된 얼굴로 잠시 그를 바라보았다.

덤덤히 바라보던 그조차 아홉 개까지 들어간 후 열 개째 화살이 아슬아슬하게 통에 들어가자 입이 벌어졌다. 옆에서 구경꾼들이 박수를 쳐주며 환호하는 반면 주인장의 얼굴은 일그러졌다. 그러나 정작 당사자는 화살 열 개를 다 넣었음에도 불구하고 별로 기뻐하는 기색이 없었다. 아니, 당황하는 기색이었다.

"기쁘지 않으십니까?"

"기쁘긴 기쁜데……."

화련은 말을 얼버무렸다. 그녀가 원하는 상품은 황옥 귀걸이가 아니었다. 대놓고 남자의 비단 머리띠를 따기 위해 그렇다고 말할 수 없었다. 그녀의 목표 달성 아홉 개까지 들어가자 그녀는 슬쩍 힘을 빼고 화살을 던졌다. 너무 티가 나면 안 되기에 그 근처를 노리고 던졌는데 화살이 통에 튀기면서 거꾸로 들어가고 말았던 것이다. 대놓고 그에게 무엇을 준다는 것이 부끄러워 머리띠를 타면 시침 뚝 떼고 선심 쓰듯 그에게 내어줄 생각이었다.

"죄송하지만 손님, 황옥 귀걸이는 원래 부인들만이 사용하는 것이라 처녀들에게는 상품을 줄 수가 없는 것입니다. 대신 아가씨가 사용하실 만한 가락지는 어떻습니까?"

얼토당토 않은 주인장 말에 가진의 입매가 굳어졌다. 구경꾼들도 말이 되지 않는지 웅성거리며 비난의 눈초리로 주인장을 째려보았다. 지금까지 조용히 있다 처녀이기 때문에 줄 수 없다니 분명 손님을 끌기 위해 전시용으로만 걸어놓았던 것이다.

"지금 사기를 치시겠다?"

가진의 눈매가 싸늘해졌다.

"아, 아니, 사기가 아니라 처녀에게는 이런 귀걸이를 하지 않기 때문에 자격이 안 된다는 거지요, 손님."

구경꾼들도 이상하고 가진 대방의 표정도 싸늘하자 화련은 가진을 쳐다보며 무언의 설명을 요구했다.

가진은 한숨을 쉬며 화련을 살짝 자신의 앞으로 끌어당겼다.

"저 주인장이 귀걸이는 부인용이라 처녀에게는 줄 수 없다고 억지를 부리고 있는 중입니다."

주인장의 심보가 괘씸해 관아에 넘겨 된맛이라도 보여주고 싶지만 그러기에는 그녀가 당나라 사람도 아닐뿐더러 괜히 일만 복잡해질 뿐이었다.

"증명만 하면 되는 거 아닌가요? 그리고 황옥 귀걸이가 아니면 남자 머리띠라도 받을 거예요."

가진은 화련에게 의아스러운 눈빛을 던지면서도 주인장에게 그녀의 말을 전했다. 그 말에 주인장은 기세등등하게 고개를 끄떡였다. 그도 그럴 것이 아까부터 계속 지켜본 바로는 그들에게 부부 간의 살가움이라든지 끈끈함을 전혀 찾아볼 수 없었다.

화련은 주저하며 두 팔로 가진을 끌어안았다. 그리고는 주인장을 똑바로 바라보았다.

"증명이 되었지요? 그러니까 머리띠라도 줘요."

그녀의 얼토당토 않은 증명 방법에 가진은 몸을 긴장시키며 빳빳하게 서 있을 수밖에 없었다. 이 꼬마 아가씨는 아무래도 황옥 귀걸이에 목숨을 내걸은 것 같았다.

"그것으로는 증명이 안 되겠는데요, 손님. 꼭 동생이 오라버니에게 선물 사달라고 조르는 모양 같구먼."

그 말에 구경꾼들도 화내는 것도 잊고 웃음을 터뜨렸다.

"저 황옥 귀걸이를 꼭 가지셔야겠습니까?"

"꼭 그런 건 아니지만 억울하게 물러나고 싶지 않아요."

"적어도 부부라면 말입니다. 서투른 포옹보다는……."

그러면서 가진은 잠시 생각을 하는 듯하더니 그녀가 두른 한 팔을 풀러 자신의 가슴에 가져다 댔다. 그녀의 눈이 동그랗게 커지자 그의 입가에 짙은 미소가 배어 있었다.

화련은 저번처럼 그가 또 자신을 놀리는 것 같아 호기심 반 긴장감을 담아 그를 조용히 바라만 보고 있었다. 이번엔 절대 놀라지 않을 거라 다짐한 그녀는 그의 시선을 그대로 받아내고 있었다.

가진은 그녀의 손을 끌어올려 자신의 입술에 맞추었다. 그런 후 그녀의 팔목으로 입맞춤이 이어졌다. 뜨거운 입술 느낌에 그녀의 몸이 바르르 떨렸다.

그녀가 놀라 주저앉으려 하자 가진은 재빨리 화련을 자신의 가슴으로 숨기며 주인장을 바라보았다.

"하나를 택하도록 하지. 장사를 접든지 귀걸이를 내주든지."

"뭐, 뭐야? 이놈이!"

"화살의 깃털을 뽑아 균형을 잃게 해 장통에 잘 안 들어가게 만든 것은 물론 화살대 중 어떤 것은 속이 비어 잘 날아가지도 않지. 여기서 투호한 사람들이라면 잘 알지도 모르겠군. 왜 그렇게 화살이 안 들어갔는지 말이야."

구경꾼들이 웅성거리면서 몇몇은 여기서 투호를 해본 적이 있는지 자신의 경험을 말하며 가진의 말을 옹호하기 시작했다.

"아니야, 난 그런 적이 없다고. 생사람 잡지 말라고. 사실이 아니라고!"

주인장은 진짜 억울하다는 듯 얼굴이 벌게져서는 구경꾼들에게 항변을 하고 있었다.

"사실이든 아니든 중요한 것은 사람들이 믿어주지 않는다는 것이지. 소문의 의외로 눈덩이처럼 빨리 커지는 법이니까."

"준다고, 줘. 줄 테니 여기서 빨리 나가라고!"

화련은 귀걸이를 받자 가진과 주인장을 번갈아 바라보았다. 내쫓기듯 나온 그녀는 다시 시장 구경을 계속했다. 그러나 그녀의 표정은 불만스러운 듯 찡그려져 있었다.

가진은 그녀가 귀걸이를 받았음에도 기분이 좋아 보이지 않자 조금 전 자신의 무례한 행동 때문일지도 모른다고 생각했다. 그래, 처음에는 장난이었다. 그러나 그녀의 손을 잡는 순간 장난이 장난이 아닌 것이 되어버렸다.

화련은 어느 정도 가다 멈춰 그를 돌아보았다. 더 이상 참을 수 없는지 그녀의 얼굴은 복숭아처럼 연붉게 달아올라 있었다.

"나는 가진 대방이 고마워서 뭔가를 해주고 싶었는데…… 물론 투호를 할 때 가진 대방이 돈을 내주었지만 그래도 난 진심인데…… 가진 대방은 장난이나 치고 누가 황옥 귀걸이 갖고 싶다고 했다고."

화련은 그런 후 씩씩거리며 저잣거리를 혼자 빠져나갔다.

횡설수설하는 화련의 말에 가진은 그저 멍하니 그 자리에 서 있었다. 열 개의 화살이 들어가자 기쁨보다는 당황함, 치장에 관심도 없던 그녀가 상품을 타기 위해 포옹도 서슴지 않은 행동까지. 그런 거였군. 정신 차린 가진은 들뜬 표정을 숨기기 위해 고개를 돌렸다. 그러나 그의 목덜미와 귓가는 이미 붉게 물들어 있었다.

진무는 천장을 한번 바라보고 머리를 긁적이다 끝내 불편한 듯 헛기침을 해댄다. 조금 전까지 야금야금 들이킨 술이 이제야 그 취기가 올라오는지 좀처럼 벌게지지 않는 그의 얼굴까지 붉게 물들어 있었다. 거기다 술을 들이키다 놀랐는지 딸꾹질까지 나오자 숨을 참으려 용쓰는 모습은 덩치에 맞지 않게 애처로워 보이기까지 했다. 시간이 갈수록 앉아 있는 자세가 불편한지 엉덩이를 들었다 놓았다 하는 폼이 꼭 똥 마려운 강아지처럼 보였다. 그도 그럴 것이 아닌 밤중에 홍두깨도 아니고 갑작스럽게 들이닥친 아가씨의 방문이 이만저만 당황스러운 게 아니었다. 말도 통하지 않고 적적하기도 한데 금주령까지 떨어진 터라 술이 당긴 진무는 이런저런 이유를 가져다 대며 혼자 찻주전자에 몰래 술을 담아 그 맛을 즐기고 있었던 차였다. 그 묘한 맛에 반쯤은 넋이 나가 있던 중 난데없이 누군가 방문을 열고 들어오니 안 놀랄 사람이 어디 있겠냔 말이다. 그것도 아가씨가!!

술 먹고 체하면 약도 없다 그랬는데. 아직도 술이 목에 걸린 듯 그는 가슴을 두드렸다.

"속을 진정시킬 수 있는 약이 있으면 내주세요."

진무는 시무룩한 표정으로 앉아 있는 아가씨의 낯빛을 자세히 살폈다.

"체기가 있으신가요?"

"잘 모르겠어요."

"아가씨, 저는 아버지 어깨너머로 배웠지 실제 약종상은 아닙니다."

"가슴이 답답하면서도 화도 나는 게 진정이 되지 않아요. 아무리 차를 마셔도 머리가 맑아지기는커녕 속만 울렁거리고."

아가씨의 말에 진무는 쿡 하고 웃음이 나올 뻔했다. 어린 아가씨가 무슨 화병에 걸린 것도 아니고 저리 감정이 변화무쌍해서야 심난도 할 터이다. 그는 터져 나오려는 웃음을 잠재우고 목소리를 가다듬었다.

"그러니까 요즘 고민거리가 있으시다는 거죠?"

화련은 잠시 미적대다 마지못해 입을 열었다.

"속이…… 속이 상해요. 그냥 아무 이유 없이 속이 상합니다."

"속이 상한다고요?"

사실은 속이 상해 눈물이 난다. 가진 대방만 바라보면 이유없이 속이 상한다. 그가 그녀에게 잘못한 것도 없는데 괜히 화풀이하고 싶고 그의 뒷모습에 눈이 가는 자신이 싫어진다. 마음에 가시라도 들어앉았는지 말 또한 곱게 나가지가 않았다. 이유라도 알아야 하는데 몰라 더욱 속이 답답하다. 미워하는 것도 아닌데 그가 자신을 얼마나 걱정하고 있는지 잘 알면서도 그를 보면 화가 나면서도 신경이 쓰인다. 그러나 그는 언제나 한결같은 자세로 그녀를 대한다. 알 수 없는 감정에 휩싸여 하루를 보내는 것이 오죽 답답했으면 부끄럼을 무릅쓰고 진무에게까지 왔을까?

화련이 연거푸 한숨을 내쉬자 진무 또한 따라서 한숨을 내쉬었다.

"흠흠, 아가씨 앞에서 문자 쓰는 것 같아 참 거시기 하지만 그러니까 제 아버지께서 '한숨이라는 것도 마음의 병이다' 이런 말씀을 한 적이 있죠. 마음에 감정을 쌓아두고 있으니 무겁고, 이것을 한꺼번에 쏟아내기에는 버겁기 때문에 언어로 나오지 못하는 뜨거운 화기만 가지고 있는 작고 몹쓸 병이라 하셨지요. 약 먹는 것보다 뒤뜰에 나가 상쾌한 바람을 쐬는 게 더 좋을 겁니다. 지금으로서는 백방의 약초를 구해놓는다 해도 아가씨 마음을 뻥 뚫리게 할 수 있는 약은 없을 것 같습니다."

"그게 마음대로 되지 않아왔잖아요."

화련은 습관적으로 찻주전자에 있는 차를 자신의 찻잔에 따랐다.

"앗, 아가씨 그건……!!"

찻잔을 입으로 가져가려던 화련은 잠시 멈칫했다. 향이 진한 것이 코끝을 톡 쏘고 들어왔다. 화련과 눈이 마주치자 진무는 머쓱하니 뒤통수를 긁었다.

"술이군요. 녹차와 색깔이 같아 이리 마시면 아무도 모를 것 같네요."

"그게, 술 생각이 나서⋯⋯. 그러니까 죽엽청주라고 우리나라의 청주하고는 또 다른 맛을 가지고 있죠. 하하하."

웃음으로 무마하려는 진무의 표정이 거의 울상이라 그녀는 작은 웃음이 터져 나왔다. 화련은 고운 연녹색 빛깔을 잠시 내려다보다 한 번에 쭉 들이켰다. 톡 쏘는 향에 비해 끝 맛은 달콤함을 남겼다. 혀를 이리저리 굴려보자 쌉쌀하지만 입속에 정체 모를 향이 오래 떠돌아다녔다. 진무 말대로 맛이 꽤 괜찮았다.

"히힉, 아가씨!"

"무슨 맛인지 궁금했을 뿐이에요. 우리끼리 몰래 한 잔 더 할까요?"

"가진이 알면 날 목 졸라 죽이려 들 텐데."

그러면서도 진무는 아가씨의 제안에 슬쩍 구미가 당기는 표정이었다.

"가진 대방이라면 걱정하지 마세요. 그럼 가진 대방이 모르는 두 번째 비밀을 만들어볼까요?"

화련이 찻잔을 위로 들자 진무는 냉큼 찻주전자를 뺏어 등 뒤로 숨겼다. 금주령을 피해 그 혼자 술 먹은 것도 큰일인데 아가씨까지 술을 먹었다는 사실을 안다면 가진 놈이 자신의 목을 정말 비틀어놓을지도 몰랐다.

진무의 행동에 시무룩해진 화련은 입을 삐쭉 내밀었다. 잠시 좋아졌던 기분이 다시 땅바닥으로 고꾸라지고 있었다.

"정 그러시다면 그대 말처럼 뒤뜰에 나가 바람을 쐬다 들어가 야겠어요."

화련은 아쉬운 한숨을 내쉰 채 자리에서 일어났다.

진무는 아가씨가 나간 뒤로도 멍하니 그 자리에 앉아 있었다. 아가씨가 술을 들이켰다는 것 자체를 받아들일 수 없는지 진무 는 곧 자신의 머리를 쥐어뜯었다.

무슨 근심이 있기에 아가씨가 이 늦은 밤에 잠도 안 주무시고 한숨을 내쉬어야 했을까. 애고, 아가씨가 밤잠 못 이루고 한숨 쉬는 것을 알면 또 가진 녀석 얼굴 안 봐도 뻔하겠구만. 하, 이 게 무슨 빌어먹을 일이냐. 어서 빨리 집으로 돌아갔으면 하네. 쓰러져 가는 초가집도 내 집이 좋은 거지. 이게 어디 사람 사는 맛이 있어야지. 말이 통하나? 그렇다고 마음이 편하나? 황족은 이런 곳에서 오래 살아도 지루하지 않나 보지? 나 같은 놈은 여 기 한 달만 더 묶어놓으면 속 터져 죽겠구만.

진무는 신경질적으로 술을 입 안에 털어 넣었다. 그러나 어찌 그 술맛이 아까와 다르게 텁텁하고 쓰게만 느껴졌다.

화련은 바스락거리는 나뭇잎을 밟으며 뒤뜰로 향했다. 걸을 때마다 서각거리는 소리가 날 정도로 나뭇잎이 차가운 소리를 냈다. 그녀의 마을에도 여기저기 가을걷이가 끝나 그나마 인심 이 풍성해질 때가 돌아왔을 것이다. 그러나 두 겹이라 하지만 아직 갈포 옷을 입은 그녀로서는 서둘러 끝나가려는 가을의 모습이 너무 낯설게 느껴졌다.

바람이 그녀의 치마를 짓궂게 스치고 지나갔다. 바람이 분다. 조금은 차고 마른 바람이. 그의 말처럼 한 번의 헤아림이 지나가고 있는지 모른다. 추운 겨울 다시 길을 나서려면 많이 힘들 것이다. 얼핏 듣기로는 가진 대방이 고뿔에 잘 걸린다고 하던데, 고뿔 걸렸다 한들 그 성격에 내색도 하지 않을 것이다. 아니, 고뿔이 왔다가도 가진의 싸늘한 표정에 고뿔이 도망갈지도 몰랐다. 매사에 뭐가 그리 심각한지 호탕하게 웃는 모습도 보지 못했다. 자신보고 고개를 돌리지 말라고 말해놓고 이제는 그녀가 그를 바라볼 때면 그는 슬며시 고개를 돌렸다.

또다시 그의 생각을 하고 있자 화련은 우울해졌다. 그를 너무 생각해서 그런 것일까? 화련의 발걸음이 뚝 멈췄다. 가진이 생각에 잠긴 채 뒤뜰에 바람을 맞으며 서 있었다.

환한 달빛이 그의 옆모습 윤곽을 뚜렷이 비추고 있었다. 진청색 두루마기가 바람에 쓸리는데도 상관없는 듯 한참을 그렇게 서 있었던 듯했다. 그의 내리깐 눈은 까맣다 못해 헤아릴 수 없는 생각으로 잠겨 있는 것 같았다. 화련의 맥박이 조심스레 빨라졌다.

"또 잠이 오지 않으십니까?"

기척을 느꼈는지, 아님 그녀의 시선을 느꼈는지 그가 그녀 쪽으로 고개를 돌렸다. 잠시 그의 미소가 스치듯 지나간 듯했다.

"가진 대방도 잠이 오지 않나 보지요?"

"돌아가는 날을 앞당기기 위해 해상으로 갈지 생각해 보고 있습니다."

문예 전하가 환국을 위해 이것저것을 물어오는 것으로 봐서 시일 내에 떠날 차비를 해야 했다. 생각보다 빠른 전하의 결단력에 가진은 한시름을 놓았다.

"벌써 돌아가는군요."

돌아간다는 말에 화련은 벼락을 맞은 듯 그 자리에 가만히 서 있었다. 당연히 기뻐해야 할 일인데 복잡하고 설명하기 어려운 감정이 그녀를 땅 아래로 끌어내리는 것 같아 혼란스러웠다.

생각해 보면 여기까지 오는 동안 많은 일들이 있었다. 돌아간다면 그가 그녀를 위해 발목을 보살펴 주는 일도, 걱정스레 쳐다봐 주는 일도 없을 것이다. 그에게 괜한 고집을 부릴 일도, 투정하듯 대할 일도 없을 것이다. 그리고 그녀가 그의 품에 안겨 우는 일도 없을 것이다. 시전에서 우연히 만난다 하여도 한 번도 본 적 없는 타인처럼 스쳐 지나가는 것이 고작이거나 운이 좋다면 고갯짓으로 인사를 받는 것이 다겠지. 어쩌면 그를 이렇게 바라보고 서 있는 일조차 어려울지도 모른다. 여기서는 모든 것이 가능했던 일이 돌아가면 해서는 안 되는 일이 되는 것이다. 그 사실이 그녀를 혼란스럽게 만들고 있었다.

"돌아가면 무엇이 제일 하고 싶으십니까?"

"아욱장아찌가 먹고 싶어요."

친지를 뵙고 싶다거나 이번 사태를 잘 추스르겠다는 야무진 대답과는 달리 간장 절인 아욱이 먹고 싶다는 말에 가진의 입가에 미소가 잔잔히 퍼졌다. 아마 이곳 음식이 그녀의 입맛에 많이 안 맞았나 보다.

"가진 대방은 돌아가면 무엇이 하고 싶은가요?"

빈말이 아니라 그녀는 정말 궁금했다. 그가 가슴속에 무엇을 품고 사는지 알고 싶었다. 그러나 곧장 대답했던 그녀와는 달리 그는 한동안 입을 열지 않았다. 웃음기 거친 그의 표정은 심각하기까지 해 화련은 그 답을 꼭 들어야겠다는 생각까지 들 정도였다.

흔들리는 대나무 잎 저만치에 그의 시선이 고정되어 있었다.

"돌아가면 부모님께 11)의혼(議婚)을 넣어달라 청할 생각입니다."

"혼례를…… 말하는 건가요?"

"생각할 때도 되었으니까요."

화련은 자신의 표정을 들키지 않기 위해 그를 등지고 섰다. 그 혼란한 감정 그 중심에 그가 있었다. 그가 혼례를 한단다. 가슴에 뭔가가 덜컹 떨어진 것도 잠시, 혼례라는 말이 자신의 귀가 윙윙거릴 정도로 맴돌고 있었다. 그가 뭐라 답을 했는지 들리지도 않았다. 왜 자신이 당황을 해야 하는지, 알 수 없는 가슴 치밀음이 왜 자신을 휩쓸고 있는지 그 답을 헤아리기 바빴다.

화련은 벼락을 맞은 듯 가진을 멍하게 쳐다보았다. 무슨 말이

----
11)의혼(議婚): 혼사를 의논함, 또는 그 일

튀어나갈지 모르는 두려움에 손으로 입을 막았다. 내가 가진 대방을 마음에 두고 있었나? 내가? 그의 한마디에 울고 싶을 정도로? 갑작스럽게 뒤통수를 맞은 진실에 다리에 힘이 풀리는 것 같았다.

가슴은 알고 머리가 몰랐던 것일까? 머리는 알고 가슴이 외면했던 것일까? 내가 그를 귀인(貴人)으로 생각했단 말인가. 그의 한마디에 충격을 받을 만큼?

헛웃음이 났다. 그렇게 둔하였다니. 아니다. 둔하여 깨닫지 못한 것이 아니었다. 마음은 아니 되는 사람이라는 것을 알고 있기에 화가 나고 답답했던 것이다. 그녀만의 감정이라 속이 상했던 것이다. 어찌할 수 없는 사람이라는 것을 알기에 그에게 골딱지가 난 것이다. 그에 대한 감정은 커져만 가는데 발에 맞지 않는 신발을 신은 것마냥 맞지 않는 마음 틀에 끼워 넣으려하니 아프고 속상했던 것이다. 그러나 알고 있는 지금은 더욱속이 상하고 아팠다. 아니 되는 사람이었다. 생각지도 않는 충격에 그녀의 감정이 회오리치고 있었다.

새언니가 말하는 사랑과는 다르다. 혼례를 할 땐 오라버니가 그저 막연히 무서웠다고 했다. 아기씨를 가지고 난 후 오라버니와 오래 시간을 지내다 보니 사랑하게 되더라고 했다. 가슴 따뜻해지고 편안하면서도 두근거리는 것이라고 했다. 그게 사랑이라고 했다.

화련은 자신 또한 그리되리라 믿었다. 그런데 아니다. 화가 나고 아플 뿐이다. 말할 수 없는 이 감정에 그냥 눈물이 날 뿐이었다. 아니, 소리라도 질러 답답한 이 마음을 어떻게든 풀어버리고 싶었다. 이게 사랑이 아니라 부정하고 싶었다.

"어디 아프십니까?"

근심스레 묻는 가진의 대답에도 화련은 그저 고개를 가로저을 뿐이었다.

"아가씨?"

"아프면 그때 말하지요. 먼저 들어가겠습니다."

여기 더 있다가는 그녀의 마음을 들킬 것 같았다. 그러면 분명 눈치를 챌 것이다. 그녀는 그의 시선을 피한 채 걸음을 돌렸다. 갑자기 쏟아져 나온 이 마음을 눌러 담아야 했다. 이런 마음을 내보여 좋을 건 없었다. 오히려 돌아가는 길 서로 어색해질 뿐이었다. 오히려 서로 해가 되는 감정이었다. 그러나 그 마음과는 달리 그녀는 두 걸음도 못 가 걸음을 멈추어야 했다.

버찌? 그의 손에 분명 버찌가 들려 있었다. 생각이 바뀐 듯 화련은 몸을 틀어 그를 올려다보았다. 넘쳐 났던 감정이 일시에 사그라지고도 남을 정도로 그녀는 눈동자는 가라앉아 있었다. 열매가 다 떨어지는 늦가을이라 간간이 쭈그러지고 말라비틀어져 있는 게 전부였다. 그럼에도 불구하고 근처의 버찌를 다 줍기라도 한 듯 여남은 개의 버찌가 그의 손에 들려 있었다. 저번 객사에서도 설익고 새금한 버찌를 줍더니 이번에는 다 말라비틀어진 버찌라니.

"버찌군요."

화련은 그가 뭔가를 설명해 주기를 원한다는 듯 그를 바라보았으나 가진의 입매는 굳게 다물어져 있을 뿐이었다. 마치 말해 줄 수 없다는 듯이.

그녀는 주위를 돌아본 후 충동적으로 나무 끝에 매달린 시든 버찌를 하나 땄다. 색이 검고 시든 버찌는 딱 보아도 식용으로 보이지 않았다. 분명 맛도 없을 게 분명했다. 자신이 무엇을 확인하고픈지 모르겠다. 그냥 지금은 마음이 시키는 대로 하고 싶었다. 이 남자가 버찌를 볼 때마다 매번 주워야 할 만큼 그 미련을 가진 사람이 누구인지 궁금했다. 확실한 건 그의 짙은 눈빛은 그것이 단지 추억만은 아니라고만 말해주고 있을 뿐이었다.

"누군가요?"

끝내는 마음속의 말이 입 밖으로 새어나왔다.

"……."

"가진 대방이 매번 이렇게 버찌를 줍게 만드는 사람이 누구인지 가르쳐 줄 수 있나요?"

화련은 고개를 돌리지 않기 위해 무던히 노력해야 했다. 무례한 질문이라는 것을 알지만 그 무례를 무릅쓸 만큼 궁금했다. 마치 자신이 그의 부인이고 마음에 품은 그 여인이 그와 치정관계라도 되는 듯 그를 추궁하고 있다는 것도 알지만 그녀는 답을 들어야 했다.

직감적으로 분명 그 버찌는 가슴에 품은 여인의 추억이라고 말하고 있었다. 투기를 잘하는 여인이라 생각해도 좋았다. 얼마나 꺼내기 어려운 이름이기에 그의 입은 좀처럼 열릴 줄을 몰랐다. 그럴수록 그녀의 고집스러운 턱이 두드러져 보였다. 마른 대나무 대가 반으로 갈라 쪼개진 것처럼 그 대답이 그녀의 심장을 갈라놓는다 해도 듣고 싶었다. 오히려 그의 침묵이 두려웠다. 어미 잃은 고라니 새끼처럼 두렵고 신경이 바짝 곤두설 지경이었다. 그의 긴 한숨 소리가 찬 공기에 흩어지자 화련은 떨리는 두 손을 감추기 위해 주먹을 꽉 움켜쥐어야 했다.

"그럼, 저도 아가씨에게 하나 묻겠습니다. 먼저 아가씨가 어디서 술을 구해 마셨는지 답해주셔야겠습니다."

가진은 슬쩍 말을 돌렸다. 며칠째 어린아이처럼 계속 심통을 부리더니 이제는 어디서 몰래 술 한 잔 걸치고 와 그에게 당황스러운 질문을 던지고 있었다. 호기심 어린 아가씨의 질문에 무슨 대답을 해야 하나?

자조적인 미소가 그의 입가에 드리웠다.

"질문에 질문으로 답하다니 무례하군요."

진무라는 자와 술 마신 것을 비밀에 붙이기로 했으니 약속을 어길 수 없었다. 화련은 답을 미룬 채 그저 버찌만 만지작거리고 있었다. 안 된다는 것을 알면서 가진 대방의 마음을 알고 싶어하는 이 이기적인 감정은 무엇일까? 어린아이처럼 매달려 졸라서라도 확인하고 싶은 건 왜일까? 알아도 그녀가 어찌할 수 있는 것은 아닌데. 이런 치졸한 감정이 사랑이라고?

격한 감정이 손에 실리자 버찌가 뭉그러지며 거무죽죽한 즙을 토해냈다.

"손을 버리셨습니다."

가진이 손수건은 건넸지만 화련은 고개를 돌려 그의 호의를 무시했다.

그에게는 아무 의미 없는 호의에 불과하겠지만 이제 그녀에게는 담을 수 없는 또 다른 감정을 만들어낼 것이다. 그 의미 하나하나 헤아려 가며 잠 못 이루지 못한 밤을 맞이할지도 몰랐다. 가슴 조아리며 의금에 한숨 베이게 하는 날이라도 오면 그를 야속하다 할지도 모르는 일이었다.

하는 수 없이 그가 그녀의 손을 닦아주자 그녀는 그 모습을 물끄러미 보고 있었다. 그는 최대한 그녀와의 접촉을 피하려는 듯 조심스러웠다. 생각해 보면 언제나 그랬다. 언제나 조심스러웠으며 그러면서도 한 발 뒤에서 그녀를 걱정스레 지켜보고 있었다. 앞으로도 그의 자리는 그녀 한 발 뒤가 될 테지. 그래서 그녀가 아무리 바라보고 싶어도 볼 수 없으며 쫓아가고 싶어도 쫓아갈 수 없는 사람으로 남을 테지. 그런데 이 감정은 한 발 뒤에 있는 그를 향해 있다. 그 모습에 눈이 암암해져 목이 멘다.

"저는…… 저는 가진 대방이 좋습니다."

잠시 멈칫하는 그의 손동작을 제외하고는 고개 숙인 그의 표정을 읽을 수가 없다.

화련은 땅바닥을 내려다보았다. 손에 쥔 그의 버찌가 떨어져 있었다. 동요하지 않을 것 같은 그가 조금은 놀랐는지 그녀의 시선을 엇비끼고 있었다. 그저 달빛 한 줌에 비추어진 그의 턱은 무언가를 참기 위해 꽉 물려 있을 뿐이었다.

화련은 떨어진 버찌를 주어 조심스레 그에게 넘겨주었다. 어디서 이런 용기가 생겼는지 모르겠다. 이 까만 밤 아무도 모른다면 그녀의 맘 조금은 그에게 열어 보여도 상관없다 여겼는지도 모른다. 아니면 갑작스럽게 터진 감정이 혼란스러워 스스로도 어찌해야 할지 몰라 이런지도 모른다. 풀어놓은 마음은 나비처럼 훨훨 날아가 그대에게 가는데 어두워 길을 못 찾고 방황하고 있었다. 처음 하는 날갯짓이 너무 어설퍼 길을 잃기 좋은 밤이었다.

"이제 버찌를 보면 가진 대방 생각이 날 것 같습니다."

그가 아무 말이 없다. 찬바람 지나가는 소리만 야속히 귀에 스칠 뿐이다.

그 소리가 그녀에게 회초리보다 더 매섭게 그녀의 마음을 스치고 지나갔다. 장군 집안의 딸이라 어느 귀족 집 딸보다는 강인하게 컸다고 생각했다. 그래서 쉽게 눈물을 보이는 일은 하지도 않았으며 운다 해도 자존심이 허락지 않았다. 그러나 언제나 그 앞에서만은 예외였다. 그의 품 안에서 위로받고 싶을 정도로 울었다. 눈이라도 마주치면 부끄러워 차마 마주치지 못해 그가 뒤돌아설 때야 그 등만 바라보고 섰던 그녀였다. 언제 그대에게 마음의 빗장을 열어버렸을까? 왜 그대여야 했을까?

화련은 고개를 숙였다. 그의 무거운 침묵에 눈가가 화끈거렸다. 그러나 이번만큼은 그 앞에서 울고 싶지 않았다. 그가 당황해하는 모습은 보고 싶지 않았다.

가진은 서서 꿈을 꾸는 듯했다. 너무 단꿈에 젖어 깨어나면 허망해 울고 싶은 그런 꿈인 듯했다. 아니면 자신이 드디어 마음 하나 다잡지 못하고 미쳐 가고 있는 건 아닌지 덜컥 겁이 났다. 그녀를 와락 품에 안아 그녀의 말이 진심인지 묻고 또 묻고 싶었다. 밤마다 그녀가 헤집고 간 마음이 뜨거워 잠 못 이루었다 말하고 싶었다. 심장 안에 물고기 하나 뛰쳐나와 바닥에서 파닥대듯 몸부림을 치고 있다 말하고 싶었다. 이제 이 마음은 더 이상 풀어놓을 곳 없다 하는데 달디단 언어 맛본 마음은 아이처럼 보채 그 야욕 버거워 목이 찬다 말하고 싶었다.

가진은 충동적으로 그녀에게 손을 뻗으려다 주먹을 움켜쥐었다. 그녀는 잠시 감정을 혼동하고 있는 것뿐이다. 힘든 일을 겪다 보니 기대고 싶은 마음이 자연스레 그에게 기울어지는 온정을 착각하고 있는 것이다.

"여기까지 오느라 몸도, 마음도 지쳤을 것입니다. 의지할 곳 없다 보니 마음이 약해져 그럴 수도 있습니다. 하지만 아가씨, 그런 말은 함부로 하는 것이 아닙니다."

마지막 그의 말에는 싸늘할 정도로 찬 기운이 돌았다.

화련은 한동안 그의 짙고 어두운 눈동자만을 바라보았다. 그러나 아무것도 잡아낼 수 없었다.

"제가 어리다고 제 마음까지 그대에게 가르침 받아야 하는 것은 아니지요."

화련은 누구보다 자신의 감정을 잘 알고 있었다. 그가 꼭 다른 말로 돌리지 않아도 충분히 알아들을 수 있는 나이였다. 저리 두 손을 움켜쥐고 있는 것을 보면 그도 많이 당황한 거겠지.

"속으로 맹랑한 아가씨라 생각하겠지요? 하지 않을 것입니다. 앞으로 할 수 없는 말일 테니까. 그냥 이곳이면, 이 마음 말로 표현해도 아무도 탓할 사람이 없을 것 같아 그랬습니다."

역시 해서는 안 될 말이었다. 그녀가 이런 말을 해도 그가 해줄 수 있는 말이 없다는 것을 알고는 있지만 눈이 아려오는 건어쩔 수가 없었다. 그 또한 그녀와 마음이 같다 말하였으면 기뻐 눈물이라도 흘렸을까? 아님 그래도 어쩔 수 없다는 것에 눈물을 흘렸을까? 떨어지는 건 어차피 똑같은 눈물일 것이다. 시작해 보지도 못하고 접는 사랑이었다. 이름 한 번 다정히 불러보지도 못하고 묻어야 하는 사랑이었다. 잘못 구운 도자기처럼 잘못 만들어진 인연은 미련없이 깨뜨려야 하는지, 나중에 그 날카로운 조각은 그럼 어디다 묻어야 하는지 적어도 누가 가르쳐주었으면 했다. 드러낼 수 없는 감정이니 드러내 놓고 아파할수도 없다. 가르쳐 주는 이 하나 없기에 앞으로 이 마음 추스르는 것도 버거울 것이다.

언제나였다. 항상 그녀의 뒷모습을 지켜보는 몫은 항상 그였다. 그러나 오늘은 그 어느 날보다 그의 눈빛이 짙게 내려앉아 있었다.

결국 그와 마주 보고 서 있는 것이 힘든 그녀가 먼저 자리를
벗어났다.

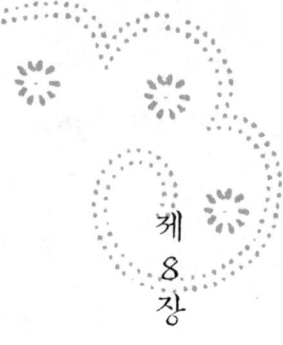

제
8
장

뒷마당 곱게 붉은색을 띠던 갈참나무의 잎이 하룻밤 사이에 우수수 떨어져 나가 이제는 처량하게 그 뼈대를 드러내고 있었다. 간간이 물 항아리에 내려앉는 잎사귀는 바람과 뱃놀이를 하다 쓸려 나갔다. 그렇게 시끄럽게 울던 새들도 추운지 요즘에는 보이지 않았다. 산 뒤에서 툭툭 나무 베는 소리가 요란하게 들리는 것을 보면 겨울나기 준비에 한창인 때였다.

이제는 밖에서 설거지하기에는 제법 날씨가 쌀쌀해 물을 뿌리면 바닥에 살얼음이 얼 정도로 기운이 뚝 떨어지고 있었다. 그럼에도 불구하고 세향은 엉덩이를 땅바닥에 붙인 채 설거지를 하고 있었다. 오늘따라 지푸라기로 그릇을 문지르는 그녀의 손이 박자에 맞춰 어깨까지 들썩거렸다. 중간중간 콧노래를 흥얼거리는 폼이 떨어진 엽전이라도 주웠는지 그저 헤헤거리며 좋다는 표정이다. 사실 딱 까놓고 말하면 그녀는 며칠 전부터 춘삼월 허파에 바람 빠진 듯 실실거리고 있었다. 그러니까 그 헤실거리기 시작되던 그날 밤, 아가씨가 방에 없는 것을 알고 세향은 여기저기 돌아다니며 아가씨를 찾고 있을 때였다. 마침 그녀가 수운을 만났는데 그 주인 닮아 말 없는 놈이 갑자기 그녀의 팔을 낚아채더니 놓아주지 않는 것이 아닌가. 세향이 호들갑을 떨며 그의 손을 뿌리치려 했지만 작심이라도 했는지 처마 끝으로 데려가 그녀를 잡아두고 가만히 서 있는 것이었다. 슬슬 부끄럽기도 하고 은근히 좋기도 한 그녀는 한참을 달을 보며 그렇게 그와 서 있어야 했다.

다시 그 생각이 떠올랐는지 세향은 옷이 젖는지도 모르고 지푸라기를 가슴에 안으며 히죽거렸다. 그녀의 머릿속은 설거지를 빨리 끝내고 남은 누룽지라도 말려 그에게 가져다주어야겠다는 생각으로 가득 찼다.

부랴부랴 그릇을 행구기 위해 물을 퍼내려 하는 그녀는 고개를 갸웃거리며 항아리 안을 쳐다보았다. 물 색깔이 이상했다. 자신이 들고 있는 바가지의 물 색깔을 다시 확인해 보았지만 여전히 옅은 붉은 기 도는 물 색깔이었다.

"아이참, 비도 안 왔는데 물 색깔이 왜 이렇대? 분명 아까까지는 괜찮았었는데."

물을 다시 길어와야 한다는 생각이 들자 그녀는 애꿎은 항아리를 한 대 걷어찼다. 물 길러 갔다가는 반나절이 후딱 갈 것이 뻔했다. 세향은 구시렁거리다 좋은 생각이라도 났는지 얼굴이 갑자기 환해졌다. 수운이라면 그녀를 위해 물을 길어줄지도 몰랐다. 암, 그녀가 힘들다고 하는데 당연 해주겠지. 뭐, 그러면서 손도 잡아보고 입술도 내밀어보고 그러는 거지. 그런 생각 자체가 부끄러운지 그녀는 키득키득 웃으면서도 손부채를 만들어 얼굴을 식혔다.

그러나 그녀의 웃음이 끝나기도 전에 그녀 등 뒤에서 그녀의 입을 틀어막았다. 깜짝 놀란 세향이 손발을 휘저으며 악도 질러보았지만 사내 손에 파묻혀 괴상한 신음 소리만 날 뿐이었다. 옴짝달싹할 수 없는 힘도 그렇지만 피가 묻은 사내의 손 때문인지 비릿한 냄새가 그녀를 완전 공황상태로 몰고 갔다. 그러자 그녀의 저항은 더욱 격렬해졌다.

'안 돼. 시집도 못 갔는데 이런 데서 못 죽어!'

어디서 힘이 났는지 세향은 머리로 냅다 사내의 턱을 들이박았다. 잠시 사내가 휘청거리며 뒤로 떨어져 나간 틈을 타 세향은 있는 힘껏 소리를 질렀다.

"사람 살려, 사람 살려! 괴…… 괴한이 나타났다!"

"발…… 해에서…… 온 사람이다. 가진이라는 자가 있다면 만나게 해…… 다오."

"아악! 사람…… 압…….."

그러나 다시 붙잡힌 세향은 이제 거칠게 팔까지 꺾인 상태가 되고 말았다.

팔이 꺾여 어정쩡한 자세로 서 있는 그녀는 반항을 포기했다. 다리가 달달 떨려 자꾸 주저앉으려 하지만 그래도 어떻게든 도망을 치기 위해서는 정신을 차려야 했다. 그러나 옷이 여기저기 피투성이인 사내를 본 순간 눈은 벌써 공포감으로 눈물이 들어차고 있었다.

'지지리 운도 없지, 안서에 와서 괴한을 두 번씩이나 만나고.'

살 만한 동네가 아닌 것이다. 돈을 한 짐 얹어준다 해도 다시는 안서에 오지 않을 것이다. 안서고 나발이고 고향에 가면 집 밖에 돌아다닐 생각도 안 할 것이다.

"가진이라는…… 자가 여기 있느냐?"

세향은 혹 그가 나쁜 짓이라도 할까 열심히 고개를 끄떡였다.

황 내관은 자신의 몸이 좀 더 버텨주기를 바랐다. 칙서만 전한다는 생각에 너무 안일히 생각했는지 몰랐다. 국경을 넘자 얼마 지나지 않아 자객을 만나 큰 상처를 입었다. 끈질기게 따라오는 그들을 따돌린 후 안서에 도착하느라 시간은 시간대로 지체가 되었다. 치명상을 입었음에도 그는 치료할 시간조차 없었다. 명을 받들지 못하고 죽는 불충을 저지를 수는 없었다. 적어도 칙서만큼은 전해야 했다. 지금쯤이면 발해가 전쟁 준비를 끝냈을 것이다. 빠르면 벌써 황제께서 보성 장군에게 진두지휘하라 명했는지도 모른다.

"중요한…… 일이다. 그를 불러달라."

그러나 그럴 필요가 없었다. 그녀의 쩌렁쩌렁한 목소리에 가진의 일행뿐 아니라 근처를 지나던 문예 전하까지 발걸음하게 만들었다.

세향은 고개를 들어 가진 대방 옆에 있는 수운의 모습을 보자 더욱 울먹거렸다. 그녀는 그가 잽싸게 칼을 빼 들어 이 나쁜 놈을 물리쳐 주었으면 했다.

눈의 초점마저 흐릿하지만 문예 전하의 윤곽이 어렴풋이 보아지 황 내관은 그 자리에 무릎을 꿇었다. 오랜만에 뵈는 전하의 모습이 너무 의젓하고 강건하여 감사하고 감사할 따름이었다.

"황 내관, 문예 전하를 뵈옵니다."

일순간 모두의 얼굴에 긴장과 의혹이 섞여 있었다. 그중 가장 충격받은 사람은 아마 문예 전하였을 것이다.

가진은 이제야 이자가 왜 눈에 익은지 알 것 같았다. 바로 자신을 입궐시킨 그 내관이었다. 도대체 저 몸을 하고 황 내관이 여기까지 온 이유가 무엇이란 말인가. 흉보(凶報)가 아니길 빌어보지만 그러기에는 황 내관의 모습이 너무 처참했다.

일단 가진은 황 내관에게 다가가 한쪽 무릎을 꿇었다. 생각보다 상처가 깊었다. 옷을 쥐어짜면 핏물이 떨어질 만큼 옷을 흥건히 적시고 있었다.

"가진…… 인가?"

상당히 고통스러운 듯 호흡이 거칠어져 있었다.

"이야기는 나중에 듣겠습니다. 상처부터 치료하겠습니다."

"상황이…… 급하다. 전쟁이…… 황제폐하의…… 칙서다."

그러나 황 내관은 말을 다 끝맺지 못하고 고꾸라지듯 가진 앞으로 쓰러졌다. 더 이상 자신의 몸이 견뎌내 주지 못하고 있었다. 목소리조차 나오지 않았다. 전해야 할 말이 있는데 입술 떼는 것조차 버거웠다. 피를 너무 많이 흘려 정신마저 혼미해지기 전에 그는 품에 간직한 칙서를 꺼내 가진의 손에 넘겼다. 종이 한 장 들어 올리면서도 파르르 떠는 그의 손은 더 이상 버틸 힘이 없어 보였다. 곧 날카로운 날숨을 크게 쉰 그는 발작적으로 온몸이 튕기듯 앞으로 젖혀졌다.

'답을 가져가지 못한 불충한 소신을 용서해 주십시오.'

적어도 칙서만큼은 넘겼다는 안도감 때문일까, 가진의 손에 칙서를 넘겨주자마자 황 내관의 몸이 종이인형처럼 힘없이 땅바닥에 무너져 내렸다.

사람이 죽었지만 어느 누구 움직이는 사람이 없었다. 황제폐하의 칙서라는 말에 모두 숨죽여 그 내용이 무엇인지 긴장하고 있을 뿐이었다. 뭔지는 몰라도 이 먼 곳까지 칙서를 내릴 만큼 상황이 급박하게 돌아가고 있는 것이 분명했다.

가진은 그 자리에서 칙서를 펼쳤다. 그러나 그의 얼굴이 단박에 굳어져 버렸다. 무슨 내용인지 읽고 또 읽었으나 읽을 수 없었다. 온통 핏물에 글씨가 번져 제대로 읽을 수 있는 글씨가 하나도 없었다. 검붉은 물감을 엎어놓은 듯했다. 문맥에 맞춰 한 글자라도 읽어보려 했으나 이내 포기하였다. 차라리 서간 식으로 쓰여 있다면 어느 정도 뜻을 꿰맞춰 볼 수도 있음이었다. 그러나 함축적으로 갈긴 시의 한두 단어로는 결코 뜻을 헤아릴 수 없었다. 상황이 긴급하다느니, 전쟁이라는 말은 또 무엇이란 말인가. 이래서는 황제가 여기까지 황 내관을 보낸 이유를 알 수가 없었다.

빌어먹을, 가진은 칙서를 신경질적으로 움켜쥐었다.

"형님이 자네를 보냈다는 게 확인된 셈인가?"

"가진님, 황 내관 몸에서 이것이 나왔습니다."

시신을 자세히 확인해 보기 위해 가학이 황 내관의 몸을 뒤지자 가슴 쪽에 뭉툭한 주머니가 나왔다. 묵직한 황실 인장이 찍힌 통행패가 들어 있었다. 확실히 문예 전하가 발해로 들어가려면 국경 쪽에 자신의 신분을 알릴 패가 있어야 한다. 급하게 당나라로 도망 온 문예 전하에게 그런 것이 있을 리 없었다. 특히 이 전쟁 시에 신속하면서도 완벽히 보호받을 수 있는 증패가 필요할 것이다.

"환국을 서두르겠습니다."

문예는 가진의 말에 관심없다는 듯 죽은 황 내관을 바라보았다. 죽는 그 순간에도 황제에 대한 예를 다하기 위해 무릎이 꿇려 있었다. 충성심보다 그 미련함에 문예의 마음이 가라앉았다.

이 세상에서 가장 서러운 것이 남의 정신 가지고 사는 것과 내 죽을 자리 못 찾는 사람이라고 했다. 죽어서 제삿밥 한 끼 얻어 먹을 수 없는 것도 억울할 일이거늘 낯선 곳에 묻혀 편안히 잠이나 자겠는가. 너도 참 기구한 팔자구나. 혹 저승길목 가다 그대 여직 길 헤매고 있으면 그땐 내가 너를 거둬주겠다.

화련은 답답한 마음에 바람을 쐬러 문밖을 나섰다. 문밖을 나섰다 해도 저번의 일로 가진이 붙여준 수행원 두 명과 함께 담장 아래를 걷는 것이 고작이지만 그나마 여기가 마음이 편했다. 집 안에서 그와 마주치기라도 한다면 그녀는 그를 어떻게 바라봐야 할지 아직 마음의 준비가 되지 않았다. 참을 걸 그랬다. 그랬다면 그가 아직은 그녀에게 따뜻한 눈빛을 보내주었을지 몰랐다.

멀리서 먼지를 일으키며 달려오는 말이 문예의 집 앞에서 멈추었다. 관복인 듯 똑같은 옷을 입은 세 사람이 등 뒤의 깃발을 꽂고 있는 모양새가 우스웠으나 말이 진정하기도 전에 뛰어내린 그들의 행동은 다급해 보였다. 더욱이 허락도 받지 않고 남의 문을 벌컥 열고 들어가는 것을 보자 화련도 곧 그들을 뒤따라 집 안으로 들어갔다.

사람을 찾는 듯 마당 앞에서 관복 입은 한 사람이 앞으로 나와 뭐라 소리를 쳤지만 화련이 알아들을 수 있을 리 만무했다. 원래 부리는 사람이 많지는 않았지만 이 정도면 누군가 나와볼 만도 한데 어찌 된 게 마당에는 지나가는 사람 하나 없었다.

성격이 급한 한 사내는 그녀보고 사람을 데려오라는 듯 짜증을 부렸다.

"아무래도 급한 일인 것 같은데 사람을 불러오세요."

"문예 전하를 찾고 있는 것 같은데요?"

그들과 더듬더듬 말을 하는 수행원 한 명이 어설픈 통역을 자처했다.

"보니 하급 관리 같은데 지금 전하를 문밖으로 나와 맞으라는 건가요?"

화련의 목소리에 날이 섰다. 곧 그녀는 관리들을 째려보았다. 아무리 자기들 나라에 숨죽여 산다고는 하나 한 나라의 황족이었다. 오만불손한 태도도 정도가 있지. 그들을 보자 당나라에 대한 반감이 모래바람 일듯 다시 일어나고 있었다.

"전하세요. 따라오든지 그 자리에 하루 종일 서 있든지."

관리 한 명이 그녀에게 소리를 쳐가며 한참을 땍땍거렸으나 화련의 표정은 단호했다. 어차피 못 알아들을 말 실컷 떠들어보라지.

저급 하인배 보듯 화련이 그들을 깔아보자 그들의 심기는 더욱 사나와졌다. 그러나 다급한 그들은 마지못해 그녀의 뒤를 따라야 했다.

화련은 그들이 괘씸해서라도 집 구석구석을 다 둘러본 후 문예 전하에게 데려다 줄 생각이었다. 그러나 그녀의 나쁜 생각은 집 반 바퀴도 채 못 돌아 문예 전하와 마주치고 말았다. 아니,

집안의 가솔들은 모두 이곳에 모여 있는 것 같았다. 웅성웅성대며 혀를 차던 가솔들의 모습도 보였다. 모두들 표정들이 심각히 굳어 있자 그녀는 그들의 시선이 모여 있는 곳으로 향했다. 짚으로 덮어진 형체가 사람이라는 것을 알자 화련은 날카롭게 숨을 들이마셨다. 곧바로 누가 다친 사람은 없는지 주위를 살펴보았다. 초희가 세향을 다독이고 있지만 세향은 땅바닥에 주저앉아 서럽게 울고만 있었다. 세향의 옷에 피가 여기저기 묻어 있었다.

"어찌 된 거야? 다쳤어? 그래?"

화련은 세향의 몸을 더듬으며 상처 부위를 확인했다.

"안 다쳤습니다. 그저 놀란 것뿐이니 걱정 안 하셔도 됩니다."

침착한 초희의 말에 화련은 안도의 한숨을 내쉬었다.

손님을 보자 문예의 표정이 묘하게 변했다. 오늘은 정말 어수선한 날인가 보군. 이 먼 곳까지 장안에서 황제 소속의 12)이부에서 나온 사람들을 볼 수 있다니.

관리 한 명이 나와 비단 끈을 풀고 하명을 읽어나가기 시작했다.

"대문예 공은 들으라. 동쪽의 오랑캐가 호시탐탐 짐의 나라를 엿보더니 이제 침략까지 해 짐의 나라를 어지럽히고 있다. 이에, 공에게 죄효기장군으로 임명하니 유주(지금의 북경)로 가 좌

----

12)이부: 당나라의 직속 6부 중 하나로 관리 임명을 담당한다

령군 장군을 도와 오랑캐를 물리치도록 하라."

천지의 날벼락이 떨어졌다.

무슨 말인지 몰라 서로 멀뚱히 쳐다보던 호위무사 중 한 명이 자세히 설명을 하자 얼음물을 뒤집어쓴 듯 모여 있는 사람의 얼굴이 딱딱하게 굳어버렸다. 그 침착한 가진조차 믿을 수 없다는 듯 관리를 노려보았다.

"뭐야? 저, 저 망할 새끼가 뭐라 지껄이는 거야? 네놈 통역이 확실한 거야?"

진무는 씩씩거리며 당나라 관리인을 물어뜯어 버릴 기세였다. 수운이 옆에서 저지시키지 않았다면 저 관리인들과 한판 싸움이 벌어졌을지도 모르는 일이었다.

문예는 두 주먹을 움켜쥐었다. 뺨을 한 대 얻어맞은 것처럼 모욕감이 일었다. 살기 위해 당에게 목숨을 구걸했다 치자. 아무리 내가 나라를 등지면서까지 당에 숨어 지낸다 하지만 지금 내 나라에게 칼을 겨누라고 말하는 것인가? 문예는 이런 명을 내린다는 자체가 분해 미친 듯이 소리라도 지르고 싶은 심정이었다.

당나라 황제의 명령에 문예가 아무런 반응이 없자 관리들의 표정이 날카로워졌다. 다시 한 번 문예의 이름이 불리어졌다. 마지막 경고인 셈이었다.

당나라 황제의 명이 아닌가. 문예는 천천히 그들의 부름에 앞으로 나아갔다. 두 팔, 두 다리 그의 것이 아닌 양 토막나무처럼 빳빳이 앞으로 나아가 예를 갖춰 인사를 하였다. 사약을 받는 심정이 이보다 더 비통했을까. 당나라 황제의 졸렬함을 누가 알았겠나. 누구를 탓하고 누구를 원망할까? 자처해서 진 빚이거늘. 지금 보니 당나라 황제도 형님 못잖은 심술을 가졌구나. 어리석었다. 독인 줄도 모르고 몇 년 동안 당나라의 쌀을 먹고 살았구나.

고개를 숙여 두루마리를 받자 명을 전한 이부 관리들은 전시상황이라 신속히 돌아갈 차비를 했다.

갑작스럽게 변해 버린 상황에 모두들 제정신이 아니었다. 말을 알아듣지 못한 사람마저 이 상황이 매우 안 좋은 상황으로 바뀌었다는 것을 알 수 있었다.

이 말이었나? 가진의 입에 냉소적인 미소가 스쳤다. 그 오랑캐를 치라 함은 아마 발해를 치라 함이리라. 전쟁이 터진 것이다. 그래서 황 내관이 급히 칙서를 가지고 여기까지 와야 했고, 그 내용이 어찌 되었든 문예 전하와 관련되어 있음은 분명했다. 무 황제의 마음이 갑작스레 돌변하게 만든 이유가 무엇이지? 난감하게 됐군.

"당장 환국 준비를 하겠습니다."

가진의 목소리에 긴장이 서렸다.

"가지 않겠다."

"시간이 없습니다. 어디까지 치고 올라왔는지 모르는 상황입니다. 수운, 지금 발해군이 어느 경로로 이동하고 있는지 알아봐라. 수로가 차단이 되었다면 어디까지인지 세세히 알아봐. 현재 발해군이 움직이고 있는 경로의 위치를 알 수 있도록 저급 지도라도 구할 수 있으면 구해와라."

가진의 지시가 빠르고 신속하게 떨어졌다. 황제의 칙서가 무슨 내용인지 모르는 지금 일단 안전을 위해서라도 여기서 뭉그적거릴 시간이 없었다.

"그대와의 약속은 미안하게 됐다. 하지만 가지 않겠다."

가진의 눈이 가늘어졌다.

"지금 그 말이 무슨 말씀인지 알고 계십니까?"

얼마 전까지만 해도 환국 준비로 이것저것 물어본 문예 전하가 단지 오늘 받은 저딴 하명에 가지 않겠다니. 가진은 짜증이 치솟아올랐다. 지금은 전하의 투정을 받아줄 여유가 없었다.

"발해가 여기까지 쳐들어올 수 있다고 믿느냐? 병력의 차이가 최소 두 배 이상은 넘는 나라에게 그게 가당키나 할까? 유주까지도 힘들 것이다. 만약 이 전쟁이 단지 도발이 아니라 전면전으로 간다면 발해 또한 각오를 해야 할 것이다."

"그래서 또 한 번 당의 보호를 받을 생각이십니까?"

거만을 넘어선 황족 모독죄로 죽어도 할 말이 없는 말이 가진의 입에서 거침없이 흘러나왔다.

"사실을 말한 것이다. 난 돌아가지 않겠다. 유주로 갈 차비를 해야 하니 더 이상 그대들과 여기 머물지 못함을 이해하라."

날카로운 쇳소리가 나더니 눈 깜짝할 사이 가진이 문예의 목을 겨누었다. 옆에 있던 수운은 자신의 텅 빈 칼집만 멍하니 보고 있었다. 두 눈이 튀어나올 정도로 놀란 상황에 모두들 어찌할 바를 모른 채 숨죽인 채 침을 삼키고 있었다. 그러나 정작 두 사람의 표정은 침착하다 못해 냉정해 보였다. 아니, 가진의 눈빛이 더욱 날카롭고 비장해 보였다.

정말 문예 전하가 유주로 간다면 문제는 더욱 복잡해진다. 그럴 바에야 여기서 깔끔하게 죽이는 것이 더 나을지 몰랐다. 죽고 싶지 않다면 지금 유주로 가겠다는 것이 제정신인가? 가진은 무 황제가 화를 끓이면서까지 문예를 죽이고 싶어하는지 조금은 이해가 갈 것도 같았다.

"전하가 유주로 가는 일은 없을 것입니다."

"그럴까?"

"가진 대방, 이게 무슨 짓인가요? 전하 앞에서……."

얼굴이 사색이 된 화련이 두 사람 사이로 끼어들어 가진을 가로막았다. 어떻게 상황이 돌아가는지 알 수 없지만 전하에게 칼을 들이대다니. 목숨이 두 개가 아닌 이상이야 이 사람이 왜 이렇게 무모한 일을 벌이는지 이해할 수 없었다.

"가진 대방, 황족에게 칼을 내미는 건 반역죄라는 걸 알고 있겠지?"

"그 말은 전하가 공권력을 행사하실 수 있을 때의 얘기입니다."

"죽기로 작정하셨다?"

"어차피 전하가 유주로 가면 죽는 몸, 이래 죽으나 저래 죽으나 별 차이 있겠습니까?"

이제 가진은 이죽대기까지 해 화련의 속을 태웠다.

"가진 대방, 칼 내려놓으세요!"

"가진 대방, 아직 혼례를 올리지 않았겠지? 그렇다면 아직은 모를 테군. 하지만 상단을 가지고 있는 너라면 이 넓은 땅에 얼마나 많은 발해인들이 장사를 하고 살고 있는 것은 알겠지? 화살이 그리 돌아갈 수 있음이다. 나 하나로 그들이 고통받을 수는 없는 일 아닌가? 부모 살자고 자식 버리는 부모가 어디서 떳떳이 살 수 있겠는가."

태연히 말하고 있어도 아물지 못한 종기가 덧나는 것처럼 마음이 욱신거린다. 평생 터지지 않을 고름 같은 마음 한 덩어리 끌어안고 살아야 한다. 옳은 결정이라 되뇌어도 마음은 환국의 끈을 놓지 못하고 있는 미련스러운 자신이었다. 이제 다시는 발해로 돌아갈 수 있는 일은 없을 것이다. 그리워하는 뭣도, 미련도 모두 버려야 하는 것이다. 이제는 어그러짐이 아니라 척을 지는 것이다.

이 일로 형님은 또 얼마나 격노하실까? 아, 이제는 진짜 내 땅을 밟을 수 없는 것인가. 어쩌면 내가 당으로 몸을 숨겼을 때부터 결코 되돌아갈 수 없는 길을 걸었는지도. 어찌 어긋나야 했을까? 두고 온 내 나라 생각만으로도 숨이 막혀오는데 앞으로 보내야 할 시간을 생각하면 이 목숨 살아도 사는 목숨이 아닐

터인데 어찌 살아야 할까나. 눌러 담은 울음으로 목이 저려온다.

"어차피 가도 환영받지 못할 몸이다."

"적어도 치욕스럽지는 않을 겁니다."

"머리는 명석하나 마음이 여물지 못한 자이군. 그대도 살아보면 알겠지. 내 말이 무슨 말인지. 그리고 내가 가면 조정만 더욱 시끄러워질 수도 있으니 차라리 여기가 나을지 모른다."

그 말에 화련은 죄책감으로 고개를 돌렸다. 전시상황에서 지금 환국하지 않으면 황제폐하의 진노는 불을 보듯 뻔했다. 상황이 이렇다면 환국을 해야 한다. 자칫 당나라 황제의 심기를 건드린다면 문예 전하의 목을 칠지도 모르는 일이었다. 발해를 가장 능멸할 수 있는 방법이 바로 황족을 처단하는 것이기에. 물론 지금으로도 충분히 능욕적이었다.

"날 데려가지 않았다 해서 대놓고 형님이 그대를 질책하지는 못할 것이다. 오히려 문책을 받는다면 정진초 문사가 받겠지. 대외적으로 그가 여기 왔으니 말이야."

"그건 차후의 일입니다."

가진도 생각을 안 해본 건 아니었다. 허나, 문예 전하가 좌효기장군으로 임명받았다는 것이 황제의 귀에 들어가면 그 격노가 어디까지인지 수위를 가늠할 수 없었다. 거기다 칙서의 내용까지 모르니 생길 수 있는 위험요소를 최대한 줄이고 싶은 가진이었다.

"하나 알려줄까? 만약 당나라 황제의 명을 받들지 않았다면 난 그 자리에서 죽임을 당했을 테다. 전쟁의 사기를 높이는 위해서라도 그랬을 테니까."

유약한 전하라는 꼬리표를 가진 사람치고는 칼끝 앞에서 문예는 너무나 침착해 보였다.

"그것만큼 치욕적인 건 없겠지. 그러니 난 최선의 방법을 택한 것이다."

무 황제로서는 동생이 당나라 손에 죽임을 당하는 것도 치욕스러운 것이고, 유주에서 같은 형제가 칼을 겨누는 것도 치욕스러운 일일 것이다. 어찌 보면 선택없는 선택을 한 문예 전하였는지 모른다. 가진은 이 빌어먹을 상황이 짜증스럽기만 했다.

진심 반 전하의 속내를 알아보기 위함 반으로 칼을 들었다지만 목숨을 부지하기 위해 당나라까지 건너온 문예 전하의 모습은 보이지 않는다. 목숨 아까운 줄 알았다면 당장 환국하자 했어야 했다. 그런데 이 여유로운 태도는 무엇이냔 말이다. 지금 상황이 어떻게 돌아가고 있는지 파악해야 했다. 그렇다면 여기 앉아 뭉그적거리는 것보다 유주까지 가면서 상황을 지켜보는 것이 지금 할 수 있는 최선의 방법이었다.

가진은 칼을 거두어 수운에게 넘겨주었다.

"유주까지 동행하겠습니다."

"내 목숨이 유보된 것인가? 아님 마음이 바뀌었나?"

"죄송하지만 전하께서는 어떠한 선택의 여지가 없으십니다."

감히 황족에게 칼을 내뽑는 것도 모자라 황족에 대한 예의를 깡그리 무시한 가진의 태도에 주위 사람들은 걱정 반 눈치 반으로 서로를 살피기 여념이 없었다. 그러나 싸한 분위기에 아랑곳하지 않고 가진이 몇몇 장성을 불러 지시를 내리자 곧 분주히 움직이기 시작했다.

화련은 침착히 상황을 정리해 보려 애를 썼다. 그러나 도무지 전하와 가진 대방의 대화를 알 수가 없었다. 예를 차리던 가진 대방의 모습은 온데간데없고 거칠 것 없이 행동하는 그의 모습에 화련은 놀랄 수밖에 없었다.

제각각 할 일들을 찾아 흩어졌음에도 불구하고 초희는 분노로 몸을 바르르 떨며 자리를 뜨지 못하고 있었다. 감히 천하고 천한 상놈 주제에 어디서 감히 전하에게……. 네놈들이 그러고도 무사할 것 싶으냐? 모조리 그 값을 치르게 할 테다. 이 몸이 바스러지는 한이 있더라도 전하가 당한 그 치욕을 몇 배로 되돌려 주고 말 테다.

"반드시 그 값을 치르게 하고 말겠어."

초희의 입술이 피멍이 들도록 새빨갛게 짓이겨져 있었다.

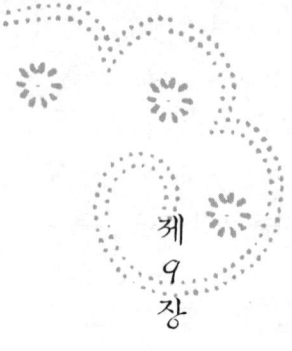

제
9
장

무슨 생각에서인지 문예는 최소의 가솔만을 데려고 유주로 가려고 했다. 그러나 그 최소한의 가솔 중에 그를 가장 가까이 보필한 초희가 포함되지 못했다. 문예는 그녀를 따로 불러 데려가지 못함을 헤아려 달라는 말에 초희는 충격으로 아무런 대답도 하지 못했다. 전하가 무슨 생각을 하고 있는지 알고도 남음이었다. 그는 최악의 상황을 준비하고 있는 것이었다. 초희는 문예가 쥐어준 돈을 말없이 받았다.

그날 밤 그녀는 보름 밤낮을 달려 장안에 도착했다. 북풍한설에 몸은 얼고 얼굴은 초췌해질 정도로 초췌해졌지만 그녀의 눈빛은 맹목적인 의지를 드러내고 있었다. 현재 전하가 좌효기장군으로 위주로 가는 것만으로도 정진초 문사는 꽤 난감할 것이다. 간이 쪼그라들어 전전긍긍해 있을 것이었다. 그런 그를 잘 이용만 한다면 가진 일행을 쫓아낼 수 있을 것이다. 쫓아낼 뿐인가. 그 뜨거운 맛에 상전의 무서움을 알게 될 것이다.

삼층 여곽 문 앞에 멈춘 그녀는 종이에 적혀진 여곽의 이름을 다시 확인했다. 장안에 도착하자마자 발해 상인들의 귀동냥 및 수소문 끝에 정진초 문사가 있는 곳을 알아낸 그녀였다. 모든 돈을 털어 알아낸 곳이기에 그는 반드시 여기에 있어야 했다. 하지만 그가 여기에 없다면? 벌써 발해로 갔다면? 초희는 애써 머릿속에서 그 질문을 털어버렸다.

초희는 떨리는 손으로 문을 두드렸다.

"안에 아무도 없습니까?"

아무리 두드려도 안에서 응답이 없었다. 어디 잠시 나가기라도 했던가? 반나절을 요기도 못한 채 문 앞에서 기다렸지만 사람 하나 지나가지 않았다. 우려했던 일이 벌어지자 초희가 땅바닥에 주저앉았다. 이제는 사람을 살 돈도 없었다. 그녀가 넋을 놓고 앉아 있는 사이 문이 삐거덕 소리를 내며 조용히 열렸다. 정진초 문사가 목을 쭉 뺀 자라처럼 얼굴을 내밀어 복도를 내다보았다. 그러다 초희와 눈이 마주치자 냉큼 문을 닫으려 했다.

"잠시만요. 잠시만 시간을 내주세요."

"누구냐? 누군데 이렇게 소란을 피우는 거냐?"

혹 지나가는 누가 들을까 봐 정진초 문사는 최대한 목소리를 죽이며 소리치고 있었다.

"긴히 드릴 말이 있어서입니다. 문예 전하를 모시고 있는 초희입니다."

그 말에 정진초 눈빛이 확 바뀌며 손을 들어 얼른 방으로 들어오라는 손짓을 했다.

정진초 문사 방은 짐을 꾸려 떠날 채비가 다 되어 있었다. 낮에 돌아다니기에는 위험하니 사람 눈을 피해 밤에 길을 나설 모양으로 방 안에 숨어 있었던 모양이었다.

정진초 문사는 방 안을 서성거리며 안절부절못했다. 해로가 막혔으니 다른 방법을 알아봐야 하는데 온통 전쟁이라고 떠드는데 어디를 통해 가야 안전한지 아랫놈들은 아직 길도 잡지 못한 상태였다. 거기다 웬 계집까지 자신을 찾아와 심기가 불편했다. 이럴 때 가진 대방이라도 장안에 있었다면 좋았을 것을.

"그래, 무슨 일인데 나를 찾아온 거냐?"

"문예 전하가 당나라 황제로부터 좌효기장군 직을 하사 받아 유주로 떠난 것을 알고 있으십니까?"

"그래서 어쨌다는 거냐?"

가뜩이나 그 일로 돌아가서 황제폐하께 뭐라고 보고를 올려야 할지 정진초 문사는 진땀이 날 지경이었다. 사절단으로 와 융숭한 대접은커녕 제 나라 돌아가는 길도 죽살이치며 도망가게 생겼다.

"절대 전하의 뜻이 아니었습니다."

"그렇다면 그 자리에서 그 뜻을 굽히지 말았어야지. 지금 변명을 하려고 여기까지 온 거냐? 그걸 황제폐하에게 고해달라고?"

"발해의 이화상단의 가진 대방이 옆에서 부추겼나이다."

"지금 이화상단이라고 했느냐?"

"거기다 안철현 전장군은 예전에 문예 전하가 당으로 올 수 있게 몰래 도운 자입니다."

"네 주인을 도운 자를 내게 말하는 연유가 무어냐?"

"자기 살려는 궁리에 주인을 물어버리는 개는 더 이상 필요가 없지 않습니까?"

"증거는 있겠지?"

초희는 주저하며 옷깃에 여민 서찰을 하나 꺼내 보였다.

"전하가 안철현 전장군에게 쓴 서찰입니다. 그리 큰 내용은 아니지만 서로 내통하고 있다는 정도는 증명할 수 있을 겁니다."

정진초 문사가 서둘러 서찰을 펼쳐 읽어보았다. 별 특별한 내용은 없었다. 안부를 묻고 당나라의 현 실태가 어떠한지에 대해 이야기하고 있을 뿐이었다.

정진초 문사는 한시름 덜었다는 듯 실쭉거렸다. 아니, 어쩌면 공을 세울 수 있는 기회일지도 몰랐다. 그런 생각을 하자 조바심나던 얼굴에 느긋함이 묻어났다. 지금껏 경황이 없어서 보지 못한 도도하게 생긴 계집아이의 얼굴과 잘 여문 가슴이 눈에 들어오는 것을 보면 말이다. 정진초 문사가 의자에서 몸을 일으켜 초희 옆으로 다가갔다.

"잘 영글었구나. 너를 여기 보낸 문예 전하의 안목이 꽤 높아. 그렇게 떨 필요 없다. 내 너를 예뻐해 줄 테니."

정진초의 손이 초희의 목을 지나 가슴 쪽으로 지분거렸다. 초희는 자신의 두 눈에 어린 혐오감을 그가 알아챌까 두 눈을 꼭 감았다. 그의 축축한 입술이 자신의 목을 핥자 소름이 돋았다. 늙은이에게서 나는 역한 냄새에 이까지 물어야 했다. 전하를 위해서라면 이깟 몸뚱어리는 얼마든지 내줄 수 있었다. 전하를 위해서라면……

추운 겨울에 이동이란 쉽지 않았다. 차라리 눈이라도 내려 행보를 잠시 멈췄으면 하는 생각이 들 정도로 힘든 이동이었다. 차고 딱딱한 땅에서 올라오는 기운이 발의 감각을 무디게 하고 있었고 겨울의 드센 바람이 가진 일행들을 잔뜩 몸을 움츠리게 만들었다. 전시상황이라 무리한 행보를 해서라도 이동해야 하기 때문에 그 피곤함은 더할 수밖에 없었다.

그러나 화련은 겨울의 추위보다 마음이 더욱 차고 시렸다. 전하의 환국을 돕기 위해 왔다는 가진의 말에 화련은 칼날에 살이 베인 기분이었다. 그의 속내도 모르고 그에게 길라잡이를 부탁한 그녀가 얼마나 우습게 보였을지, 모든 것을 알고 있는 그가 어떤 행동을 취할지 몰라 마음이 온통 어지러웠다. 도대체 원하는 게 무엇이냐고 당장 소리라도 치고 싶었으나 그는 그녀와의 대면을 피하는 것처럼 며칠째 말 한마디 나눠보지 못했다. 믿었던 만큼 배신이라 했던가. 겨울 된바람도 그녀의 끓어오르는 마음을 식혀주진 못했다.

허름한 객사에 재빨리 짐을 풀은 일행은 그래도 추위를 피했다는 안도감이 입에서 새어나왔다. 따뜻한 차가 손끝에서 자릿한 감각을 돌아오게 만들었고 잔뜩 긴장된 폐도 따뜻한 공기에 녹아나고 있었다. 세향은 길을 나선 후부터 아가씨의 심기가 상당히 불편하다는 것을 알기에 최소한 몸이라도 편히 쉴 수 있게 아가씨의 방이 어디인지 확인하자마자 얼른 불을 얻어오기 위해 주인장에게 달려나갔다.

화련은 몸을 녹일 생각도 않고 곧바로 가진 대방이 머무는 곳으로 찾아갔다. 안에서 벌써 회의를 하는지 사내들의 저음이 밖까지 들려왔다. 지금껏 기다렸는데 몇 분 더 못 기다릴 건 없었다. 화련은 이를 꽉 깨물며 회의가 끝날 때까지 기다릴 생각이었다. 그러나 간간이 들려오는 소리에 그녀의 얼굴은 굳어져 갔다. 전시라 상황을 어느 정도 예상했지만 신라보고 발해의 뒤를 공격하라는 당나라 황제의 명에 그녀는 숨을 날카롭게 들이쉬어야만 했다. 상황이 갈수록 안 좋아지고 있는 것이다.

회의가 끝났는지 문이 열리고 안에 있던 사람들이 쏟아져 나왔다. 그녀가 비켜설 생각도 안 한 채 동상처럼 그 자리를 지키고 서 있자 그의 수하들은 잠시 주춤했을 뿐 제각기 할 일을 하기 위해 흩어졌다.

화련은 고개를 들어 똑바로 가진을 바라보았다. 묻고 싶은 말은 넘쳐 나는데 목 언저리에서 막혀 나오지 않는 것 같았다. 말을 끝까지 마치지 못한 채 울음이 먼저 터질 것 같았다.

"할 말이 있습니다."

"앉으십시오."

방으로 들어온 화련은 그가 자리를 권해도 듣지 못한 듯 꼿꼿이 서 그를 뚫어지게 쳐다만 볼 뿐이었다.

"단도직입적으로 묻겠습니다. 우리 가문을 어찌할 생각인가요?"

"무슨 말씀입니까?"

무슨 말인지 모르겠다는 그의 표정에 눌렸던 그녀의 감정이 터져 버렸다.

"황제께서 문예 전하를 환국케 하라는 명을 내리셨다고요? 그렇다면 지금 장안에 간 정진초 문사는 무엇 때문에 당나라에 온 건가요? 같은 명을 두 사람에게 내리다니."

"아마 폐하께서는 문예 전하의 마음을 시험을 해보고 싶었는지도 모릅니다."

"그렇다면 제 청을 받아들인 이유가 무엇인가요? 가진 대방, 속내가 무엇입니까? 저는 분명 전하의 환국을 막겠다고 했습니다. 그런 저를 어찌시렵니까?"

"무엇을 말입니까? 안서까지 길라잡이를 청하여 그리해 드렸습니다. 돌아가는 길 목숨 걸고 지켜 드리겠다 약속까지 받아내셨습니다. 무엇을 더 내드려야 합니까?"

"몰라 되물으시는가요? 문예 전하가 좌효기장군을 받았다는 사실을 알면 황제의 노여움은 더욱 커져 그 책임을 물으실 텐데, 더욱이 이때를 틈타 우익파 또한 가만있지 않을 텐데 뭐라 말하실 건가요? 안씨 가문이 이 일에 개입이 되어 있다 아뢸 건가요?"

"무엇을 걱정하고 있는 것입니까?"

"처음에 제 청을 거절하더니 마음이 바뀌어 길라잡이 한 이유가 뭔가요?"

가진은 자조적인 미소가 스쳤다. 수백 번 자신에게 되물은 말이었다. 그때마다 답은 언제나 하나였다. 그녀였기 때문이다.

"혈서라도 써드리길 원하십니까? 원하시는 것을 말씀하십시오."

침착한 까만 눈, 낮지만 명료한 그의 목소리는 흔들림이 없었다.

화련은 두 주먹만 움켜쥔 채 그를 노려보았다. 아무리 혈서라 하더라도 소용없는 종이 쪼가리에 불과한 것이다. 돌아가 황제 폐하에게 모든 진상을 고한다면 작은 한자리 정도는 꿰찰 수도 일었다. 이리 달려와 득달한 자체가 우스운 것이다. 하지만 그녀는 그가 한마디라도 해주길 바랐다. 이 사람만 의지한 채 믿어온 길인만큼 이 사람이 그녀의 혼란스러움과 불안함을 털어

내 주길 바라고 있었다.

"부르십시오."

그녀가 말릴 새도 없이 그가 검지를 입에 물자 새빨간 피가 손가락을 타고 흘렀다. 그에게 묻고 싶은 말이 있어 찾아왔다고 생각했다. 확답을 받아야 마음이 놓일 것이라고. 그런데 그녀는 한 마디도 하지 못한 채 종이 위로 떨어지는 핏방울을 지켜보았다. 그가 응할 줄은 생각도 못했다. 도대체 그가 무슨 생각으로 혈서를 쓰겠다는 것인지 알 수가 없었다. 빨간 핏물이 종이를 먹어가자 화련은 애써 고개를 들어 그를 바라보았다.

"혈서 따윈 필요없어요. 그리고 오늘부터 나를 피하지 않아도 될 거예요. 더 이상 가진 대방과 마주칠 일이 없으니."

가진은 아무런 말도 할 수 없었다. 고의적으로 그녀와 거리를 둔 것은 사실이다. 그리라도 하지 않으면 마음을 다잡을 수 없었다. 빨갛게 언 손, 메마른 입술 어느 것 하나 안타깝지 않은 것이 없었다. 잠시라도 마주치며 온몸으로 그대를 은애하고 은애한다 말할지도 모를 일이다. 그리할 수는 없었다. 그녀를 외면해서라도 해 이 마음을 주워 담는 것이 우선이었다. 낡은 천은 조금만 잡아당겨도 찢어지듯 해진 가슴 더 이상 견디지 못하고 밖으로 토해내면 어찌할 수 없는 일이 되어버린다.

"아가씨의 청이라 차마 거절할 수 없었다면 어쩌시겠습니까? 혼담까지 깨면서 당으로 가려는 아가씨의 모습이 마음에 쓰여 두고 갈 수 없어 그랬다면 어쩌시겠습니까?"

자신을 바라보며 수줍게 웃던 그녀가 싸늘한 웃음을 배워 그에게 되돌려 주고 있었다. 그 웃음에 날을 세워 그의 가슴을 긋고 있었다.

"가진 대방이 무슨 속셈을 가지고 있든지 제 알 바는 아니겠지요. 허나, 제 가문에 해가 되는 일이라면 그대 또한 무사하지는 못할 거예요."

하지만 이 말이 허세라는 것은 누구보다 화련이 잘 알고 있었다. 칼자루는 그가 쥐고 있었다. 오라버니에게는 인편으로 이 사실을 알려야겠지. 문중 패도 돌려받아 오라버니에게 보내야겠지. 그녀 힘으로 해결하기에는 일이 너무 커져 버렸다. 어쩌면 처음부터 그녀가 감당할 수 없는 일이었는지도 몰랐다. 그녀가 할 수 있는 일은 고작 여기까지였다. 그녀의 가슴에 싸한 고통이 퍼졌다. 이 와중에도 그의 상처가 신경이 쓰이고 자신이 너무 싫었다.

모르는 게 약이었나?

"더 이상 볼일이 없을 테니 여기서 인사하지요. 가진 대방이 몸 성히 돌아가길 빌어드리겠습니다."

가진이 잠시 멈칫하더니 눈매가 가늘어졌다.

"제 귀에는 아가씨가 여기 머물 것처럼 들립니다."

"한동안 그럴 것입니다."

전하의 환국이 미루어진 지금 그녀만 염치없이 혼자 발해로 돌아갈 수 없다. 돌아간다면 아마 다음 사절단이 올 때 문예 전

313

하와 함께 돌아갈 것이다.

"한동안? 정확히 언제까지 말입니까?"

"아마 발해에서 다음 사절단이 올 때까지겠지요?"

그 말과 동시에 그가 거칠게 그녀의 팔을 잡아 돌려세웠다.

"제정신입니까?"

"제 입으로 환국을 미루어달라 청해놓고 전하만 남겨둔 채 저만 돌아갈 수는 없어요."

"말 그대로 전시상황입니다. 벌써 13)장문휴 장군이 14)자사 위준을 죽이고 등주(중국 산동성)까지 점령한 상태입니다. 가뜩이나 심기불편한 당에서 개죽임당할 생각입니까?"

"……."

"하찮은 동정으로 목숨을 버릴 생각이냐고 물었습니다!"

가진의 격한 다그침에도 그녀는 그저 고개만 돌리고 있을 뿐이었다. 그녀의 침묵이 그의 화를 더욱 부채질을 했는지 말이 거침이 없었다.

"그러면 제가 넙죽 '네, 그리하겠습니다'라고 대답할 줄 알았습니까? 어디까지 제 속을 뒤집어놓을 생각입니까? 얼마나 나를 흔들어놓아야 속이 시원하겠습니까? 눈을 가리고 손을 묶어서라도 데리고 갑니다. 처소로 돌아가십시오."

"가진 대방, 그대의 허락은 필요없어요."

---

13)장문휴 장군: 발해 무왕 시대 대장군. 당나라 등주 점령
14)자사 위준: 당나라 현종 등주 자사

"아니 된다 했습니다!"

버럭 소리친 그의 모습에 화련은 움찔하며 다음 말을 삼켜야 했다.

"안에 가진 대방 있는가?"

가진은 손을 올려 눈을 덮었다. 격한 감정을 토해내다 보니 가진은 잠시 밖의 인기척을 놓쳤다.

문예는 안으로 들어와 두 사람을 재미난 듯 훑어보았다. 가진 이라는 자의 어깨를 들썩거려 놓을 정도로 화를 내게 만든 아가 씨와 거기다 가진 대방의 중지에 피가 맺혀 있는 모습이라.

더 이상 할 말이 없는 화련은 가볍게 목례를 한 후 방을 빠져 나왔다.

문예가 잠시 화련의 뒷모습을 지켜보다 자리에 앉았다.

"내가 방해를 한 것인가? 신기하군. 그대의 평정심을 흔들어 놓다니."

문예가 슬쩍 가진 대방의 속을 떠보려 했지만 가진은 그저 입을 다물 뿐이었다.

"그건 그렇고 가진 대방, 무예가 출중한 자로 급히 사람 몇 명만 내어달라."

"무엇에 쓰시렵니까?"

"당 황제가 숙위(宿衛) 김사란을 급히 신라로 돌려보냈다 들었다. 그리고 김사란이란 자가 발해의 뒤를 치기 위해 환국하는 거라는 그대의 말도 함께 들었지."

"신라 김사란 왕자 말씀입니까?"

"그 또한 내 신세와 다르지 않는 자였지. 웃기지 아니한가? 누구는 전쟁으로 환국을 할 수 있게 되고, 누구는 전쟁으로 당나라에 메인 몸이 되었으니 말이다."

"김사란 왕자를 죽이기라도 하시렵니까?"

가진의 이죽거림을 모를 리 없음에도 문예의 표정에는 변화가 없었다.

"얘기를 해볼 생각이다."

"그 많은 호위를 받고 가는 사람을 어찌 뚫고 만날 생각이십니까?"

"가진 대방, 내 비록 나라에 충성할 수 없는 몸이지만 이런 중대한 일을 알면서도 모른 척 넘어갈 만큼 충성심마저 잃은 것은 아니다. 그대는 사람만 내어주면 되는 것이다."

가진은 생각을 정리하려는 듯 눈을 내리깔았다. 김사란과의 독대라. 있을 수 없는 일이다. 그 자리에서 개죽음이면 당과의 돌발 전쟁이 아니라 신라와 발해의 피비린내 나는 싸움으로 변할지도 모른다. 오늘따라 여기저기 자신을 들쑤시지 못해 안달난 사람으로 가득한 것 같아 그는 머리가 쪼개질 지경이었다.

"내어드리겠습니다. 대신 조건이 있습니다."

가진의 음성이 낮게 깔렸다.

승전보에 궁궐이 떠들썩해도 모자라건만 발자국 소리까지 조심하며 내관 및 신료들이 몸을 사리고 있었다. 아마도 그건 아침부터 날아온 실로 믿고 싶지 않은 소식이 같이 전해졌기 때문이다.

만약 이 일로 불똥이 잘못 튀기라도 한다면 궐내 피바람이 일지도 모를 일이다. 황제의 성정을 너무나 잘 알고 있는 각기 문무대신들은 이 일을 어떻게 알려야 황제의 노여움을 최소한 줄여볼 수 있는지 노심초사해야 했다.

아니나 다를까, 연적(硯滴)이 방구석으로 날라 떨어지면서 물이 사방으로 튀었다. 그것만으로도 분이 안 풀리는지 무 황제는 벌떡 일어나 대내상을 잡아먹을 듯 노려보고 있었다.

"다시 말해보라!"

으깨지듯 나오는 말투에서 그의 분노가 고스란히 묻어났다. 고삐가 풀린 싸움소가 어디든지 들이받을 준비가 되어 있는 모습이었다.

설마 애꿎은 자신을 죽이겠나 싶은 마음도 한순간, 대내상은 자신의 목이 황제에게 물어뜯길 것 같아 손으로 목을 감싸고 싶은 충동이 일었다. 만약 황제가 정말 칼이라도 들고 이 방을 휘젓고 다닌다면 체면 불구하고 맨발로 뛰쳐나갈 수 있도록 엉덩이를 쭉 빼고 서 있을 판이었다.

"문예가 좌효기장군으로 임명받아 유주를 지키고 있다고! 그 말이 참말이렷다?"

"신이 어찌 거짓을 고하겠습니까."

"만약 거짓으로 밝혀진다면 손수 네 그 입을 찢어버릴 것이다!"

황제의 손에 어제 올라온 상소문이 움켜쥐어져 있자 대내상은 그저 저 상소문이 자신의 이마를 비켜가기만을 바라고만 있었다. 아무리 오랜 세월 폐하의 곁을 있었다 하나 저렇게 날뛰는 모습을 보니 언제나 새롭고 언제나 심장이 벌렁거리고 있었다. 그러나 얼굴만큼은 천연덕스럽게 마치 상참을 아뢰는 것처럼 평안하기 그지없었다. 달리 늙은 여우겠는가?

"감히 문예 네가…… 네가 정녕 미치지 않고서야! 다 물러가라! 모두 다 나가란 말이다!"

대내상이 고개를 조아리며 냉큼 방을 나가자 옆을 지키고 있던 내관들도 주춤거리다 황제의 노기를 피하기 위해 재빨리 물러났다. 잠시 안에서 물건을 내던지는 소리가 나더니 황제의 분노가 쟁쟁하게 들려왔다.

최 대내상이 한숨을 쉬며 하늘을 한번 바라보았다. 편안한 말년을 보낼 생각이었는데 어찌 쉽지 않을 것 같았다. 그는 고개를 흔들며 참모 회의실로 발걸음을 옮겼다.

최 대내상이 들어오자 모두들 그의 표정을 살피기 급급했다. 역시 성격 급한 안주 장군이 벌떡 일어나 대내상을 채근했다.

"어찌 된 거요? 폐하께서 무슨 말을 하신 거냔 말이오? 참 답답하오. 말씀 좀 해보오."

"다들 자리에 앉아보시오. 아무래도 황실의 안녕을 위해서는 뭔가 조치가 있어야 하지 않겠소?"

수염을 쓸어 담는 최 대내상은 눈을 가늘게 뜨며 원탁에 모인 대신들을 훑어보았다.

"옛말에 불길을 잡으려면 반대 방향에서 맞불을 놓으라 했소. 현재 당으로 파견 나가 있는 사절단 대표가 누구요?"

"정진초 문사라고 아마 현재 수로가 막혀 들어오는 날짜가 지체되는 것 같습니다."

"정진초 문사라? 그자와 입을 맞춰놓아야겠군. 이번에 문예 전하와 관련된 사람을 한번 알아보게. 황제폐하가 저리 터뜨려 피바람이 불기 전에 우리 쪽에서 미리 터뜨려 불길을 잡아야 할 것이오. 그래야 쉽게 잠잠해질 것 아닌가? 저러다 다시 유주까지 군대를 끌고 간다 할 수도 있음이야. 그러기 전에 막아야지."

곰곰이 생각하던 문유 장군이 탁자를 탁탁 치며 좌파 급부를 째려보기 시작했다.

"내 듣자하니 문예 전하가 당으로 도망을 쳤을 때 안정철 부사 집안에서 도왔다던 소문이……."

"지금 뭐라 했소!"

말을 자르며 좌파에 관련된 장군 및 문인 집안이 소리를 치며 일어났다. 지금 상황에서 말 한번 잘못 왔다 갔단 나중에 안정철 부사 집에 드나들던 모든 사람을 줄줄이 엮여 들어갈 수도 있었다.

"지금 모함을 하려는 게요? 이번 전쟁에서 안정철 부사 장손이 사모부 동쪽에서 후방을 지원하지 않았소. 그런 충성스러운 가문을 의심한단 말이오?"

"흠, 흠. 뭐 그리 흥분을 하시오. 내 소문이라 그랬잖소."

"진정들 하시게. 뭐 하는 짓인가, 이게."

서로 얼굴을 붉히며 목소리가 높아지자 최 대내상이 손을 들어 모두 진정시켰다. 어차피 맞불을 붙이려면 희생양이 나오기 마련이다. 그것이 누구이든 그는 상관하지 않는다. 다만 그에게는 올해 마지막 임기를 아무 탈 없이 넘기고 싶은 마음밖에는 없다.

황궐 못지않게 안씨 집안 또한 온 집안이 뒤집힌 건 마찬가지였다. 가뜩이나 전쟁으로 민심이 바짝 얼어 있는 판에 가주였던 안정철 부사가 끝내 건강을 회복하지 못한 채 임종을 맞이하고 말았다. 그 일로 정 부인이 화련이 머물고 있는 산사로 급보를 보냈으나 정기적으로 오는 잘 지낸다는 서찰만 받자 뭔가 이상하다 싶은 정 부인이 직접 산사로 찾아간 것이다. 헌데 아프다는 아이는 어디에도 없고 스님도 모르는 일이라고 하자 정 부인은 기가 차고 어이없어 땅바닥에 주저앉고 말았다. 도대체 아픈 아이가 무슨 마음을 먹고 사라졌는지 알 수가 없었다. 혹 아프다 보니 마음이 약해 이상한 마음이라도 먹었을까 정 부인은 가슴이 덜컥 내려앉았다.

"내가 업이 많다. 남편을 앞세우고, 자식은 어디로 갔는지 생사여부도 모르고…… 내가 업이 참 많은 게야. 딸은 어디서 무엇을 하고 있는지도 모르면서 속 편히 따뜻한 밥 한 숟가락 목구멍으로 넘기고 앉아 있는 사람이 무슨 어미라고."

"마님, 기운 차리세요. 분명 아가씨는 잘 있을 거예요. 서찰도 꼬박꼬박 오고 또 많이 완쾌되어 봄쯤에 집으로 돌아올 수 있다고 하셨잖아요. 좀 있으면 작은 주인님도 오시니 모두 잘될 것이어요, 마님."

울먹거리는 원이는 쓰러지려는 정 부인을 부축했다.

"이럴 때 철현이가 옆에 있어주었으면 좋겠구나. 아버지의 부고를 인편으로 보냈으나 지금 전쟁 중이라 집으로 돌아오기는 힘들 게야."

"혹시 저희가 잘못 찾아온 것은 아닐까요?"

월선은 아무리 생각해도 아픈 아가씨가 산사에 없다는 게 이해가 가지 않았다.

"스님이 그 아이가 그날 여기서 공양만 하고 떠났다고 하지 않느냐. 서찰을 주기적으로 전해주는 사내는 분명 뭔가를 알고 있겠지. 찾아라. 찾아서 내 앞에 데리고 와. 네년도 입단속 해야 할 것이야. 아가씨는 지금 산사에 있는 것이야."

벌써 한번 혼사가 깨져 좋은 곳으로 시집가기가 어려울 텐데 거기다 사라졌다는 소문까지 돌면 딸아이는 평생 남들 수군거림 속에서 살아야만 했다. 그럴 수 없었다. 정 부인은 고개를 가로저으며 입을 꽉 다물었다.

간밤에 쌓인 눈으로 걸음을 옮길 때마다 눈 밟는 소리가 공중에 흩어졌다. 바퀴가 굴러가는 박자에 맞춰 독차는 삐거덕거리며 힘에 겨운 소리를 내고 있었다. 땅까지 얼어 걸음이 조심스러울 법도 하지만 장정들은 민첩하게 움직이고 있었다.

그 행렬에 포함된 화련은 뒤처지지 않기 위해 부지런히 발을 놀려야 했다. 그러나 눈으로 얼은 땅을 걷는 것은 산을 오르는 것보다 더 힘든 일이었다. 화련이 걸음을 휘청거릴 때마다 중심을 잡기 위해 팔을 팔딱거려야 했다. 그럴 때마다 가진의 차가운 눈총을 받아야 했다. 눈도 눈이지만 걸을 때마다 거추장스러운 긴 치마가 여간 신경이 쓰이는 게 아니었다. 하는 수 없이 그녀는 추위에도 불구하고 두 손으로 치마를 살짝 쥔 채 걸어야 했다. 아름답긴 하나 짙은 붉은 비단 유(신라 저고리)에 녹색 상을 입고 배당을 표의(겉옷) 위에 두른 자신의 모습이 낯설기만 했다. 한 번도 입어보지 않은 옷은 당연히 걸음걸이까지 불편하게 만들고 있었다. 특히 신라의 이(여자 신발)는 금제 장식으로 문양이 들어가 화려함을 넘어서 신기할 따름이었다. 발을 보호하는 신발에 장식이라니. 그러나 그녀뿐만이 아니라 모든 일행이 신라의 의복을 갖춘 채 김사란 왕자를 만나기 위해 변장 아닌 변장을 해야 했다. 전쟁 중 발해 옷을 입고 돌아다니다 발해에 악감정을 가진 당나라 사람에게 봉변을 당할 수도 있었고, 신라 사람을 만남에 있어 신라 옷을 입고 만난다는 것은 상대의 경계를 한풀 누그러뜨릴 수 있는 효과도 있기 때문이었다.

화련은 긴 한숨을 내쉬었다. 아무래도 이번 일로 단단히 그의 미움을 받은 것 같았다. 그녀는 그가 지금 얼마나 화를 억누르고 있는지 알고 있다. 그가 언성을 높인 그날 이후 그는 그녀에게 말 한마디는커녕 마주치지도 않았다. 그녀가 다시는 부딪칠 일이 없을 거라 하였는데 그를 따라나서고 있으니 입이 있어도 할 말이 없었다. 그날 밤 문예 전하가 그녀에게 들려준 이야기를 가슴에 담지 않았다면 그녀는 가진 대방을 따라나서지 않았을지도 몰랐다.

어제 그녀는 하루 종일 내리는 눈으로 방이 쌀쌀해지자 초구(貂裘:담비 모피로 만든 덧옷)를 찾던 중이었다. 결국 찾지 못한 그녀는 포기한 채 세향을 부르려고 문을 열었다. 그때 기다렸다는 듯 난간에서 문예 전하가 고개를 돌려 그녀를 바라보자 화련은 마음이 무거웠다. 환국하지 말라 청한 후 마주치는 것조차 죄스러워 얼굴조차 마주치지 못한 그녀라 급히 인사만 한 채 걸음을 떼려고 했었다.

"전쟁이 언제 끝날지 모르는 상황에서 소저가 나와 함께 여기에 남겠다고?"

화련이 깜짝 놀라며 고개를 들자 문예가 피식 웃었다.

"오전에 그대가 가진 대방에게 볼일이 있듯이 나 또한 그에게 볼일이 있어 기다린 것뿐이다. 지루하던 하늘 구경에 재미난 이야기가 들려서 말이지."

그 말을 하면서 문예는 그녀에게 한 발짝 더 다가갔다. 쓴웃음을 지은 채 문예는 화련의 턱을 한 손에 쥐어 그를 바라보게 만들었다.

"안 소저, 함부로 사람에게 동정을 내미는 것이 아니다. 사람에 굶주린 사람은 그 동정 한 방울이 집착으로 바뀔 수도 있음이다."

"전하."

"받아라. 좀 더 일찍 그대에게 돌려주었어야 했는데 여의치 못했다. 그대 가문에 대한 충의는 잊지 않겠다. 그러니 괘념치 말고 환국하라. 많은 이들이 걱정할 것이다."

그 말이 무슨 뜻인지 아는 화련은 입술을 지그시 깨물었다. 그렇게 받고자 했던 문중 패가 자신의 손 안에 쥐어졌다. 그러나 기쁨보다 마음이 묵직이 아려와 아무 말도 할 수가 없었다.

"가진 대방이 김사란 왕자를 만나러 갈 예정이다."

'그가 왜? 무슨 이유로?'

걱정과 궁금증이 가득 담긴 화련의 눈동자에 문예는 피식 웃을 뿐이었다.

"글쎄, 몇 할은 한 나라의 황족을 위험에 노출되게 만들 수 없음이겠고 다른 몇 할은 아마 안 소저 때문이겠지?"

"무슨 말씀인지?"

"안 소저가 그자의 마음속에 숨겨진 불씨를 부지깽이로 뒤집어놓았단 말이지. 사실 내가 간다고 했다. 그런데 그가 재미난 제안을 하더군. 자신이 대신 갈 테니 그동안 안 소저를 보호해

달라고 말이다."

화련은 무슨 말인지 모르겠다는 듯 그의 자세한 설명을 더 기다리고 있었다.

"바람을 본 적이 있는가? 꼭 눈으로 보아야 볼 수 있는 것은 아니지. 옷깃이 펄럭이고 이마에 맺힌 땀방울을 훔쳐 달아난다. 우리는 그렇게 바람을 확인하고 산다. 마음 또한 그와 다를 바 없겠지. 볼 수는 없지만 숨길 수도 없는 게 마음이겠지. 내일 가진 대방이 김사란 왕자와의 독대를 위해 길을 떠날 것이다. 어차피 나에게 보고하기 위해 다시 이곳으로 와 발해로 돌아갈 준비를 해야 할 테니 그동안 여기 남든 같이 움직이든 안 소저 마음대로 하라."

"……그와 같이 움직이겠습니다."

눈으로 직접 볼 수 없으나 숨길 수 없는 게 마음이라면 그 마음을 그녀는 그 옆에서 확인하고 싶었다. 그녀 마음만 급급해 보지 못했던 그의 마음을 바라볼 수 있었음 했다.

"그대의 강단이 부럽군. 그렇다면 내가 가진 대방에게 일러두지. 마지막으로 안철현 전장군에게 술 한 잔 부딪치지 못해 미안하다 전해달라. 언제나 그에게 빚만 많이 지는군. 그 빚은 내 다음 생의 업으로 남겨두어도 좋겠지."

꼭 마지막 떠나는 인사 같았다. 아닐 것이다. 설마 전하가……

"아얏."

화련은 문예 전하가 한 말을 곱씹느라 끝내 앞에 있는 돌멩이
를 보지 못하고 넘어졌다. 본능적으로 손을 내밀어 땅을 짚었지
만 땅에 갈려 버린 손바닥엔 생채기 자국과 피멍울이 새겨진 뒤
였다. 두 손을 맞잡고 걸었다면 턱을 찧었을지도 모르는 일이었
다.

세향이 옆에서 얼른 부축에 나서며 화련의 손과 옷에 묻은 흙
을 털었다. 아가씨의 손바닥이 빨갛게 부풀어 오르는 걸 보자
세향은 이 행렬을 멈춰서라도 약을 찾아야 한다며 호들갑을 떨
기 시작했다.

"아가씨, 괜찮아요? 아휴, 손에 상처 난 것 좀 봐. 다른 곳은
요? 아니, 근데 가진 대방의 저 꼬락서니 좀 보게요? 아가씨가
넘어졌는데 어째 쳐다보지도 않고 저 걷는 폼 좀 봐요."

"……화가 많이 난 모양이다."

세향은 급한 대로 천을 찢어 화련의 다친 손을 칭칭 감아주었
다.

어느덧 행렬이 멈추더니 짐수레 수레바퀴 또한 짐의 무게를
짐작하듯이 묵직한 소리를 내며 멈췄다. 앞을 보니 군 장병들이
임시 천막이 주위로 경계를 지키고 있고 아침이라 아마도 떠날
차비를 하는 모양인지 말들이 마당 한가운데 집결되어 있었다.
어차피 신라로 돌아가려면 그들도 배를 타야 하니 가는 길은 정
해져 있는 셈이었다. 하지만 이리 빨리 김사란 왕자를 만날 줄
은 생각도 못한 화련이었다.

"누구냐!"

두 병사가 가진 앞으로 위협하듯 창을 들이밀었다.

"신라 상단이다. 왕자님의 환국 선물을 준비했다. 왕자님과의 독대를 청하고 싶다고 전해달라."

병사가 미심쩍듯 쳐다보자 가진의 고갯짓에 뒤에 싣고 온 궤 짝이 하나둘 열려졌다.

문은(紋銀: 말굽처럼 생긴 은덩이) 네 궤짝, 비단 오십 필에 화련 의 입까지 벌어질 지경이었다. 도대체 저 많은 것을 어디서 구 했단 말인가. 문은 열 개면 일반 백성 한 집 일 년 치 식량이었 다.

병사들도 잠시 넋을 놓다 곧 가진의 몸에 흉기를 숨기고 있는 지 훑어보았다. 화련 차례가 되자 병사는 잠시 손에 붕대를 감 고 있는 그녀의 모습에 인상을 찡그렸다. 그 속에 단도라도 숨 기고 있을지 모른다는 생각에 그녀의 손을 수색하려 하자 가진 이 잽싸게 병사의 손목을 낚아챘다.

"무슨 무례냐."

"통과 절차다. 붕대를 풀러라. 확인을 해보아야겠다."

"가진 대방, 괜찮으니 손 놓으세요."

화련은 붕대를 풀러 병사에게 손바닥을 보여주었다. 빨갛게 부은 손을 보자 병사는 헛기침을 하며 그녀와 가진 대방만을 대 면을 허락했다. 경계 밖에서 가진 대방의 호위무사는 주위 경계 를 서며 칼끝에서 손을 떼지 않았다.

병사는 상단을 이끄는 사람이 여장부라는 사실에 고개를 갸웃했다. 이제 막 여인의 모습을 한 아가씨가 전쟁 중에 한 상단을 이끌고 여기까지 온 배포가 놀라울 따름이었다.

막사 앞에서 병사가 멈춰 뒤돌아서더니 가진을 더 이상 들어가지 못하게 막아섰다.

"호위무사는 여기서 지켜도 된다. 안으로 들어갈 수 있는 자는 행수뿐이야."

당황한 화련은 가진과 병사를 번갈아 쳐다보았다. 어쩐지 그녀와 같이 들여보낸다 싶어 이상타 했었다. 그렇다고 여기서 나는 상관없는 사람이라고 하기에는 옷도 그러거니와 상단에 여자가 끼어왔다는 자체가 의심을 살 수도 있었다.

"뭐 하냐, 어서 들어가지 않고."

당황스러운 것은 가진도 마찬가지였다. 적어도 저 막사 안에 그녀 혼자 들어가게 만들 수는 없었다. 가진은 화련의 손을 살펴보는 척하며 낮게 그녀에게 속삭였다.

"여기까지 오면서 제가 수운과 이야기 나누는 것을 들었습니까?"

화련이 작게 고개를 끄덕이자 가진은 잠시 그녀의 손을 꽉 잡아주었다.

"이이제의(以夷制夷)는 당만 할 수 있는 것이 아닙니다."

"이자와 같이 들어가겠다. 서기할 사람이 필요하다."

병사가 가진을 위아래로 훑어보았다. 딱 봐도 앞에 있는 남자가 무사로 보이지도 않고 몸수색도 끝냈으니 같이 들여보내 주어도 되지 싶었다. 병사가 머뭇거리며 길을 비켜주자 가진과 화련이 안으로 들어갔다.

밖에서의 웅성거림을 들었을 텐데 김사란 왕자는 느긋하게 차를 마시며 앉아 있었다. 현종의 총애를 받을 정도로 문, 무예에 능한 자라 과의(果毅)라는 벼슬까지 받은 자였다. 육 척이나 되는 큰 키에 다부진 성격을 보여주듯 굵은 눈썹과 뚜렷한 이목구비는 절대 남에게 휘둘릴 성격이 아니라는 것을 말해주는 듯했다. 설득이 쉽지만은 않을 것이다.

"무슨 일로 나를 보자는 것이오?"

가진은 의자를 내려다보았다. 역시 하나. 혹시나 해서 조금 전 귓속말로 언질은 주었지만 저 자리에 그녀가 앉아 김사란 왕자를 상대하는 게 버거울지 몰랐다.

"발해에서 상단(大商)을 가지고 있는 가진 대방이라고 합니다. 이쪽은 저의 상단의 미하 아가씨입니다."

가진이 그녀를 다르게 소개하자 화련은 슬쩍 그를 쳐다보았다.

차를 마시던 김사란이 잠시 멈칫하더니 피식 웃음을 흘렸다.

"이 기회를 틈타 상권을 얻기 위해 얼굴이라도 내밀러 온 신라 패인가 했더니 발해에서 왔다? 그래, 발해 상단에서 나에게 무슨 일이냐?"

화련은 최대한 고개를 떨어뜨리지 않도록 노력했다.

"당에게서 발해의 남쪽을 치라는 명을 받들고 급히 귀국하는 것으로 들었습니다."

'에둘러 갈 생각이 전혀 없으시군.'

가진은 화련을 슬쩍 쳐다보았다.

"그래서?"

"조금 늦추어주십사 합니다."

다소곳이 말하는 말치고는 꽤 무례한 말이었다. 어이없는 요청에 사란은 헛웃음이 터져 나왔다. 허나, 이들의 정보력에 아니 여기까지 찾아온 무모함에 김사란은 흥미가 생겼다.

화련은 지금이라도 가진이 나서 일을 매듭져 주기를 바라고 있었다. 아무리 호위무사가 밖에 대기하고 있다고는 하나 바로 밖에는 상대 병사들이 깔려 있고 자칫 혀를 잘못 놀렸다가는 목숨 부지하기 어려운 상황임에도 불구하고 그는 입도 뻥긋하지 않은 채 사태만 관망하고 있었다.

"얼마나 대단한 상단이기에 나를 좌지우지할 수 있다 여긴 게냐?"

"어차피 전쟁을 한다 해도 신라로서는 당의 눈 밖에 나지 않기 위해 백성을 전쟁으로 내몰아야겠지요. 이 겨울에 단시간 내에 식량 보급을 준비할 수 있으신가요?"

"말하고 싶은 게 뭐냐? 여기 당장 네 목을 벨 수도 있음이다. 그것까지 각오하고 온 거겠지?"

"제가 이 각이 지나도 나오지 않으면 제 호위무사가 움직일 것입니다."

이건 사실이었다. 분명 가진 대방이 그리 말했으니.

"고작 호위무사 몇 명으로 이곳을 칠 생각이라고?"

"오십 명도 안 되는 이곳을 쳐봤자 득이 없는데 설마 그러기
야 하겠습니까? 파발을 띄울 생각입니다."

"파발?"

"왜로 파발이 뜰 것입니다. 전 상단을 움직이고 있는 사람입
니다. 왜까지 단시간에 파발을 띄우는 건 일도 아니지요. 신라
가 지금 발해를 친다는 것은 호시탐탐 기회를 엿보는 왜에게 신
라의 뒤를 칠 수 있는 좋은 기회 아니겠습니까? 물론 발해로도
파발이 가겠지요."

"네 이년!"

사란이 탁자를 치자 놓여 있던 찻잔과 받침 그릇이 소리를 내
며 바닥에 떨어졌다.

"이이제의(以夷制夷). 오랑캐로 오랑캐를 치는 것은 당만 아니
라 발해 또한 가능하다는 것을 모르시지는 않겠지요? 당이 신라
를 이용한다면 발해는 왜를 이용할 수도 있지요."

침착하면서 그의 말을 단박에 알아맞혀 대응하는 그녀의 명
석함에 가진의 입이 부드럽게 휘어졌다.

"네가 감히 나를 협박하는 것이냐?"

김사란이 칼을 꺼내 들자 가진이 냉큼 그녀를 뒤로 빼돌렸다.

"그 칼을 치는 순간 신라라는 이름은 사라질 것입니다."

가진이 드디어 그녀의 말을 이어받자 그녀는 속으로 안도의 한숨을 내쉬고 있었다.

"네 이놈! 여기서 네 연놈을 쓸어버리고 밖에 있는 놈들도 쓸어버리겠다!"

"겨울입니다. 전쟁을 하기에는 서로가 악조건임에 틀림없습니다. 핑계거리를 만들기 딱 좋은 계절이 아닙니까?"

가진의 거침없는 대답에 김사란의 기분은 더욱더 험악해졌다.

"차라리 왜로 파발을 띄워 눈엣가시 같은 신라를 쓸어버리라 명하지. 그런 간계를 꾸미지 않고 알려주는 이유가 무엇이냐!"

가진은 잠시 답을 고르는 듯 망설이는 듯했다.

"왜보다는 그대 나라에 애착이 좀 더 있다 해두지요."

김사란이 주먹을 움켜쥐고 분을 삭이고 있었다. 하는 말 족족 옳은 말이니 더욱 분했다. 애꿎은 내 백성 전쟁으로 나가는 것도 가슴 아픈 일이며 그럴만한 전쟁을 발해와 할 경우 신라는 재건을 위해 다시 몇 년을 가난에 허덕여야 하는 것도 가슴 아픈 일이었다. 현재 당까지 넘보는 발해라면 틀림없이 힘든 싸움이었다. 더욱이 뒤로는 왜가 호시탐탐 자국을 노리고 있으니.

"더 이상 할 말이 없으면 나가라."

"답은 들은 것으로 하겠습니다. 시간을 내주셔서 감사합니다."

화련은 숨소리조차 낼 수 없을 정도로 신경이 곤두서 있었다.

어떻게 빠져나왔는지 생각도 나지 않았다. 결국 막사를 빠져나와 몇 걸음을 떼기도 전에 화련은 땅바닥에 주저앉고 말았다. 일어나야 하는데 힘이 빠진 다리는 땅바닥에 붙어 떨어질지 몰랐다.

"아가씨?"

"앗."

주저앉으면서 상처 난 손이 다시 땅바닥을 쓸자 곧바로 외마디 비명이 터져 나왔다.

화련은 말간 눈으로 가진을 올려다보았다. 그가 걱정스레 그녀를 바라보더니 잠시 그녀의 손에 머물렀다. 유난히 그의 그러쥔 주먹에 눈이 갔다. 그러고 보면 그녀는 그의 그러쥔 주먹을 많이 본 듯했다. 그럴 때마다 그의 검은 눈빛이 짙게 내려앉는다는 것도 알 수 있었다.

"괜찮으십니까? 대답이 힘들면 고개라도 끄떡여 보십시오."

화련은 고개를 끄덕였다. 가진은 안심이 되는지 작은 한숨을 쉬며 그녀 앞에 무릎을 꿇었다. 주위에 있는 눈을 손으로 녹여 천천히 그녀의 상처 난 손바닥에 비벼주었다. 당연히 그의 손은 금세 새빨갛게 얼었다. 그는 흙과 핏덩어리가 씻겨 내려갈 때까지 묵묵히 그 작업을 반복했다.

"제 손을 얼릴 작정인가요?"

그녀는 일부러 퉁명스레 말을 건넸다.

"곪는 것보다 낫습니다."

조금 빠르면서도 경직된 목소리. 왜 몰랐을까? 그가 이리도 당황하고 있다는 것을. 여기서 그녀가 운다면 이 사람은 또 가슴을 내어줄 사람이다. 그리고 언제 그랬냐는 듯 그녀의 그림자만을 밟고 설 것이다. 걱정만으로, 책임감만으로 자신의 손을 얼려가면서 남의 상처를 보는 사람은 없다. 꽉 다문 입술에 안타까움을 숨기려는 사람도 없다. 걱정만으로 그녀의 마음을 돌려달라 전하에게 요청한 대신 목숨 걸고 김사란 왕자와의 독대를 하겠다는 사람은 없다. 화련은 고개를 돌렸다. 그의 마음을 잠시 보았을 뿐인데 가슴이 죄어온다. 마치 덜 익은 열매라도 먹은 것처럼 마음이 아렸다.

잠시만 기다려 주면 자신이 일어나 걸을 수 있음을 안다. 그러나 그의 마음을 엿본 순간 그의 걱정스런 눈빛 한 올 더 받고 싶은 얄망궂은 마음은 일어나지 않으려 한다. 언제나 그녀 주위를 감싸고 있던 바람을 보아버렸다.

"다리가 떨려 일어날 수가 없어요."

그 말에 가진은 그녀가 일어날 수 있을 때까지 기다릴 참이었다. 그러나 그녀가 그 앞으로 두 손을 쭉 내밀자 의아한 듯 그의 미간이 모아졌다. 며칠 전까지, 아니, 바로 몇 분 전까지 화난 그녀는 그에게 말 한마디 걸지 않고 있었다. 그런 그녀가 손을 내밀고 있는 것이다.

"오라버니는 가끔 업어주었는데……."

물론 그건 아주 어렸을 때의 이야기였다.

그가 그녀의 의도를 헤아리는 듯 그 자리에 서 움직이지 않았다. 그러나 언제나 그렇듯 그가 뒤를 돌아 말없이 등을 내주자 화련은 그의 목에 팔을 둘렀다. 단열이 올라오는 것처럼 얼굴이 화끈거려 저절로 그의 등에 얼굴을 파묻고 말았다. 그러나 부끄러우면서도 올라가는 입꼬리는 어쩔 수가 없는지 작은 보조개를 만들어냈다. 걸을 때마다 옷깃이 부딪치는 소리, 마음을 가라앉혀 주는 맑은 사향 냄새가 그녀를 스쳐 지나갔다. 그 냄새가 좋아 날아가는 향마저 아쉬워 잡을 수 있다면 잡고 싶은 그녀였다.

"김사란 왕자가 우릴 죽이려 했으면 어쩔 뻔했나요?"

"그러지 못할 겁니다. 문예 전하와 같은 설움을 짊어진 자이기에 한 나라의 왕자로서 그 무게를 알기에 그러지 못할 겁니다."

"우리 가문을 어찌하실 건가요?"

같은 질문이지만 지금은 아무런 악도 화도 아닌 무덤덤한 질문이었다.

"아가씨가 저어할 일은 없을 것입니다."

"그때는 가진 대방이 저를 속였다는 것에 화가 나 미처 생각을 못했는데 그대가 호언장담하는 이유가 궁금하네요."

"그리 약속을 하지 않았습니까?"

"그렇군요. 그렇게 제게 약속했죠, 지켜 드리겠다고. 잠시 잊었네요."

절대 그의 입에서 그녀가 원하는 답을 얻을 수 없을 것이다. 그는 그리해 주지 않을 것이다.

"시퍼런 칼날을 보니 무서웠어요."

'김사란 왕자가 진짜 그대를 벨까 봐 말입니다.'

화련은 마지막 말을 삼켰다.

"유주에 있었으면 이렇게 손이 다치는 일도, 무서울 일도 없었을 텐데 오겠다고 떼를 쓴 건 아가씨였습니다."

"그 말이 나왔으니 말인데 오라버니에게 고자질할 것입니다. 제가 넘어졌는데도 가진 대방은 본체만체하며 걸음만 놀렸다고 꼭 말할 것입니다."

뿡해진 그녀의 말이 재미있는지 가진의 목울대가 기분 좋게 울렸다.

낮은 그의 웃음소리에 화련은 눈을 감았다. 이 따뜻함을 놓치고 싶지 않았다. 이렇게 그의 등 뒤가 아니라 그의 앞에서 그가 환하게 웃는 모습을 보고 싶었다. 그의 품에 안겨 그 울림을 듣고 싶었다.

혹 아직도 그의 입가에 미소가 걸려 있다면 그녀가 고개를 옆으로 빼면 볼 수 있을지 몰랐다. 그러나 그의 미소보다 그의 빨갛게 얼은 귀를 보자 따뜻한 상상은 곧 추운 날씨 앞의 입김처럼 소리도 없이 흩어져 버렸다. 털벙거지가 없으니 그녀 손이라도 괜찮다면 호호 불어 뒤에서 손 귀마개를 만들어주고 팠다. 그러나 미처 다 짜내지 못한 용기에 화련은 그저 그의 목덜미에 얼굴을 묻는 게 고작이었다.

"아가씨, 주무시면 안 됩니다."

목이 멘 화련은 그저 고개만 끄덕였다.

'난 내 님이 이리도 좋은데 세상이 아니 된단다. 왜냐 물으면 그냥 아니 된단다. 아, 내 님도 그냥 아니 된다 여겨 나를 봐주지 않으시는 건가. 내 님아, 답하지 마라. 그 대답에 난 눈물이 흐를지 모른다.'

드디어 환국이다. 가진 일행과 화련은 다시 유주로 돌아와 모든 짐을 챙기고 떠날 차비에 아침 한나절이 분주했다. 어차피 문예 전하가 좌효기장군을 하사 받는 그날부터 환국은 없던 일이 된 거나 마찬가지였다. 문예 전하의 일은 순수 가진 대방의 몫으로 떨어졌다. 그러나 그 또한 자신이 없었다. 어떻게 무 황제께 고해야 되는지 아직은 정리가 되지 않았다.

잠시 전쟁이 소강상태에 접어들면서 숨 고르기를 하는 사이 빨리 움직여야 하기 때문에 앉아서 손을 놀리는 사람은 한 사람도 없었다. 화련은 짐을 싸다 멍하니 하늘을 올려다보았다. 짙은 쪽빛 색깔에 가까운 하늘에 구름 한 점 없는 춥고 건조한 날씨였다.

바람 소리가 매서운 정점을 달리는 1월이다. 이쯤 되면 대동

강 영명루(永明樓: 고구려 393년에 함경에 세워진 것이나 고려 예종 때 이름을 부벽루로 바꿈)의 물도 얼어 배를 띄우지 않아도 지나갈 수 있을 것이다.

이제 돌아가는 일만 남았는데 아직도 화련은 믿기지가 않았다. 전하의 환국도 미루어지고, 문중 패도 받았건만 마음은 더할 수 없이 무거웠다. 가진 대방과 문예 전하의 일도 궁금했다. 여차파면 전하의 목이라도 베겠다는 가진 대방이 떠나는 오늘까지 문예 전하의 대한 일언반구가 없었다.

"출발이다!"

진무가 제일 신이 나 외치자 모두들 웃음이 터져 나왔다. 돌아가는 그들의 표정에 행복함과 설렘이 묻어났다.

두 행렬 맨 앞에 가진 대방과 문예 전하가 앞장을 섰다. 성의 나성(羅城)을 둘러볼 겸 가진 일행을 배웅하러 문예가 길을 나선 것이었다. 성곽지기가 육중한 문을 열자 이음쇠끼리 마찰 소리가 귀를 때렸다. 화련은 두 손으로 귀를 가리며 미간을 찡그렸다. 문이 열리면서 틈새로 들어오는 바람에 눈이 따가울 지경이었다. 겨울이라 가는 길이 순탄치 않을 것은 각오는 했으나 추위도 추위지만 겨울 가뭄이라 붉은 흙 토성이 바람에 쉴 새 없이 휘날려 행보에 방해가 될 듯했다. 그러나 문이 다 열리기도 전에 여자 하나가 쓰러질 듯 튀어나와 가진 일행은 발걸음을 멈춰야 했다. 곧 보초병에 의해 여자가 끌어내어지자 문예의 눈이 가늘어졌다.

'발해 사람인가?'

"놔줘라."

문예의 말에 당나라 병사는 잠시 떨떠름한 표정을 짓더니 곧 여자를 풀어주었다.

초희? 주저앉으려는 그녀를 순간적으로 문예가 잡아 일으켰다.

"네가 여기 어쩐 일이냐?"

"전하?"

문예는 초희의 몰골을 자세히 훑어보았다. 안서에서 제 살길 가라 보낸 아이였다. 내 목숨이 바람 앞에 등불이라 적어도 이 아이만큼은 어떻게든 살게 해주고 싶었다. 그래서 얼마의 돈을 쥐어주며 혹 운이라도 좋으면 발해로 돌아가 좋은 사람 만나 행복하기를 바랐다. 그래서 보내준 아이였는데……. 유주로 오는 길 내내 눈에 보이지 않자 잘된 것이라 여기면서도 내심 서운한 마음이 드는 간사한 자신을 비웃곤 했었다. 그런데 메마르다 못해 터진 입술에 뼈가 잡힐 정도로 앙상한 몸집이 되어 나타난 연유가 무엇이란 말인가.

"전하, 아니 됩니다."

초희는 쓰러져 가는 몸을 곧추세우더니 곧 가진 일행을 매섭게 째려보았다.

"전하는 못 모셔간다. 내가 누구를 만나고 오는 길인지 생각도 못하겠지. 정진초 문사를 만나고 오는 길이다."

그녀는 아마 문예가 가진 일행과 같이 떠나는 것으로 착각하는 것 같았다.

"정진초 문사를 만나러 장안까지 갔다 왔단 말이냐? 네가 무슨 일로?"

"전하를 능멸하는 자는 죗값을 받아야 합니다."

갈수록 모르는 말에 문예는 답답한 한숨을 쉬었다.

"네 상태를 보니 먼저 쉬어야겠구나."

"한때 전하께 충성을 바친 가문이면서 이제는 제 살 궁리 하려고 전하의 목숨을 내어달라는 자들입니다. 칼로 베어야만 배신입니까? 공손한 세 치 혀를 가장한 기만도 배신입니다. 일개 잡배가 어찌 황족에게 쉽게 칼을 겨눈단 말입니까? 그런 천인공노할 짓이 어디 있습니까?"

거의 토해내듯 뱉어내는 초희의 절규에 아무도 대답을 하지 못했다.

화련은 고개를 숙이며 입술을 꽉 깨물었다.

"정진초 문사를 만나 무슨 말을 했느냐?"

거의 광기가 어린 계집의 눈빛에 가진의 입매가 굳어졌다. 저 득의양양한 표정이 마음에 걸렸다. 하필이면 그 늙은이를?

"왜? 겁이 나시나 보지? 공 한번 세우고 싶냐 물어 그리되는 방법을 일러주었을 뿐이다. 안씨 가문과 상단이 전하를 도와준 적이 있다 말했다. 전하가 좌효기장군으로 임명된 것도 너희들 꼬드김에 넘어가 그리된 거라 말해주……."

수운의 얼굴이 경악으로 일그러졌다. 만약 저 말이 사실이라면 정진초 문사가 이 모든 것을 황제폐하에게 아뢸 시 상단의 목숨은 물론 안씨 가문도 멸문지하를 당하게 될 것이었다.

짝!

얼마나 거칠게 후려쳤는지 초희가 땅바닥에 나뒹굴었다. 모두들 가진의 행동에 숨을 삼키고 있었다. 진무 또한 너무 놀라 입만 벙긋거린 채 손가락으로 가진을 가리키는 게 전부였다. 친구 놈이 저렇게 감정을 폭발한 모습은 머리털 나고 처음 보는 일이었다.

이를 가는 가진을 비웃기라도 하듯 벌떡 일어난 초희는 오히려 실성한 듯 웃기까지 했다.

"찔리나 보지? 아님 이제야 겁이 나시나? 겁날 만도…… 컥…… 컥."

가진이 초희의 목줄을 한 손으로 움켜쥐었다. 그는 처음으로 살인하고픈 충동을 느꼈다. 이년의 목을 비틀어 피를 짜내도 시원찮을 것 같았다. 계집 헛바닥 장난으로 애꿎은 많은 사람들이 죽어나갈 것이다. 황제의 분노가 극에 달했으니 사지가 갈가리 찢겨 뼛조각도 찾지 못할 정도로 피비린내가 날 것이다. 고작 한낱 이 계집년 때문에.

"가진 대방, 그 손을 놔라."

초희의 얼굴이 검붉다 못해 하얀색으로 변해도 가진은 손에 힘을 놓을 생각이 없었다. 이 계집을 죽여도 소용이 없다는 것을 알지만 통제가 되지 않는다. 온몸에 끓고 있는 분노를 어떻게든 터뜨리고 싶다는 생각밖에 들지 않았다. 목숨 걸고 넘어온 길을 고작 한 계집애의 말장난으로 모두 목이 달아날 판이었다.

"가진 대방, 내 사람을 죽일 셈인가?"

문예가 가진의 손을 저지하자 그때서야 가진은 초희의 목에서 손을 뗐다.

거칠게 기침을 토해하며 초희가 바닥에 널브러졌다. 그러나 그녀는 한 톨의 동정도 받지 못한 채 이마를 땅바닥에 대고 거친 숨을 몰아쉬고 있었다.

화련은 땅에 몸을 박고 서 있는 것이 고작이었다. 자신이 들은 말을 믿을 수가 없었다. 부모님을 속여가며 혼담을 깨며 이악물고 발이 부르터라 산을 넘어왔다. 오직 가문의 존폐가 걱정되어 그것 하나 보고 여기까지 왔다. 그녀가 이제까지 한 수고는 뭐란 말인가. 오히려 자신이 문중을 위험에 빠뜨린 경우가 아닌가. 아니면 이제야 하늘이 이기적인 그녀에게 벌을 내리는 것인가? 발밑이 빙글빙글 돌고 있었다.

"아가씨…… 어떡하남요, 어떡해. 내 저 망할 년을!"

세향의 징징거리는 울음소리도 들리지 않았다. 눈앞이 깜깜하다는 말은 이럴 때 쓰는 것인가 보다. 아무것도 보이지 않고 아무 소리도 들리지 않았다. 쓰러질 수 없었다. 손톱이 살을 파고들 때까지 주먹을 꽉 움켜쥐었다. 울고 있을 때가 아니었다. 아직 정진초 문사가 발해로 돌아가고 있는 중이라면 어떻게든 막아볼 수 있을 것이다. 아니, 무슨 수를 쓰더라도 막아야 했다.

얼굴에 어느 정도 핏기가 돌아오자 초희는 몸을 단정히 한 채 바닥에 몸을 조아리고 앉았다. 모든 죄를 달게 각오를 한 모양인지 어떠한 죄책감도 그녀의 얼굴에 비쳐지지 않았다.

이 사태를 어떻게 수습해야 할지 난감한 문예는 허공에 의미 없는 시선을 둔 채 한동안 말이 없었다.

"왜 그랬느냐?"

"전하의 목숨을 노리는 자입니다. 그 하나로 충분합니다."

"내가 아무리 당의 뒤에 숨어 목숨을 구차하게 이어가고 있다지만 네 도움을 받아가면서 이어가야 할 정도로 불쌍해 보였더냐?"

자조 섞긴 문예의 말에 초희가 고개를 흔들며 강한 부정의 표시를 해보였다.

"아닙니다, 전하. 제가 어찌 감히 그런 생각을 품겠습니까. 전하는 몸을 보존해 언젠가는 발해로 가서 나랏일을 하실 분입니다. 분명 그리 말씀하셨습니다. 형님을 도와 절대 내 나라가 약하다는 이유로 나처럼 볼모로 잡혀오는 일은 앞으로 없어야 한다고 하셨습니다. 왜 모든 것을 버리려 하십니까? 언젠가 같이 가자 그러시지 않았습니까? 그 하나 믿고 살아온 저희는 어쩌라고 그러십니까."

초희가 흙을 그러쥐며 통곡을 했다. 언 땅을 녹이려는 듯 꿈쩍도 않고 뜨거운 눈물만 쏟아내고 있었다.

문예가 시린 눈을 잠시 감았다. 밤새 심술궂은 비바람이 꼭 아름다운 꽃잎만 떨어뜨리고 갔을까. 이름 모를 풀도 밤새 거기 있었을 터. 꽃처럼 바람에 꺾이지 않아도 그 휘어진 서글픔은 알고 살았을진대……. 그는 혼자만의 슬픔에 빠져 있었다. 자신 만 못 견디게 괴로운 줄 알았다.

죽을 생각을 했다. 굴욕적인 이 삶을 더 이상 잇고 싶은 마음 이 없었다. 더 이상 자신을 지탱해 줄 그 무엇도 보이지 않아 형 님이 예까지 오기 전에 이 너절하고도 질긴 목숨 그만 놓을까도 생각했다. 못났구나. 정말 이리도 못났단 말인가.

"네가 내 속에 들어왔다 간 모양이구나."

"작두 위에 올라서야 단골(제를 담당하는 무당)이 된다면 발이 쪼개져서라도 그리할 것입니다. 전하를 보우하고 신변에 액운 이 끼면 제를 지내 물리쳐 주고 길한 일은 더욱 길할 수 있는 일 이라면 그리라도 할 것입니다. 그러니 전하, 마음 약해지지 마 시옵소서."

시린 한이 짓이겨서 뱉어지고 있었다. 얼마나 마음속에 차곡 차곡 쌓아놓았는지 그 소리가 첨예한 칼날에 베이는 것처럼 아 프게 들렸다.

"일단 몸을 추스르도록 해라. 굳이 잘못을 따지자면 내 마음 을 네가 먼저 알아챈 것이 잘못이겠지. 그리고 가진 대방, 안 소 저, 그대들에게 뭐라 할 말이 없다. 미약하나 필요하다면 내 힘 닿는 대로 도움을 주겠다."

가진 일행을 뒤로한 채 문예가 그 사이로 조용히 빠져나갔다. 그 뒷모습이 너무 처량해 모두들 조용히 길을 터주고 있었다.

초희가 내뱉은 경악한 말로 인해 가진 일행의 출발은 잠시 지연될 수밖에 없었다. 가진은 급히 수운과 진무 및 일행 몇을 불러 아침부터 저녁까지 방에서 나올 생각을 하지 않았고, 문예전하 또한 방 밖으로 한 발자국도 움직이지 않고 있었다.

너무 한 자세로 오랫동안 앉아 있어서인지 화련은 어깨와 손발이 저릴 지경이었다. 아침나절의 외출복 그대로 침상에 앉아있는 그녀는 언제라도 당장 출발할 수 있도록 옷도 바꿔 입지도 않은 상태였다. 그러나 잠시가 될 줄 알았던 시간이 벌써 해까지 기울자 그녀는 마음이 조급해졌다. 이렇게 멍하니 앉아 있을 시간이 없었다. 정진초 문사가 어디쯤 가고 있는지, 우리가 얼마나 빨리 발해로 돌아갈 수 있는지 알아야 했다. 그러나 그녀가 할 수 있는 것은 마냥 기다리는 것뿐이었다. 하도 답답해 세향 보고 어찌 되고 있는지 알아보라 시켰건만 아직 소식이 없었다. 침착함을 잃지 않던 가진 대방이 아침에 분노를 할 정도로 상황이 최악인 것만은 확실했다.

문이 열리자 가진 대방이 굳은 얼굴로 화련의 방을 찾았다.

화련은 벌떡 일어나 그의 얼굴색을 살폈다. 그러나 언제나 묻어 있던 그의 여유로움은 찾아볼 수 없었다.

"여기 남으십시오."

그녀가 반박의 말을 꺼내려 하자 가진이 저지시켰다.

"명령입니다. 아가씨랑 같이 움직였다간 상황 끝입니다. 진무라는 자를 붙여 드리겠습니다. 제 대신 그가 아가씨를 지켜 드릴 것입니다."

"가진 대방의 말처럼 당에 오는 것이 아니었는데……. 화를 자초한 꼴이 되어버렸네요."

화련은 애써 웃으며 태연해 보이려 애를 썼다. 그러나 끝내 입꼬리의 경련에 그녀는 손으로 입을 가리고 말았다.

가진은 그녀를 한참 바라보다 살짝 끌어안았다. 주저하듯 그의 손가락이 그녀의 등을 부드럽게 어루만지고 있었다.

놀람도 잠시 화련은 그저 가진의 어깨에 가만히 기대고 섰다.

"세상이 딱 하루만이라도 눈을 감아주길 바란 적이 있었습니다."

이 여인을 두고 혼자 발해로 가려 하니 마음이 놓이지 않는다. 어떤 상황이 기다리고 있을지 한 발 내딛기가 무섭다. 그리고 다음을 기약이나 할 수 있을지 자신이 없다. 이 절박함을 그녀가 볼까 두려웠다. 그는 처음으로 누군가에게 매달리고 싶은 기분이었다.

"가진 대방?"

"다시 그대를 만나게 되면 이리 가까이에서 안을 수도 없겠지. 이렇게 바라보고 서 있는 것조차도 아니 되겠지. 모두 아니되겠지. 내가 아무리 발버둥 쳐도 그대 이름조차 감히 부를 수 없는 사람으로 평생 남겠지."

마지막일지 모르는 이 상황이 그의 마음 한곳을 드러내 놓고
있다. 그 마음이 절실한 듯 그는 그녀를 숨도 못 쉴 정도로 꽉
끌어안고 있었다.

화련은 숨을 죽이며 그의 말을 듣다 곧 그의 얼굴을 올려다보
았다. 그가 말하고자 하는 의미를 집어내기 위해 눈조차 깜빡이
지 않았다. 그녀가 아는 그는 자신의 감정을 절대 내뱉을 사람
이 아니었다.

"매번 버찌를 줍게 만드는 사람이 누구인지 궁금하다 했습니
까?"

"갑자기 그 말은 왜?"

두근거리면서 이 미치도록 뛰는 불안함이 그녀의 신경을 건
드리고 있었다.

"마음을 묶어놓은 사람입니다. 잊었다 생각하다가도 다시 한
가득 그녀 모습이 눈에 들어오면 움직일 수가 없습니다. 수줍을
때 두 손으로 입술을 가리는 것도, 고집 센 성격을 나타낸 턱도,
호기심 많아 항상 두 눈을 이리저리 굴리는 검은 눈에 멈춰 버
립니다. 그게 시작이었습니다. 은애한다 마음만으로 버거워 말
조차 내보내지 못한 사람입니다."

가진은 화련을 마주 보며 마치 혼잣말을 하듯 나직이 중얼거
렸다.

화련은 그게 자신이냐고 물어보기가 겁이 났다. 그가 갑자기
자신의 감정을 드러내는 이유가 궁금했다. 그가 자신을 은애하

고 있다고 말하는 것보다 그의 행동이 마냥 불안했다. 마치 다시는 그녀를 안 볼 사람처럼 그가 모든 감정을 토해내고 있었다.

가진은 마치 기억이라도 해놓으려는 듯 손으로 그녀의 뺨과 입술을 천천히 쓰다듬었다.

'그래서 항상 아팠다. 그대를 사랑하는 것이 너무 아파 그대를 봐도 웃어줄 여유가 없었다. 지금이라도 그대 손을 잡고 어디론가 가 숨어 살고자 하는 내 마음을 안다면 그대는 다시는 날 안 보겠다 하겠지.'

그가 아무 말도 하지 않은 채 그저 그녀의 뺨을 쓸었을 뿐인데 짙게 깔려져 있는 그의 눈동자에 그냥 목이 메여왔다. 가진이 그녀의 눈 끝에 매달린 눈물을 걷어냈다.

"날 그리 생각하고 있었나요?"

"앞으로도 그러겠지."

쓸쓸히 웃는 그의 표정에 슬픔이 묻어났다.

화련은 고개를 숙여 그의 손을 잡았다. 며칠 전 그의 상처가 아직 아물지 않고 있었다.

"이번 일만 해결되면 가진 대방과 아무도 모르는 곳에서 머리 올리고 살면 안 될까? 그리하면 안 될까? 눈 질끈 감고 그리 살면 안 될까?"

고개 숙인 그녀의 얼굴에서 눈물이 투두둑 떨어졌다. 그의 답을 듣고자 하는 것보다 자신의 마음이 그러하다는 것을 내보이고 싶었다. 한평생 마음 없는 남자에게 시집가 살아야 하는 것만으로 끔찍할 것 같았다. 사랑하는 그를 보지 못한 채 살아야 한다는 생각하면 숨이 막혀 버린다. 누군가 자신의 가슴을 조금씩 갉아먹는 것처럼 아팠다. 자신이 어찌해야 할지 생각이 나지 않는다. 어떤 선택을 하든 가슴이 아픈 것은 마찬가지였다. 하지만 마음은 부모님을 등지고 이 남자와 함께하고픈 생각만 든다. 그러면 안 되는 걸 알면서도 그가 그리 이끌어주었으면 했다. 그가 손만 내민다면 주저없이 그 한 발을 그에게 내딛을 수 있을 것 같았다.

"제가 올 때까지 기다려 주시겠습니까?"

화련은 그의 품에서 고개를 끄떡거렸다. 그가 눈물을 닦아주면 줄수록 그 부드러움에 감정은 더 서러워져 갔다.

가진은 희미한 미소를 지은 채 손으로 그녀의 머리를 틀어 올렸다. 조금은 어른스러우면서 목련 같은 부드러운 목덜미가 도드라져 보였다. 그가 그녀의 올린 머리를 쥔 상태로 그녀를 세세히 바라보았다. 시간만 있다면 정성 들여 머리를 올려 예쁜 장신구를 꽂아주고 싶었다.

"이런 예쁜 아내라면 쟁기질이라도 힘이 안 들 것 같습니다."

그가 손을 떼자 그녀의 머리가 힘없이 내려졌다.

화련은 그의 가슴에 얼굴을 묻었다. 방 안의 따뜻한 온기에도 불구하고 파르르 가슴이 떨려온다. 낮은 독백처럼 말하는 그가 왜 이리도 불안한지 그녀 자신도 알 길이 없었다. 남편을 전쟁에 보내는 부인처럼 가지 못하게 옷 끝이라도 붙잡고 싶은 심정이다.

"끝나고 무사히 돌아온다고 약속해요."

가진은 그저 그녀의 이마에 지그시 입을 맞추는 것으로 답변을 대신했다. 볼 날이 까마득할 것 같았다. 그녀의 말간 두 눈이 많이 그리울 것이다. 다시 만날 기약이 어렵다 해도 그대에게 절대 헛된 눈물을 흐르게 하지 않겠다. 그것만은 꼭 약속을 지키고 싶다.

늦은 밤, 문예 전하에게 인사만 한 뒤 가진은 곧 떠날 차비를 하였다. 잠시 그는 화련이 머물고 있는 방향을 향해 시선을 두었다. 아마 그녀는 그가 떠나는지도 모르고 잠을 청하고 있을 것이다. 이리 떠나는 것이 나았다.

"눈 붙이고 내일 일찍 떠나지 그래? 그믐달이라 그리 밝지 않은데."

"밤새 말을 달려도 시간이 부족하다. 진무, 내가 서신을 보내기까지 절대 발해로 들어오지 마라."

"최악까지 생각하는 거냐?"

"준비는 해둬야지."

"대책은 있는 거지? 정진초 문사가 네 목줄을 조르면 어쩔 거냐고! 막말로 지금쯤 배 타고 황도에 도착했으면?"

이런 말로 친구 놈의 속을 더 심난하게 만들고 싶진 않지만 그만큼 상황이 심각하기에 하는 소리였다. 오히려 진무 자신의 속이 더 바짝 타 들어가는 것 같았다. 우라질!

"시간이 없으니 방법은 가면서 생각해야지. 아가씨를 부탁한다."

"너나 몸조심하라고. 지금 누굴 걱정하는 거야?"

수운과 호위무사 몇 명이 대기하고 있자 가진이 지체없이 말에 올라탔다.

"나중에 보자, 진무."

그 나중이라는 것이 언제냐. 있기는 한 거냐? 네놈의 얼굴을 보고 그런 소리를 해라라고 퍼부어주고 싶은 진무였다. 마음 같아서는 자신도 가진을 따라나서고 싶은 진무였다. 그는 벌써부터 속이 타서 물이라도 벌컥벌컥 마셨으면 했다.

밤에는 굳게 닫힌 철옹성 같은 성문이 문예 전하의 명으로 열리자 말들이 지체없이 달려나갔다. 뛰어나간 그 자리에 검은 연기처럼 마른 흙바람을 일으키고 있었다. 어둠 속에 사라진 그들의 모습이 너무 착잡해 진무는 한동안 그 자리를 지키고 섰다.

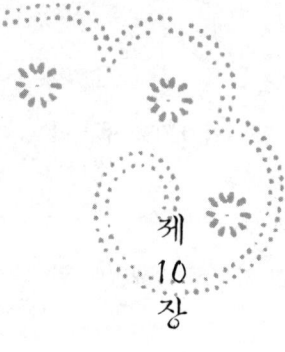

제
10
장

코끝이 얼어 터져도, 발뒤꿈치가 가뭄처럼 갈라져도 지금의 정진초 문사의 기분을 꺾을 수 없었다. 고생 끝에 낙인가? 고목나무에 꽃이라 했던가? 전쟁이 나자 재수없는 자신의 팔자를 탓하며 돌아가는 걸음이 천근만근이었다. 황제 앞에 보고 올리는 모습이 깜깜하다 못해 굴속에 파묻힌 심정이었다. 그런데 계집 하나로 인해 그의 운이 시원하게 트일지 누구 상상이나 했겠는가.

문예 전하가 좌효기장군을 하사 받은 건 유감이나 대신 그 서찰을 황제폐하께 드린다면 자신의 노고를 알아주실 것이 틀림없다. 더욱이 탐탁지 않게 여기는 문예 전하 파를 이번 기회에 자신이 죄다 없애 버린다면 적어도 파격적인 인사가 기대될지도 몰랐다. 궁궐로 들어가는 그의 고개는 저절로 하늘로 향해 치켜세워졌고, 내리깐 눈은 모든 권세를 누린 대내상처럼 그의 표정은 득의양양 그 자체였다.

어제저녁쯤 도착한 그는 자신의 집에 도착해서도 배불리 먹지도 아니했고 잠도 푹 자지 아니했다. 몇 개월 만에 집에 돌아왔는데 자신이라고 왜 쉬고 싶은 마음이 없겠는가. 하지만 기껏 있는 고생 없는 고생을 다 해왔건만 그 티가 벗겨져 나가 아무도 알아주지 않는다면 그 또한 소용이 없는 일이었다. 오히려 전쟁 중 봉변을 당했다는 핑계로 팔뚝 어디라도 슬쩍 붕대 하나라도 감고 입궐하고 싶은 그였다. 그래야 더욱 자신의 입궐이 빛을 발할 것 같은 그였다.

정진초는 자주색 관복에 은 어대를 차고 일단 관서로 가서 보고를 올린 후 연회에 참석할 예정이었다. 자신이 입궐하는 날이 태후마마의 생신 연회를 베풀고 있는 날이라 하니 자신의 앞날을 밝혀주는 것처럼 경사스러운 날처럼 느껴졌다.

마침 최 대내상이 관서로 향하는 모습을 보자 정진초 문사가 크게 웃으며 인사를 했다.

"그간 안녕하셨습니까? 어제야 도착을 하고 오늘 입궐하는 길입니다."

"무고히 잘 다녀오셨다니 다행이오. 그건 그렇고 당의 상황은 지금 어떠합니까?"

"마을 곳곳에 개미 떼처럼 병사들이 쫙 깔린 정도입니다. 그 수를 헤아릴 수 없으니 오는 길에는 목숨을 내놓고 왔을 지경이었습니다."

"그렇단 말이지? 그건 그렇고 정 문사, 혹시 안정철 부사를 아시오?"

"허흠, 그냥 뭐 안면이나 익힌 사이이지요. 무슨 일 때문에 그러신지?"

갑자기 안정철 부사 이야기가 나오자 정진초 문사의 눈이 경계의 빛을 띠기 시작했다. 조정에서 벌써 문예 전하의 일을 보고 받을 리 없을 텐데.

"알다시피, 문예 전하께서 좌효기장군 자리를 받고 당 유주를 지키고 있다는 것은 알 것이오. 문제는 바로 황제폐하이시지. 이 일을 쉬이 넘어가지는 않을 거라 이거요. 당장 유주로 쳐들어가 문예 전하의 목을 벨지도 모르는 일이지. 거기다 그와 관련 문파를 쓸어버릴지도 모르는 일 아니오?"

정진초 문사는 생각보다 일이 심상치 않자 귀를 쫑긋 세우고 대내상의 말을 경청했다.

"그래서 하는 말인데, 내 청을 들어준다면 그대를 위해 조정의 한 자리 정도는 힘써주겠네."

도대체 이 늙은 여우가 무슨 거한 부탁을 하려고 혓바닥에 조청을 묻히며까지 자신을 구슬리는지 알 수가 없었다.

최 대내상은 주위를 살펴보더니 목소리를 낮추었다.

"그냥 자네는 입실해 폐하에게 고할 때 문예 전하가 당으로 도망갈 시 도와준 가문이 안정철 부사 가문이라고 하면 되네. 어차피 그런 소문이 공공연하게 퍼져 있으니 부담 가질 필요도 없고 말일세. 당에 가서 아는 측근이 그리 이야기해 주었다 하면 조사는 우리가 알아서 꾸밈세."

"그러다 들통이라도 나면 어찌하려고요? 거기다 왜 하필 안정철 부사 가문인지?"

"좌익파 중에서도 그중 가장 뼈대있는 가문이 아닌가. 거기다 귀족들 생각 모두가 전쟁으로 인해 사군들을 변방으로 배치하고 싶은 생각도 없을뿐더러 더 이상의 전쟁은 불필요하다는 입장이야. 그런데 폐하의 고집이 굳이 전쟁을 치르겠다고 하신다면 그 시선을 안으로 돌리기 위해서는 미끼가 있어야 하지 않겠나?"

정진초 문사는 대내상의 이야기를 들으면서 머릿속의 이해관계를 따지고 있었다. 일단 품속에 있는 서찰을 직접 폐하에게 보이는 것이 자신에게 득이 될 것 같았다.

"정 문사, 왜 겨울에 손이 시린지 아시나?"

"그야 당연히 추위 때문이 아닙니까?"

싱거운 질문에 정진초 문사가 대뜸 대답을 했다.

"우리 몸은 영리한 놈이라서 날이 추워지면 몸을 따뜻하게 하려 하지. 특히 중요한 심장 주위로 따뜻한 피가 모여들어. 그러다 보면 손끝과 발끝까지 그 따뜻함이 다다르지 못함이야. 그래서 겨울에 동상이 걸리는 이유가 거기 있는 거지. 중을 위해 실을 감수해야 할 때가 있는 법이야. 잘 알아들었으리라 믿네. 그럼 이따 연회에서 보세."

최 대내상은 정진초 문사의 어깨를 두드리곤 먼저 자리를 떴다. 이로써 황제폐하의 시선을 안으로 돌릴 수 있을 것이다. 그러면 귀족들이 돈을 부어가며 사병들을 변방으로 내몰지 않아도 될 것이고, 전쟁 또한 일어나지 않아 어느 정도 조정을 가라앉힐 수 있을 것이다. 손가락 잃는 게 대수인가, 숨을 쉬지 않고는 붙어 있는 손가락은 의미가 없는 것이다.

어쩔 수 없지만 아직은 시기가 아닌 것이야. 나무가 크기 위해서는 아직은 땅의 다듬질이 필요한 것이다. 누가 손으로 쑥 뽑으면 뽑히는 쥐똥나무가 아니라 비바람이 와도 끄떡없는 굵직한 소나무가 자랄 수 있도록 땅바닥을 굳게 다듬어야 한다. 그래야 천세만년 이 나라 백성들이 가지를 뻗어줄 것이 아닌가. 폐하의 자존심으로 등주를 쳤다지만 그건 일시적이다. 당과의 전면적인 전쟁은 아직 이르다. 그러나 이 말을 황제폐하에게 직언할 만큼 그는 바보가 아니었다. 최 대내상이 총총걸음으로 연회장으로 향했다.

궁중악사들이 후정전 외각에 자리를 잡은 채 연주를 하고 있었고 양옆으로 황족들과 신료들이 태후마마의 생신을 축하하기 위해 한자리에 모였다. 간간이 들리는 웃음소리와 소소한 농담에 분위기는 한껏 무르익고 있었다. 그러나 정작 그 당사자인

정경태후의 입은 꽉 다물려져 못마땅한 기색이 역력했다.

무 황제는 그런 그녀의 표정을 모른 척하며 술잔을 기울였다. 문예의 소식 이후로 그의 심기는 끓어오르다 못해 터질 지경이었다. 더욱이 전쟁은 더 이상 아니 된다는 원로대신의 농성 아닌 농성으로 자신의 뜻이 꺾인 상태였다. 전쟁을 길게 끌 생각도 없었다. 그러나 그의 면전에서 대놓고 사병력을 내놓을 수 없다는 귀족들의 단합에 이가 갈릴 지경이었다. 내 나라 땅을 내가 찾는다는데 일개 신하가 몸을 사려? 당이라는 이유만으로? 그러고도 개국공신이라는 탈을 쓰고 이 자리에 앉아 있다? 그러니 지금 무 황제의 기분으로는 모든 것이 못마땅해 보이는 건 어찌 보면 당연한 것이었다. 기녀들의 춤 소리도, 대신들의 웃음소리도 시간이 갈수록 귀에 거슬리고 눈엣가시 같았다. 차라리 말이라도 타고 나가 활이라도 당겼으면 했다.

눈을 가늘게 뜬 채 무 황제는 고개를 돌려 대신들을 한번 쭉 훑어보았다. 그의 눈이 최 대내상과 딱 마주치자 최 대내상이 웃으면서 목례를 건넸다. 그러고 보니 반 이상이 개국 공신들이라. 이 꼬장꼬장한 늙은이들의 뱃속은 이제 기름칠로 도배가 되어 있어 제 몸집 부풀리는 데 재미를 붙인 티가 얼굴에 자르르 흘렀다. 쇠똥구리 같은 놈들, 네놈들이 언제까지 배에 손 두드리며 트림하고 있을지 두고 보지.

"태후마마의 생신을 다시 한 번 경하드립니다."

축하 인사는 벌써 끝나 술잔을 들고 있건만 생뚱맞게 한창 흥이 무르익을 때 다시 축하 인사가 건네지자 정경태후의 눈썹이 살짝 휘어졌다. 고개를 돌려 간신히 입꼬리만 들은 그녀의 입이 놀람으로 살짝 벌어졌다. 그러고 보니 이자는!

"자네는 정진초 문사가 아닌가? 먼 길 다녀오느라 노고가 많았겠네. 언제 환국했소?"

묻고 싶은 말이 많았지만 자리가 자리인만큼 정경태후는 말을 아꼈다.

"신, 소임을 다 하고 어제 환국하였나이다. 조금 전 관서에 가 보고를 마치고 오는 길입니다."

무 황제가 자리에서 일어나자 음악이 멈추고 신하들 또한 말소리가 끊긴 채 황제를 바라보고만 있었다.

정경태후도 황제의 돌발 행동에 미간이 모아졌다.

"경들은 신경 쓰지 말고 즐기시오. 어마마마, 소자 급한 일이 있어 먼저 자리를 뜨겠습니다. 정진초 문사는 지금 당장 편전으로 들라."

한쪽에서는 떡이 목에 걸리는 소리가 나는가 하면 다른 한쪽에서는 웅성웅성대는 신하들의 눈빛 교환에 여념이 없었다. 흥이 나야 할 연회가 순식간에 떠들썩한 시전처럼 변해 버렸다.

정경태후는 피곤하다는 듯 눈을 감았다. 어찌 하루도 바람 잘 날이 없누. 조금 전 황상의 눈빛은 섬뜩할 만큼 번뜩였다.

신하들도 모두 연회는 뒷전이 되어버리고 정진초 문사가 무슨 소식을 가져왔는지 촉각을 곤두세우고 있었다. 어차피 즐겁지도 않은 연회 더 이상 자리를 지키고 있을 명분이 없는 그녀는 자리에서 일어나 연회를 빠져나갔다.

비스듬히 용평상에 기댄 무 황제의 표정은 얼른 선물을 풀어보라 조르는 아이와 같았다. 단 그 선물이 마음에 들지 않을 시 누군가 박살이 나야 한다는 것이 문제였다.

정진초 문사는 마른침만 꼴깍꼴깍 삼키며 황제의 눈치만 보고 있었다. 어제까지만 해도 어떻게 황제폐하에게 보고해야 할지 몇 번이나 연습해 보았건만 막상 황제 앞에 서니 머릿속에서 이야기가 엉켜 무슨 말을 먼저 해야 할지 몰랐다. 더욱이 조금 전 만난 최 대내상의 말이 마음을 흔들어놓고 있었다.

"문예가 좌효기장군으로 유주에 있다 들었는데 사실이렷다?"

"아뢰옵기 망극하오나 사실이옵니다."

순간 정진초 문사는 황제폐하가 이 가는 소리를 들은 것 같았다.

"전하, 문예 전하는 그리할 수밖에 없었습니다."

"유약한 제깟 놈이 거절하지도 못하고 덥석 물었으면서 뭐가 그리할 수밖에 없다는 것이냐!"

"거기에 그러니까 문예 전하를 뒤를 봐주는 상단이 있는데 그 발해 대상이 부추겼다는 말을 들었습니다. 그 발해 대상이 누구인지는 잘 모르나 조사를 해보면 곧 밝혀질 것입니다."

그는 소상히 말하지 않았다. 미리 그 대상이 누구인지 다 말해 버리면 나중에 자신이 이 일을 밝히고 났을 때 공로가 빛이 나지 않을까라는 의중이 깔려 있었다.

"다시 말해보라. 발해 대상이라 했느냐?"

"그러하옵니다, 폐하. 아마 큰 상단을 가지고 있는 듯합니다. 더욱이 문예 전하를 도운 것은 발해 대상뿐 아니라 안정철 부사 가문도 엮여 있는 것으로 아옵니다. 그 증거물로 서찰이옵니다. 문예 전하가 안철현 전장군에게 보내는 서찰입니다."

정진초 문사가 가까이 다가가 서찰을 건네자 무 황제는 서찰을 거칠게 낚아채 빠르게 읽어 내려가기 시작했다. 그동안 무 황제의 이마에 선명한 실핏줄이 돋아났고, 얼마나 분노했는지 눈에는 살기를 가득 머금고 있었다. 한 손에 서찰을 구긴 무 황제가 평상에서 벌떡 일어났다.

"밖에 아무도 없느냐!"

화가 난 황제폐하의 목소리에 냉큼 곽 내관이 안으로 들었다. 며칠 조마조마했는데 드디어 황제의 성정이 터진 게 분명했다.

"부르셨습니까, 폐하?"

"형부사에 알려 안정철 부사 가문이 문예를 도와 모반을 꾀했는지 철저히 조사하라 하라. 또한 이와 관련된 모든 자를 서슴지 말고 색출하라. 그리고 정진초 문사."

"예, 폐하."

"그 발해 대상이 누구인지 빠른 시일 내에 규명토록 하라."

황제폐하의 싸늘한 미소에 정진초 문사의 간담이 식어가는 것 같았다. 그는 그저 폐하가 하문하는 말에 연신 '네, 네' 거리며 허리만 숙이고 있는 것이 고작이었다.

＊

　어두운 밤 모닥불을 사이에 두고 가진과 수운은 아무 말도 하지 않고 있었다. 간간이 나무 타 들어가는 소리를 제외하고는 칠흑 같은 밤이었다. 쉬지 않고 달려왔기에 바로 뒤에는 호위무사들이 바닥에 머리를 대자마자 코 고는 소리가 들렸다.

　잠을 못 이루며 나뭇가지로 불씨를 애써 헤집는 가진의 마음은 어지러웠다. 몇 가지 수를 머릿속에 그려놓아 보았지만 모두 최악의 그림들이다. 따라잡을 수 있을 것이라 생각했는데 역시 무리였나?

　"어쩌시렵니까?"

　"뭘 말이냐."

　"밤낮없이 쫓아왔는데 그 꼬리도 못 잡은 것을 보면 분명 황도로 입성했을 것입니다."

　"그랬겠지."

　"대방님!"

　남의 이야기 하듯 털어놓는 가진의 태도에 수운은 속이 상했다. 도대체 주인님이 무슨 생각을 하고 있는지 알 수가 없었다. 가뜩이나 암담한 상황인데 주인이 포기한 채 넋 놓고 불꽃만 바라보고 있으니 더욱 불안할 수밖에 없는 수운이었다.

"꼬마 아가씨가 있었다. 집에만 있기 싫었는지 매일 담벼락을 올려보다 하루는 혼자 밖으로 나온 꼬마 아가씨였지. 하지만 밖에 나와도 아무도 그 꼬마 아가씨하고 놀아주지 않았지. 누가 귀족 아가씨와 손 잡고 등나무를 타겠나. 어느 날 나를 발견하고는 '잘 걸렸구나'라는 얼굴로 나를 끌고 이리저리 다녔다. 길도 모르면서 냇가며 뒷산을 헤집으며 말이다."

가진의 눈은 추억으로 아련해져 있었다.

"결국 길은 잃어버렸지, 배는 고프지. 그래도 내색은 하기 싫은지 쉬어 가자며 땅바닥에 주저앉았지. 나는 길을 가르쳐 주고 싶은 생각이 없었다. 나를 이리 끌고 저리 끌고 다니는 맹랑한 꼬마 아가씨에게 심통이 난 거지."

수운은 그 꼬마 아가씨가 누구인지 짐작이 갔다. 그리고 이리 목숨까지 걸고 다시 밤낮으로 달려온 것을 보면 그 꼬마 아가씨를 아직도 마음에 담아두고 있는 것이다.

"꼬리가 길면 잡히던가? 꼬마 아가씨의 탈출로 인해 마을에서는 아가씨가 없어졌다면서 난리가 났었지. 나랑 있는 것이 발각이 되자 이유 불문하고 그 집 뒷마당에서 죽도록 맞았다. 헌데 그 꼬마 아가씨가 어떻게 알았는지 조그마한 몸으로 나를 감싸며 아버지께 또박또박 말대답을 했다. 그때부터 고집불통인 것을 알았어야 했는데. 그녀는 미안했는지 나를 만날 때마다 먹을 것을 가져다주더구나. 내가 꽤 배고픈 아이였다고 생각했나 보지. 그러다 한 날은 줄 게 없었는지 손에 한 움큼 쥐어준 것이 바로 버찌였다. 버찌 한 움큼을 주면서 얼마나 생색을 내던지. 그러면서 우리 집에서 같이 살면 매일 맛있는 거 먹게 해주겠다고 꼬드기기까지 했지."

가진은 낮게 웃으며 나뭇가지를 분질러 모닥불을 향해 던졌다. 이 노곤한 불빛이 막막한 현실을 잠시 잊게 만들고 있었다.

"그때 냉큼 그러겠다 그럴 걸 그랬다."

수운이 걱정스러운 눈빛으로 가진을 쳐다보자 고개를 흔들었다.

"내가 너를 잡고 쓸데없는 말을 너무 많이 했군. 자라. 내일 일찍 떠나야 할 테니."

"보초는 제가 서겠습니다. 대방님이야말로 계속 잠도 못 주무시지 않았습니까?"

"아니다. 생각할 것이 많다. 네 말대로 황도에 입성했다면 상황이 어디까지 번졌을지 모르는 일이다. 적어도 안철현 전장군이 국경에 있으니 압송을 한다 해도 우리보다는 늦을 것이다. 그 말은 목숨은 그때까지 붙어 있다는 말이겠지."

수운은 아무 말 없이 불꽃만 쳐다보고 있었다. 감성에 젖을 분은, 후회를 남길 분은 더더욱 아닌 주인님이었다. 오늘 밤만 그의 마음이 살짝 열렸다 해도 내일이면 다시 혼란한 마음 다잡고 황도로 향할 것이다. 그 요망한 초희 계집을 자신의 손으로 베야 하는 것이었는데. 그 계집만 아니라면 무사히 환국을 할 수 있었을 텐데 모든 것이 엉망이 되어버렸다. 수운은 최악의 상황이 그들을 기다리고 있지 않기를 바랄 뿐이었다.

마음이 심란한 화련은 세향을 따라 근처 빨래터로 나왔다. 얼음을 깨뜨리고 물을 뜨는 세향의 손이 새빨갛게 변하자 화련은 소매를 걷어붙이고 돕겠다고 나섰다.

"아서요, 아가씨. 지금 뭐 하시는 거람요?"

"도와주려고."

"이렇게 서성거리다 고뿔이나 걸리지 마시고 퍼뜩 안으로 들어가세요."

"뭐라도 하지 않으면 마음이 진정이 되지 않아서 그래. 정진초 문사는 만났는지, 아니면 가진 대방이 어디까지 가고 있는지 자꾸 머릿속에서 맴돌아 떠나지 않아. 이렇게 내가 넋 놓고 앉아 기다리고만 있어도 되는지."

세향은 빨랫감을 손에 쥔 채 벌떡 일어났다.

"엉뚱한 생각 말아요. 이번에는 정말 아가씨 방문을 걸어 잠그는 한이 있더라도 못 가게 막을 테니까요."

"마음이 그렇다는 거다. 정색을 하긴."

화련은 바구니에 담긴 젖은 옷을 꺼내 비틀어 짰다. 짜는 방법이 틀렸는지 물이 그녀 소매 쪽으로 흘러들자 새된 비명을 질렀다.

세향은 이럴 줄 알았다면서 아가씨를 흘겨보자 화련은 슬그머니 다시 빨래를 놓았다. 세향의 구박에도 방으로 돌아가지 않은 화련은 세향의 옆에 쭈그려 앉아 빨래하는 모습을 지켜보았다. 아무것도 하지 않고 방에만 있다면 잡념으로 마음만 더 조릴 뿐이었다.

"여기 계신 줄 몰랐습니다."

기척도 없이 초희가 화련의 등 뒤에서 말을 건넸다.

"아니, 저년이 낯판이 두꺼워도 유분수지. 네년 때문에 지금 아가씨 가문이 멸문지화를 당하게 생겼는데. 오냐, 너 내 손에 잘 걸렸다."

세향은 손을 걷어붙이며 곧바로 싸울 시늉을 했다.

"무슨 일이지?"

"가진 대방이라는 자와 무슨 관계입니까?"

"네년이 알아서 무엇 하게?"

씩씩거리며 세향이 초희를 째려보았다. 눈에 뵈는 것도 없는데 아가씨 말을 무시하고 그냥 확 저년의 머리채를 다 뜯어놨으면 싶었다.

"그 사람을 너무 믿지 마십시오. 황제가 보낸 사람입니다."

"저 주둥이 좀 보소. 어디 가진 대방과 우리 아가씨 사이를 이간질시키려 들어?"

"황제가 보낸 사람이라는 것은 이미 알고 있는 일이다. 네 세치 혀로 또 누구와 무슨 작당을 하려고 온 거지? 내가 말 안 하고 조용히 지내니 속빈 쭉정이라도 돼 보이나 보지?"

"어차피 천한 목숨 언제든지 드리지요. 다만, 아가씨께서 속

고 있는 것 같아 말씀드리는 것뿐입니다. 저 같으면 당장 환국
해 가문을 살릴 생각부터 하겠습니다."

"그게 무슨 말이야?"

예사스럽게 넘기려는 화련의 목소리에 날카로움이 묻어났다.

"그 가진 대방 일행 중 하나가 아가씨 방에서 나오는 것을 보
았습니다. 수운이라던 자인가요? 노란 비단 주머니를 가지고 급
히 어디로 간 것까지 보았습니다."

화련의 안색이 순식간에 하얗게 질려 버렸다. 노란 비단 주머
니라면 문중 패인데…….

"네가 훔쳐 놓고 거짓을 고하는 거라면 네가 누구 사람이든
내 손에 죽을 것이다."

"죽을지언정, 소녀 거짓말은 하지 않습니다."

초희는 고개를 들어 화련의 두 눈을 똑바로 마주 보았다.

"이제껏 침묵을 지키다 왜 지금에서야 가르쳐 주는 거지?"

아닐 것이다. 내가 아는 그는 그럴 사람이 아니었다.

"어제 간신히 의식이 돌아와 몸을 추슬렀습니다. 저는 아가씨
께서 가진 대방과 같이 떠난 줄 알았습니다. 저로서는 같이 떠
나주는 것이 더욱 좋으니까요."

"저 말하는 싸가지 좀 보게! 그래, 너 오늘 내 손에 죽어봐
라."

초희년의 방자한 말본새에 세향은 두 팔을 걷어붙이고 초희
의 머리카락을 쥐고 흔들었다.

"네년 뒷등에 전하를 엎고 있으니까 눈에 보이는 게 없지? 우리가 여기까지 어떻게 왔는데. 천벌 받을 년 같으니라고."

초희가 저항 않고 가만히 서 있자 세향은 씩씩거리며 더러운 것이 묻었다는 듯 손을 털었다.

화련은 세향을 놔두고 단숨에 자신의 방까지 달려갔다. 헐떡거리는 숨을 고를 새도 없이 문갑의 문을 모두 뒤져 문중 패를 찾기 시작했다. 그러나 아무리 찾아도 보이지 않았다.

자리에 털썩 주저앉은 그녀는 고개를 가로저었다. 초희 그 여자의 말을 다 믿을 수 없지만 마음은 벌써 의심의 갈래가 뻗어가고 있었다. 절망감에 화련은 두 손으로 머리를 받치고 눈을 감았다. 마지막 밤 마음을 보여주는 그의 모습에 떨리면서도 불안하다 했다. 그날 밤 그는 자신을 '아가씨'라고 부르지도 않았다. 불길한 생각이 자꾸 펴져 나가자 화련은 확인해 보기 위해 진무를 찾으러 나갔다.

마침 마당에서 짐을 날라주고 있는 진무를 보자 화련은 그를 불러 다그치듯 물었다.

"가진 대방이 마지막 떠나는 날 따로 남긴 말은 없었나요?"

"그저 아가씨를 부탁한다는 말밖에 없었는데요."

"발해로 가장 빨리 갈 수 있는 방법이 뭔가요?"

"아가씨, 가진 대방이 하는 말을 들었잖습니까? 모시러 올 때까지 여기서 기다리시라고."

"혹 그대는 알고 있을지 모르겠네요. 가진 대방이 저의 문중 패를 가지고 갔다 합니다. 알고 있었나요?"

"에엑? 문중 패요? 뭣 하게요?"

친구에게까지 비밀로 하면서까지 가지고 갔단 말인가? 혹 우익파 때문에 필요하다면 그가 말을 했을 것이다. 몰래 가져가야만 하는 이유가 무엇인가? 진짜 그가 문중 패를 가지고 간 것일까?

"육로로 가자면 시간이 너무 많이 걸릴 것이고 해상으로 가자니 전쟁으로 발해 길이 막혔을 거예요. 해상 신라 길로 통해 최대한 발해 남쪽으로 가는 길을 알아봐야겠어요."

"아가씨."

"제가 어리석었어요. 제 집안일인데 제가 손 놓고 앉아 있다니."

"아가씨, 제 말 좀 들어보십시오. 그놈이 아가씨 문중 패를 몰래 가지고 갔다 칩시다. 하지만 나쁜 마음으로 가져가지는 않았을 겁니다. 제가 그놈을 압니다. 가끔 말을 안 해서 울화통이 치미는 적은 있어도 그럴 놈이 아닙니다."

"알고 있습니다. 그래서 더욱 가야 해요."

"에? 무슨 말인지?"

"그에게 모든 짐을 맡길 수는 없습니다. 준비해 주세요."

말은 하지 않지만 손짓 하나 눈빛 하나 그녀를 은해한다고 말한 그였다. 무슨 일이 있어도 지켜주겠다는 그 말을 하면서 뜨거운 한숨을 토해낸 그였다. 그녀가 생각한 것보다 한밤에 길을 떠날 만큼 일이 급박한 일이었다.

아니겠지요? 위험한 생각을 하고 있는 건 아니겠지요? 화련의 눈동자가 불안으로 심하게 떨려왔다.

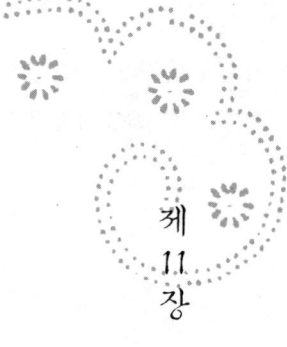

제
11
장

몸의 한계를 몰아붙이면서까지 황도에 도착한 가진은 밤
이 되어서야 집 근처 여관에 들어가 쉴 수 있었다. 상황이 어떻
게 돌아가는지 모르는 상태에서 자신의 존재를 드러내 놓고 싶
은 마음은 없었다. 사람을 시켜 주위의 정보를 알아보라 보낸
사람은 자정쯤이 되어야 올 수 있을 것이니 그때쯤이면 자신이
무엇을 해야 할지 판가름이 설 것이다.

빡빡한 눈을 감으며 가진은 잠시 눈을 붙이기 위해 침대로 향
했다. 그러나 몸을 눕기도 전에 수운이 방문을 열고 들어와 가
진은 몸을 일으켜야 했다.

숨을 헐떡거릴 만큼 급한 보고가 있는지 수운은 인사도 생략

한 채 속사포처럼 말을 뱉어냈다.

"큰일났습니다. 안정철 부사 집이 현재 구금 상태에 있다 합니다. 친족관계 쪽이 현재 조사를 받고 있는 중이며 아마도 안철현 전장군께서도 조만간 황도로 압송될 예정이라고 합니다. 벌써 식솔들이 실토하여 형이 정해졌다는 말도 떠돌고 있습니다."

"어디서 들은 말이냐."

"벌써 마을에 파다하게 퍼졌습니다. 말을 빌리러 가니 탁주꾼들의 안주거리로 벌써 입에 오른 모양입니다."

최악의 상황이었다. 구금이라면 형 집행만 남겨놓은 상태나 같은 말이었다.

"지금 당장 집으로 간다. 너는 지금 가서 얼굴 모르는 사람 하나를 구해와라."

"어디다 쓰시렵니까?"

남을 잘 믿지 않아 사람 쓰는 데 있어서 까다로운 가진 대방님이 이런 상황에 모르는 사람을 구해오라니 수운은 납득이 되지 않았다.

"궁궐로 들어가야겠다. 관련된 자를 불러 조사를 꾸미고 있다고 하니 그 사람에게 내가 당에서 문예 전하를 만났다는 말을 흘려라."

"무슨 생각을 하고 계신 겁니까? 조사가 조사로 끝나지 않을 것은 삼척동자도 아는 사실입니다. 아니 됩니다."

수운이 길을 막자 가진의 눈빛이 차갑게 변하였다.

"너도 알 텐데. 이대로는 안씨 가문은 몰살이다."

하루 종일 쉴 새 없이 드나드는 물건으로 바쁜 원반장도 밤이 되자 조용해졌다. 굳게 다문 문이 시끄럽게 울리자 자다 깬 하인 한 명이 무슨 급한 일인가 싶어 헐레벌떡 달려나갔다. 땅바닥에 구르다 왔는지 온몸에 먼지를 잔뜩 붙이고 있는 방문객의 모습에 만덕은 문을 닫으려다 얼굴을 바짝 들이밀고 횃불로 손님을 다시 한 번 비추어보았다.

"가진 대방님? 세상에, 진짜 가진 대방님? 아이쿠, 대방님이 맞네그려."

반갑게 떠드는 하인 하나가 떠들썩하니 그를 반겼다. 그가 왔다는 말에 원반장의 불이 하나둘 켜지기 시작했다. 잠시 가진의 입가에 마른 웃음이 스쳤다. 저렇게 떠들면 수고를 들이지 않아도 내일 안으로 그가 왔다는 사실을 온 마을에 알릴 수 있을 것 같았다.

서유 부인은 반가운 기색에 참지 못하고 서둘러 나가려 하자 옆에서 옷을 기워 입는 관형우는 못마땅한 듯 눈썹을 살짝 찡그렸다. 그녀는 그런 남편의 행동을 못 본 척하며 나가서 아들을 맞이했다. 당과의 전쟁으로 혹 돌아오는 길에 봉변이라도 당하지 않았는지, 들어온다 해도 빠르면 봄쯤에 오겠거니 생각을 하고 있었는데 소식도 없이 이 밤중에 아들이 왔다는 소리에 눈물이 나려 했다. 더욱이 얼굴이 반쪽이 되어서 돌아온 아들의 모습에 안쓰러움은 더해만 갔다.

서유 부인은 아들의 얼굴을 유심히 바라보았다. 여행을 갔다와도 아들은 언제나 오늘 외출한 사람처럼 단정하게 돌아오곤 했었다. 상황이 상황이니만큼 급히 돌아오기 위해 그렇다 치지만 항상 침착함을 잃지 않던 아들은 여유로움은 어디다 팽개치고 날카로움으로 가득 무장해 있었다.

"아버지께서 기다린다. 일단 들어가자꾸나."

부모님께 정중히 인사를 한 뒤 가진은 자리에 앉았다. 긴 여정에 몸도 고단하고 늦은 밤이라 물러가 쉬고 싶을 텐데 할 말이 남은 듯 그는 자리를 지키고 있었다.

가진은 차마 부모 앞에서 궁궐로 들어가야 하니 이해해 달라는 말을 차마 할 수가 없었다. 자칫 사지 멀쩡하게 돌아오지 못할 수도 있음인데 어떻게 설명을 해야 할지 막막한 기분이었다.

아들의 꽉 쥔 주먹을 바라본 관형우는 아들이 입을 뗄 때까지 침착히 기다렸다. 그러나 옆에 있는 서유 부인은 아들의 침묵이 길어지자 치마를 만지작거리며 조바심을 드러내고 있었다.

"소자, 청이 있습니다."

"무슨 큰 청이기에 이리 주저하는 게야. 말을 해보아."

답답한 서유 부인이 아들을 슬쩍 다그쳤다.

"한 번 입으로 내뱉은 약속은 지키는 것으로 배웠습니다. 그 약속을 지키기 위해 입궐해야 될 것 같습니다."

"도대체 무슨 귀한 약속이기에 궁궐로 들어간다는 거냐? 또 어찌 들어간다는 거야?"

"목숨만큼은 지켜 드리겠다 약속한 분이 있습니다."

"네가 급히 당나라로 가야 했던 연유는 서찰로 받았다. 문예 전하의 환국 문제라 알고 있는데……."

이 늦은 밤 혼자 돌아온 것을 보면 일이 잘 풀리지 않았던 게 분명했다. 더욱이 요즘 심기 불편한 황제폐하로 조정이 시끄럽다 하는 것도 마음에 걸렸다.

"현재 조정이 안씨 부사의 반역 문제로 발칵 뒤집어졌다. 때가 좋지 않구나."

"그러하기 때문에 입궐해야 합니다."

"문예 전하의 문제라면 그건 너도 어쩔 수가 없는 상황이지 않느냐."

가진이 대답이 없자 관형우는 눈을 가늘게 떠 아들의 표정을 살폈다.

"혹시나 해서 묻는다. 안정철 부사와 관련된 일이냐?"

"그렇습니다."

주저하지 않는 아들의 답에 관형우는 긴 한숨을 내쉬었다. 지방 수령도 아니고 황제의 명으로 조사까지 이루어진 일을 무슨 뾰족한 수가 있어 막는단 말인가. 조금이라도 관련된 자를 줄줄이 엮여 들어가지 않으면 다행이었다. 당나라에 간 아이가 이리 빨리 돌아온 것은 그 같은 연유 때문이겠지.

"가면 네 몸 성히 나올 수 있느냐?"

내용이 심상치 않게 돌아가자 서유 부인이 남편의 말에 끼어들었다.

　"이 무슨 말입니까? 가진이 왜 궁궐로 들어가야 한답니까? 저는 허락할 수 없습니다. 가진아, 안 부사 집과 무슨 관계가 있다는 거냐. 지금 그 집안이 어찌 되었는지 알고는 있느냐? 가솔까지 잡아들이라 했다 하면 말 다 했느니라. 물론 그분들의 은혜를 잊은 것은 아니다. 하지만 이건 다른 문제니라."

　"목숨이라도 살릴 수 있다면 살립니다. 그것이 황제폐하가 되었든 수령이든 개의치 않을 생각입니다."

　"무리수를 두겠다는 거냐?"

　"각오는 하고 있습니다."

　벌써 마음을 굳힌 가진의 눈빛에 관형우는 더 이상 할 말이 없었다. 아들이 마음을 돌릴 때까지 곡간에 가두어둘 나이는 지나 버렸다. 어려서부터 말이 없고 잘 표현을 하지 않는 아이였으나 주관이 뚜렷해 자신이 하는 일에 굽힘이 없었다. 어미가 말갈 사람이라 경당에서 경전을 배우지 못하게 하자 오히려 더 악착같이 혼자 책을 읽고 배울 만큼 독한 아이였다. 그래서 일찍이 할아버지가 유독 이 아이를 데리고 다니며 장사꾼의 눈을 만들어놓았는지도 몰랐다.

　"얼마나 위험한지 누구보다 네가 잘 알고 있겠지. 내 심정이야 너를 말리고 싶다만 그렇다면 넌 평생 후회하며 살겠지."

　"아니 된다. 난 절대 허락할 수가 없다."

어머니의 완강한 반대에 가진은 아무 말도 할 수가 없었다. 허락을 맡고자 말씀을 드린 것이 아니었다. 자신이 지금 얼마나 불효를 저지르고 있는지도 안다. 부모 가슴에 못을 박을지도 모르는 일이었다. 너무나 잘 알고 있음에도 불구하고 마음은 의지를 가지고 행동하고 있다. 그는 끝내 어머니 마음을 돌리지 못하고 자신의 방으로 돌아와야 했다.

침상에 쓰러지듯 누운 가진은 눈을 감았다. 푹신한 이불과 따뜻한 방의 온기가 자신을 감싸고 있지만 자신이 발해로 돌아온 것이 실감나지 않았다. 노곤한 몸에 지친 정신을 붙잡고 있으니 그녀와의 모든 일이 꿈처럼 먼 이야기로 묻힌 느낌이다.

꿈을 꾼다. 큰 장이 서는 날 곱고 고운 그대를 만나는 꿈을 꾼다. 타인처럼 안타깝게 내 옆을 스쳐 지나가도 가슴 아리지 않는 그런 꿈을 꾼다. 언젠가 그리되겠지. 이 감정 퍼내고 퍼내다 보면 마를 날 오겠지. 그러다 보면 그대 지나쳐도 이 발걸음 멎지 않을 날 오지 않을까 한다. 그러나 지금은 그대가 미치도록 보고 싶다.

"안 돼!"
"아가씨!"
도통 잠을 못 자던 아가씨가 잠이 드는가 싶더니 벌떡 일어나 주위를 둘러보고 있었다. 화련은 꿈인지 생시인지 분간이 안 간다는 듯 잠시 멍하니 앉아만 있었다. 자신이 지금 어디 있는지 생각이라도 난 듯 화련은 자동적으로 손을 입에 가져다 댔다.

"아가씨, 또 울렁증이 도졌남요? 대야 드릴까요?"

"아니야. 그냥, 꿈을 꾼 것 같아."

고개를 힘없이 젓는 그녀는 자신없는 듯 말했다. 슬픈 꿈을 꾼 것 같이 마음 한 귀퉁이가 저릿한데 그 꿈이 생각이 나지 않았다. 약해진 마음은 꿈속으로도 파고든 모양이었다. 거친 나무판자에 비스듬히 머리를 기대었다. 축축한 곰팡이 냄새가 코끝에 익숙히 다가왔다.

"더 주무세요. 눈 주위가 움푹 파인 것 좀 봐요."

세향은 화련의 이마의 식은땀을 닦아주려다 깜짝 놀라 다시 한 번 화련의 이마와 자신의 이마를 만져 보았다.

"아가씨 몸이 불덩어리예요. 어떡한데. 퍼뜩 진무님을 불러올게요. 배를 탈 때부터 계속 아무것도 못 드시더니. 아가씨도 웬고집이세요. 이게 뭐냐고요. 집에 가만히 있다 예쁘게 시집이나 갔으면 얼마나 좋아요. 왜 이런 생고생을 자처하냐고요."

손등으로 눈물을 닦으며 세향은 벌떡 일어났다. 속이 상하다 못해 화가 나려 했다.

"언제쯤이면 해안에 배가 닿을 것 같니?"

"한 이틀 더 가야 한다고 하던데요. 그것보다 어서 누우세요."

"그럼 국경을 넘어 황도까지 최하 보름은 잡아야겠구나."

화련은 출렁거리는 배에 다시 한 번 속이 울렁거렸다. 그녀의 기우라 해도 좋았다. 그가 최악의 상황을 염두에 두고 길을 떠난 만큼 그녀는 그가 무사하길 빌었다. 그와 그녀의 가문이 모두 무사하길 바라는 것은 욕심인가. 계집의 마지막 욕심이라 여기고 하늘이 보우해 주시면 아니 될까? 화련은 지친 눈을 감으며 다시 한 번 그가 무사하길 빌었다.

가진은 돌아와서 매일 하던 일과를 살펴보며 물품 목록을 챙겼다. 일부로 행동반경을 크게 넓혀 선착장이며 거래상단이며 분주하게 오간 지 닷새였다. 이제 그가 당나라에서 돌아온 것을 모르는 사람은 없을 것이다. 여기저기 수군대는 모습을 보면 군부에서 움직일 만도 한데 아직 아무런 반응이 없자 가진은 초조해지기 시작했다. 더욱이 모든 것을 알고 있는 정진초 문사가 앞장서서 조정을 부추기고도 남았을 텐데 반응이 느려도 너무 느렸다. 만약 오늘까지 아무런 소식이 없다면 자신이 직접 궁궐로 들어가는 방법을 알아봐야 할 판이었다.

가진이 그 일로 선착장에서 고심을 하고 있는 중 뒤에서 때마침 군부에서 보낸 사람들이 그를 에워싸며 창을 겨누었다. 명백히 조사인데 이건 거의 죄인 다루는 모습이었다.

"가진, 네가 모반자라는 투서가 들어왔다. 조사에 응하러 형부사로 가주어야겠다."

"조사를 왜 형부사에서 하느냐! 형부사는 말 그대로 죄인을 심문하는 곳이 아니냐!"

옆에서 지켜본 수운이 가진을 보호하며 군부와 대치하고 섰다.

"수운, 시간이 없다. 비켜라."

수운을 남긴 채 가진은 그들을 조용히 따라갔다. 형부사라. 그렇다면 남은 건 자신의 몸이 얼마나 잘 버텨줄지 그것만이 남은 것인가? 앞으로 다가올 상황에 그의 입매가 굳어졌다.

딱딱한 의자에 강제로 앉히더니 다짜고짜 몸이 결박되자 가진은 이를 지그시 물었다. 동여 묶는 자세로 봐서는 주리라도 틀 기세였다. 소문이 도대체 어디까지 부풀려졌기에 조사를 빙자로 고문을 하겠다는 건지 알 수가 없었다. 아니면 조사 수준이 아니라 자백을 받아내려는 수작일지도 몰랐다.

나무문이 삐꺼덕거리며 열리자 관복을 입은 두 사람이 들어왔다. 거기에 정진초 문사가 끼어 있자 가진의 입가에 비릿한 미소가 스쳤다.

"무고한 사람을 잡아온 연유를 알아도 되겠습니까?"

"순순히 실토는 못하시겠다? 네가 당나라 문예 전하를 만났다는 사람이 있다. 문예 전하와 내통하면서 온갖 정보를 빼돌렸다는데 사실이냐?"

"정진초 문사께서 형부사의 조사권까지 가지고 있는지는 몰랐습니다."

폐하께서 공을 세울 기회를 주었으니 당연히 그 기회를 십분 발휘해 대내상까지 노려볼 생각이었다. 역시 최 대내상에게 미리 말하지 않는 것은 좋은 생각이었다. 안철현 전장군에 가진 대방까지 잡아넣는다면 출세가도는 맡아놓은 당상이었다.

"초희라는 계집을 알고 있겠지? 흥미로운 사실을 이야기해 주더군."

"증거가 있습니까?"

"네가 실토를 하면 그게 증거겠지."

"아무 증거도 없이 사람을 잡아다 고초를 겪게 한다면 삼관(三館)에 호소를 하겠습니다."

정진초 문사는 웃긴 이야기라도 들은 듯 한동안 낄낄거리며 가진을 가소롭게 쳐다보았다.

"그전에 네놈의 자백이 먼저일 것이다. 여봐라, 저놈이 실토할 때까지 주리를 틀어라. 너는 옆에서 지켜보다 저놈이 실토를 하거든 당장 나에게 알려라. 뭣들 하는 거냐. 당장 주리를 틀지 않고!"

가진 옆에 서 있는 병사가 힘껏 주리를 틀자 가진은 이를 악물며 몸을 뒤틀거렸다.

"저 독한 놈!"

가진의 옷에 금세 핏물이 배어들자 정진초 문사는 인상을 찡그렸다. 원래 고문하는 것을 즐길 만큼 잔혹한 성격도 아니고, 형부사 소속의 사람도 아니라 비명 소리만 들어도 소름이 끼치는데 직접 참관하며 지켜보니 털이 쭈뼛 설 정도로 끔찍했다. 더 이상 이곳에 있다가는 자신이 먼저 진저리쳐질 것 같은 그는 냉큼 고문실을 벗어났다. 어차피 저놈이 문예 전하와 내통한 것은 사실일 터 저놈이 자백할 동안 궁궐에 머물면서 시간을 보내다 퇴궐하면 될 것이다.

그러나 퇴궐할 시간이 지나가도 아무런 보고가 없자 정진초 문사는 슬슬 짜증이 났다.

"문사 어른, 아직까지 실토를 하지 않았는데 어떻게 할까요?"

쉽게 실토할 것이라고는 생각도 안 했지만 그전에 그가 죽기라도 한다면 골치 아픈 일이 될 수도 있었다. 물증이 없는 지금 괜한 사람 죽어 나간다면 공 세우려다 도리어 화를 당할 수도 있음이었다. 좋은 생각이 났는지 정진초 문사의 얼굴에 야비한 미소가 떠올랐다. 공은 어차피 안철현 전장군 하나만으로 충분하니 가진 대방을 잘 구슬려 재산 한 몫 챙기는 것도 나쁘지 않은 일인 것 같았다. 공만 세우면 무엇 하나. 곡간에 재물이 가득 차 있어야지.

"옥에 처넣어라. 내가 내일 직접 심문하겠다. 제 목숨이 아깝다면 뭐든 실토하겠지."

수염을 만지는 그의 모습에 탐욕이 가득 담겨져 있었다.

술시를 알리는 종이 치자 병사들은 몸도 가누지 못하는 가진을 짐짝 취급하듯 끌고 가 독방에 처박았다.

정신을 놓고 싶음에도 불구하고 온몸에 충격이 가해지자 고통이 정신을 흔들어놓고 있었다. 다리가 분질러진 듯한 고통을 느낀 가진은 숨 쉬는 것조차 고통스러웠다. 언제 혀까지 깨물었는지 핏물이 입 안에 고여 있었다. 몸부림치느라 오랏줄에 쓸린 부분 또한 핏물에 배어 있었다. 초장부터 사람을 죽일 생각인가? 이러다가는 며칠이 아니라 내일이라도 몸이 견디지 못할 것 같았다.

가진은 이를 악물며 두 팔로 기어 보초병에게 다가갔다.

"부탁이 있습니다. 여기 태후마마의 측근인 나인 한 명만 불러다 주시오."

"쯧쯧, 아직도 정신을 못 차렸구면. 이보쇼, 여기가 일반 죄수들 옥방인 줄 아쇼?"

보초병이 가소롭다는 듯 가진의 몰골을 위아래로 훑어보았다. 어딜 가나 꼭 이런 놈들이 있었다. 제깟 놈이 뭐 대단하다고 죄를 지었으면 달게 받아야지 누구를 불러달라 말라야. 혹 억울하게 들어왔다 쳐도 일단 대역 죄인으로 낙인찍히고 옥살이를 한다 하면 도원결의 한 친구들도 발길 뚝 끊는 곳이 이곳이었다.

"상황파악이 안 되고 있는 걸 보니 혼이 덜 난 모양이구만."

"여기 답례는 하겠습니다."

가진은 보초병에게 옥패를 건네주며 다시 한 번 청했다.

"아니, 글쎄 안 된다니까. 걸리면 태장이 아니라 내 목이 달아

난다니까."

"잠시면 됩니다. 어차피 교대를 하려면 일각 정도의 여유는 있는 것으로 압니다."

"허참, 이래서는 안 되는데…… 그럼 딱 일각이요."

보초병은 눈치를 보더니 얼른 가진이 준 옥패를 가슴속에 찔러 넣었다. 잠시 후 보초병은 많이 해본 듯한 솜씨로 배를 움켜쥐며 교대 시간보다 조금 빨리 빠져나오면서 다른 보초병에게 슬쩍 뒷간을 간다는 말을 흘렸다.

조심스레 문밖을 두리번거리며 태후전으로 향하던 보초병은 뒤에서 누군가 자신의 팔을 덥석 잡자 기겁을 하며 돌아보았다.

"오늘 가진이라는 이름을 가진 중죄인이 들어왔다고 들었다. 그자와 긴히 할 말이 있으니 자리를 잠시 만들어주시오."

"아니, 그게……."

입막음으로 최 상궁이 묵직한 돈뭉치를 보초병 손에 쥐어주었다.

오늘 여기저기서 귀한 옥패며 돈을 쑤셔 넣어주는 사람을 만나자 보초병은 횡재했다는 기분보다는 심장이 덜컥 내려앉았다. 생각보다 자신이 큰일에 휘말리는 건 아닌지 걱정이 되었다. 이러다 평생 구경도 못한 돈 만져 보다 세상 하직할 것 같았다.

보초병이 미적거리자 나인 뒤에 서 있던 한 여인이 참지 못하고 한 발짝 앞으로 나왔다. 그녀가 누구인지 대번에 알아본 보초병은 허리가 휘어지게 고개를 숙였다.

정경태후의 심기는 노할 대로 노해 있었다. 문예 전하와 관련된 사람을 모반자라 규정지어 그 집안을 감금해 쑥대밭으로 만들어놓더니 이제는 그와 연루된 가진 대방이라는 자까지 잡아들여 문초를 했다는 말에 더 이상 가만히 지켜만 보고 있을 수가 없었다. 만약 가진 대방이라는 자가 문예를 만나고 왔다면 무슨 전언이라도 가지고 왔었을 것이다.

지금 그녀는 자신이 옥에 출입한 일이 무 황제 귀에 들어가도 상관치 않을 예정이었다.

"앞장서라. 내 그와 조용히 해야 할 말이 있으니."

보초병은 후다닥 앞장을 서며 가진의 독방 문을 열었다.

다리에 불을 질러놓은 것처럼 욱신거리는 고통이 에워쌌다. 갑자기 문이 열리자 가진은 다시 고문장으로 끌려가는가 싶어 온몸이 긴장으로 굳어버렸다. 밤새 고문을 당한다면 이번엔 정신을 놓아버릴지도 몰랐다. 빌어먹을, 정말 끝을 볼 생각인가?

눈의 초점을 맞추고 올려다보니 정경태후가 그를 내려다보고 있었다.

놀란 그가 몸을 일으키려 하자 정경태후는 손을 들어 그의 움직임을 제지시켰다.

"됐다. 네가 가진 대방이냐?"

"그렇습니다."

"문예를 만났느냐? 몸은 괜찮아 보이더냐?"

"잘 지내고 있으십니다. 다만 환국은 어려울 것입니다."

"다른 말은 없었느냐?"

"없었습니다."

그 말에 정경태후의 눈가에 실망감이 자리 잡았다.

"네 할아버지가 가끔 문예의 소식을 전해주었는데 알고 있느냐? 하기야 모르면 네가 여기 있지도 않았겠지. 문예 곁에 있으면서 당에 남으라 충고를 했다고? 하긴 들어와도 마음 붙일 곳 없는 아이이니 그 편이 낫겠지. 내 이번만큼은 참지 않을 것이야."

무슨 내용을 들었는지 몰라도 그가 문예 전하의 편이라 생각하는 정경태후의 말을 고쳐 주고 싶진 않은 그였다. 가진은 지금 유일하게 황제폐하와 맞설 수 있는 그녀의 힘이 필요했다.

"여기서 살아나갈 수 있다면 당을 오가며 문예 전하의 안위를 돌보며 소식을 전하겠습니다."

"대신 네 목숨을 살려달라 이 말이냐?"

가진은 아픈 무릎을 꿇더니 옷깃 속에 숨겨둔 안정철 부사의 문중 패를 정경태후에게 건넸다.

"이게 무엇이냐?"

"문예 전하가 당으로 건너갈 시 안철현 전장군이 사군을 움직일 수 있도록 내어준 문중 패입니다."

"이것을 내게 왜?"

"안철현 전장군이 문예 전하를 도왔다는 확실한 증거물입니

다. 태후마마께서 직접 황제폐하를 만나주셨으면 합니다. 황제
폐하에게 그리 밑지는 거래는 아닐 것입니다."

어찌해서 이자가 안씨 문중 패를 가지고 있는지 그녀는 알 수
가 없었다. 고문을 받아 살려달라 구걸하는 눈빛이 아니었다.
이건 마치 목숨을 걸고 장사를 하는 한 치 흐트러짐없는 자의
눈빛이었다.

"지금 네 목숨 하나 살자고 밀고를 할 생각이냐?"

"그렇다면 이곳까지 들어오지도 않았습니다."

"그래? 그럼 네 말을 한번 들어보자꾸나."

젊고 대범한 장사꾼의 말에 정경태후의 발걸음을 잡았다.

"안씨 가문의 목숨을 구명해 주십시오."

"네 목숨이 경각에 달려 있는데 안씨 가문을 살려달라? 이 문
중 패로? 충성심이냐?"

가진은 마땅한 대답을 찾으려는 듯 눈을 내리깐 채 잠시 침묵
을 지켰다.

"지켜주고픈 사람이 있습니다."

"충성심이 아니라 지켜주고픈 사람이라? 오랜만에 그 말을
들어보는구나. 그럼 네 살길은 찾아놓은 것이냐?"

작은 호기심이었다. 고문을 당한 만큼 궁지에 몰렸다면 목숨
부지하기 어려울 텐데 이 사내의 눈에는 두려움이나 비굴함이
보이지 않았다.

가진이 침묵을 지키자 정경태후는 씁쓸한 미소를 감추지 못

했다. 힘이 없어 지켜주지 못함에도 지켜주고 싶은 그 간절함을 잘 알고 있었다.

"나에게도 그런 사람이 있었지. 내 한번 황상을 만나보지. 허나 장담은 하지 못하겠네."

정경태후는 할 말이 끝났는지 단호한 걸음으로 옥을 빠져나갔다.

밖에 부는 바람이 참 처량하게만 들려 무 황제는 한참을 바람소리에 귀를 기울이고 있었다. 천자로 태어나 모든 것을 누리는 자리에 앉아 있으면서도 이 밤 마음 터놓고 말할 이가 없다는 사실에 쓴웃음이 절로 났다.

오늘따라 마음이 어지러워 잠이 오지 않았다. 조정은 조정대로 제 살길 찾아낸다며 어수선한 분위기이고, 죄인이라는 이름으로 가진이라는 자가 붙잡혀 들어왔다는 소식에 무 황제는 자신의 귀를 의심했다. 그들이 무슨 죄를 찾아낼까 궁금하기도 한그는 잠시 상황을 지켜볼 요량이었다. 다만, 어찌 되었든 황제의 명을 거역하면서까지 문예를 부추긴 그에게는 괘씸죄가 추가될 것이다.

문예, 네놈이 그리 어리석었더란 말이냐? 지질한 목숨이 아까워 당에게 무릎을 꿇는단 말인가. 무 황제는 두 손을 폈다 꽉 움켜쥐었다.

'당의 사대주의에 빠져 헤어나오지 못하는 어리석은 놈 같으

니라고!'

어느 누구도 넘볼 수 없게 이 손으로 내 나라를 키우고 싶었
다. 허망하게 내 것을 지키지 못한 치욕은 두 번 다시 겪을 수
없었다. 칼을 들어 정리를 해야 한다면 그는 주저없이 칼을 들
것이다. 내 나라가 후세에 길이길이 남겨 하늘의 보우를 받으며
천세만세 누리며 살 수 있게 그가 그 초석을 세울 것이다. 내 의
지를 반하는 자 누가 되든 용서할 생각이 없었다. 그게 설령 핏
줄이 되더라도 과감히 베어나갈 것이다.

"폐하, 태후마마 드시옵니다."

늦은 밤 어마마마가 편전으로 들다니 무 황제의 눈이 의심으
로 가늘어졌다.

"늦은 밤, 어인 일이십니까?"

"그럼, 황상은 이 늦은 밤 침전으로 들지 않고 무슨 고민이라
도 있는 겝니까?"

문예 일로 마음이 불편하여 그를 보지도 않았던 어마마마가
자신을 찾아왔다는 것 자체가 이상스러웠다. 거기다 한동안 머
리 싸매고 드러누워 있을 것을 예상한 것과 달리 침착하면서도
그를 살갑게 대하자 어마마마의 속내가 궁금한 무 황제였다.

"황상, 어미의 마지막 부탁이라 여기시고 들어주시오."

그녀는 황상이 자신의 말을 들을 준비가 되어 있는지 그를 잠
시 쳐다보았다. 이렇게 어미가 부탁하는데 황상이 그녀의 말을
무시하면서까지 일을 벌인다면 사가의 문파들의 힘을 빌어서라

도 막아볼 터였다.

"무슨 말씀이십니까?"

"문예의 일과 관련해 안씨 가문이 구금 상태에 있고 오늘은 가진 대방이라는 자까지 잡아들였다 들었소. 황상의 너그러운 마음으로 그들의 목숨을 구명해 주었으면 하오."

"죄가 있으면 그 누구를 막론하고 죄를 받아야 하는 것이 국법입니다."

허나, 반역도 아니고 나라의 녹을 빼돌린 것도 아닌데 그 처벌이 너무 심하였다.

"목숨만이라도 살려달라 이 말입니다. 이것을 받으시오. 안씨 가문의 문중 패입니다. 문예가 당으로 도망갔을 시 사군을 움직이기 위해 내주었다고 하오."

무 황제의 눈썹이 꿈틀거렸다.

"황상께 제안을 하나 하고 싶소. 황상은 이 증거물로 귀족들에게 사군의 폐단을 주장하실 수 있을게요. 안씨 가문이 문예를 돕는다는 이유로 반역으로 몰아세우는 것보다 그 과정에 사병을 움직여 이 사태를 만들었다면 그 결과는 실로 크게 다를 수 있지 않겠소? 다는 아니더라도 어느 정도 사군의 귀속을 황상 아래에 놓을 수는 있을 것이오. 만약 반대하는 이가 있다면 그 스스로 문예를 도운 모반자와 다를 바 없다는 것을 인정하는 셈이니 쉽게 아니 된다 말은 못할 겝니다."

"이 문중 패가 문예에게 전해졌다면 그 먼 곳까지 누군가 가서 문예를 만나 어마마마에게 다시 전해졌다는 말인데?"

쿡쿡대는 황상의 모습에 정경태후는 불안한 마음을 애써 감추었다.

"문중 패가 없어도 이번 기회를 발판 삼아 사병권을 없애 버릴 생각입니다."

"급히 먹는 밥이 체하는 법이오. 대부분 개국공신들이니 반발이 만만치 않을 겝니다. 쉬이 가는 길을 두고 굳이 일을 어렵게 만들 필요는 없지 않소? 신하들의 마음을 한데 어우를 필요도 있지 않겠소."

"사병권이라……."

그녀는 과연 문중 패 하나로 황상의 마음을 돌려놓을 수 있을지 알 수가 없었다. 이쯤에서 모든 것이 매듭지어졌으면 했다.

"정 그들에게 벌을 주시겠다면 나중에 황상의 은덕으로 특사(特赦: 특별사면) 행형이라도 베풀어주시오."

"생각해 보겠습니다."

무 황제는 안씨 문중 패를 만지작거리며 뜻 모를 미소가 스쳤다. 잠시 조정이 하는 일을 관망만 하려 했는데 이리되면 자신이 친히 국문장으로 향해 그자의 머릿속을 들여다보는 것도 재미있는 일이 될 것이다.

'안씨 가문과 가진 대방의 관계라……'

온몸이 고통을 호소하고 있음에도 불구하고 가진의 머릿속은 황제폐하의 반응이 어찌 나올지 몰라 신경이 곤두서 있었다. 자신이 황제폐하의 마음을 정확히 읽었으면 했다. 문예 전하가 당나라 뒤로 숨었다는 이유 하나만으로 치욕을 느끼는 황제폐하라면 무엇보다 귀족들의 권력 분산으로 나라의 유약함을 원하지 않을 폐하일 것이다. 지금은 그리 믿는 수밖에 달리 방도가 없었다.

두 명의 병사가 그를 옥에서 거칠게 끌고 나가자 가진은 거친 신음이 새어나왔다. 눈부신 햇살에 눈 뜨기도 버거워 그는 실눈을 뜨고 앞을 바라보았다. 고문 방이 아니라 국문장이었다. 공식적으로 대놓고 심문을 하겠다는 소리였다. 국문을 지휘하는 자도 바뀌었다. 가진은 절망감에 눈을 감았다.

"저자를 틀에 묶어라. 묻겠다. 네가 문예 전하를 꼬드겨 당나라 좌효기장군을 맡으라 했다는 말이 사실이렷다?"

"만난 적은 있으나 그런 말은 한 적이 없습니다. 한낱 상주의 말에 어찌 전하가 귀 기울이겠습니까."

"시끄럽다! 안씨 가문과 협력하여 문예 전하를 도왔다는 사실을 부정할 셈이냐? 네가 당나라로 건너갈 시 안씨 가문의 딸과 같이 동행한 것을 본 사람이 있다. 그리고 이 기록을 보면 네가 여자 두 명과 당으로 통행했다는 증거도 있느니. 상단이 움직이는데 계집이라니. 필시 뭔가를 꾸미려고 그런 게지."

가진의 고개가 번쩍 들었다. 통행에서 의심을 받을까 봐 가짜 통행증에 나누어서 통과를 했기 때문에 같이 동행했다는 것은

말이 되지 않았다. 그리고 통행이 잦은 곳에서 일일이 사람의
얼굴을 기억하는 것도 어려울 것이다.

"모함입니다."

"그래? 그럼 안씨 가문의 아가씨는 어디 있느냐? 모두 구금
상태인데 그쪽 소저와 시중드는 계집만 사라지지 않았느냐. 뭣
하느냐. 실토를 할 때까지 주리를 틀어라!"

그들이 조사한 것이 어디까지가 사실이고 어디까지가 짜맞춘
말인지 분간이 어려웠다.

뼈가 으스러질 것 같은 고통에서 물세례와 주리를 반복하자
가진은 또다시 혼절했다. 끝내는 끈질긴 고문에 물세례를 퍼부
어도 그의 의식은 돌아오기를 거부했다. 이대로 정신을 놓았으
면 좋겠다 싶을 때 귓가에 시끄러운 소리가 들렸다. 가진은 힘
겹게 고개를 들었다. 국문장에서 들어볼 수 없는 여자의 음성이
었다. 그것도 너무나 그립고 익숙한 목소리였다. 환청이라고 치
기에는 그녀의 목소리가 너무 애달아 싫다. 그녀의 목소리는 좀
더 맑고 웃음기 가득한 목소리여야 했다.

"여기가 어디라고 감히 발을 들여놓는 게냐. 여봐라. 저 계집
을 당장 끌어내라!"

"안정철 부사의 여식인 안화련이라고 합니다. 무고한 사람이
저의 가문을 대신해 죄를 뒤집어쓴다 하여 찾아왔습니다."

화련은 최대한 예의있게, 그러나 허리를 꼿꼿이 펴 조사관을
바라보았다. 한 점의 거짓이 없음을 온몸으로 증명해야 한다.

시선을 피하지도, 흐리지도 말아야 한다. 용기를 그러지듯 그녀는 두 주먹을 꽉 쥐고 있어야 했다.

당장 그의 사지가 온전한지 확인하고픈 마음뿐이었다. 그러나 눈물이 먼저 날 것 같아 그가 있는 쪽은 차마 바라보지도 못한 화련이었다. 그녀가 사랑하는 사람이 그녀도 못 알아본 채 저기 앉아 피를 토하고 있었다.

뒤에 따라온 세향은 처참한 가진 대방의 모습에 눈을 감고 있었다. 다리가 벌벌 떨리고 심장이 벌렁벌렁거려 그녀는 금방이라도 주저앉을 것만 같았다. 그리도 말렸건만 성치 않는 몸으로 아가씨는 수운이라는 자를 만나더니 곧바로 이쪽으로 달려온 것이다.

"그럼 너와 계집종은 어디 있었던 것이냐."

"작년 초여름부터 이유없이 몸이 아팠습니다. 그 연유로 혼담도 깨졌고 사찰에 들어가 몸을 가누고 있었습니다. 만약 제가 당에서 들어왔다면 통행 기록이 있을 것입니다. 조사해 보소서."

"이 말이 사실이냐?"

바로 옆에 있던 조사관에게 진위를 묻자 조사관은 작게 고개를 끄덕였다.

"해상 길은 막혀 들어올 수도 없고 당과 통하는 육로의 통행 길을 조사해 보았으나 여자가 들어온 경우는 없었습니다."

그러고 보니 저기 서 있는 처자의 몰골이 아픈 병자와 똑같았다. 까칠한 피부 하며 이마에 송골송골 맺힌 땀방울 하며 서 있는 것조차 힘들어 보이는 것 같았다. 조사에 막힘이 생기자 조사관 및 형부사관은 순간 난처해졌다.

"가진 대방, 넌 저 소저를 알고 있겠지?"

가진 대방이 힘겹게 고개를 틀어 화련을 보았다. 환청이 아니라니. 어찌 그녀가 여기 있는 것인가. 어떻게 그 먼 길을……

"죄인은 속히 대답하라!"

"모…… 르는 여자다."

가진은 두 눈을 꼭 감았다. 쓰러지려는 몸을 간신히 버틴 채서 있는 몰골도, 꽉 다물어진 입 사이로 새어나온 억눌린 흐느낌도 난 모른다. 그를 무고한 사람이라 외치는 여인을 난 모른다.

고문에도 나오지 않던 뜨거운 눈물이 나오려 했다. 그가 목숨을 버리면서 지키고자 했던 것은 이런 게 아니었다. 이런 것이…… 아니었다.

"아무 증거도 없이 어찌 무고한 자를 잡아들이십니까? 어찌…… 잡아들여 고문부터 하시는 겁니까! 어찌 사람을 무참히……."

화련은 더 이상 말을 잇지 못하고 입술을 힘껏 깨물었다. 냉정을 잃지 말아야 한다는 것을 알면서도 국문장에 퍼진 피비린내 향이 그녀의 가슴을 쥐어뜯고 있었다.

"여기가 어디라고 감히 계집이 입을 놀리느냐. 지엄한 국법을 다스리는 곳에 함부로 발을 내딛다니. 뭣들 하느냐, 어서 저 계집을 끌어내지 않고!"

정진초 문사는 뭔가 일이 틀어질 것 같자 냉큼 목소리를 높였다.

"황제폐하 납시오!"

갑자기 폐하가 국문장으로 향하자 국문장에 있던 모든 신하들이 바짝 긴장했다. 그 와중에 제일 정신을 빨리 차린 형부사관은 벌떡 일어나 황제폐하에게 자리를 내주었다. 그 뒤를 이어 최 대내상 및 신료들도 줄지어 자리를 잡고 섰다.

최 대내상까지? 국문장에서 폐하가 직접 죄를 심문하는 일은 극히 드물어 형부사관의 관리들의 머리는 거의 땅바닥에 닿는 수준이었다.

"이자의 죄가 무엇이냐?"

무 황제는 국문장의 계집에게 잠시 시선을 머물더니 곧 보고를 받았다. 턱을 한 손에 받치고 흥미로운 듯 보고를 듣고 있던 그는 형부사의 말에 간간이 고개를 끄떡일 뿐이었다. 그러나 보고가 탐탁지 않은지 무 황제의 입가에는 비릿한 미소가 지어져 있었다.

"짐이 형부사를 과대평가한 건가?"

무 황제가 자리를 일어나며 짜증스러운 기색을 숨기지 않았다.

"가진 대방, 문예를 만났을 텐데 있는 그대로 소상히 고하라."

무슨 의도인지 가진은 잠시 혼란스러웠다. 안씨 문중 패가 황제폐하의 마음을 움직였다는 소리인가? 지금은 달리 방법이 없다. 더 이상 물러날 곳이 없는 그는 고개를 들었다.

말하기 위해 입을 벌렸으나 터진 입술과 소리를 질러 부은 목 때문에 쇳소리만 날 뿐 말이 뱉어지지가 않았다.

"도착했을 시…… 전쟁이 터져 당나라 황제 칙명으로…… 이부에서 사람이 나왔습니다. 명을 받들지 않는다면…… 죽임을 당할 것을 안 문예 전하는…… 좌효기장군을 하사 받은 후…… 명을 받들어 유주로 향했습니다."

"네놈이 그 명을 받들라 꼬드겼다는 말이 있던데?"

최 대내상은 황제폐하가 어찌해서 천한 일개 상단의 사람을 알고 있는지 궁금했다. 크게 노여워 심문할 것 같던 폐하의 말투와는 달리 평상시보다 더욱 덤덤한 말투였다. 자백하는 가진이라는 자도 그랬다. 지금까지 모진 고초를 겪은 것으로 봐서는 그리 쉽게 입을 열지 않을 놈인데 폐하 앞에서는 묻는 말에 순순히 대답하고 있는 것이 영 꺼림직했다.

"그렇단 말이지? 형부사관, 엄한 사람을 문초하는 곳이 형부사인가? 이자는 짐이 당으로 보낸 사람이다. 문예가 환국을 아니하자 직접 가 강제라도 환국시키라 명한 자였다. 그리고 이자가 가져온 것이 바로 이것이었지."

무 황제는 손에 쥔 안씨 문중 패를 조사단에게 넘겨주었다.

"안씨 문중의 패다. 문예가 당으로 도망갈 때 안씨 문중 사군의 힘을 등에 업고 이 나라를 빠져나갔느니."

화련은 그 자리에 그대로 주저앉았다. 숨이 쉬어지지 않을 정도로 가슴을 한 대 세게 얻어맞은 느낌이었다. 그녀는 고개를 돌려 멍하니 가진을 바라보았다.

"감히 사군을 움직여 모반을 꾀할 생각을 하다니. 짐은 그 죄를 엄히 다스릴 생각이다."

안 돼. 안 돼. 화련은 고개를 저으며 마음속으로 절규했다. 이건 꿈이야. 필시 꿈일 것이야. 가진 대방이 그럴 리 없다. 새어나가는 비명을 막기 위해 화련은 두 손으로 입을 꼭 틀어막았다.

자신에게 맹세한 모든 것이 허언이었단 말이야? 그럴 리 없다. 자신을 사랑한다며 꼭 지켜주겠다 말하고 떠난 그가 그럴 리 없다.

화련은 가진과 눈을 마주쳤다. 몸이 바르르 떨릴 정도로 치가 떨렸다. 내가 알고 있던 저 남자가 이리 무서운 사내였나. 저 사내를 위해 내 몸 바스러져 가며 국경을 넘었던가. 화련은 손톱이 살을 파고들 정도로 주먹을 꽉 지었다. 용서하지 않아. 죽어서도 용서하지 않아. 그녀의 울분이 두 눈을 빨갛게 물들이고 있었다.

"경들은 들으시오. 사군의 폐단을 누구보다 잘 보여준 안씨 문중은 중죄를 범한 자로 죽어 마땅하나 당나라와의 전쟁으로 공을 세운 안철현 전장군의 업적을 인정하는 바 안씨 가문을 유형에 처하기로 한다. 이들은 죽을 때까지 황도로 돌아오지 못하며 철리부 국경지대로 부쳐시킨다. 또한 이 같은 폐단을 막기 위해 경들은 사군제도에 대해 심각히 다시 논의되어야 할 것이요. 만약 짐의 말에 어떠한 이의를 다는 자가 있다면 스스로 모반자라 자처했다 생각하겠소."

최 대내상은 간언을 하려다 고스란히 말을 삼켰다. 이번 일로 사군 철폐의 일은 빼도 박도 못하게 생겼다. 반발을 했다가는 모반자요, 찬성을 했다가는 모든 사군이 폐하의 손에 들어가 폐하의 힘만 키워주게 생길 꼴이었다.

신하들이 아무 말도 못한 채 고개를 숙이는 모습에 만족한 무 황제는 자리에서 일어났다. 이제부터 썩어빠진 개국공신들을 모조리 쓸어버릴 것이다. 만족감도 잠시 그의 눈썹이 미묘히 일그러졌다.

"이런 곳에 웬 처자인가?"

"안씨 문중의 여식이온데 자신의 가문 때문에 잘못 끌려온 가진 대방을 위해 찾아왔다고 합니다."

"안씨 가문은 지금 구금 상태일 텐데?"

"그게 안씨 여식이 몸이 아파 따로 요양을 하고 있었는데 자신이 가진 대방과 당으로 갔다는 소문으로 고문을 받고 있다는 말을 듣고 곧장 이리로 온 모양입니다."

무 황제는 가진과 화련을 번갈아 쳐다보았다. 아팠다? 죄인의 몸으로 국문장까지 찾아올 만큼 의기가 충만한 계집이든지,

아님 그를 구해야만 하는 절박한 사연이라도 있는 모양인 게지.

무 황제의 시선이 가진에게로 옮겨졌다.

네놈이 지금껏 입을 다물고 있던 이유를 대충은 알겠군. 어마마마가 늦은 밤 꺼낸 사병권 이야기도 네 머리에서 나왔을 테지.

괘씸하긴 하지만 나름대로 벌을 받고 있는지라 더 이상의 하문을 하지 않은 채 무 황제는 국문장을 빠져나갔다. 그 뒤로 조정 신료들이 한숨을 내쉬며 먹구름을 가득 안은 채 그 뒤를 따랐다.

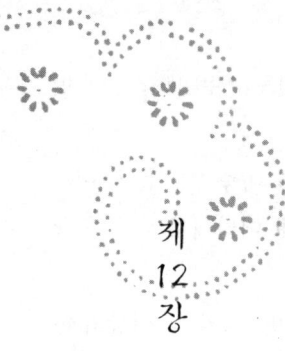

제
12
장

곧바로 가진이 죄가 없음으로 매듭지어지자 그는 수운과 진무의 도움으로 국문장을 빠져나왔다. 그는 몸을 뉘이기 전에 물어보고 싶은 말이 많았다. 어떻게 그녀가 빨리 발해로 올 수 있었는지, 왜 약속을 어긴 채 발해로 들어와야 했는지 묻고 싶은 것 천지였다. 그러나 문초를 심하게 받은 그는 한 마디도 뻥긋 못해본 채 집으로 오자 곧바로 쓰러져야 했다. 그리고 그가 며칠간 고열에 시달리다 간신히 정신을 차릴 때였다.

"날 일으켜 달라. 오늘이 며칠이냐?"

"정신이 드신 건가요? 의원을 부르겠습니다. 조금만 기다리세요. 부인 마님께서 걱정을 많이 하셨어요. 지금도 뒷마당에서 가진 대방님 약을 달이고 계십니다."

"오늘이 며칠이냐고 했다."

"초엿새입니다."

"안씨 가문은 어찌 되었지?"

목이 꽉 조인 듯 쉿소리가 섞여 말하기 힘든 와중에도 그는 안씨 가문의 안부를 묻고 있었다. 옆에 간호를 하던 계집 하나가 오늘이 바로 안씨 가문이 철리부로 유배를 떠나는 말에 가진은 몸을 일으키다 무너지듯 다시 쓰러졌다. 며칠째 넘긴 게 물과 미음이 전부라 기력도 없을뿐더러 조금이라도 움직이면 다리에 전해지는 고통 때문에 움직이는 것이 거의 불가능했다. 자신의 마음대로 몸이 움직이지 않자 가진은 인상을 찡그리며 거칠게 숨을 몰아쉬었다.

"대방님, 누우세요. 아직 움직이기에는 무리세요."

"수운을 불러와라. 어서!"

가진은 침대에 누워 가쁜 숨을 쉬어야 했다. 그녀가 경멸하듯 자신을 바라보며 국문장을 빠져나간 모습이 잊히지 않았다. 그렇게 그녀를 떠나보내고 싶지 않았다. 그녀에게 꼭 해야 할 말이 있었다.

앞만 바라보며 걷는 화련의 눈에는 어떠한 감정도 담아내질 않고 있었다. 집이 풍비박산으로 오열을 토해낼 법도 한데 혈기까지 없어 차갑고도 무표정한 얼굴은 싸늘해 보이기까지 했다.

아버지의 부고, 한순간에 끌려 나간 가솔들, 마지막으로 가진 대방의 배신은 그녀의 정신을 뿌리째 흔들어놓기 충분했다. 작은 아버지는 받아먹은 뇌물이 이번 죄로 낱낱이 드러나 따로 형을 받아야 했고, 오라버니 또한 아버지의 상만 치르고 남경 해안부의 병사로 귀속되었다. 결국 유배지로 끌려가는 사람은 어머니와 그녀 둘뿐이었다.

앞에서 웅성웅성 소리가 들리더니 곧 병사들이 멈췄다.

화련은 그저 앞만을 주시한 채 가만히 서 있었다.

"바퀴가 빠져서 못 움직이는데 어떻게 비키라는 거야? 이봐, 이게 한두 사람으로 들어 올리는 거면 했어도 진작 했지."

바퀴가 빠져서인지 바닥에 쓰러져 있는 짐들이 여기저기 흩어져 있었다. 얼추 바닥에 있는 짐의 무게를 보아도 바퀴가 빠질 만큼 많은 물건들이 길을 가로막고 있을 정도였다. 마치 누군가 고의적으로 물건을 땅바닥에 내동댕이친 것처럼……

"이봐, 그렇게 보지만 말고 와서 좀 도와달란 말이야. 내 시원한 탁주 한 잔 사줄 테니 말이야."

병사들이 그녀를 바라보더니 앞으로 가 바퀴를 세우는 일을 거들었다. 아마도 두 손이 묶인 여인이라 어디 도망갈 수 있다고는 생각도 하지 않는 모양이었다.

그들이 멀어져 가자 화련은 눈을 감고 섰다. 따뜻한 햇볕에 차가운 바람이 섞여 있었다.

"아가씨."

진무라는 자가 주위의 눈치를 살피며 화련을 낮게 불렀다.

화련은 눈을 떠 옆으로 고개를 돌릴 뿐 아무런 반응도 하지 않았다. 그녀에게 더 이상 놀랄 가슴은 남아 있지 않았다.

"진무입니다. 몸은 괜찮으시지요? 가진은 아직 깨어나지 않았습니다. 할 이야기가 있습니다."

화련은 고개를 돌려 짐을 옮기고 있는 병사에게 시선을 고정시켰다. 그 사람의 이야기는 듣고 싶지 않았다. 그러고 보니 이 길이 원반장 앞이었다. 그 자체로 그녀는 견딜 수 없었다.

"아가씨가 오해할까 봐서입니다. 절대 그 녀석 자기 혼자 살자고 한 짓이 아닙니다."

"……."

아무리 진무가 가진을 두둔하고 나서도 그녀는 반응 한 번 보이지 않았다. 답답하고도 화가 난 진무가 결국 씩씩거렸다.

"그럼 처음 끌려갔을 때부터 그놈이 다 불었겠지, 지금 사경을 헤매고 있겠습니까?"

"네, 어쩔 수 없었겠지요. 자신의 몸이 으깨지는데 그 고통을 누가 견디겠습니까?"

비꼬는 그녀의 입매가 살짝 올라갔다. 처음엔 그도 그럴 마음이 없었겠지. 하지만 머리로 아는 것과 마음으로 받아들이는 것은 하늘땅만큼 차이가 컸다.

"일부러 잡혀 들어갔단 말입니다, 그놈이! 자세한 내막은 모르지만 그놈이 빌었답니다. 저도 뭔지는 모르지만 안씨 가문의 목숨만 살려달라 빌었답니다. 생각해 보면 알 것 아닙니까? 저희가 도착했을 때 안씨 가문은 거의 목숨을 받아놓고 있던 상황이었다는 걸 잘 알고 있잖습니까?"

진무가 열심히 친구 놈의 마음을 대변하기 위해 열변을 토하고 있을 때 원반장 문이 열렸다. 진무가 말을 하다 말고 눈이 휘둥그레졌다. 아까까지만 해도 정신이 돌아오지 않았던 놈이었는데 수운이 가진을 부축한 채 천천히 계단을 내려오고 있었다. 그러나 말이 부축이지, 수운에게 거의 반 업혀서 내려오는 것이랑 다름이 없었다.

"죽고 싶어 안달났냐? 이 몸으로 나온 게 제정신이냐고! 정신 들었으면 침상에 누워 몸이나 추스를 것이지!"

진무의 걱정스러운 구박에 가진은 대답할 힘조차 없었다. 이제 대문을 나왔을 뿐인데 그의 의식은 다시 흐릿해지고 있었다. 욱신거리는 고통으로 토기까지 올라올 것 같았다.

평정심을 가장한 채 서 있던 화련은 '가진'이라는 말에 고개를 돌렸다. 그녀의 눈동자가 감정의 역류로 흔들렸다.

"잠시 자리를 비켜달라."

수운이 망설이다 뒤로 멀찌감치 물러났다. 그러나 부축하는 이가 사라지자 가진의 다리는 꺾이듯 주저앉을 것 같았다. 그는 이를 악물고 허리를 곧바로 폈다.

수운은 주인님의 상태에 바짝 긴장하고 있었고, 진무 또한 언제라도 달려갈 기세로 가진의 뒤를 노려만 보고 있었다.

"죄송합니다."

"무엇을요? 폐하께 문중 패를 넘겨 드린 것을요?"

"지켜 드리지 못해 죄송합니다."

화련은 소리라도 치고 싶을 정도로 화가 났다. 간신히 누른 마음을 그가 나타나 다시 휘저어놓고 있었다. 미안하다는 말 이외에 그는 그럴 수밖에 없던 이유나 변명도 하지 않았다. 마음 한구석에서는 얼마나 심한 벌을 받았으면, 처음부터 그도 그럴 생각은 없었겠지. 다만 너무 고통스러워 한순간 견디기 힘들어 문중 패를 넘겨주었을 거라고 생각도 해보았다. 아니, 그렇게 스스로 최면을 걸었다. 그러나 그는 처음부터 문중 패를 몰래 가져갔었다. 왜!

주먹을 꽉 쥔 그녀의 두 손이 바르르 떨렸다. 아니길 빌고 빌었다. 혹 가져갔다 해도 그가 위험할 것 같은 불안감이 더 지배적이었다. 그런데 그가 살기 위한 방편으로 문중 패를 가져갔다는 자체가 그녀를 견딜 수 없게 만들었다. 자신의 가문을 넘기는 대가로 목숨을 구걸했다니!

"왜 문중 패를 가져갔나요? 그 이유를 들을 권리 정도는 있겠지요?"

"만약의 경우 아가씨 가문과 아가씨 목숨을 두고 하나를 택하게 되는 상황이 될지도 모르기에……."

가진은 힘에 부친 듯 힘겹게 입을 열었다. 의식이 흐려지는지 그의 눈이 감기려 하고 있었다. 찌르는 듯한 통증에 다리는 무너지기 일보 직전이고 상처 또한 벌어졌는지 옷 위로 핏물이 배어나왔다. 아무리 두 주먹에 힘을 주고 이를 악물어보지만 한계에 다다랐는지 결국 그의 무릎이 꺾였다.

그가 쓰러지자 차갑게 위장한 화련의 표정은 순식간에 무너져 버렸다. 그녀의 손이 다급히 주저앉는 그를 잡았지만 앞으로 기울어지는 그를 받치고 있는 것만으로도 힘에 겨웠다. 가쁜 그의 숨소리가 그녀의 마음 한곳을 비집고 들어오고 있었다.

간신히 중심을 잡은 가진은 무릎을 꿇은 채 그녀의 어깨에 고개를 기댔다. 이 몸이 조금만 버텨주었음 했다. 자신을 원망해도 좋고, 칼을 겨누어도 좋았다. 모든 것을 체념한 그녀의 눈동자만 아니라면 그 무엇도 좋았다.

"살아…… 계십시오. 그대가 살아 있지 않으면 아무 의미가 없으니. 내 평생을 걸려서라도 그대의 가문을 돌려주겠으니 제발……."

화련의 눈에서 눈물이 투둑 떨어졌다. 가누지 못하는 몸을 이끌고 와서 하는 말이 살아 있어달라니. 그가 그녀에게 기댄 어깨 부분이 뜨겁다 못해 타는 듯했다. 그의 한마디에 그에 대한 분노가 눈물로 빠져나간다. 안씨 가문의 목이 떨어져도 할 말이 없는 판국에 유폐된다는 말에 황제폐하의 선처라 생각했다. 그 선처가 어찌 베풀어졌을지는 생각은 하지 못했다. 그럴 정신도 없었다.

"제발 다른 생각은……. 그대를 지켜주겠다는 그 약속을……

아직 지켜내지 못했으니……."

　많이 아팠겠지. 정신도 여러 번 놓았겠지. 살을 찢는 고통을 참으면서 내 님은 무슨 생각을 했을까? 좁은 마음으로 은애한다는 말만 늘어놓고 정작 믿음 한 톨 내주지 못한 자신이 한없이 못나 그 앞에 서 있는 자체가 염치가 없었다. 처연한 신세보다 내 님 끊어질 듯한 목소리가 가슴을 쥐어뜯어 놓는다. 끝내 소리를 내지 않기 위해 깨문 입술 사이로 울음이 뭉개져 나왔다. 그대 앞에 설익은 마음을 내어줘 너무 미안하고 미안했다. 그 마음 너무 부끄러워 내물리고 싶었다.

　화련은 고개를 돌렸다. 앞에서는 벌써 짐들이 치워지고 있는지 병사들이 돌아오는 모습이 보였다. 이제는 진짜 마지막인 것이다. 그리고 보니 항상 같이 있으면서도 마음을 내어줄 시간이 없었다. 누가 볼세라 숨기고 누가 들을세라 간지러운 사랑 한마디 하는 것이 어려웠다. 그 사랑 너무 어려워 바라봐 주지 않는 내 님 원망하기 바빴다. 이럴 줄 알았으면 그 먼 길 함께하면서 그대를 더 많이 바라볼 걸 그랬다. 조금 더 투정 부리고 조금 더 보호 받으며 웃으면서 옆에 있을 걸 그랬다. 한 번이라도 은애한다 말해볼 걸, 조금 욕심 부려볼 것을 그랬다.

　화련은 정신을 잃은 그의 모습을 최대한 눈에 새겨놓았다. 이 차가운 눈매가 얼마나 부드럽게 휘어질 수 있는지, 그의 손이 얼마나 따뜻한지, 낮게 울리는 목소리가 얼마나 마음을 편안히 하는지 말해주지 못했다. 다시 만나면 내 님에게 머리 올려달라 그 부끄러운 말 소리 내보지도 못했다.

"척박한 땅에 부쳐되면 다시는 못 보겠지요? 혹 나중 상단을 이끌고 당으로 갈 일이 있으면 한 번이라도 들러줄 수 있을까요? 한 번쯤은 그래 주면 안 될까요?"

그가 움직임이 없자 화련은 가슴이 에였다.

"신경 쓰지 마세요. 그냥 그대에게 쓰는 마지막 떼라고 생각해 주세요."

화련은 그에게 잡혀진 손을 빼려 하자 그가 그녀의 손을 꽉 움켜쥐고 놓지 않았다. 놀라 그를 쳐다보았지만 그는 눈을 감은 채 알아들을 수 없는 말과 신음만 흘리고 있었다. 더 이상 지체하다가는 병사들에게 의심을 살지 모른다. 잠시 후 그가 완전히 의식을 잃었는지 그녀가 손을 빼내자 그의 손이 툭 떨어져 나갔다.

화련은 떨리는 입술을 꽉 깨물었다. 조금이라도 그의 모습을 더 보고 싶은데 눈앞이 흐려져 이제는 그가 보이지 않는다. 눈을 아무리 깜빡여도 그의 모습을 눈에 새길 수 없었다.

"그대의 마음만 담아갑니다. 그것만으로도 가는 길이 무거울 테니 말입니다."

✳

무 황제가 며칠째 밤마다 주안상을 들이라는 말이 태후전의 귀까지 들어가고 있었다. 전쟁도 한풀 꺾였고 귀족들의 사군도 황제의 손에 반 이상 존속되어 큰 근심거리는 없는 것으로 알고 있는데 술을 가까이에 두고 밤잠을 주무시지 않고 있자 곽 내관이 쪼르르 달려가 고한 것이었다.

그것도 꼭 이 추운 날 정자에 나가 혼자 술을 드시고 계시니 모시는 입장으로서 만약 폐하가 쓰러지기라도 한다면 또 한바탕 황실이 웅성웅성댈 텐데 시끄러운 것은 딱 질색이었다. 거기다 오늘은 하나둘 떨어지는 눈을 보고도 술상을 내오라고 하니 대략 난감하기 이를 데 없었다.

무 황제는 혼자 술을 따라 마시며 하늘을 올려다보았다. 떨어지는 눈이 어지럽게 날리는 모양을 보니 아마도 밤새 내릴 눈 같았다. 이 겨울 마지막 눈이 되겠지. 3월에 눈이라.

땅 위로 듬성듬성 머리를 내민 성격 급한 새싹들이 얼어 죽지는 않을지 모르겠군.

이제껏 행함에 있어 후회는 없었다. 있다 하더라도 머릿속에서 새기되 가슴속에서 남기지 아니하도록 배웠다. 그런데 이 질척거리는 감정은 무엇인가. 어찌 보면 서로의 등을 어루만져 줄 수 있는 딱 하나뿐인 핏줄이면서 용서할 수 없는 이 꺼림칙함은 무엇인가.

안씨 가문의 일이 어느 정도 마무리되자 그는 따로 가진이라는 자를 불러들였다. 문예를 만났다면 필시 무슨 전언이라도 있었을 것이라 생각했다. 하다못해 변명이라도 가지고 올 줄 알았다. 하지만 그가 가져온 것이라고는 말라비틀어진 상수리 열매 한 주먹이 다였다.

언젯적 상수리 열매이던가. 네가 형님, 형님 하면서 따라 부르던 그때의 그 열매이던가. 여기서 이제 매듭을 짓자. 너 또한 내가 더 이상 사람을 보낼 수 없음을 잘 알고 있을 것이다. 네놈을 죽여도 내 손으로 죽이고 싶었다. 절대 당나라 손에 치욕스럽게 죽임을 당하는 모습을 보기가 싫었다. 거기서 생을 마감하는 것으로 너는 죄를 받는 거나 다름이 없겠지. 근데 말이다. 문예야, 한낱 열매일 뿐인데 사람 손을 많이 타 반질반질하기만 한 이 열매가 왜 그리 사람의 마음을 어지럽히는지 모르겠다.

무 황제는 마른 웃음을 보이며 술잔을 들이켰다. 문예가 쓴 서찰 중 뒷장에 시구가 있었다. 너무 많이 읽어 이제는 눈을 감아도 그 시구를 떠올릴 수 있었다.

그는 술상 위에 놓인 서찰을 쓸어내리며 씁쓸히 중얼거렸다.

"등하다심(燈下多心)이라……."

〈등하다심(燈下多心 : 등잔 아래 마음이 어지러우니)

고월(孤月)에 잠긴 밤은 마음 한 자락을 흔드니
등불 아래 감치는 이 보여주기라도 하려간.
외상에 오른 술잔은 짝을 잃은 지 오래라
이 까만 밤 옛 회포 누구와 나누어야 하나.

기약 없는 날을 아쉬워하며 거문고를 타니
촛농 떨어지는 소리 누구의 눈물이련가.〉

곽 내관의 보고로 정경태후는 혹 황상이 몸이라도 상할까 황상이 술을 마시고 있는 정자까지 행차하였다. 그러나 얼마 못 가 정자까지 가려던 그녀는 마음이 바뀌었는지 걸음을 멈춰 황상을 멀찍이 바라보며 서 있기만 했다.

"태후마마, 어찌 걸음을 멈추십니까?"

"되었다. 그냥 돌아가자꾸나."

"폐하를 말리러 오지 않으셨습니까?"

술에 취해 곤죽이 되어 있었다면 말렸을 것이다. 그러나 차분히 술을 마시고 있는 모습은 괴로워서 마시는 술이 아니었다. 황상의 흐트러짐없는 자세와 침착히 따르는 술잔의 모습에 그녀는 조용히 발길을 돌렸다. 외로워서 마시는 술이라면, 혹 마음속 무언가를 씻어내리기 위해 술을 들이켜고 있다면 그녀는 방해만 되는 것이다. 마음을 터놓지 못하고 항상 강한 모습만 보여야 하는 곳의 자리이기에 외롭기도 한 자리라는 것을 잠시 잊고 있었다.

술이 필요하다면 마셔야겠지.

"최 상궁, 우리도 오늘 술 한잔하는 게 어떻겠나?"

"준비해 놓겠습니다."

"추운 날에는 원래 술 한 잔씩은 마셔줘야 한다고 하지 않았나."

"그건 말술인 자들이 시답지 않게 지어낸 말입니다."

"그러면 어떤가. 기분만 내면 그만인 것을."

황상은 어지러운 전쟁을 매듭짓고 좀 더 백성이 안심하며 살 수 있게 힘을 쓰셔야 할 것이외다. 고 황제께서 세우신 이 나라를 더욱 강건하게 하시어 후세에 이름을 남기도록 해야 할 것이외다. 내 백성, 내 후손들이 더욱 잘살 수 있도록 황상은 그리할 수 있을 겁니다. 이 겨울, 황상과 저 모두에게 길었습니다. 오늘은 나도 묻어두었던 추억을 한번 꺼내보렵니다. 운이 좋다면 황상이 추억하고 있는 그곳에 제가 잠시 들를지도 모르겠구려.

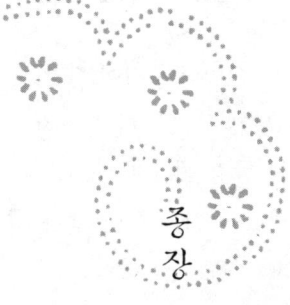

종장

발해의 최북단 철리부 국경지대라 다른 어느 곳보다 늦은 봄이 시작되려 하고 있었다. 화련은 뒷동산에 혹 나물이 솟아나기라도 했는지 바구니를 들고 나왔지만 어떤 잎이 먹는 잎이고 어떤 것이 풀인지 구분이 안 가는 그녀였다. 어제 같이 나물을 캐던 마을 아가씨들이 대충 가르쳐 주었는데 오늘 다시 보니 그 풀이 그 풀처럼 보여 어떤 새순을 뽑아야 하는지 판단을 내리지 못하고 있었다. 하는 수 없이 그녀는 마을 아가씨가 올라오는 동안 다리를 모으고 마을을 내려다보기로 했다. 잘못하다간 소가 먹는 풀을 먹게 생겼으니 그보다는 오늘 확실히 나물 캐는 법을 배워 살림에 보탬이 되는 방법을 익히는 게 나았다.

노비며 지위도 다 빼앗기고 허름한 집에 어머니와 같이 산 지도 석 달이 넘었다. 양민과 동등한 생활을 할 수 있으나 주거지를 임의로 벗어날 수 없었고, 오라버니는 남경 해남부 한 도주의 병사로 귀속되었다고는 하는데 어찌 지내는지 소식을 알 수가 없었다.

어머니의 한탄과 한숨의 나날을 보면 목숨만이라도 건진 것이 잘된 것인지 확신이 서지 않았다. 무엇을 먹고 살아야 하는지도 막막했다. 몰래 숨겨 가져온 돈과 패물들은 얼마 지나지 않아 바닥이 날 것인데 자신이 가지고 있는 재주는 아무것도 없었다. 바느질거리라도 하려고 하여도 그 일거리를 받으려 하는 사람도 줄이 서 그녀까지 돌아오지도 않았다. 그러고 보면 배운 것이라고는 글 몇 자, 자수 몇 땀이 전부인 자신이 아무 쓸모도 없는 사람처럼 느껴졌다.

딴 세상에 떨어진 것 같았다. 예전에는 밖에만 나가면 황도 소식에 옆 집 개가 강아지 벤 이야기까지 모두 들을 수 있었는데 여기는 멀어도 너무 멀었다. 집도 띄엄띄엄 눈에 띄는 정도로 말 주고받을 사람도 거의 없었다.

화련은 허탈한 웃음을 지었다. 하루 종일 아무 일도 안 한 채이리 앉아 있으면 잡생각이 한도 끝도 없이 이어졌다. 가솔들은 다 어디로 갔는지, 특히 날 따라오겠다면 떼를 쓰던 세향은 어디로 갔는지, 가진 대방님은 몸이 완쾌되었는지, 혹 어여쁜 색시랑 백년가약이라도 맺으셨는지. 쓸데없는 생각이 부풀어져 화련은 자신의 마음을 어지럽히고 있었다.

"아기씨! 아가씨!"

화련은 누군가 자신을 부르는 것 같은 소리에 고개를 홱 돌렸다. 그러나 그것도 잠시 자신이 이제는 아가씨가 아니라는 것을 안 그녀는 다시 턱을 무릎에 괴었다.

"아가씨!"

설마, 이 목소리는 세향이?

화련은 벌떡 일어나 소리 나는 곳을 향해 몇 발자국을 떼어보았다. 익숙한 몸체를 한 여자 하나가 한눈에 가득 들어왔다. 뜻밖에 그리운 사람의 얼굴을 보자 화련은 눈물이 나려 했다.

"어머, 아가씨. 여기 있었으면 대답 좀 해주시지. 우리 아가씨 얼굴이 말이 아니네. 많이 힘들지요?"

화련은 목이 메어 그냥 고개만 끄떡거리고만 있었다.

"네가 여기 어쩐 일로? 설마 도망이라도 친 건 아니겠지?"

화련은 반가움을 잠시 제쳐 두고 혹 세향이 도망을 쳐 여기까지 온 건 아닌지 걱정이 되어 물었다.

"아니에요. 가진 대방님이 대부분의 주인님의 식솔들을 거두어주셨지요. 그래서 지금은 거기서 일하고 있는 중이에요. 하지만 오늘부터는 아가씨 곁에서 일할 거예요. 아가씨도 좋지요? 기쁘지요?"

"가진 대방이? 그분은 괜찮으시니? 어디 아프신 곳은 없다더니?"

화련은 그의 마지막 모습이 아직도 눈앞에 생생했다. 그래서 그를 떠올릴 때면 그리움보다는 걱정으로 가슴이 먼저 아팠다.

"왜요? 걱정되남요? 보고 싶어요?"

"그래, 걱정되고 보고 싶다."

뺄 줄 알았던 아가씨가 냉큼 인정하자 세향은 킥킥대며 주위를 두리번거렸다.

"지금쯤 올라올 때가 되었는데……. 아, 저기 올라오네요. 아가씨가 보고 싶어하시는 분."

화련은 세향의 손가락 방향을 따라 뒤를 돌아보았다. 절뚝거리며 지팡이를 짚고 올라오는 가진의 모습이 보였다. 너무 힘겹게 올라오는 그의 모습에 그녀는 손에 얼굴을 묻었다.

'설마…… 아닐 것이다. 아직 몸도 완쾌하기 힘들었을 텐데. 더욱이 이 먼 곳까지…….'

그러나 가진 대방이 그녀 앞까지 서자 그녀는 눈을 뜨지 않아도 알 수 있었다. 그의 냄새가 그의 온기가 코끝으로 그대로 전해지고 있었다.

화련은 그가 앞에 있음에도 아무 말도 하지 못했다. 조금 전까지만 해도 물어보고 싶은 말을 한 소쿠리에 담을 정도로 준비해 두었는데 벙어리가 된 듯 말이 나오지 않았다.

"그럼, 저는 내려가 있을 테니 아가씨는 천천히 내려오세요."

처음 만난 사람처럼 둘 다 고개를 돌리고 서 있자 세향은 알아서 자리를 비켰다. 아가씨가 가진 대방님을 마음에 둔 것 같

아는 보였으나 설마 했는데 그녀는 자신의 둔감함에 한숨이 푹
푹 새어나왔다. 가진 대방님이 자신의 아가씨를 좋아하는지 원
방장에 가서야 눈치 챌 수 있었다. 역시 사람 속은 모르는 것이
라 하더니만 가진 대방이 부모님께 아가씨를 좋아한다는 말을
선전포고하듯 밝혀 집안을 발칵 뒤집어놓은 것이다. 서유 부인
은 지금도 그것 때문에 자리보전하고 계시고, 어르신 또한 역정
을 내 원방장의 분위기가 말도 아니다. 하지만 뭐, 이제 더 이상
그곳에서 일할 필요가 없으니 그녀가 신경 쓸 일은 아니었다.
세향은 멀리 떨어져 풀을 뽑는 척하며 아가씨의 모습을 흘끗흘
끗 쳐다보았다. 그러나 도무지 말소리가 작아 들리지가 않았다.
가진 대방을 만나자마자 좋아하실 줄 알았던 아가씨가 오히려
초봄에 찾아오는 꽃샘추위보다 더 차갑게 서 있었다.

"그동안 잘 지내셨습니까?"

"불편한 몸으로 어찌 예까지 오셨나요?"

"저를 안 보실 생각입니까?"

"늦었지만 목숨을 살려주신 것에 대해 감사드립니다."

화련의 격식적인 말투에 가진이 그녀를 돌려 세워 자신을 바
라보게 만들었다.

"그런 말을 듣자고 예까지 찾아온 것이 아닙니다."

가진의 목소리가 화가 난 듯 낮게 깔리자 화련은 그때서야 그
를 바라보았다. 해쓱해진 얼굴 때문에 얼굴 선이 더욱 날카로워
보였다.

"아니 된다 하여, 해드릴 것이 없어 마음으로만 품었습니다. 그것만으로 죄스러워 입 밖에 내는 건 엄두도 내지 못했습니다. 지체 높은 자제라면 어떡해서라도 아가씨의 목숨을 구했을 것을 궁궐에 들어가는 것도 벅찬 내 자신이 한심하고 못나 분하였습니다."

"아니에요. 그리 생각 하지 마세요."

서둘러 화련이 부정을 하고 나섰지만 그는 고개를 저었다.

"더 들으십시오. 아가씨가 여기로 부쳐진 뒤로 생각한 것은 이제 남의 시선은 신경 쓰지 않아도 되는구나, 라는 못난 마음이었습니다. 아니, 이제 세상이 나보고 아니 된다고 말하지는 않겠지, 라는 생각이었습니다."

기쁘기도 하고 놀라기도 한 화련은 그저 그를 쳐다보고 있는 것이 전부였다.

"가진 대방님?"

"이제 대방이 아닙니다. 쫓겨났습니다."

"어쩌다? 설마 아니겠지요?"

걱정스러운 그녀의 눈빛에 그가 짓궂은 미소로 답을 했다.

"그래서 말인데 좀 늦었지만 답을 드리러 왔습니다."

"무슨 답을요?"

그녀가 그에게 무슨 질문이라도 한 걸까? 그러나 심각한 대화를 나누고 있는 그의 눈빛은 어느 때보다 더 부드럽고 편안해 보였다. 한꺼풀 벗겨진 그의 모습을 본 듯했다.

"아가씨의 제안을 받아들이겠습니다. 아가씨 집에서 같이 살면 매일 맛있는 거 먹게 해주겠다고 꼬드기기까지 한 그 제안 말입니다."

"제가 말인가요? 그럴 리 없어요."

화련은 지금 그가 진심인지 자신을 놀리고 있는지 분간이 되지 않았다.

"저는 그때 답을 한 기억이 없습니다."

"장난이시죠?"

가진은 진지하게 그녀를 바라보았다.

"나는 그대를 아가씨라는 단어보다 더 가까운 이름으로 부르고 싶다. 내 손으로 직접 그대의 머리를 올려주고 내 아내로 맞이하여 살고도 싶다. 엄두도 못 낸 꿈이지만 지금이라면 모든 것을 등져서라도 그리하고 싶다. 아니, 그 가능성을 본 순간 그대를 놓치고 싶은 마음은 죽어도 없다. 그대가 나를 기다린다고 하였으니 난 그 약속을 받을 것이다."

그녀가 얼굴을 손에 묻으며 감정을 다독이려고 애를 썼다. 모든 것을 다 잃었는데 그가 옆에 있어준다는 말에 그냥 눈물이 났다. 더는 만날 수 없는 사람이라 여겼는데 여기까지 찾아와 곱게 떼를 쓰는 그의 말이 듣기 좋아 눈물이 났다.

화련은 용기를 내어 그를 살포시 끌어안았다. 두 눈을 꼭 감자 끝내 매달려 있던 눈물방울이 떨어졌다.

"더 이상 바라만 보는 건 하지 않을 생각이다."

어찌 가슴에 묻겠다 다짐했을까? 이 떨리는 심장은 금세 자신의 반쪽을 알아보는데. 잠시나마 그대를 품고 어찌 다른 여인과 혼인하겠다 장담할 수 있었을까?

가진은 그녀의 손을 거두고 자신을 올려다보게 만들었다.

"이 자리에서 청합니다. 제 아내가 되어주지 않으시겠습니까?"

화련이 대답을 못하고 고개만 열심히 끄떡이자 가진은 그녀의 입술에 입을 맞추었다. 짠 그녀의 눈물이 그의 입 안으로 들어갔다. 그가 갈구하던 모든 것이 그의 품 안에 다 있었다. 그 충만감으로 그의 가슴이 미치도록 뛰었다.

화련은 더욱 그를 끌어안으며 그의 입술을 받아들였다. 손가락질받아도 두렵지 않았다. 자신을 감싸 안아줄 따뜻한 그의 두 팔만 있다면 어떤 것도 두렵지 않을 것이다.

내 사랑하는 여인아, 황제의 특사로 인해 그대의 가문이 다시 복귀되면 그대와 헤어져야 하는 날이 올지 모른다. 그대가 내 사람이 되어 살다 아이를 가지게 되면 그 아이의 설움도 모른 체할 수 없을 것이다. 그 설움을 잘 알면서도 나는 그대가 탐이 난다. 지금은 내 욕심만 채우고 싶은 이기적인 사내의 마음은 그대를 놓아줄 수 없다 한다. 모든 것을 버려서라도 이제는 하늘 아래 그대 하나만 보며 살고 싶다. 미련스럽고 어리석은 사내라 말해도 좋다. 이제 이 마음을 숨기지 않으려다. 어차피 깨알 같은 시간에 묻히면 우리네 어찌 살았는지 아는 이 없을 텐데 그깟 남의 손가락질이 두려워 그대를 보내는 바보 짓은 하지 않겠다. 그대를 보듬으며 사랑하며 그대의 이름을 부르며 살 것이다. 나는 그렇게 그대를 사랑하고 싶다. 내 그리 그대에게 말해주고 싶다.

완결을 한 후 소감을 한마디로 한다면 가진 같은 이런 남주 당분간 절대 캐스팅 안 하겠다 라는 결심? 사실 무 황제의 캐릭이 남주 역할로는 딱이죠. 역사물을 보면 대부분 장군급 이상이 나와야 좀 흐뭇하지 않습니까? 허나, 너무 잘난 황제와 장군들의 출현도 많고 해서 그들만 사랑하냐, 상놈이라고 사랑 못할 게 뭐냐, 이런 삐딱한 관점에서 먼저 출발을 하게 되었습니다. 무왕처럼 절대 권력이 주인공이면 그의 한마디에 여주 쓰러지고도 남을 텐데 가진은 상놈? 주제에 귀족 아가씨를 마음에 품는 역할이라 화련 손 한 번 잡아보기 참 어려웠습니다. 술 먹고 미치지 않는 이상 화련을 자빠뜨릴 상황이 전혀 연출 안 되므로 이들을 어찌 이어줄까 대략 난감하기도 했습지요.

그래도 여기에 나온 주요 분들은 나름 애착이 가는 캐릭터입니다. 우리나라 역사상 땅따먹기를 가장 많이 하신 무 황제 할아버지. 그 정도 땅을 대한민국이 유지만 잘했다면 땅 값이 이리 많이 오르지 않았을 텐데. 아쉽습니다. 카리스마를 지닌 왕이면서도 한편으로는 용서하지 못하는 동생을 마음에 둔 무 황제, 어찌 보면 유약하고 비겁해 보일지 모르나 그 나름대로 나라를 생각한 문에 전하, 먼저 좋아한다 자신있게 말하는 고집스럽지만 맹랑한 화련, 그놈의 신분이 뭔지 속으로만 꿍꿍 앓다 이 한 몸 받쳐 지켜내겠다는 무식한 사랑 가진. 이 책 속에 그들의 마음이 잘 묻어나는지 모르겠습니다.

무식하면 용감하다고 첫 출간 때는 두려움보다 기쁨이 많았지만 두 번째 책은 많이 조심스럽습니다. 다음엔 좀 더 나은 책으로 뵙길 바라며 마지막으로 감사의 인사 말씀 아룁니다.

먼저 이 책이 나오기까지 도와주신 청어람 관계자 분들께 감사드립니다. 그리고 수정 때문에 징징 짜고 있을 때 도와주신 천사(?) 같은 네이님, 내려가 밥 살 테니 날 잡읍시다. 언제나 편안한 식구처럼 맞아주는 로맨스트리 작가님들, 복 받으실 겁니다. 마음 여린 이좋해님(오타 아님), 조금은 강화유리로 바꿔 세상 살아보세. 이번에 결혼하는 김수연, 잘 먹고 잘살아라! 애기엄마 미선아, 나보다 살 많이 쪘다며? 축하한다. 농구에 푹 빠져 수정 안 하고 돌아다니게끔 만들어준 한수진 양. 그 열정을 알게 해줘 고맙소이다.

그리고 이 글을 읽어주신 분들과 저를 낳아주신 부모님께 감사드립니다.

―이승연.

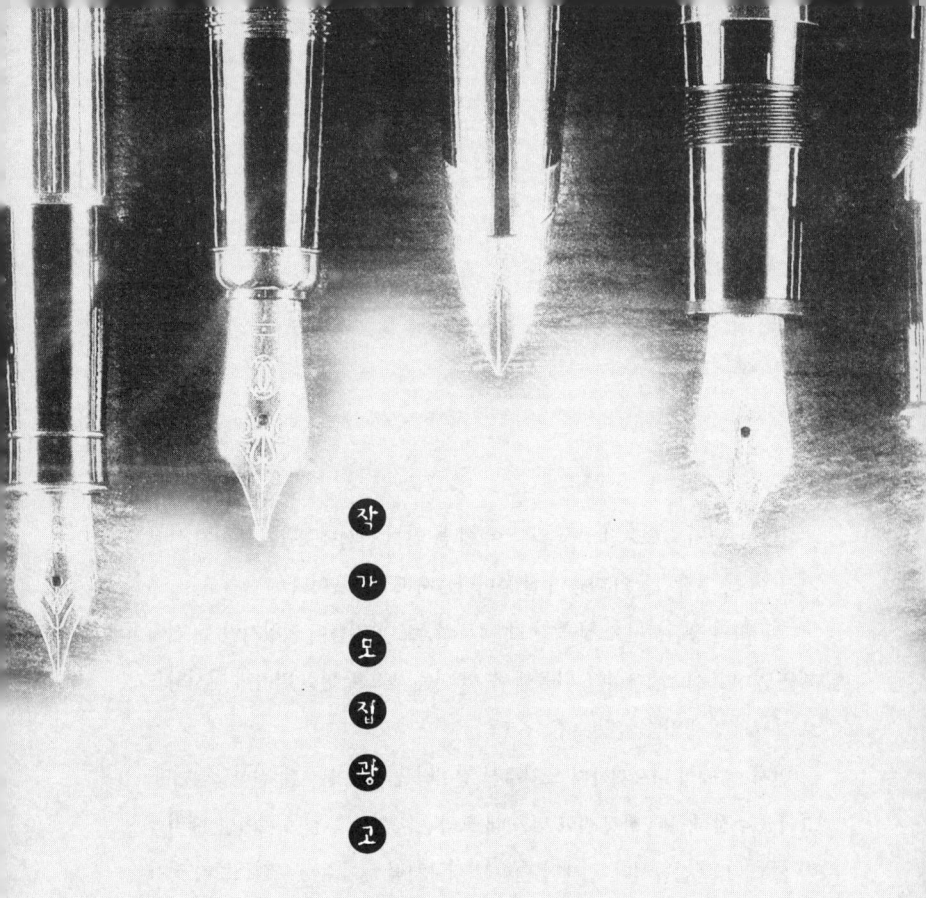

작
가
모
집
광
고

도서출판 청어람의 문은 항상 열려 있습니다.
실력있는 작가 분들의 많은 관심 부탁드립니다.

TEL:032-656-4452 • FAX:032-656-4453
http://www.chungeoram.com
http://chungeoram.egloos.com
e-mail:romance-eoram@hanmail.net